AUTORA BEST-SELLER DO *USA TODAY*

MEGHAN QUINN

O Jogo do CASAMENTO

Editora Charme

Esta edição foi feita dentro das normas criadas originalmente pela Amazon Publishing, www.apub.com, em colaboração com Sandra Bruna Agencia Literaria.

1ª Impressão 2024

Produção Editorial - Editora Charme
Design da Capa - Caroline Johnson
Adaptação de capa e Produção Gráfica - Verônica Góes
Tradução - Daniela Toledo
Preparação e Revisão - Equipe Charme

CIP-BRASIL. CATALOGAÇÃO NA PUBLICAÇÃO
SINDICATO NACIONAL DOS EDITORES DE LIVROS, RJ

Q64j

Quinn, Meghan
O jogo do casamento / Meghan Quinn ; tradução Daniela Toledo. - 1. ed. - Campinas [SP] Chame, 2024.
416 p. ; 22 cm.

Tradução de: The wedding game
ISBN 978-65-5933-193-2

1. Romance americano. I. Toledo, Daniela. II. Título.

24-95408 CDD: 813
CDU: 82-31(73)

Gabriela Faray Ferreira Lopes - Bibliotecária - CRB-7/6643

Editora Charme

www.editoracharme.com.br

AUTORA BEST-SELLER DO *USA TODAY*

MEGHAN QUINN

O Jogo do CASAMENTO

TRADUÇÃO: DANIELA TOLEDO

Editora Charme

Para a minha esposa,
por ter aguentado o nosso
casamento DIY, e para as
nossas damas de honra,
por serem umas guerreiras
com as pistolas de cola.

Prólogo

Thaddeus

Antes de tudo: esta não é a minha história.

Bem... tecnicamente, tem a ver comigo, mas não é sobre *mim*.

É sobre o meu irmão, Alec Baxter. Já ouviu falar desse belo canalha? Ele é o melhor advogado de divórcio de Nova York.

Esperto, diabolicamente lindo — assim como eu —, com mãos grandes e faz careta a quase qualquer menção a cachorro-quente. Não é fã — ele não sabe das coisas, e nunca saberá.

É o meu melhor amigo, meu parceiro de crime, o cara que eu admiro e o meu herói... apesar de eu falar com ele a cada três meses, na melhor das hipóteses, mal o ver nas férias e esperar semanas por uma resposta a uma mensagem.

Parece até um relacionamento unilateral, não é? Até que sim, mas está tudo bem. O cara é ocupado. E ele passou a maior parte da infância se certificando de que eu não morresse de medo dos nossos pais e da incapacidade deles de proteger os filhos de um péssimo casamento. Eles tinham o hábito de lavar a roupa suja perto da gente.

Não me esqueço do Alec correndo para o meu quarto sempre que os nossos pais começavam, e de lá me ajudava a descer pela saída de emergência do nosso apartamento na Park Avenue e me levava para a confeitaria da nossa rua. Dividíamos um cannoli e ficávamos olhando um para o outro, sabendo muito bem o que estava acontecendo a um quarteirão de distância, mas sem nunca falar sobre isso.

Mas chega deste desabafo — esta história não tem a ver com isso. Não, tem a ver com a traição completa e absoluta que sofri nas mãos do dito-cujo. Carne da minha carne, sangue do meu sangue, meu herói...

Ele pode até ser o meu melhor amigo, mas já me traiu de todas as maneiras possíveis.

Pois é, palavras pesadas, não?

Palavras de discórdia.

Mas estou falando a verdade.

O que aconteceu? Vou dar um gostinho do desastre que a minha vida se tornou.

Tudo começou quando descobri que a minha linda noiva, Naomi, estava grávida. Tive que tomar umas decisões difíceis, e o casamento dos meus sonhos — pois é, dos *meus* sonhos — teve que ser trocado por um casamento econômico. Precisava economizar para comprar uma casa, não para o evento do século.

Foi difícil de engolir essa. Posso ter hiperventilado dentro da gaveta da minha mesa de escritório algumas vezes enquanto tentava aceitar tudo isso.

Mas aí, certo dia, depois de uma boa sessão de respiração no mogno belamente manchado, pensei em uma coisa: permutas.

Sou planejador de eventos corporativos da Golfe Galaxy, o principal campo de golfe e centro de festas para empresários de Manhattan. Para todas as necessidades do seu evento corporativo, por favor, entre em contato com Thaddeus Baxter.

Aperto as mãos dos ricaços no dia a dia, e fiquei imaginando por que não tirar vantagem disso. Sair por aí perguntando, ver se posso encontrar alguma vantagem no meu trabalho.

Infelizmente, todas essas botas que tenho lambido nos últimos anos não querem saber de mim. Não sei por quê. Sou charmoso — um pouquinho dramático, talvez —, mas posso fazer as melhores margaritas sob pressão e até balançar maracas se quiserem. E quando digo *maracas*, quero dizer minhas bolas avantajadas. É, o meu saco.

Um cavalheiro bastante encantador. Este sou eu.

Então, mais uma vez reduzido a um estado de depressão profunda, me vejo debruçado sobre o computador — com uma margarita que sobrou de um evento em mãos, vasculhando sites de casamento —, e é quando vejo.

A resposta para todas as minhas preces.

Foi como se Deus tivesse separado as nuvens, e com seu dedo faiscante, me desse um tapinha no nariz e me apontasse a direção certa.

O Jogo do Casamento *estava para começar*.

O reality show de casamento estava atrás de casais dispostos a aceitar o desafio de criar um casamento que caiba no orçamento. Tule, rosas, bandeirolas, velas, smokings — estava tudo lá, pronto para ser reunido no melhor casamento de todos os tempos.

Podem me inscrever.

Mas ficar nos holofotes do sonho de cada noiva louca por casamento não foi minha maior motivação para preencher o formulário.

Podem apostar o umbigo que havia um prêmio.

E nunca vão descobrir o que era. Não vou nem dar a chance de descobrirem.

Não era a típica lua de mel na praia com buffets à vontade.

Nada disso. Era uma cobertura em Nova York.

Uma cobertura!

O sonho de todos os sonhos.

Antes mesmo de ler as letrinhas miúdas, eu já tinha o formulário preenchido e pronto para ser enviado.

Então o que isso tem a ver com o tipo de traição que deixaria o elenco de *Game of Thrones* no chinelo?

A primeira regra do *Jogo do Casamento*: é preciso ter pelo menos um membro da família na equipe. Considerando a bagagem emocional que carrego desde a infância, eu só poderia contar com uma pessoa.

Alec.

E aqui, meus amigos, é onde entra a traição.

Não acredita que meu irmão possa ser tão coração de pedra a ponto de passar a perna no próprio sangue e carne?

Repense.

Foi o que ele fez.

Veja por si mesmo...

Capítulo 1

Luna

— Cuidado, hein, ela está vindo com tudo... com a cola. — Dou uma risadinha enquanto aperto a pistola de cola, liberando um jatinho minúsculo de cola antes de aplicar uma conta num colete em que tenho trabalhado nas últimas vinte e quatro horas.

Não costumo ficar usando pistola de cola em contas. Gosto de costurá-las como a verdadeira artesã que sou, mas quando seu artista favorito implora que você dê um jeito no colete dele com prazo curto para a primeira apresentação solo, então é o momento de quebrar as regras.

— Ai! — solto um gritinho quando a cola queima a ponta dos meus dedos já calejados. É de se imaginar que, a esta altura na minha vida, eu já não teria nervos sobrando na ponta dos dedos, mas parece que ainda restam alguns. — Sua continha danada — sussurro para o colete, me recostando para avaliar o trabalho.

Não está tão desajeitado para um rápido reparo com cola. Ainda tenho que acrescentar algumas contas douradas na gola e, para isso, vou precisar dos meus óculos especiais, mas antes de colocá-los, preciso de uma pausa rápida.

Me recosto na cadeira e sorrio ao ver que horas são. Seis e meia, isto significa uma coisa: *A Dupla Artesã* está no ar.

Isso!

Depois de localizar o controle remoto em tempo recorde, ligo a TV e mudo do canal Bravo (o favorito da minha colega Farrah) para o

DIY Network. Eu e Farrah somos melhores amigas desde a escola. Temos uma característica importante em comum: a paixão por expressar nossa criatividade, sendo que Farrah está mais para a área da moda. E é isso. Em todas as outras coisas, somos o exato oposto uma da outra. Eu tento trazer alegria para cada aspecto da vida, enquanto ela pode ser um tanto agressiva, mas também descontraída. A melhor coisa sobre o nosso relacionamento é que dá para pegar a minha atitude positiva e misturar com a negativa dela e formar uma perspectiva completa de vida quando estamos juntas. Então quando nós duas decidimos nos mudar para Nova York, não pudemos pensar em melhor companhia uma para a outra.

O programa começa e a música-tema soa pela sala. Fico dançando junto enquanto me preparo para a próxima rodada de contas.

Amo artesanato.

Na verdade, que mentira: não só amo, eu vivo para isso.

Já ouviram a expressão "pau para toda obra", mas especialista em nada? Pois é, sou eu, só que sou pau para toda hora e especialista em tudo.

Precisando de crochê, tricô, bordado, costura? Conte comigo.

Procurando alguém para enfeitar, ajeitar, reparar, moldar? Pode me chamar.

Atrás de uma costureira, bordadeira, especialista em caligrafia? Bem aqui. *Acena*

Sou multifacetada, talentosa em todos os sentidos e a criatividade escorre pelos meus poros, implorando para ser usada todos os dias. É por isso que sou dona de uma das lojas mais famosas do Etsy do mundo, é por isso que sou a primeira artesã com menos de trinta anos a ganhar um prêmio pelo meu excelente canal no YouTube, é por isso que consigo pagar por um apartamento em Manhattan, e é por isso que sou bastante procurada para enfeitar coletes do show business em questão de vinte e quatro horas.

Ponho os óculos e, como uma vovozinha, viro a lupa acoplada para que eu possa enxergar mais de perto o trabalho que estou fazendo.

É uma típica noite de sexta para mim: debruçada sobre minha mesa de artesanato, com os óculos presos ao redor da cabeça, TV ligada de fundo, chá ao lado. Não sou de sair, definitivamente não sou de namorar e certeza absoluta de que não me lembro da última vez que vi um homem nu, mas está tudo bem, porque sou uma artesã verdadeira, não namoradeira, e estou brilhando e prosperando.

— Quer se casar nos próximos meses? Tem talento? Será que você tem o que é preciso para planejar um casamento com um orçamento de dez mil dólares em Nova York?

Conheço essa voz.

Sou louca por essa voz.

Minha cabeça se levanta do colete, e eu ergo os óculos para focar na TV.

É ela. A senhora de todos os artesanatos.

Coraçõezinhos saem de mim enquanto observo a incrivelmente talentosa e incomparável Mary DIY.

Sabe como a Martha Stewart conquistou o mundo nos anos noventa? E aí Chip e Joanna Gaines surgiram e encantaram todo mundo com a decoração com ripas de madeira e as portas de celeiro antes de conquistar todas as unidades da Target do país? Bem, a Mary DIY é a nova sensação. Ela vem de origem humilde como funcionária da Michaels e foi usando seu desconto de funcionária para experimentar todas as formas de artesanato que existem. Desde então, ela construiu um império com seu canal no YouTube, o *Mary DIY*.

Ela é criativa e talentosa, e gosto de imaginar — tarde da noite, quando meus dedos estão dormentes do bordado — que somos melhores amigas e saltitamos juntas pelos prados de barbante e renda. Sei que se algum dia nos encontrássemos, nos daríamos tão bem que trocaríamos número de telefone e mandaríamos memes engraçados sobre artesanato uma para a outra.

(Posso até ter alguns salvos no celular... nunca se sabe quando vou precisar.)

Apesar de a Mary DIY ser minha alma gêmea platônica — embora ela não saiba disso —, não foi ela que me fez ficar ligada na TV. Foi o *Jogo do Casamento*.

— Estamos atrás de diversão, casais incríveis e dispostos a testar o relacionamento enquanto passam por uma série de desafios para ver se vão conseguir criar um lindo casamento, tudo dentro do orçamento. O país inteiro vai votar no vencedor, e o grande prêmio é uma cobertura no coração de Manhattan, o lugar perfeito para começar uma família depois do "sim".

— Puta... merda — murmuro, com o coração acelerado e a mente girando com ideias. — Cohen tem que se inscrever.

Fico zanzando pelo espaço compacto do apartamento, esperando pelo meu irmão e o noivo dele chegarem, repassando sem parar os pontos-chave da minha conversa na cabeça.

É uma oportunidade única na vida.

Vocês vão poder pular o casamento no civil e ter o casamento dos sonhos.

Com ajuda, dá para vencer.

Vão poder sair do Queens, morar perto de mim, cortar caminho.

Vão poder construir a família que sempre quiseram...

Dá para sentir até a medula: eu estava destinada a ver esse comercial. E toda a caligrafia que ando praticando tem que servir para alguma coisa.

Só preciso convencer Cohen primeiro.

Pois é, *convencer*. Vamos apenas dizer que meu irmão mais velho é muito reservado e definitivamente não gosta de atenção.

Mas também conheço seus desejos mais profundos quando se trata de ser um homem de família, se casar e ter aquele casamento mágico de que as pessoas falam por anos a fio.

Só que por ele ser da área de construção civil e seu noivo ser professor de uma escola pública aqui da cidade, eles decidiram economizar com o casamento e se casarem apenas no civil.

Aff, que tragédia. Ainda mais porque sei que quando meu irmão toma uma dose de tequila, ele relaxa os ombros perpetuamente tensos e se solta de verdade.

Toc-toc.

Minha cabeça se vira para a porta e a ansiedade começa a tomar conta de mim como um maremoto, me deixando sufocada com respirações trêmulas.

Aguenta firme, mulher. É só o seu irmão.

Meu irmão, que merece isso mais do que qualquer outra pessoa do mundo, que ganharia com a minha ajuda. Sem dúvida posso criar um casamento que não só o país iria amar, mas que também refletisse o relacionamento intenso e amoroso que meu irmão tem com seu noivo, Declan.

Respiro fundo, abro a porta e vejo os dois homens mais importantes da minha vida parados do outro lado.

— Oi, mana — Cohen diz, se aproximando e me dando um abraço e um beijo no topo da cabeça. — Como vai?

Retribuo o abraço, adorando que o topo da minha cabeça chega apenas ao seu queixo, o que torna este abraço perfeito.

— Tudo ótimo. — Me solto de seu abraço e vou logo passando os braços ao redor de Declan e lhe dando um abraço tão apertado quanto.

Não me esqueço do dia em que Cohen saiu do armário para mim. Foi um dia ventoso e chuvoso em Connecticut, na praia onde nossos pais costumavam nos levar nas férias. O vento estava tão forte que parecia que a casa inteira seria carregada. Relâmpagos brilhavam e trovões rugiam como se estivesse acontecendo uma guerra no céu, e no meio de tudo isso, enquanto estávamos só nós dois jogando Uno, Cohen fez uma pausa, olhou para mim e disse:

— Sou gay, Luna.

Eu tinha doze anos; ele, dezesseis.

Eu pisquei. Seus olhos se encheram de lágrimas.

Eu baixei as cartas. Ele baixou as dele.

Eu o puxei para um abraço. Ele chorou no meu ombro.

Eu esfreguei suas costas. Ele ficou agarrado em mim pelo que pareceu uma eternidade.

Não me lembro muito bem do que murmurei em resposta, mas me lembro de ter ficado repetindo "eu te amo muito" sem parar, até que ele parou de chorar e se afastou, com os olhos inchados e vermelhos.

Ele me disse que estava morrendo de medo de contar para a mamãe e o papai. Falei para ele que o que quer que acontecesse, eu ficaria do lado dele — que seria seu apoio.

Cohen era gay. Por essa eu não esperava. Jamais imaginei ter essa conversa com ele, mas, naquele momento, soube que eu faria qualquer coisa para que a preocupação gravada em sua testa jamais o impedisse de ter a vida que ele merece.

Quando ele contou para os nossos pais, eu segurei a mão dele.

Quando eles ficaram ali piscando, eu apertei a mão dele com mais força.

Quando eles o envolveram num abraço, eu também o abracei enquanto ele chorava no meu ombro.

Quando eles falaram que o amariam não importava o que acontecesse, eu lhe dei uma cutucadinha de "não falei?".

Quando ele decidiu se mudar para Nova York, eu vim logo atrás, com a Farrah no meu encalço.

E quando ele me apresentou para Declan, empurrei meu irmão para o lado e dei um abraço no lindo professor sino-americano com coração de ouro.

— Como vai o meu professor favorito? — pergunto, com a mente voltando para o presente enquanto solto Declan.

— Vou bem. Só tive que separar uma briga hoje durante o intervalo, já é uma vitória.

Eu os conduzo para dentro e fecho a porta. Fico olhando, enquanto Cohen — como sempre — observa meu apartamento, balançando a cabeça.

— Quando é que você vai pendurar fotos em vez de fitas nas paredes?

Como todo mundo sabe, os apartamentos de Manhattan não são tão espaçosos, pelo menos não os em conta. Então quando eu e Farrah estávamos procurando um lugar para morar, só nos preocupamos em conseguir dois quartos numa área decente. O resto a gente dava um jeito.

E demos mesmo, mas tivemos que ser criativas.

Cada centímetro de nossas paredes está coberto de prateleiras, cavilhas e caixas organizadoras, guardando todos os meus materiais de um jeito decorativo e estiloso. Só com as minhas técnicas de armazenamento já ganhei milhares de seguidores no Instagram. As hashtags sobre organização são bem populares.

Mas isso deixa Cohen louco; ele é todo asseado e... simples quando se trata de decoração. Ele e Declan são minimalistas no último grau.

— Deixa as minhas fitas em paz, a menos que você queira que eu dê uma passada lá no Queens para deixar marcas brilhantes de mão nas paredes.

— Artesanato não é permitido lá — Declan diz, dando a volta por mim com um sorriso e indo direto para um buquê de noiva em que tenho trabalhado. Ela me mandou uns cem broches de flores de acrílico e me pediu para fazer buquês e flores de lapela para o casamento vintage dela. Tem sido difícil pra caramba, ainda mais porque sou bastante detalhista quanto ao local onde cada um deles será colocado, mas ainda bem que já estou quase terminando. — Agora, este aqui é bem interessante. — Declan pega o buquê. — Ainda tem dedos sobrando aí?

Levanto as mãos e mexo os dedos para ele.

— Só o pó da rabiola.

Cohen vai para a cozinha, onde eu tinha preparado seu *goulash* favorito. É o seu pedido sempre que vem aqui.

Ele não recorre a mim para defendê-lo quando as pessoas ficam olhando torto para ele e Declan. Ele não fica me pedindo para ir em protestos sobre os direitos dele, nem vem atrás da minha ajuda mesmo quando sei que ele está precisando. Mas quando ele vem lá de Astoria até o Upper West Side para ficar no meio desse furacão de artesanato por uma noite inteira, sempre pede a versão italiana e especial da receita de família de *goulash*.

E já nem mais precisa pedir a esta altura. É o meu favorito também. Farrah também ama esse prato e acaba tendo que brigar com Cohen pelo direito de ficar com as sobras. Farrah reivindica seu privilégio de morar sob o mesmo teto. Cohen tira a sua carta de irmão da manga. É uma batalha épica, e eu fico louca para assisti-la toda vez que deixo a panela na cozinha.

Declan dá uma olhada na panela e diz:

— Que surpresa... *goulash* de novo.

— Ei. — Dou um empurrãozinho no seu ombro. — Está criticando essa receita antiga?

— Antiga? — Declan pergunta, com a sobrancelha levantada. Ele vai até a pia e pega um pote vazio de Prego. — Desde quando molho enlatado é antigo?

— Prego é antigo, desde 1981.

— Puta merda... 1981? Caramba, é velho mesmo, hein? — Declan diz cheio de sarcasmo, nos fazendo rir. — Se quer mesmo uma receita antiga, experimenta a receita de sopa de ovo da minha avó. — Ele se abaixa e beija o topo da minha cabeça. — Mas eu adoro o seu *goulash*, mesmo você não usando molho caseiro.

Ele dá uma piscadela para mim, e eu retribuo com um sorriso.

— Quem sabe um dia, Declan. Além do mais, me passa essa receita de sopa de ovo.

— É sagrada. Acho que minha avó não vai passar assim tão fácil.

— Fala para ela que é para a sua futura cunhada que quer homenagear o seu lado da família também.

— Nesse caso, combinado. — Ele me dá um abraço lateral, enquanto Cohen vai até a panela no fogão e inala fundo.

— Está com um cheiro ótimo, Luna. Já está pronto?

— O grandão ali está com fome — Declan diz. — Ficou reclamando no caminho para cá.

Dou uma olhada no meu irmão musculoso e rio. Ele quase sempre está com fome.

— Me deixa adivinhar, você comeu só um sanduíche de nada que não saciou essa sua fome voraz?

Vou até a cozinha minúscula, onde pego algumas tigelas da Campagna Sea Blue — um presente da nossa *nonna* antes de ela falecer — e começo a servir uma porção para cada um de nós, adicionando queijo parmesão fresco por cima que comprei na delicatessen hoje de manhã.

Cohen pega duas tigelas da bancada e entrega uma para Declan. Nós três nos sentamos à bancada, eu de um lado, os rapazes do outro, e comemos.

Cohen fecha os olhos e geme baixinho.

— É tão mais gostoso do que aquele sanduíche de presunto.

— Você devia tentar levar mais do que um sanduíche para o trabalho. Não se deu conta de que queima bastante calorias com todo aquele trabalho braçal?

— A gente não tem muito tempo para fazer intervalos, aí fica difícil comer um almoço completo no meio do dia. — Cohen vai devorando bem rápido seu *goulash*, e eu acabo rindo porque o caldo escorre pelo seu queixo esculpido. Quando imaginamos Cohen, só podemos pensar na versão italiana de homem musculoso, camisa de flanela e tudo mais, com um toque daquele forte sotaque nova-iorquino.

Em questão de minutos, Cohen já está se levantando do banquinho e indo para a segunda rodada, enquanto eu e Declan ficamos encarando um ao outro com espanto, nossas tigelas ainda quase cheias.

— Hum, vai com calma aí, colega — digo, enquanto Cohen volta para seu banquinho, com a tigela cheia.

Em vez de responder, ele começa a comer sua segunda rodada.

— Buquês, hein? — ele pergunta entre colheradas de macarrão.

Ah, Cohen. *Goulash* é sempre um acerto com ele.

— Sim. Um pedido de mil dólares. Até agora, foram dois dias de trabalho. Me atrasou um pouquinho com os outros projetos e com o estoque da loja, mas eu estava muito a fim do desafio. Aí esse pequeno atraso não faz mal. Vou dar conta.

— Mil dólares por dois dias de trabalho, que você pode fazer de casa, vendo TV o dia todo. — Declan balança a cabeça. — Caramba, como eu errei de profissão.

— Como assim? — pergunto. — Tudo bem que o seu salário é uma merreca, chega em casa resfriado pelo menos uma vez ao mês e já deve ter sido chutado na canela pelo menos uma dezena de vezes. Mas você ajuda a moldar a mente das gerações futuras. Como diz que não é gratificante?

Ele ri.

— Quando você mostra por esse ângulo...

— Declan te contou sobre o pai que está criando uma confusão com o diretor?

— Cohen — Declan avisa.

— O que foi?

Eles têm uma dessas conversas silenciosas, usando só o olhar — o tipo de conversa que só casais que já estão juntos há anos têm.

Me inclino para frente e quebro o contato visual.

— Não, mas me conta, por favor.

— Não é nada — Declan diz, se voltando para a sua colher.

Suspiro.

— Ou você me conta agora, Declan, ou Cohen vai acabar contando quando você não estiver por perto. Sabe como é com a gente. A gente divide cada detalhezinho. — Ergo a sobrancelha. — Cada detalhe.

— Não tanto assim — Cohen fala às pressas, pondo a mão na coxa de Declan por baixo da bancada. — Vai por mim... não tanto assim.

Apoio o queixo na mão e observo meu casal favorito de todos os tempos. Meu Deus, como eu amo esses dois. Essa parceria entre eles. A provocação, os rápidos olhares cúmplices, as trocas silenciosas. Os toques reconfortantes e amorosos aqui e ali que eu só vejo quando estamos longe dos olhos do público. Eles não deixam na cara, mas dá para ver nos olhos deles, na forma como cuidam um do outro: estão perdidamente apaixonados — mais uma razão para eu querer os dois nessa competição casamenteira.

— A gente não precisa manter isso em segredo. — Cohen se vira para mim. — O pai de uma criança da turma do Declan ficou sabendo da festa de noivado que o corpo docente organizou para mim e para Declan e virou uma fera. — O queixo de Cohen fica tenso enquanto olha para a própria tigela. — Ele não quer que o filho seja educado por um gay.

— Ai, meu Deus. — Reviro os olhos, irritada com a ignorância que ainda corre solta pelo mundo. Que absurdo. Estou prestes a mandar esse pessoal descer das tamancas, mas então me dou conta de que a última coisa de que Declan e Cohen precisam é um discurso inflamado. Eles precisam de alguém para consolá-los, e da melhor forma possível. — Esse pai idiota deve ter lido aquele artigo.

— Que artigo? — Declan franze a testa.

— Aquele sobre pegar "o vírus gay", sabe? Você não viu? Era sobre como uma pessoa pode acabar virando gay depois de ser tocada por um gay enquanto ele está bebendo chá com o mindinho levantado. Uma leitura devastadora. Parece que houve um surto "gay" lá no SoHo, durante a leitura de poesia. Os gays de mindinho levantado estavam atacando os hipsters certa vez. Uma loucura. Tiveram que fechar aquela lojinha de chá de maconheiro, enchê-la de testosterona, e aí reabri-la como um bar de clube de luta exclusivo de que ninguém deveria ficar sabendo, mas todo mundo sabe. — Levo uma colherada à boca, enquanto Declan e Cohen cruzam os braços, sorrindo apesar de tudo. — Vocês não ficaram mesmo sabendo do artigo... no seu radar gay? Caramba, vocês dois devem estar ficando velhos se estão perdendo notícias assim.

Cohen franze a testa.

— Não é assim que o radar gay funciona.

— É assim que eu imagino. — Dou uma piscadela, e os dois balançam a cabeça para mim enquanto se voltam para o jantar. — Nem liga para isso, Declan — digo, ficando séria. — Esse pai é só um idiota. Em algum momento, ele vai se dar conta da própria ignorância e vai se arrepender não só de ter tirado a oportunidade de o filho dele aprender sobre as diferenças, mas também por não ter ficado sabendo o quanto você é incrível.

Declan sorri de leve.

— Obrigado, Luna.

Dou uma piscadela.

— Tudo pelo meu futuro cunhado. E isso me leva ao assunto da noite. — Esfrego as mãos, e Cohen semicerra os olhos.

— Não gosto quando você esfrega as mãos assim. Isso aí significa encrenca.

— Não é encrenca, irmão. É oportunidade.

— Oportunidade é a mesma coisa que encrenca.

— Escuta primeiro.

Seus ombros ficam visivelmente tensos.

— Sempre que você começa uma frase com "escuta primeiro", sei que isso vai envolver trabalho com aquela pistola de cola.

Ele pode ter me ajudado vez ou outra quando eu ficava atrasada com os pedidos. Mas pouco importa no momento.

— Pode *acabar* envolvendo a pistola de cola...

— Me deixa fora dessa. — Cohen me dispensa com um aceno de cabeça. — Seja o que for, não vai rolar. Não mesmo. Foi mal, mana.

— Só escuta primeiro — Declan pede, cutucando Cohen com o ombro. E é uma das razões para eu amar tanto esse homem. Quando Cohen fica emburrado ou se fecha, Declan dá um jeitinho de fazê-lo se soltar.

Cohen pega um guardanapo e limpa a boca, então se endireita, com os braços cruzados. Ele me olha daquele jeito, e eu cresci com esse olhar, a expressão pensativa, porém cautelosa, enquanto espera pela minha próxima ideia "biruta" — pelo menos é como ele chama.

— Tá bom, por que vou ter que usar a pistola de cola?

— Bem. — Ponho as mãos na bancada e me inclino para frente. — Sabe como vocês sempre quiseram morar aqui em Manhattan, num apartamento grande, e construir uma família?

— Sim, e...? — Cohen diz arrastado, cético.

— E se eu dissesse que vocês podem ganhar uma cobertura em Manhattan só se casando?

— Eu diria que não estou interessado. — Cohen se volta para sua tigela, nem mesmo me dando uma segunda chance. Declan, com essa alma gentil que ele tem, dá uma cotovelada em Cohen, fazendo meu irmão revirar os olhos e dizer: — Desembucha, Luna.

Acho que é agora ou nunca. Me preparo para uma decepção épica e solto.

— Então. O *Jogo do Casamento*... aquele programa do DIY Network, conhecem? Está atrás de concorrentes aqui em Nova York. Vocês precisam estar prestes a se casar, morar aqui em Nova York e estar dispostos a planejar um casamento com menos de dez mil dólares. Os vencedores são escolhidos pelo público. E só por essa atitude de lenhador gay e gato que você tem, a vitória já está na mão. Aí você vai para casa com as chaves de um apartamento fantástico onde construirá a sua vida.

Cohen fica me olhando.

Pisca.

Mastiga outro bocado de macarrão e diz:

— Não.

— Aff, por que não? — choramingo. — Pode ser a chance de vocês, Cohen. Podem conseguir o casamento dos sonhos. Lembra? Você me disse que não queria um casamento...

— Luna — Cohen me corta, firme. — Não.

— Você não queria o quê? — Declan pergunta, se virando no banquinho.

Ah...

Será que Declan não sabia?

Droga.

Afundo no assento, tentando me transformar no banquinho. Ser pega entre o meu irmão e Declan nunca é uma coisa boa. Nunca termina bem, e eu costumo ganhar um puxão de orelha depois. Pela forma como Cohen está me olhando, eu já deveria ir marcando um sermão para as dez da noite.

— Nada — Cohen diz entre os dentes cerrados.

Pode ser que eu tenha que marcar para as nove e meia.

— Você não quer o casamento no civil? — Declan pergunta, e Cohen olha mais uma vez para mim, com as sobrancelhas quase chegando ao meio da testa.

Engulo em seco.

Nove. Pois é, o puxão de orelha vai ser às nove.

Com um longo suspiro, ele se vira para Declan.

— Não se preocupa com isso, e também não era para a Luna ficar xeretando. Eu já falei não, e ponto final.

Capítulo 2

Alec

— *Não* acredito que você descolou a casa dos Hamptons — Lucas, meu colega de trabalho e amigo diz, enquanto se recosta no sofá do meu escritório, com os olhos impressionados voltados para o teto. — Como conseguiu que aquele babaca recuasse?

Satisfeito com a minha participação na arbitragem de hoje, ponho os pés sobre a mesa e sorrio.

— Usei uma pilha de fotos como evidência.

— Puta merda. — Lucas ri. — Quem foi dessa vez? A assistente?

— Empregada. No solário. Com um vibrador no toba.

— No toba dele ou dela?

— Dele.

Lucas se endireita e cruza as mãos.

— Você está me dizendo que pegou o presidente da Markman and Wire, a empresa de publicidade de maior prestígio aqui de Nova York, com um vibrador no toba num solário?

Assinto.

Lucas solta um assobio baixo e se recosta outra vez.

— Seu detetive particular merece um aumento.

— Todo santo dia penso nisso. Mas se eu fosse Elijah Markman, não ia ficar traindo a minha mulher num solário, onde qualquer um nos arbustos por perto poderia tirar fotos. — Mas eu jamais trairia a minha mulher... ou teria uma esposa, no caso.

Casamento não foi feito para os babacas realistas e frios como eu. Casamento foi feito para os tolos inocentes e cegos, que acreditam que a felicidade está na outra pessoa. É fato: a única pessoa que pode nos fazer felizes somos nós mesmos.

Ser o melhor advogado de divórcio de Nova York pode nos esclarecer uma coisa: homens são iguais a porcos. É verdade que tem alguns homens bons por aí, e são as mulheres que ferram com eles, mas, na minha profissão, costuma ser os homens. Eles costumam trair e querem ferrar com as mulheres o quanto puderem na hora do divórcio. Mas não quando estou envolvido.

Resumindo: nunca vou me casar.

— Eu vou me casar!

A porta do escritório se escancara, assustando nós dois. Nossos olhos se voltam para a porta, enquanto Thaddeus entra flutuando — pois é, flutuando —, de braços abertos, antes de fazer uma demorada e idiota reverência.

— O que você está fazendo aqui, Thad? — pergunto, tiro os pés da mesa e apoio as mãos na superfície fria de vidro.

— Vim encantar meu irmão mais velho com as novidades do meu noivado.

— Já estou sabendo que você está noivo. Você me ligou dois meses atrás para falar isso.

— Pois é, e ainda estou esperando o presente de noivado. Achei que você tinha esquecido.

Como eu esqueceria o noivado do Thad? Ele ficou gritando ao telefone, contando cada detalhe, e eu só atendi a ligação porque ele já tinha me mandado uma dezena de mensagens antes, me contando que ia me ligar às oito da noite em ponto, e era melhor eu atender.

Por um breve instante, cogitei deixar a ligação cair no correio de voz, só para fazer sua pressão arterial ir às alturas — coisa de irmãos —, mas pensei bem e acabei atendendo.

Verdade seja dita, duvido um pouco da sanidade da Naomi. Thad é um cara peculiar. Um homem quando precisa ser, um mulherengo na faculdade e um bebê chorão na maioria das vezes. Pode ser que seja culpa minha. Eu o mimei quando éramos crianças, mas alguém tinha que se certificar de que ele não se tornasse tão cético quanto eu. Ainda dava para ver a esperança de ter uma família perfeita nos olhos dele, apesar das constates gritarias dos nossos pais.

Meu pai era um viciado em trabalho de Wall Street; minha mãe era uma esposa troféu sem emoção nenhuma. Eram a imagem perfeita de fachada, e uma tragédia de casamento na intimidade. Era difícil vê-los felizes juntos. Era difícil tê-los no mesmo cômodo sem discutirem.

Sempre por causa do dinheiro.

É por isso que todo mundo briga. Dinheiro.

É por isso que eu tenho horror disso.

Detesto ter que precisar dele para manter uma certa imagem para o meu trabalho e detesto que seja ele que faça o mundo girar.

Me recosto na cadeira, apoio o tornozelo no joelho, pego uma caneta e começo a girá-la.

— Não esqueci. Só não achei que era necessário.

— Não era nece... — Thad para de repente quando enfim vê Lucas. Parece que meu amigo está desorientado com essa conversa. — E aí, cara. — Ele estende a mão. — Me chamo Thaddeus.

Lucas se levanta e dá um bom aperto na mão de Thad.

— Me chamo Lucas. Prazer.

— O prazer é meu. — Thad ajeita o paletó. — Já comprou um presente de noivado para um irmão?

— Não tenho irmãos. Foi mal, cara — Lucas responde, com um leve engasgo na voz.

— Mas compraria se tivesse? — Thad insiste, óbvio que tentando ter razão.

Um sorriso cruza o rosto de Lucas, e sei que ele está prestes a tornar as coisas exponencialmente piores para mim.

— Eu daria uma festa.

Thad se vira devagar, com as mãos na cintura, narinas dilatadas. Entre os dentes cerrados, diz:

— Ouviu só, Alec? Uma festa de noivado.

Olho para o meu tornozelo.

— Pois é, já ouvi o babaca. — Ergo a cabeça bem a tempo de ver o enorme sorriso de Lucas. — Pode ir embora agora.

Ele bate continência com dois dedos.

— Meu trabalho aqui está feito. Me avisa se ainda quiser sair para almoçar.

— É por sua conta! — grito antes que ele saia.

Thad fica olhando para as costas dele e depois se vira para mim.

— Ele parece um comediante. — Sem esperar por um convite, Thad dá a volta em uma das cadeiras na frente da minha mesa e se senta. — Preciso te pedir um favor.

Droga... só pode ser uma coisa de que não vou gostar. Só pela animação nos olhos dele e pelo fato de que veio até o meu escritório, já dá para saber que não vai ser apenas um grande favor, mas também um que vai acabar tornando a minha vida um milhão de vezes mais difícil.

— Nada de "e aí, irmão, como vai?" — pergunto, forçando minha voz a ficar firme. — Já vai direto ao ponto?

— Como se você curtisse ficar de conversinha.

— Posso estar a fim disso agora — digo, só para torturá-lo a esta altura.

— Quer ficar de conversinha? Tá bom. — Thad cruza os braços. — E aí, irmão, como vai? Ah, é mesmo? Ocupado. Que ótimo. Pois é, também andei ocupado, mas ainda arrumo tempo para mandar mensagem. Sabia que foi aniversário da mamãe outro dia? Eu sabia, porque fui no almoço dela. Fui o único filho dela lá, e foi bem triste, já que ela deu à luz dois meninos. Foi um almoço chato pra caramba, com um bando de senhorinhas de chapéu falando que o último lifting facial da Candace Howe, de acordo com elas, deixou uns estragos nas sobrancelhas dela. Ah, e sabia que vaginas ficam secas quando envelhecem, deixando as coisas difíceis para fazer sexo? Agora eu sei, graças à mamãe descrevendo o melhor lubri...

— Chega de conversinha. — Ergo a mão enquanto a bile começa a subir pela minha garganta.

— Ah, você *não* quer falar sobre a vagina seca da mamãe?

— Vamos pular para a parte do favor.

— Foi o que pensei. — Thad sorri. — Sem mais rodeios. Como já sabe, vou me casar com a linda da Naomi. Casamentos são caros...

— Então você precisa de dinheiro? Quanto? — Estendo a mão para a gaveta para pegar minha carteira, irritado por mais uma vez o dinheiro tomar conta de mais uma coisa na minha vida.

— Não preciso de dinheiro. — A culpa me apunhala com o olhar ofendido de Thad. Eu já deveria saber a esta altura. Thad nunca pede dinheiro. Só atenção. E a ideia de ele pedir minha atenção me faz desejar que ele só queira um cheque.

— Desculpa. — Esfrego a nuca. — O que você quer?

Ele olha para o lado, e seu comportamento de irmão mais novo irritante muda para o do noivo preocupado.

— Quero dar a vida maravilhosa que Naomi merece. — Ele ri. — Por me aturar e me amar. Queremos morar em Manhattan, enfim fazer essa mudança. Só que não tenho dinheiro para isso e o casamento ao mesmo tempo. Foi aí que cruzei com a oportunidade de entrar em um programa de casamento, em que os competidores têm que planejar um casamento aqui em Nova York dentro do orçamento. — Ele olha para mim.

Ahhh.

Merda.

Acho que já sei onde isso vai chegar.

— O *Jogo do Casamento*. Já ouviu falar?

— Não.

— Imaginei. Eles estão atrás de casais. Eu e Naomi seríamos perfeitos. O casamento seria pago e o grande prêmio é uma cobertura em Manhattan. Eu com certeza tenho o carisma para um programa de TV. O público vai votar, e é claro que eles vão escolher este lindão aqui. — Ele cria uma moldura ao redor do rosto, e eu reprimo a vontade profunda e passional de dar um tapa na mão dele. — Dá para sentir lá no fundo. A gente vai vencer, mas tem um problema.

— Sempre tem.

Me ignorando, ele diz:

— Cada casal precisa de pelo menos um membro da família participando. Já que a família da Naomi mora no Oregon...

— Não.

Nem preciso pensar duas vezes. É um grande não definitivo para mim.

Televisão.

Planejar casamento.

Ter que lidar com o que imagino que vai ser um noivo maluco como irmão...

Sem contar que sou especialista em divórcios destruidores, não no felizes para sempre, e não saberia o que é um vínculo familiar mesmo se fosse um buquê bem na minha cara.

Não, valeu.

— Você não pode me *negar* isso.

— Posso e foi o que fiz. — Movo o mouse para acender a tela. — Tenho que trabalhar, Thad. Se é só isso, então já pode ir.

Me viro para o computador, mas ainda consigo sentir seu olhar verde profundo em mim enquanto a tensão começa a crescer entre nós.

Ele está prestes a explodir.

De canto de olho, dá para ver seu peito subindo e descendo rápido. Dá para ver a tensão no seu queixo, seus olhos semicerrados, a raiva na ponta da língua.

— Eu não vou aceitar não como resposta. — Sua voz está tão baixa, tão ameaçadora, que se eu não soubesse que meu irmão é só conversa, poderia ter ficado com um pouco de medo.

Mantendo os olhos fixos na tela, falo:

— Você vai ter que arrumar um jeito de aceitar não como resposta, porque não vou mudar de ideia.

Em vez de sair correndo como imaginei que ele fosse fazer, ele se inclina para frente, pega uma caneta da minha mesa e a joga na minha testa, me acertando bem na têmpora. Quando me viro para encará-lo, ele nem mesmo se mexe.

— Naomi está grávida.

Tudo bem, por essa eu não esperava. Giro na cadeira e fixo os olhos nele.

— Sério?

— Não, bobo, eu faria brincadeira com uma coisa dessas. — Ele revira os olhos, e me dou conta de que foi uma pergunta idiota.

— Caramba, quer dizer... caramba — repito. — Você está... feliz?

— Claro que estou feliz. Vou ser pai, pelo amor de Deus. É um sonho. Foi meio que fora de ordem, mas é maravilhoso mesmo assim.

— Parabéns, Thad. É maravilhoso.

— É uma das maiores razões para eu querer isso e o motivo de precisar dessa oportunidade. — Ele faz uma pausa. — Seria um grande avanço para a minha família.

— Você pode ter um casamento mais simples, Thad, e economizar para um apartamento em Manhattan.

— É difícil economizar quando só tem uma fonte de renda. Você sabe muito bem que Naomi foi demitida alguns meses atrás e agora que ela está grávida, não vai arrumar emprego tão fácil. Não sou um advogado de divórcio, sou só um coordenador de eventos.

— Tem outras maneiras...

— Não tem, Alec. Você é a única opção, e mesmo que não fosse, eu ainda iria querer você ao meu lado.

— Porque sou especialista na luz e na alegria de um lindo casamento — respondo com um tom de sarcasmo.

— Nããão — Thad diz arrastado em um tom irritante. — Porque você sabe como fazer tudo ficar melhor. — Congelo, e os pelos do meu braço se arrepiam de apreensão. Ele continua: — Quando eu era pequeno, você sempre sabia como me fazer rir, como me ajudar a esquecer o ambiente em que estávamos crescendo e como transformar uma situação de merda em uma lembrança para a vida. Você sempre se saiu bem, e sei que também se sairia bem nisso e ajudaria a gente a ganhar. Você é batalhador.

— Eu não sou batalhador — retruco, passando a mão no rosto. — Não sou aquele mesmo cara, Thad. Sou...

— Você é um irmão de merda. — Ele me olha sério, e apesar de tudo, me sinto ofendido. Tudo bem, pode ser que eu tenha andado meio ausente, mas ser chamado assim? Acho que não, porra.

— Só porque não vou ficar desfilando com você, enfeitando cadeiras com tule em rede nacional?

Ele balança a cabeça.

— Não, mas porque assim que você terminou a faculdade, praticamente se esqueceu de mim. Sair com você é como tentar agrupar um bando de gatos numa sala. Você mal me dá um minutinho do seu tempo, e quando eu consigo te ver, você fica distraído. Sua mente não sai do trabalho. Não quero que a gente acabe se afastando como irmãos, só nos falando quando uma coisa traumática acontecer na família. Estou com saudade, Alec. E seria uma droga meu filho crescer sem te conhecer.

Ele fica me encarando, e seus olhos vão crescendo a cada segundo. Como é possível uma coisa dessas?

— Quero que meu filho brinque com o tio Alec, que conheça o cara com quem eu cresci. O cara divertido, protetor e inteligente que me ajudou a me tornar o homem que sou hoje. Por favor, Alec. Se não por mim, pelo menos pelo meu filho...

Puta Merda.

Capítulo 3

Alec

— Então, aquele lá era o seu irmão? — Lucas pergunta.

— Era — digo, me apoiando na bancada, com a cerveja em mãos. Não sou muito de beber durante o dia, mesmo nos fins de semana, mas depois de tudo pelo que Thad me fez passar, preciso de uma cerveja.

— Vocês não têm nada a ver um com o outro.

E isso é estranho, porque aparentemente eu sou o único que o "criou". Mas é verdade, não temos nada a ver um com o outro. O nível de sensibilidade do Thad é assustadoramente alto, enquanto eu me sinto morto por dentro.

Mas não estou só passando pela vida sem propósito nenhum. Depois de ter me formado no ensino médio e ter sido aceito na Colúmbia, soube de uma coisa: eu ia me tornar advogado, então quando os babacas como o meu pai traíssem as mulheres, eu ia ajudar a dar o troco... com vitórias gigantes em favor de suas futuras ex-mulheres. Defendo apenas mulheres, procuro vingança para elas, e volto para o meu apartamento de tamanho médio, minimamente decorado, tomo umas doses de uísque e vou dormir. E aí repito todo esse processo no dia seguinte. De vez em quando faço sexo sem compromisso ou saio com os amigos, mas essas duas coisas são raras para um viciado em trabalho.

Só que Thad... não é viciado em trabalho. Ele cumpre o horário, faz um trabalho decente e volta para casa para assistir a cada nova série da Netflix com Naomi. Eles vivem saindo — e só sei disso porque Thad fica me chamando para ir com eles — e adoram experimentar coisas novas, em geral de graça. Galerias de arte, telões de cinema no Central Park, shows de comédia... seja lá o que for, eles já fizeram.

Thad se diverte.

Enquanto eu já devo ter esquecido o que significa me divertir.

Mas o que anda me assustando agora foi a última declaração de Thad, que ele disse ao olhar para trás a caminho da porta.

Não se transforme no nosso pai. Não vire um viciado em trabalho que só se importa com o próprio umbigo.

Porra, isso me atingiu fundo. A última pessoa que eu gostaria de me tornar é o meu pai. Todos os dias faço questão de que o ditado "filho de peixe, peixinho é" não seja usado para mim.

Mas Thad me fez pensar. Me fez refletir sobre a vida, e, caramba, me fez cogitar sua proposta.

É por isso que estou sentado num bar com Lucas, esperando pelo hambúrguer enorme e as maiores fritas possíveis.

— Seja lá o que ele disse, deve ter te abalado, cara. Você está meio pálido.

Beberico a cerveja.

— Ele quer que eu participe de um programa de TV com ele.

— Como é? — Lucas ri. — Que programa?

— *O Jogo do Casamento.*

— Ah, merda, aquele com a Mary DIY? Ela é gostosa, cara. Eu a deixaria costurar alguma coisa para mim. De vez em quando assisto ao programa só para vê-la.

Giro a cabeça para encarar meu amigo.

— Você é a fim de uma mulher faz-tudo?

Lucas já está digitando no celular e o levanta um instante depois. Droga, tudo bem, já vi por que ele anda assistindo ao *Jogo do Casamento*. Cabelo loiro elegante, olhos azuis brilhantes, corpo lindo. É, saquei.

— Ela é gostosa. E inteligente, cara, cria umas coisas bem loucas. —

Ele faz uma pausa, e então seus olhos se iluminam. — Puta merda, se você participar do programa, vai poder me apresentar a ela.

Balanço a cabeça e me volto para a cerveja.

— Não há garantia de que Thad e Naomi vão ser escolhidos. E eu também não me comprometi a participar do programa.

— Não? — Lucas parece perplexo de verdade, como se eu não tivesse que pensar duas vezes para aceitar. — Por que não?

— Por que eu faria isso?

Lucas dá de ombros.

— Não sei como é a sua família, mas pela tensão lá no escritório, deu para ver que tem algum ressentimento entre vocês.

— Não estamos tão próximos como antes. — É só o que digo, tomando um longo gole de cerveja.

— Alec... — Lucas fica quieto por um instante antes de expirar alto. — Eu perdi meu irmão por intoxicação alcóolica. — *Puta merda.* — Ele estava implorando pela minha ajuda, tinha enchido a cara e aí desmaiou. Ninguém nem notou. — Ele fica cabisbaixo. — Se eu fosse você, faria qualquer coisa para que nada ficasse entre vocês dois. Nunca se sabe quando será a última chance de vê-lo de novo.

— Porra, Lucas. Eu não sabia — falo, me sentindo um completo babaca.

— Não sou de ficar falando disso e não quero mesmo focar nisso agora. Só queria te dar perspectiva. Seja lá pelo que vocês passaram, não pode ser tão ruim assim que não dê para resolver, né?

Coço a lateral do queixo, sabendo muito bem o que está me impedindo.

Sempre que vejo Thad, vejo aquele garotinho assustado que ele costumava ser. Vejo o medo nos olhos dele, a incerteza do que iria acontecer com a nossa família. Me deixa enjoado, me deixa com raiva. Raiva pelo fato de dois adultos não terem conseguido se recompor pelos próprios filhos, por terem nos deixado sozinhos, sem ninguém com quem conversar além de nós mesmos, um garoto de dez anos e outro de catorze. Estávamos nos afogando nos problemas deles, sem um bote salva-vidas. E essa raiva toma conta de mim — cresce cada vez mais, até que não consigo respirar.

— É complicado — finalmente respondo. — E acabou de ficar ainda mais. — Viro o rosto para o lado, tentando aliviar a dor de cabeça que está tomando conta de mim. — A noiva do Thad, Naomi, está grávida. Thad quer que eu faça parte da vida do bebê.

— Ah. — Lucas assente. — Thad acha que participar do *Jogo do Casamento* pode ajudar a dar um jeito nas coisas, virar a página do relacionamento de vocês.

— E tem outras razões também. — E não quero entrar em detalhes sobre essas razões com Lucas.

— Me parece o suficiente para aceitar.

— Eu sei. — Passo a mão no rosto. — Acho que não vou ter escolha.

Lucas balança a cabeça assim que nossos pratos chegam. O hambúrguer que pedi já não está parecendo tão apetitoso assim.

Fico dando batidinhas com o pé, com as mãos nos bolsos da calça, esperando a porta se abrir para mim. Depois de um longo almoço com Lucas, tentei me convencer de que não precisava aceitar, que poderia encontrar outra maneira de recuperar o nosso relacionamento, mas não conseguia tirar o rosto desesperado de Thad da cabeça. É uma coisa que ele quer tanto e, apesar de tudo, sempre tentei fazer meu irmão feliz.

E isso me trouxe aqui.

A porta se abre, e vejo o cabelo ruivo de Naomi do outro lado, seguido por seus olhos surpresos, um tom de verde mais claro que o meu e de Thad. Mais bonito.

— Alec. — Ela abre mais a porta. — Não estava te esperando. Entra.

Entro no apartamento de um quarto no Bronx, e Naomi me dá um rápido abraço. Lembro quando Thad e Naomi se mudaram. Comprei um presente para eles — uma nova TV smart —, mas não levei em consideração o espaço limitado quando comprei uma TV de setenta polegadas. Quase toma conta da parede inteira.

Dá para ver por que Thad quer um lugar maior. Sei que eles já pagam mais de dois mil dólares de aluguel, e, sério, pra quê? A cozinha, a sala de jantar e a sala ficam espremidas em um longo cômodo. À direita está o quarto e o banheiro, com um armário para casacos perto da porta da frente — e é isso. Bem diferente do apartamento da Park Avenue da nossa infância, o mesmo apartamento que meu pai levou com o divórcio, apesar da minha mãe ter ficado com a guarda de duas crianças.

— Que bom ver você. — Se virando para o quarto, Naomi chama: — Thad, é o seu irmão!

No mesmo instante, a cabeça de Thad aparece na porta.

— O quê?

Quando ele me vê, fica boquiaberto por um instante antes de fechar a boca e vir até a sala, usando calça de moletom e minha velha camisa de beisebol que dei para ele antes de terminar a faculdade. Como ainda serve nele? Tudo bem, a gente até usava um número maior na época, mas mesmo assim...

— Oi, Thad — digo, balançando nos calcanhares, me sentindo esquisito pra caramba e desejando ter feito tudo por telefone.

Mas desse jeito bem Thad, ele me puxa para um abraço apertado e diz:

— Comprei um bolo de cenoura da padaria da esquina. A gente já ia comer um pouco. Quer um pedaço?

— Claro.

Naomi pega um prato extra, enquanto Thad me dá outro abraço. Seus braços são tão familiares... como se eu estivesse em casa. Retribuo o abraço com um tapinha nas costas e então me afasto, já cheio dessa meiguice.

— Já deu, né? — Thad pergunta, sem dúvida sentindo minha necessidade de escapar da cena do crime, onde abracei meu irmão duas vezes seguidas só por ter aparecido em sua casa.

— Hum, pois é.

— Tudo bem. Vamos com calma.

Naomi traz o bolo, e todos nós nos sentamos no sofá na área de sala/

sala de jantar/cozinha. Enquanto eles pegam os garfos, eu apenas fico olhando para a minha fatia. Eles estão agindo como sempre, como se fosse um hábito de domingo à noite. Isso pode acabar sendo bem mais difícil do que imaginei.

Querendo ir direto ao ponto e dar o fora daqui, digo:

— Hum, vou fazer aquilo.

Thad pega o garfo e me força a segurá-lo.

— Come, mano.

Dou uma olhada nos dois e então repito:

— Vocês me ouviram? Falei que vou fazer aquilo.

— Eu sei — Thad responde, com a boca cheia de bolo. — Sabia que você aceitaria. Você sempre ajuda quando preciso. — Ele sorri e continua comendo bolo.

Pois é... droga.

Pelo visto, eu sou o sr. Pode Contar Comigo.

Capítulo 4

Luna

— O que foi? Você ama os meus biscoitos e molho. Assim como sou louca pelo seu *goulash*, e vou ser franca, estou irritada por você ter guardado só uma tigela para mim — Farrah diz, enquanto estamos sentadas à bancada no nosso apartamento escuro, com *Grey's Anatomy* passando ao fundo.

— Você não estava em casa. — Suspiro, cutucando um dos biscoitos com o garfo. — Cohen veio com a carta do irmão e levou o resto para casa. Foi mal. Ele ficou bravo comigo, aí eu não quis brigar. Faço mais para você no fim de semana.

— Cohen? Bravo com você? Não creio. Cohen nunca fica bravo com você.

— Mas agora está. Ele tem sido monossilábico nas respostas para as minhas mensagens. Sei que ele anda atarefado com todas as novas renovações que a empresa tem feito, mas ele não é do tipo que dá respostas monossilábicas.

Farrah dá uma grande mordida no biscoito.

— Tá bom, me conta o que aconteceu. Está na cara que foi quando ele esteve aqui naquela noite.

Assinto, me recostando, e então fico apenas olhando para a comida.

— Já ouviu falar do *Jogo do Casamento*?

— Aquele programa de casamentos? É tipo um crossover de *Master Chef* e *America's Got Talent*, só que com artesanato?

— É.

— Já vi alguns episódios. Acho que a temporada em Nashville.

— Eles virão para Nova York, e sugeri para Cohen e Declan concorrerem. Eles seriam perfeitos.

— Hum, seriam mesmo. Lenhador nova-iorquino e professor asiático sexy? O programa foi feito para eles. O país iria votar neles sem pensar duas vezes.

— Foi o que eu disse. Eu ajudaria com tudo, e eles venceriam. Sei que venceriam. Dá para sentir. E o prêmio é uma cobertura em Manhattan. Eles finalmente poderiam morar aqui perto.

— Me deixa adivinhar: Cohen não quer saber disso.

— Mais certa que isso, impossível. — Enrolo o guardanapo e o jogo na bancada. — Detesto como... ele é tão rígido às vezes. Se solta, cara. Essa poderia ser uma oportunidade divertida, mas já foi logo dizendo não.

— Nem sei como você chegou a esperar que ele fosse pensar nisso. É Cohen, lembra? Ele detesta holofotes. Não é o tipo de cara que quer sair por aí exibindo a vida num reality show.

— Mas bem que poderia. Já o vi se soltando.

— Quando fica bêbado? — Farrah retruca. — E isso é raro. Desencana, Luna, não tem como você forçar ele a se inscrever.

— Quem sabe Declan? — pergunto, já sabendo a resposta.

— Declan é honrado demais. — Farrah balança a cabeça. — Se Cohen disse não, então é não.

Detesto quando ela tem razão.

— Meu Deus, por que eles têm que ser tão absurdamente perfeitos? — Descanso a cabeça na beira da bancada e balanço os braços no ar. — Será que não enxergam o quanto isso seria maravilhoso? Um casamento de graça, um lindo casamento de graça. Eu poderia fazer o casamento dos sonhos deles. Eles não precisariam se contentar com o civil. E aí, quando eles vencessem, porque sei que venceriam, poderiam morar tão mais perto da gente, e isso significaria mais *goulash*. — Levanto a cabeça bem a tempo para que Farrah possa me ver mexendo as sobrancelhas.

— Você não precisa me convencer. — Ela dá outra grande mordida no biscoito.

— Ele quer mais — digo, baixinho, desviando o olhar.

— Como assim?

Mordendo a lateral do lábio, respiro fundo e cutuco meu biscoito de novo.

— Como você bem sabe, Cohen não sai por aí exibindo o amor dele. Ele mantém tudo por baixo dos panos porque não quer deixar as outras pessoas desconfortáveis. — Reviro os olhos. — Pois é, ridículo. Mas antes de Declan aparecer, quando o casamento gay estava sendo legalizado no estado de Nova York, eu e Cohen estávamos vendo tudo se desdobrar na CNN, o tempo todo de mãos dadas. Quando a lei foi aprovada, Cohen soltou um longo suspiro, como se tivesse aliviado o peso nas costas. Ainda dá para ouvir na minha cabeça o quanto ele ficou aliviado. Aliviado por conta de um direito humano básico.

— Me lembro de todas aquelas bandeiras de arco-íris que ficamos mandando uma para a outra. — Farrah sorri, pensativa.

— Depois que eu parei de ficar saltitando pela vitória, Cohen me puxou de volta para o sofá e me falou que já chegava de reprimir seu amor, e que quando conhecesse o cara certo, queria fazer desse dia algo memorável. Não precisava ser caro ou chique, mas ele queria uma comemoração, um momento para aproveitar o amor que ele sabia que teria com alguém. — Engulo o nó na garganta. — Quero que ele tenha isso. Esse programa pode dar *isso* a eles, mas ele já foi logo rejeitando sem nem mesmo pensar a respeito.

Farrah enfia o resto do biscoito na boca e diz:

— Quer saber, se fosse o meu irmão, eu simplesmente o inscreveria sem ele saber. Como é que dizem? Aja agora, peça desculpas depois? É o que eu faria.

Fazer a inscrição por ele?

Por que não pensei nisso antes?

Como se a sugestão tivesse me trazido de volta à vida, me levanto e ergo o punho, declarando:

— Devo fazer a inscrição.

Farrah congela, com o garfo a meio caminho da boca.

— Peraí, não falei para *você* fazer isso.

— É tão simples. Basta fazer a inscrição, e aí quando eles forem aceitos, não vão mais poder ficar bravos por causa do casamento de graça.

— Eu só estava divagando, Luna... não estava falando sério.

— Tenho todas as fotos do noivado deles — digo, folheando mentalmente as muitas e muitas fotos espontâneas que tirei de Cohen pedindo Declan em casamento na Brooklyn Bridge, onde eles se conheceram durante um clube de corrida para homens gays, mas nenhum dos dois continuou participando. — Dá para usar uma dessas para a inscrição. Já sabemos o quanto eles estão lindos em todas elas.

— É uma péssima ideia.

— Dá para fazer a inscrição agora mesmo. Sei os dados deles.

— Luna! — Farrah grita, enquanto eu ando feito um zumbi perturbado, mas feliz, até a mesa de centro, onde meu computador está bem quietinho.

— Imagina o alívio na cara deles quando eu falar que foram selecionados e não vão ter que se preocupar com nada.

— Acho que eles vão te matar, e eu não quero ficar pagando o aluguel sozinha.

Em um torpor, digito a senha.

— Com certeza eles vão comprar alguma coisa para mim. Ah, quem sabe aquele novo conjunto de marcadores de aquarela que eu venho namorando?

— Pensa no que você está fazendo, Luna. Cohen vai...

— Aposto que vão comprar um daqueles cannolis gigantes de que vivem falando. O de pistache. Fico com água na boca só de pensar.

— Eles vão te matar.

— Me matar de elogios. — Pesquiso as inscrições do *Jogo do Casamento* e então clico no primeiro link que vejo. Quando aparece a inscrição para Nova York, a empolgação floresce na boca do meu estômago. Vai ser ótimo.

Maravilhoso.

Eles vão ficar imaginando o que fariam sem mim.

Cohen é tão sortudo de ter a mim como irmã.

O *Jogo do Casamento* vai ser nosso.

Risada maligna

Raios saindo da ponta dos dedos

Veias horríveis saltando do pescoço

Computador morrendo; esqueci de ligar na tomada

Nunca entendi qual a necessidade de hiperventilar num saco de papel. O que um saco pode fazer? Só ficamos ali respirando o mesmo ar várias vezes, enquanto o saco estufa e murcha. Se eu fizer uma pesquisa na internet, na certa veria alguma coisa sobre os níveis de gás carbônico ou uma merda do tipo, e é por isso que estou muito agradecida pelo saco de papel que seguro perto da boca enquanto estou aqui de pé, bem na frente do apartamento de Cohen e Declan.

Cortesia dos bagels que comprei para o café da manhã de domingo. Estou segurando meia dúzia de bagels em uma das mãos, sem sacola, enquanto me apoio na parede a meio caminho do apartamento deles, sentindo cheiro de alho e sementes de gergelim na boca, sem parar.

Ainda consigo repassar o e-mail na mente, praticamente gravado no cérebro.

Parabéns, Cohen e Declan!
Vocês foram selecionados para competir no
***Jogo do Casamento*.**

Já viu a Whitney Houston no palco? Ela ia com tudo, e dá para dizer isso por conta das gotinhas de suor que sempre surgiam acima de seus lábios pintados e elegantemente delineados. Quando eu era mais nova, ficava assistindo às performances dela e imaginando por que as pessoas suam debaixo do nariz. Nunca aconteceu comigo antes.

Isto é, até agora.

Assim que abri o e-mail, uma camada de suor cobriu meu lábio superior. Foi a sensação mais esquisita: nervosismo, empolgação e a desgraça iminente me atingiram de uma vez, como uma bomba atômica, explodindo bem na minha cara.

Nem sei por que fiquei tão surpresa. Eles são a escolha certa, mas a realidade do programa me deixou numa espiral de pavor. Daí a hiperventilação bem à porta deles.

Cogito simplesmente não contar para Cohen e Declan sobre a inscrição e responder ao e-mail com um educado "não, obrigado". Sem causar dano algum, não é?

Mas aí fiquei pensando em como eles podem vencer. Em como isso pode mudar a vida deles para melhor. E por causa desse pensamento, mandei a resposta aceitando entrar no *Jogo do Casamento* com o plano de implorar por perdão hoje.

Dou uma olhada na porta, no 6B de latão imaculadamente polido, e fico imaginando se esta será a última vez que vou ter a chance de passar o dedo nele e deixar uma manchinha que vai tirar Cohen do sério quando ele voltar para casa amanhã. Será a última vez que vou me pegar imaginando meu irmão usando a manga de sua camisa de flanela para limpar furiosamente a mancha? Será que vou receber outra mensagem dele apenas dizendo: *Sei que foi você*? Será que eu nunca mais vou poder mandar para ele o meu GIF favorito de *Star Wars* com os Stormtroopers saltitando no ar?

Acho que não cheguei a pensar em nada disso.

Antes que eu possa pensar numa maneira de sair dessa, a porta do apartamento deles se abre e Cohen sai, com um saco de lixo em mãos.

Ele se assusta ao me ver, mas então sua testa franze em confusão.

Não o culpo — a irmã dele está equilibrando seis bagels empilhados e apoiada na parede no corredor, tudo isso enquanto respira dentro de um saco de papel.

Dou uma risadinha sem graça, mas mantenho o saco sobre a boca, e minha voz sai de um jeito esquisito pelo papel.

— Oi, Cohen. — Mexo os dedos para eles. — Amo o cheiro de bagels, e você?

Ele semicerra os olhos.

— O que foi que você fez?

Ele é irritantemente observador — não que eu esteja despistando.

— Nada — digo. Me endireito, ainda equilibrando os bagels, e passo por ele. — Só fiz a inscrição para vocês no *Jogo do Casamento*. — Passo pela porta do apartamento. — E vocês foram escolhidos, então vão aparecer na TV, e, minha nossa, preciso colocar esses bagels em algum lugar.

— Você o quê? — Cohen explode, mas antes que eu possa responder, dou uma escapulida e vou direto para a cozinha, onde Declan está terminando uma das saladas de frutas mais milagrosas que já vi.

— Oi, Luna. — Ele dá uma olhada nos bagels na minha mão e ri. — Você sempre traz os aperitivos. Deixa que eu ajudo.

Pressentindo a tempestade que está aumentando e dando a volta pelo corredor, olho desesperada para Declan e falo:

— Eu te amo tanto e acho que você é perfeito para o meu irmão. Obrigada por amá-lo, e se eu não sair daqui com vida, fique sabendo que você é inteligente até demais, então use isso a seu favor. Foda com ele. Tire ele da zona de conforto. Tire as coisas do lugar. Brinque com a mente dele. Vai mantê-lo sempre vivo. — Dou uma olhada para trás e sussurro: — Deixei uma manchinha naquele 6B.

Parecendo confuso, Declan pega os bagels e os põe na bancada. Levo o saco à boca e inspiro e expiro, com o coração martelando no peito.

O problema com Cohen é que ele não é de gritar. Quando fica com raiva, ele não explode de forma irracional e fica batendo o pé, abrindo os braços, fazendo questão de mostrar a raiva.

Nada disso, ele é do tipo assustador.

Ele é do tipo que guarda tudo e, pouco a pouco, bem devagarinho mesmo, vai soltando, como o vapor que tenta passar pelo bico minúsculo da chaleira. Seu peito estufa — e acho que isso vem de ele ficar consumindo a raiva —, seus olhos ficam pretos como breu e maiores, como algum esquisitão de *The Witcher*, e aí uma veia minúscula e paralela à sua sobrancelha esquerda surge do nada e começa a pulsar com a morte iminente.

Pulsar.

Pulsar.

Pulsar.

É horrível quando aquela veia surge. Acrescenta uma certa vibração petrificante à experiência inteira.

Mas é a forma lenta e deliberada com que ele fala que corta fundo na alma. Quase queria que ele fizesse cena. Queria que ele fosse exageradamente dramático, estalasse os dedos na minha cara e aí chorasse ao gritar comigo. Queria que ele fizesse escarcéu em vez daquele puxão de orelha sério e calculado.

Ainda parecendo confuso, Declan pergunta:

— O que está rolando...?

Bam.

Eu e Declan nos assustamos. Juntos, e eu com o saco sobre a boca, giramos e vemos Cohen parado à porta da frente, com os braços tensos ao lado, maxilar apertado, parecendo prestes a matar alguém. Dá para ouvir o tilintar da faca empunhada soando em sua mente quando seus olhos encontram os meus. E assim como eu suspeitava, seus olhos estão pretos, suas narinas se dilatam tanto por um instante que me pergunto se daria para enfiar uma bola de gude nelas — só por um instante, já que o horror está tomando conta, afinal —, e, Jesus, me segura, porque ali está...

A Veia.

Saltando, pulsando, enviando a mensagem em Código Morse de que ele está vindo me pegar.

— Luna — Cohen diz, com a voz tão ameaçadora que dá para sentir os dedos do pé se contorcendo.

Engulo em seco e, sem nem mesmo pensar a respeito — esta é mesmo a minha reação —, abro mais o saco de papel e enfio a cabeça nele, depois me recosto toda descontraída na bancada.

— Só o sr. Saquinho de Papel aqui. Luna não pôde vir. Mas, por favor, evite enviar informações por mim. Detesto ser intermediário.

Ele se aproxima.

Aquele suor da Whitney Houston volta com tudo.

E antes que eu possa respirar de novo, o saco é arrancado da minha cabeça, e o meu irmão lenhador de 1,88 m está sobre mim.

— Eu vou te matar.

Só há uma coisa que posso fazer neste momento enquanto nos confrontamos na cozinha, e Declan está observando toda a interação com os bagels apertados no peito...

Divagar.

É a minha única salvação.

— Me desculpa. Não achei que vocês seriam escolhidos. Não, que mentira. Eu sabia muito bem que vocês seriam escolhidos, mas só pensei que estavam perdendo uma ótima oportunidade se não se inscrevessem, e sei que você não quer que eu fale sobre isso, mas você mesmo disse que queria um casamento de verdade, com festa e tudo mais, porque deu duro para encontrar o amor e toda essa coisa de direitos gays, sabe como é, não era permitido celebrar o amor de vocês até a lei ser aprovada, mas agora que podem ter uma festa para mostrar de verdade o lindo relacionamento de vocês e que estão juntos, eu não queria que se resignassem, aí fiz a inscrição, mandei suas fotos, é claro que vocês dois seriam escolhidos e vai ser ótimo. Sei que parece assustador agora, aparecer na TV e tudo mais e o quanto você é tímido e reservado, mas juro que vamos criar um casamento lindo que celebra o seu relacionamento, e aí vocês vão ganhar, se mudar para Manhattan, e isso vai tornar o deslocamento muito mais fácil para todo mundo, e, ai, meu Deus, dá para você mostrar as suas habilidades de carpintaria e quem sabe ser contratado por alguém que vir você, ou quem sabe a *Playgirl* não veja você e pense: "Minha nossa, vamos querer aquele ali para a capa, porque olha só para aqueles músculos, só que as fotos vão ser modestas, nada de pênis, talvez a parte lateral da bunda ou até o cu, mas vamos fazer questão de mostrar o seu físico, não o pacote, vamos deixar para a imaginação". Vai por mim, quando começarem a te chamar para fazer pornô gay, é aí que vamos recusar, porque meu irmão não vai se sujeitar a toda aquela merda que anda por aí, não quando você já tem o doce Declan em casa, apesar de que é capaz que eles queiram Declan envolvido também, porque olha só para ele, que deus grego, dá para ver por que você foi se apaixonar logo por ele, um partidão como esse...

— Luna.

Ergo o dedo.

— Só para fechar, me desculpa. O casamento de vocês vai ser espetacular. Fotos nuas de muito bom gosto. Mas nada de pornô. — Sorrio, ou pelo menos tento.

Fico olhando para o meu irmão, e sei muito bem que ele está prestes a desencadear uma correnteza verbal que vai me dar uma lição daquelas.

— Acho que é uma ótima oportunidade — Declan diz, interrompendo a encarada mais épica que já existiu deste lado do rio Mississippi. Sei que amo Declan e que, lá no fundo, sempre fomos companheiros.

— O quê? — Cohen pergunta.

Depois de deixar os bagels na bancada, Declan põe a mão no peito de Cohen e fala baixinho, acalmando a fera de camisa de flanela à minha frente.

— Pode ser uma oportunidade incrível, não só para mostrar as suas habilidades em carpintaria, como a Luna disse, mas para mostrar as habilidades *dela* também...

— Não, não foi por isso que...

Declan ergue a mão e eu fecho a boca depressa.

— Tem muitos prós. Um casamento que, pelo visto, você queria, um que eu meio que quero também. E melhor ainda, um casamento *de graça*, a chance de conseguir uma cobertura, a oportunidade de nos aproximarmos como casal enquanto trabalhamos para criar o casamento dentro do orçamento, sem contar a exposição que a sua irmã e os vários talentos dela vão ganhar. O tipo de exposição que pode ajudá-la a chegar no nível da Mary DIY.

— Não tem nada a ver comigo! — exclamo, e estou falando sério. — Não preciso nem ser parte disso. Sei que a gente pode achar outra pessoa da família para ajudar. Fiz isso por vocês dois.

— É claro que vamos querer você — Cohen diz com um suspiro irritado enquanto esfrega a têmpora. — Seria idiotice não ter você lá.

— Espera. — A esperança floresce dentro de mim. — Isso significa que vocês vão participar? Que vão fazer parte do programa?

— Eu não *quero* participar do programa — ele fala, me olhando de novo, só que dessa vez a veia ameaçadora e pulsante se acalmou, deixando só um maxilar tenso e exasperado.

— Mas... — acrescento para ele.

O olhar de Cohen vai de mim para Declan.

— Você quer mesmo fazer isso?

Declan dá de ombros.

— Você não parecia tão animado com o casamento no civil. — Ele pega a mão de Cohen. — Um grande casamento é o seu sonho mesmo?

— Não minta para ele — sussurro, e Cohen me lança um olhar mortal. Ergo a mão e tento me camuflar nos armários da cozinha.

Focando em Declan, Cohen coça a nuca.

— Você sabe que me assumir não foi fácil para mim, ainda mais porque não me encaixo no estereótipo de homem gay. Não sou aquele personagem extravagante e divertido de *Will & Grace*. Sou só um cara comum que sentia que não se encaixava em lugar nenhum, mas agora que me sinto à vontade comigo mesmo, graças a você, quero celebrar a nossa jornada com os nossos amigos mais próximos e família.

— E por que não me contou antes?

— Ele não gosta de brigas — digo, me inclinando para frente.

— Luna! — Cohen retruca e, mais uma vez, me camuflo no ambiente. — Queria te deixar feliz, e já que foi a primeira coisa que você sugeriu, achei que era o que você queria.

Declan balança a cabeça.

— Só sugeri o civil, porque a gente está tentando economizar para se mudar. O que eu quero é o que você quer, Cohen. — Com o dedo, Declan levanta o queixo de Cohen. — Vamos participar do programa.

Prendo a respiração, esperando pela resposta de Cohen, e juro que ele leva mais tempo ainda, só para me fazer desmaiar. Por fim, ele diz:

— Tá bom.

Dou um pulinho animado e passo os braços ao redor dos dois.

— Abraço em grupo.

Cohen afasta o meu braço e se abaixa para ficar cara a cara comigo.

— Está prestando atenção, Luna? Ou como Declan diria para os alunos dele: "Está com os ouvidos antenados?".

Abro um sorriso enlouquecido para ele e assinto.

— Estou.

— Que bom, porque não vou repetir. Nunca mais faça as coisas pelas minhas costas. Eu só não estou revogando os seus privilégios de irmã, porque Declan aceitou numa boa, mas vai levar um tempo para eu te perdoar. O que você fez passou dos limites, foi enganoso e você não faria em sã consciência. A gente não fica escondendo coisas um do outro e não fazemos coisas pelas costas um do outro. Não. Faça. Isso. De novo. Beleza?

Ai.

— Beleza — sussurro, e agora a culpa está me consumindo. Cohen tem razão: a gente não faz as coisas pelas costas um do outro. Sempre fomos honestos com tudo. Posso ter tido boas intenções, mas Cohen tem todo direito de estar bravo. — Desculpa por ter brincado com a sua confiança. Não vai acontecer de novo.

— É melhor mesmo. — Ele se endireita e suspira. Com um revirar de olhos, me puxa para um abraço, e eu me deleito com a sensação de seus braços protetores. — Eu só vou fazer isso porque quero ver você brilhar. Você deu duro para chegar onde está, e é hora de receber um pouco de aclamação.

— Não foi por isso que...

— Eu sei. — Ele beija o topo da minha cabeça. — Eu sei, Luna. É só um extra.

Depois de mais alguns instantes de abraço, Declan diz:

— Então vamos mesmo fazer isso?

Nós dois nos viramos para Cohen. Apesar de sua cara emburrada, acho que dá para notar um brilho de empolgação em seus olhos.

— Vamos.

Ergo o punho no ar.

— Os outros casais vão comer a minha poeira de glitter!

Capítulo 5

Alec

Onde é que eu fui me meter?

Três segundos depois de ter saído do set de filmagens, já fui logo me dando conta de que cometi um erro colossal.

Bem no centro do grande espaço estão três bancadas de trabalho, decoradas com material de artesanato, tudo organizado e exibido como uma versão brega da bancada de trabalho mais elaborada. Cada bancada contém duas mesas de montagem de tamanho industrial com superfícies lisas de madeira, três banquinhos, uma coisa que eu só posso supor ser um quadro de visualizações — podem acabar comigo agora — e várias caixas que guardam só Deus sabe o quê.

Ao longo da parte externa do conjunto de três paredes estão seções designadas para o que me parecem ser os aspectos importantes de um casamento: convites, locais e enfeites de mesa. Cada seção contém uma variedade de ferramentas, materiais e produtos. Meu estômago fica embrulhado e tenho a sensação de que isso vai ser mais torturante do que imagino.

E é claro, as cores são de cegar de tão brilhantes, com mesas brancas, piso em parquet azul-petróleo, cor-de-rosa e roxo, e paredes verde-água. Quem foi que deixou os adolescentes cuidarem do design do set?

Está na cara que este não é o meu tipo de lugar. Não tem nada a ver comigo e na certa nada com a minha calça jeans escura e camiseta preta. Thad, por outro lado, está usando a droga de uma camisa de linho, porque, nas palavras dele, não vai "suar tanto com um tecido fresco".

Ele parece um idiota.

Em questão de segundos, inventei umas cinco desculpas que poderiam me livrar dessa, todas bem viáveis.

O cliente acabou de ligar, a arbitragem foi transferida para sábado. Preciso ir.

Esqueci de pagar ao motorista de táxi, e o taxímetro ainda está rodando.

O camarão da noite passada não caiu bem, tenho que ir ao banheiro, sério.

Tosse *Tosse* Peguei malária no bar ontem à noite, acho que não vou conseguir.

Cometi um erro, não quero mesmo estar aqui, paz.

A última é verdade, mas a da malária está me parecendo bem viável agora.

A ideia de perder o pouco de liberdade que me resta na vida para ficar fazendo buquês e ajudando meu irmão a desfilar por aí com um tule não é nem um pouco atraente. Sem contar que estou me sentindo muito desconfortável e não necessariamente acredito nessa coisa que estou ajudando a elaborar.

É típico de um advogado de divórcio odiar casamentos; já saquei. Sou um clichê ambulante, mas ainda estou para ser exposto a um relacionamento positivo e saudável que vá me fazer mudar de ideia.

Tenho certeza de que Thad e Naomi têm um relacionamento maravilhoso, mas acho que é o que vamos ver assim que passarmos pelos perrengues dos próximos dois meses.

— Você está bem tenso, relaxa — Thad diz, vindo para perto de mim, com um sanduíche na mão. Isso aí é... mortadela tipo bologna? Com a boca cheia, ele continua: — Vai lá na mesa de lanches. Eles têm aquelas minhocas de goma, cara. Já sei para onde vou quando a gente estiver no intervalo. — Ele dá um tapinha no meu braço e aponta para o bolso. — Já enfiei algumas no bolso. São de graça, mano.

Meu Deus do céu.

Naomi se aproxima também com um sanduíche em mãos e sorri.

— Não posso comer carne defumada por causa do bebê, mas enchi este sanduíche aqui de queijo e mostarda e está delicioso. O pão é tão crocante por fora.

— E um paraíso por dentro — Thad acrescenta para ela. — Nunca comi nada assim antes.

— Vou acabar perguntando onde eles compram. — Naomi examina o sanduíche. — Está transbordando de tanto queijo que me faz querer vomitar.

Quanto queijo...

— Acho que vou pegar esse de mortadela.

— E esse queijo.

Thad mexe as sobrancelhas.

— E as minhocas de goma.

— Deve ser tudo lá de Costco — digo, revirando os olhos.

— Tomara que seja mesmo — Thad responde. — Com o bebê a caminho, o papai querido aqui vai ter que correr atrás para se associar e comprar montes de fraldas. — Ele me cutuca. — Ouviu só como eu me chamei de papai querido? Foi engraçado.

— Não foi, não.

Thad me analisa.

— Seus níveis de açúcar devem estar baixos. Você está bem irritado. Por que não pede um cafezinho ou alguma coisa assim? Para te dar uma animada. Vamos ter um longo dia de filmagens.

Não me diga.

A programação foi enviada por e-mail na semana passada, e eu quase liguei para Thad e falei para ele que não iria. Vamos ter que participar de filmagens em quase todos os fins de semana dos próximos dois meses. Os dias de semana ficam livres — quanta gentileza —, os sábados são para os desafios e os domingos, para os confessionários. Temos que participar dos dois dias. Os casamentos serão realizados no último fim de semana, um seguido do outro — sexta, sábado e domingo — e o resultado dos vencedores será filmado algumas semanas depois, já que tem um atraso entre a filmagem e quando o programa vai ao ar.

Cada fim de semana será apresentado com um desafio que pode nos dar a oportunidade de ganhar mais dinheiro para o casamento ou decidir o tipo de decoração ou design que será incorporado para a celebração. Sinceramente, só passei por essa parte, nem um pouquinho interessado. Só consegui focar no fato de que meus fins de semana de todo o verão foram arrancados de mim.

Esfrego os olhos e solto um longo suspiro.

— É, café. — Com isso, eu os deixo com seus sanduíches e minhocas de gomas e vou atrás de um assistente para me ajudar.

O set está apinhado de gente, todo mundo andando para lá e para cá, bem atarefados. Os competidores foram instruídos a passear pelo lugar até serem chamados. Bem, não vi nenhum outro competidor, não que eu tenha visto algum dos juízes ou aquela apresentadora que deixou Lucas babando.

Não há nenhuma direção aqui. Não há nenhuma programação para o dia. Nem mesmo uma pessoa para controlar o caos ou comunicar a programação, e eu sou o único que parece ligar para isso.

A irritação ferve dentro de mim, então decido ir até a mesa de lanches e pegar um café. E, devo acrescentar, é muito esquisito que Naomi e Thad estejam comendo sanduíches às oito da manhã, ainda mais quando vou até a mesa e vejo que está cheia de alimentos de café da manhã.

Vendo a garrafa de café, pego um copo de papel, coloco debaixo da torneira e giro. Não sai nada.

Só podem estar de sacanagem. Não tem café? Não que eu precise disso de verdade para sobreviver, mas não há motivo para não ter, não com esse monte de gente ali. Analiso o lugar e vejo outra bancada de café na minha frente. Graças a Deus.

Vou até a garrafa, ponho o copo embaixo e abro a torneira. Nada de novo.

Sério?

— Meu Deus — murmuro, me virando para a primeira pessoa que passa por mim. — Ei, será que vão repor o café?

A garota se volta para trás, seu longo cabelo preto esvoaça sobre seu ombro e seus olhos escuros se arregalam para mim.

— Eu...

Empurro o copo para ela.

— Café, por favor. Se me querem aqui às sete da manhã para ficar esperando por uma hora e meia, pelo menos me traga um café.

— Esse não é o meu trabalho — ela diz, tentando me devolver o copo.

— Não estou nem aí. Quero café... por favor. — Quando ela não se mexe, fico mais irritado e me inclino para ficar bem perto dela. — Não vou te denunciar. Já pedi por favor, então vá buscar o café. Obrigado.

Seus lábios torcem para o lado e seus olhos encontram os meus, medo e raiva os envolvendo antes de ela se virar.

— Está bem... — aceita, antes de murmurar alguma coisa baixinho que não dá para ouvir muito e se afastar às pressas.

Passo a mão no rosto — acabei de descontar a raiva numa assistente inocente. Aposto que ela vai cuspir no meu café.

Não estou em bom estado mental para isto aqui. Artesanato, criatividade, usar as mãos para fazer coisas... pois é, não é a minha praia.

Precisando de alguém para um debate? Sou o seu cara.

Precisando de alguém para defender você, pesquisar os fatos e criar um argumento válido? Acabou a procura.

Mas convites de casamento? Bolos com camadas? Playlist de casamento? Droga... eu deveria ter dado para trás quando tive a chance.

Maldito Thad e essa coisa de me fazer sentir culpado.

Com os dedos pressionados na testa, volto para onde Thad e Naomi estão comendo sanduíches e conversando com dois homens. Quando Thad me vê, diz:

— Vem cá, Alec. Quero te apresentar a Declan e Cohen. — Então semicerra os olhos enquanto eu me aproximo. — O que houve com aquela história de domar a fera com café?

— Nem me fale — murmuro e me viro para os dois homens. Os dois são altos, os dois estão em forma, os dois me parecem tão apavorados quanto eu.

— Cohen, Declan, este é o meu irmão Alec. Alec, esses são Cohen e Declan, um dos casais que vão competir contra a gente.

Casal? Ah, droga. Odeio admitir, mas não vamos ter chance contra o que só consigo descrever como o Thor de cabelo curto e preto e o Clark Kent asiático. Amo meu irmão, mas ele não chega aos pés desses dois, ainda mais quando a noiva dele está comendo um sanduíche de queijo de três camadas e tem mostarda no queixo.

— É um prazer conhecer vocês — digo, apertando as mãos deles. Enfio as minhas nos bolsos depois. — Algum de vocês é criativo?

Declan ajeita os óculos.

— Cohen é carpinteiro, e a irmã dele é a nossa arma secreta. E vocês?

— Bem... a gente dá conta do básico, então até que temos alguma coisa — falo, com o pavor me consumindo ao pensar em dois meses de fins de semana sendo arrancados de mim... à toa.

Thad me dá um tapa na barriga, me fazendo dobrar um pouquinho.

— A gente consegue fazer mais do que o básico, somos multitalentosos.

Em bobagem.

— Naomi tem talento para design.

— Amo cores vivas — Naomi se intromete, ainda com mostarda no queixo.

Então o set deve ficar bem atrativo para ela.

— Eu sou um confeiteiro excelente — Thad diz. — Outro dia fiz uma fornada de scones que teriam feito a rainha Elizabeth beijar minha mão em agradecimento.

Do que ele está falando? Já comi os scones dele, podem quebrar um dente se não tivermos cuidado.

— E o Alec aqui... é o nosso trunfo. Advogado de dia, mas uma boa e velha Martha Stewart à noite, tirando a amizade com o Snoop Dogg.

Caramba, de onde ele tirou isso? Posso até fazer carne assada em panela elétrica e dobrar uma toalha direitinho, mas é só até aí que vão as minhas habilidades de Martha Stewart.

— Somos uma equipe e tanto — Thad acrescenta.

— Que ótimo. Estou doido para ver o que vocês vão criar — Declan diz, enquanto Cohen fica olhando para o chão. O tipo quieto, pelo visto. — Vou ajudar como posso, mas Luna e Cohen é quem vão liderar a equipe.

— Luna, que nome lindo. — Naomi finalmente limpa a mostarda do queixo. Pelo menos temos isso a nosso favor, todos os três com o queixo limpo.

— Falando nisso, aí está você — Declan fala, enquanto um copo de café é empurrado na minha direção, derramando no lado e pingando no meu sapato.

— Luna — Cohen repreende de leve, mas a ousadia nos olhos dela não diminui ao olhar para mim.

Poooooorra... não era assistente.

Não, a garota de cabelo preto e olhos escuros é uma competidora.

— Aí está, mestre. Acrescentei um pouco de creme, açúcar e uma coisinha especial. — Ela dá uma piscadela, e eu estremeço por dentro, imaginando o que seria essa "coisinha especial". — Precisa de mais alguma coisa, Sua Majestade? — Caramba, ela não se segura nem um pouco, o que só deixa a situação pior, enquanto quatro pares de olhos ficam me encarando, sendo o mais intimidante o do irmão dela.

— Hã... — digo, me faltando palavras.

— Porque caso você precise de alguma coisa, vai ter que dar as ordens agora, antes de a gente começar a gravar. Não dá para fazer duas coisas ao mesmo tempo, apesar do que você possa estar achando. E aí, mais algum pedido? — Com as mãos na cintura, ela fica batendo o pé.

Ao seu olhar desafiador, tento me safar como se tudo fosse uma piada muito sem graça.

— Donuts caseiros para amanhã de manhã, entregues direto para mim, quentes e fresquinhos. Obrigado. — Seus olhos se estreitam, e jogando o cabelo, ela pega a mão de Cohen e Declan e os puxa para longe.

Pois é, não deveria ter dito isso para uma garota já furiosa, alguém que vou ver todos os fins de semana pelos próximos dois meses. Pelo visto, ela não entendeu o meu humor.

— Por que cargas d'água você tirou ela do sério? — Thad pergunta, me dando um soco no braço assim que eles estão longe para ouvir. — Ela não é do tipo que você vai querer tirar do sério. Na verdade, parece que ela consegue ver até a nossa alma e usá-la para nos derrubar. — Ele dá uma olhada na equipe, agrupada ao redor da bancada de trabalho e sem dúvida conversando sobre mim, já que ficam olhando na minha direção. — E não sei quanto a você, mas queria fazer amizade com os competidores, não inimizade. Viu o quanto Cohen é musculoso? E se a gente precisar carregar alguma coisa? E Declan? Parece ser bom em matemática. Até tentou ser modesto, mas aposto que o cara sabe fazer um orçamento até o último centavo. Foi muita idiotice da sua parte, Alec. Sério mesmo, bem idiota. Já colocou a gente em desvantagem. E por que foi logo pedir café para ela? Está na cara que ela não é uma assistente.

Passo a mão no rosto.

— Cala essa boca, Thad.

— Acho que é isso — uma voz feminina diz atrás de nós. — Vocês são um dos competidores do *Jogo do Casamento*? — Me viro e vejo três mulheres lado a lado: duas garotas de vinte e tantos anos, uma loira com olhos azul-escuros, outra morena com olhos castanho-escuros e uma mulher mais velha que se parece muito com a loira mais alta.

Ah, droga.

Um casal lésbico.

Estamos ferrados.

Equipe Hernandez

Competidoras: Luciana, Amanda e Helen — a mãe autoritária com uma opinião incrivelmente forte sobre qualquer coisa (sapatos, bancadas de trabalho, iluminação, o nariz do cameraman). Seja o que for, ela tem uma opinião.

Experiência: Amanda é personal trainer. Luciana é empresária e administra seu próprio spa para cachorros. Helen é habilidosa em falar para todo mundo como as coisas devem ser.

Observações: Repulsivamente gentis, só sorrisos e já admitiram mais de uma vez terem usado pijamas combinando na cama... porque elas podem.

Equipe Rossi

Competidores: Cohen, Declan e Luna — a irmã emburrada que não consegue rir de um encontro constrangedor.

Experiência: Declan é professor de escola pública com habilidades orçamentárias secretas (boato), Cohen é carpinteiro com um olhar capaz de matar e Luna é pau para toda obra (pelo menos foi o que ela disse na introdução).

Observações: Não há dúvida de quem vai vencer. Não só por experiência, mas também pelo olhar assustador de determinação e competição nos olhos escuros de Luna Rossi.

Equipe Baxter

Competidores: Thad, Naomi e Alec — trio de aparência mais miserável.

Experiência: Nenhuma. (A menos que alguma bobagem sobre ser a próxima Martha Stewart e ter um "senso apurado" para as tendências contarem.)

Observações: Que tipo de mentiras foram ditas na inscrição para serem selecionados? A equipe tem a tendência de confundir outros competidores com assistentes e esconder minhocas de goma nos bolsos.

— Corta. Ótimas introduções, pessoal. Obrigada. Vamos fazer uma pausa, e aí começamos com o primeiro desafio — a diretora, Diane DeBoss, diz.

Levanto a cabeça das minhas anotações sobre a competição, enquanto Diane remove os fones de ouvido e chama Mary DIY, a apresentadora que também é uma das juradas. As equipes estão em suas respectivas bancadas, e quatro câmeras ficam se movendo ao redor, se preparando para a próxima tomada, enquanto Diane e Mary DIY vão para suas cadeiras para repassar o roteiro.

Mary DIY fez uma entrada e tanto ao chegar no set, deixando seu robe cair no chão, afofando os cachos loiros e pondo as mãos na cintura ao ajustar o cinto do seu vestido.

Devo admitir que ela é linda, mas não muito receptiva. Na minha opinião, uma boa apresentadora deveria se aproximar de cada equipe, se apresentar e aí nos conhecer melhor — pelo menos nossos nomes. Mas Mary simplesmente andou pelo set logo antes de começarmos, forçou um sorriso e apresentou cada equipe para as câmeras. Agora ela está usando o robe já mencionado e que foi jogado ao acaso no chão e está esfregando as mãos, enquanto Diane fala sobre seu ângulo perfeito.

Caramba, não é como se ela fosse uma estrela de cinema. É só um programa de casamento, meu Deus do céu.

— Não deixa tão na cara. Aí quem sabe você não fica parecendo um esquisitão — Thad diz perto de mim.

— Ela é uma diva — falo, desviando o olhar.

— Uma diva com um cabelo lindo — Naomi se intromete. — Acham que ela fez alongamento capilar?

— Claro que fez — Thad responde. — Já passei muito tempo com as mulheres dos executivos para saber sobre alongamento capilar, e ela já fez.

— Caramba, hein? Um talento que você deveria ter listado na nossa introdução, poderia ter aumentado um pouco a nossa autoestima — comento, sarcástico.

— Como assim? — Thad pergunta.

Baixo a voz.

— Olha ao redor. Está na cara que somos os piores, sem chance nenhuma de ganhar.

— Como é? — Thad parece chocado pra valer. — Não é verdade. Temos uma equipe forte. Uma equipe bem forte. Se você tivesse aceitado o meu convite para jantar ontem, teria ficado maravilhado com os talentos que conseguimos escrever *e* teria tomado parte no nosso plano de casamento. Mas você perdeu e agora fica me questionando? — Ele aponta para o próprio peito e balança a cabeça. — A participação em todas as atividades é a chave, Alec, mas se eu tiver que repetir, somos rápidos, ferozes e temos um quarto membro. — Thad acaricia a barriga de Naomi. — O bebê Baxter está à disposição.

— Ah, é, ouvi falar que fetos são habilidosos com uma pistola de cola. — Passo a mão no rosto, exasperado.

O rosto de Thad fica desanimado.

— Você está de mau humor. — Caramba, temos um Sherlock Holmes aqui. — É por causa daquele engano com o café? Você está se sentindo pouco à vontade porque ela fica te fuzilando com os olhos?

Dou uma olhada na direção de Luna, que está com a cabeça abaixada para desenhar alguma coisa num pedaço de papel.

— Não.

— Não acredito. — Thad me empurra para o meio do lugar. — Vai lá se desculpar.

Me mantenho no lugar.

— Eu não vou lá me desculpar.

— Você deveria se desculpar. A gente não quer rixa com os outros competidores. — Ele me empurra de novo.

— Eu não vou me desculpar, porra.

Empurra.

Empurra.

— Vai lá.

— Para de me empurrar.

Empurra.

— Não tenha medo. — Empurra. — Ela é só uma coisinha minúscula, não vai morder.

— As coisas minúsculas é que costumam morder.

Thad dá uma olhada sobre o meu ombro.

— Ela não parece ter dentes afiados. Não vai rasgar sua pele. Vai lá.

Empurra.

— Para, Thad. Eu não...

— Ei, Luna — Thad chama, me empurrando para o outro lado do corredor, onde tropeço contra a bancada da equipe Rossi. — Alec quer se desculpar.

Conserte o relacionamento com o seu irmão.

Vai ser ótimo.

Vai fazer vocês se aproximarem.

Família é tudo.

Faça pelo bebê... você quer um relacionamento com o bebê.

Bobagem... tudo bobagem. Meus sentimentos pelo meu irmão estão mudando de irritação para ódio.

— Ele é muito sensível. Gosta de cafuné para se acalmar — Thad acrescenta com um sorriso.

Descarte isso, não estou *começando* a sentir ódio. Já estou sentindo. Ódio, muito ódio.

Só porque não tenho outra opção, me viro para Luna, que vai logo escondendo o papel em que estava desenhando atrás das costas e me fuzila com os olhos — já estou ficando bem íntimo desse olhar.

— Escondendo segredinhos, hein? — pergunto, me endireitando. Cohen e Declan foram ao banheiro, me deixando sozinho com Luna e a pilha de desdém que há entre nós.

— Cuida da sua vida — ela retruca.

— Você é bem amigável, hein? — digo, sarcástico.

Suas sobrancelhas se erguem.

— Você só pode estar de sacanagem, né? É o sujo falando do mal lavado, não acha?

— Nada disso. Eu sou um cara legal. — Um cara legal que está vivendo seu inferno pessoal rodeado de artesanato e amor piegas.

— É o que você acha, é? Ou as outras pessoas acham? Porque posso sair por aí dizendo que sou um unicórnio aqui até a China, mas não é verdade até outra pessoa validar isso.

— Não é verdade. Não preciso da validação de outro ser humano para me caracterizar.

Seu rosto fica vermelho de raiva.

— Você não é um cara legal. Dá o fora daqui para eu terminar a minha ideia. Não quero que você roube.

Recue, Alec. Recue.

Mas parece que não consigo ouvir a voz da razão. Estou irritado, Thad me tirou do sério ao mais alto nível de irritação, e, verdade seja dita... estou envergonhado.

Envergonhado porque todo mundo no set parece ter uma conexão com seus parceiros, enquanto eu fico pelejando para encontrar alguma coisa em comum com o meu irmão. Sabia que não seria fácil entrar nessa, mas a este ponto, tão rápido? Não parece haver um jeito de usar a razão com Thad, e a gente ainda nem começou a competir, só fizemos a introdução.

E por algum motivo, a raiva que está aumentando dentro de mim precisa ser descontada em alguém. Luna parece ser a sortuda que vai receber a ira.

Apoio as mãos na bancada e me inclino para frente.

— Eu sou um cara legal — digo entre dentes cerrados, como se dizer com mais firmeza pudesse enganar a mente dela com algum poder Jedi para pensar assim. — E não quero roubar suas ideias, porque sei que não são tão boas quanto as que tenho bem aqui. — Dou um tapinha na testa. Sei muito bem que não tenho nenhuma ideia para o casamento, mas um cara tem que salvar a própria pele, sabe?

— Ah, é. Na certa um advogado de divórcio é cheio de ideias. Se alguém sabe sobre festas e casamentos, esse alguém é aquele que ajuda babacas ricaços a se safar deles.

Que grosseira que ela é. Não faz ideia do que faço de verdade e quem represento.

— Falei que ele era um cara ótimo — Thad grita. — Um cara fiel de verdade. E ótimo em pedir desculpas, hein, Luna?

Nós dois o ignoramos enquanto ficamos nessa épica batalha de olhares.

Desafio aceito. Tic, tac, tic, tac... hora de ir com tudo.

— Julgando um livro pela capa, hein?

Ela inclina a cabeça para o lado, com os lábios franzidos.

— Não preciso nem abrir o livro para saber o que tem dentro.

— Ah, é? — Cruzo os braços. — Então me esclareça sobre mim mesmo, por favor.

Ela nem pisca.

— Você é um babaca que acredita que todo mundo trabalha para você. Tem como carreira desfazer casamentos em vez de criá-los. É grosseiro e não aprendeu modos nos seus — ela me olha de cima a baixo — trinta anos de vida.

— Trinta e dois.

Ela revira os olhos.

— Em seus trinta e dois anos de vida, e, sinceramente, Helen tem razão. Os seus sapatos são ridículos.

Dou uma olhada nos meus mocassins pretos.

— O que tem de errado com os meus sapatos?

— Chiques demais para um programa como este.

— Eu não vou usar botas de trabalho.

— E esnobe também. — Ela bufa, pegando o papel mais uma vez e o examinando, mas sem me mostrar nada.

— Você acha que me desvendou, é?

— Não precisa de um gênio para encontrar uma maçã podre.

Ai... essa... doeu.

— E também não precisa de um gênio para encontrar uma egomaníaca e egocêntrica — digo, me esquecendo de toda essa coisa de ter sido empurrado até aqui para me desculpar.

Seus olhos vão para os meus.

— Egomaníaca? Como foi que descobriu? Porque, para mim, um egomaníaco jamais pegaria café para um babaca.

— Pau para toda obra — repito, ignorando sua resposta, porque, sinceramente, é meio que verdade, e estou tentando ter razão aqui.

— Hum... tá bom. — Sua expressão confusa chega a ser quase fofa... quase.

— É isso o que os egomaníacos dizem. — É um argumento incrivelmente fraco, ainda mais para um advogado, mas com informações limitadas, é tudo que tenho.

Ela não responde de imediato. Fica me analisando... com atenção.

Uma pena ela ser linda. Pele macia, cílios escuros, cabelo sedoso e lábios que parecem tentadores até demais. Só que o desprezo no rosto dela acaba com qualquer chance de conhecê-la de verdade.

Ela passa a língua pelos dentes e então me varre com o olhar do jeito mais vagaroso que já recebi. Começando pelos meus sapatos, para os quais ela ergue a sobrancelha — *sério, o que há de errado com eles?* —, sobe para o torso e então para em meus olhos. Ela cruza os braços e diz com muita calma, até mesmo com um sorriso.

— Quem sabe um dia você chega lá.

Que filha da mãe.

Ela é a droga de uma filha da mãe.

— Você é desagradável — retruco, recorrendo a uma resposta reconhecidamente juvenil.

Mas... ela se junta a mim.

— E você é pomposo.

— E você é repugnante.

Ela fica boquiaberta por um instante antes de dizer:

— E você é insuportável.

— E você é... você é baixinha. — *Boa, Alec.*

— E você tem um gosto péssimo para sapatos.

— Não tem nada... — Respiro fundo. — Não tem nada de errado com os meus sapatos, mas deve ter alguma coisa errada com a sua personalidade. — Também dou uma olhada nela. — E gosto para roupas. O pessoal dos anos noventa ligou falando que quer as lantejoulas de volta.

Luna me lança um olhar que poderia cortar qualquer homem ao meio.

— Sugiro que você vá embora. — Ela quase cospe em mim.

— Já estou indo. Tomara que a sua pistola de cola queime o seu dedo.

Antes que ela possa responder, ando de volta para a minha bancada, onde vejo Thad com os punhos cerrados, esperando, impaciente, pelo meu retorno.

— E como foi lá?

— Muito bem — murmuro.

Thad aperta meu ombro.

— Sabia que você podia fazer isso. Viu só? Um pedido de desculpas compensa.

Nesse caso, tenho certeza de que ficar xingando vai compensar também... só que de um jeito reverso.

Capítulo 6

Luna

Os sapatos dele não são tão feios assim, mas, aff... ele me tirou tanto do sério que tive que fazer algo a respeito.

— Você está bufando aí por algum motivo? — Cohen pergunta.

— Por que vocês demoraram tanto no banheiro? — retruco, com a irritação nas alturas.

Que audácia desse homem.

Alec Baxter.

Advogado de divórcio, como ficamos sabendo nas apresentações. Nenhum talento especial, mas pelo visto sabe fazer uma carne assada divina.

Duvido.

Carne assada só fica deliciosa quando é amaciada a cada hora na panela elétrica. Todo mundo sabe disso. Alec não parece ter esse cuidado; deve simplesmente enfiá-la na panela elétrica, deixá-la lá e depois comê-la. Só porque cozinha a comida por conta própria, não significa que deva ser deixada sem vigilância. As refeições feitas nas panelas elétricas também precisam de amigos!

Aposto que o cara nem amigos tem, não com aquela atitude grosseira e ostentadora.

— Me traga um café...

Sério, quem fala assim com outro ser humano? Todo mundo faz xixi e cocô, o que significa que todos deveriam ser tratados igualmente. É como vejo as coisas. Pelo visto, o cocô do Alec cheira a rosas. Deve ser algo divertido em banheiros públicos, imagine aquele cheiro vindo do nada. Que encontro mais constrangedor.

E, sim, eu cuspi no café dele, várias vezes. Três, para ser exata, e nem me arrependo disso. Sei que ele não bebeu. Fiquei observando-o jogar na lata de lixo e murmurar alguma coisa, mas o simples fato de ele ter conseguido o café que queria, mas não poder tomá-lo, foi o que eu precisava para sentir que eu tinha razão.

Senti como se tivesse dado o troco, e, sim, pode ser que eu tenha feito careta de vez em quando durante as apresentações, mas foi porque não conseguia acreditar na audácia daquele homem. E ter que ficar vendo Alec falar com tanta facilidade na frente das câmeras com aquela cara linda e idiota dele... me irritou mais do que eu gostaria de admitir.

Pois é, lindo; aquele homem é lindo. Queria poder dizer que ele tem uma cara horrorosa e parar por aqui, mas todo mundo sabe que seria mentira, e sabe por quê? Porque, juro pela minha máquina de corte inteligente — minha ferramenta mais valiosa — que Alec Baxter é o irmão gêmeo perdido do Chris Evans, mas acho que todo mundo sabe quem é o gêmeo legal... e quem é o gêmeo malvado.

Não quer acreditar em mim? Bem, Declan até se aproximou e sussurrou:

— Ele é a cara do Chris Evans sem aquela barba desgrenhada.

Pois é, com a cara lisinha.

Cara lisinha e olhos bonitos. Não os olhos azuis do Chris Evans, mas um tom bonito de verde que parece escurecer quando ele dispara xingamentos. Eu diria que é "verde prado". Não que isso importe, porque não importa mesmo. Ele é grosseiro e abominável.

E aquele pedido de desculpas foi ridículo. Não foi nem um pedido de desculpas. E me rebaixei ao nível dele, atirando farpas como resposta. Eu não costumo fazer isso. Na verdade, ninguém consegue me afetar assim. Pode ser que eu esteja exagerando um pouquinho, porque ainda não tive a chance de me apresentar para a Mary DIY. Ou para nenhum dos jurados, por falar nisso. Embora eles estejam do outro lado do set, aglomerados ao redor do que chamam de "mesa de lanches". Marco Vitally, o rei dos convites de casamento, está ali, lindo como sempre com seu chapéu preto característico e tatuagens com a temática de casamento subindo pelos antebraços e desaparecendo por baixo da manga da camisa. Parada ao lado dele está Henrietta Hornet, uma referência na comunidade de planejamentos de casamento que iniciou a carreira fazendo festas para crianças, mas agora é conhecida no mundo todo por planejar os casamentos luxuosos das celebridades. O tipo de casamento que só aparece nos sonhos para nós, meros mortais. Ignoro a pontada de ciúme quando ela se vira para sussurrar alguma coisa para a nossa terceira juíza, Katherine Barber, mestre confeiteira com uma perpétua cara azeda. Ela é a razão por trás da epidemia de lavanda nos bolos de Nova York. Foi ela que popularizou isso.

Mas a Mary DIY, *suspira*, é a rainha com um par de tesouras, e eu ainda tenho que me apresentar para essa rainha. Não que conhecê-la seja o motivo de eu estar aqui, mas, *qual é*, estamos respirando o mesmo ar — seria legal se eu conseguisse a atenção dela por um minutinho.

— Está prestando atenção? — Cohen pergunta, cutucando a minha lateral.

— O que foi?

— O que deu em você? Está meio estranha.

Dando toda a minha atenção a Cohen, me viro para a equipe Baxter.

— Por que você demorou tanto no banheiro?

— Fui fazer xixi e depois fui comer um muffin. Thad estava louco por eles, aí eu quis experimentar. Está tudo bem para você, mamãe?

— Não me chame assim.

Declan olha para o relógio.

— Já se passaram mais de cinco minutos. Acha que eu consigo descolar um muffin também?

— Não se você demorar tanto quanto Cohen.

— Ei. — Cohen cutuca meu braço. — Foi você que arrastou a gente para cá, então relaxa.

A culpa me atinge na hora, e pressiono a mão na testa.

— Desculpa. Só estou... irritada. Aquele Alec me sacaneou.

— Sacaneou, é? — Declan pergunta, erguendo a sobrancelha de um jeito sugestivo.

— Não esse tipo de sacanagem. — *Sim, esse tipo mesmo.* — Enquanto vocês estavam fora, Thad o mandou para cá para se desculpar, e ele só ficou me enchendo o saco.

— Ele está com medo — Cohen diz, casualmente, como se pudesse ver a alma de Alec. — Sabe que eles não têm chance contra a gente. — Sorrindo pela primeira vez desde que chegamos, ele acrescenta: — Ele sabe que gays sempre vencem quando se trata de casamentos.

— Fato. — Declan faz um "toca aqui" com Cohen, e simples assim, meu humor melhora. Dá para ver a empolgação no rosto deles, a confiança, e Cohen parece pronto de verdade para encarar a competição.

Deixo a presença de Alec Baxter de lado e ajusto meu rascunho na bancada.

— Olha só como pensei o nosso chupá.

— Não somos judeus — Declan aponta. — Nem perto disso. Católico e sino-americano, já esqueceu?

— Nãoooo — digo, arrastado. — Vocês não precisam ser judeus para se casarem embaixo de um chupá. Se a gente for ficar só com a tradição chinesa para Declan, aí vocês vão ter que se trocar várias vezes, ou pelo menos aquele que quiser agir como a noiva teria que fazer isso.

Declan e Cohen se entreolham por um instante.

— E quem seria a noiva? — Declan pergunta.

Sorrio.

— Não está na cara?

— Não — eles respondem ao mesmo tempo.

— Cohen. Ele é mais temperamental. — Dou uma piscadela, fazendo Declan rir, e me volto para o desenho.

— Eu não sou temperamental — Cohen resmunga, mas depois se

inclina ao meu lado, enquanto eu exponho minha ideia para um chupá.

— Tá bom, mano. — Acaricio sua mão e me viro para Declan. — Isso me faz lembrar... tem alguma tradição cultural que você queira incluir no casamento?

Ele assente.

— A cerimônia do chá, mas a gente pode fazer isso na noite anterior ao casamento. Já falei com os meus pais, e como vai ser uma cerimônia mais íntima, eles querem manter isso longe dos holofotes. E também gostariam de ficar no comando, aí não precisa se preocupar com isso.

— Beleza. — Sorrio. — Cohen vai precisar usar um vestido para essa cerimônia?

Declan ri alto.

— Vai, sim.

— O que seria de um casamento sem um tema? — Mary DIY fala, abrindo os braços e brilhando para a câmera.

Ela é tão mágica.

— As equipes terão trinta minutos para criar um tema de casamento com os objetos misteriosos atrás de mim, que vão servir de inspiração. Vocês devem criar um quadro de visualização que incorpore um tema geral, cores e uma frase cativante para descrever o casamento. Quando um objeto é escolhido por uma das equipes, ele fica fora do jogo, então pensem rápido, pessoal. O casamento dos sonhos pode acabar tomado por outro concorrente antes que possamos dizer "sinos de casamento". E lembrem-se, qualquer coisa que colocarem no quadro de visualizações deve ser incorporada no casamento, então cuidado com o que escolherem. — Mary vai até o botão que abrirá a cortina e revelará os materiais para o quadro de visualizações. — Todos prontos?

Vestidos com os aventais da cor da nossa equipe — a Rossi é rosa, a Hernandez, azul e a Baxter, roxa —, todos nos posicionamos atrás da linha de competição.

Antes de hoje, me reuni com Cohen e Declan e, conhecendo o formato do programa, expus os desafios que sabia que teríamos que enfrentar. Fizemos planos para cada um, de modo que saberíamos o que procurar em cada desafio. A preparação é a chave.

Preparada, assinto e fico na posição de largada, já com a madeira de demolição e troncos de árvore em mente. Cohen está responsável pelos eucaliptos e verdes. Declan deve achar todas as rendas e jutas.

— Nos seus lugares, preparados... já. — Mary aperta o botão. A cortina cai, revelando um mostruário gigante, e por um breve instante, fico desnorteada.

Já vi essa cortina caindo várias vezes, e sempre gritava para os competidores usarem a cabeça. Até este exato momento, não tinha me dado conta de toda a desorientação.

Um enorme relógio de contagem regressiva está logo acima do mostruário, parece haver um milhão de opções, e todo mundo está correndo para a mesa ao mesmo tempo. É um Deus nos acuda e não dá nem tempo para pensar.

Tule e flores, gaiolas e vasos, pétalas e... aff! Que loucura!

— Lembrem-se, seja lá o que pegarem e colocarem na bancada de vocês, deve ser usado! — Mary grita, e eu finalmente desperto e saio correndo para a mesa, onde a equipe Hernandez já está revirando os itens. Elas pegaram a toalha de renda. Droga.

— Folhas secas, pega as folhas secas! — grito para Declan, que está furiosamente revirando uma pilha de toalhas de mesa.

— O pote de vidro, Luna — Cohen diz, me jogando um pote de vidro que eu pego por milagre.

— Não fique jogando as coisas! — berro, mas corro de volta para a nossa bancada, porque é um achado e tanto.

— Não estou vendo folhas secas! — Declan grita.

— Continua procurando! — grito de volta, com a voz mais estridente que o normal. Bem no canto da mesa, vejo os objetos de madeira e vou correndo para pegar todos, e acabo dando de cara com o peito de Alec. Como se eu tivesse dado de cara com uma parede de tijolos, bato o rosto contra os seus peitorais e tropeço. Durante a queda, procuro qualquer coisa para agarrar, e acaba sendo os cordões do avental de Helen. Ela se vira da mesa e cai bem em cima de mim.

— Trapaça! — ela grita, agitando os braços ao redor da minha cabeça. — Ela está trapaceando, jurados.

— Não estou, não! — respondo, tentando empurrá-la para sair de cima de mim, desesperada para pegar a madeira. — Eu sem querer me segurei em você. — Levanto os olhos e vejo Alec me olhando. Por um breve instante, dá para sentir sua vontade de me ajudar a levantar, mas é algo passageiro, e em vez disso, ele vai embora, pegando um ramo de folhas de palmeira. *Babaca!*

— Ela estava indo pegar a madeira. Luciana, pega a madeira enquanto eu prendo ela aqui! — Helen grita, e está na cara que não entende a expressão *sem querer*.

— O quê? Não! Sai de cima de mim. — Tento empurrar a velha, mas a robusta se mantém firme, me prendendo no chão. — Jurados, jurados, isso vale? — Olho na direção das câmeras e da equipe, que está toda parada ali, rindo. Que maravilha, já sei até o que estão pensando: *entretenimento perfeito*.

Parece que é cada um por si.

— Cohen, a madeira, pelo amor de Deus, a madeira!

Antes que eu possa localizar Cohen, Alec paira sobre mim a caminho do mostruário, onde Thad está correndo no lugar, com as mãos na cabeça, gritando:

— Não consigo decidir, não consigo decidir! O quê? Coloca isso de volta, Naomi. Não vamos ter um casamento com tema de circo! Ficou maluca? Você está grávida... vai lá se sentar.

— Ei! — ela responde, pegando uma estatueta de vidro colorido. — Estou grávida, não inválida.

Thad gesticula para mim, e eu ainda estou penando para empurrar a mulher de cinquenta anos.

— Viu só aquela bagunça de braços e pernas no chão? Poderia ser você. Deixa esse palhaço aí e volta para a mesa.

— Não é um palhaço, é um... um...

— É um palhaço! — Thad grita.

— Não é um palhaço.

— É um palhaço — Alec diz, sendo o mensageiro de Thad, que agora está escolhendo objetos aleatórios.

— Peguei a madeira! — Cohen grita.

— Ainda não consegui as folhas secas — Declan anuncia.

— Oh, penas — Thad comemora com alegria.

— A gente vai querer o palhaço? — Luciana pergunta.

— Me deixa ver esse palhaço — Helen grita, agora montada na minha barriga.

— Como ousa! — Thad tira o palhaço dela. — Esse é o nosso palhaço.

— Não pode roubar! — Mary DIY grita. *Ah, agora ela intervém.*

— A gente viu primeiro — Thad diz.

— E vocês deixaram aí. Perderam! — Helen grita.

Luciana tira o palhaço das mãos dele e mostra para Amanda, que balança a cabeça, e o pobre palhaço é deixado de lado na mesa... e Declan o pega.

— A gente vai querer o palhaço?

— Deixa esse palhaço aí, pelo amor de Deus! — grito. — Folhas secas, Declan, vá encontrar a droga das folhas secas!

— Mais dois minutos na mesa e aí já vai ser hora de cada um voltar para a sua bancada! — Mary grita.

— Aff, sai... de cima... de mim. — Empurro Helen com toda a minha força, mas ela não se mexe.

Então... a belisco.

— Sua piranha — ela grita e pula apenas o suficiente para eu rolar para longe e parar bem nos sapatos de Alec. Ele tropeça em mim com a força da minha rolada. Nossas barrigas se tocam, nossos corpos formam uma cruz.

— Cuidado! — ele diz bem quando algo cai no chão.

Todo mundo para e o silêncio se instala, enquanto olhamos para o vidro estilhaçado no chão.

O palhaço.

Naomi paira sobre ele, com lágrimas nos olhos.

— Ah, não...

Pelo visto, ninguém vai usar o palhaço.

Sem tempo para um velório. Empurro Alec e, enfim de pé, começo a vasculhar as mesas.

Caveiras, não.

Princesas da Disney, não.

Shrek. Como é? Não.

Camuflado, não.

Jogo de cartas, não.

— Trinta segundos.

— Merda. — Vasculho os itens, jogando boás de plumas e lenços para o lado.

— Olha só, um boá de plumas — Thad diz, pegando um de mim. Ele põe ao redor do pescoço. — Quer um, Alec?

— Prefiro enfiar meu pau num pote de picles.

— O quê? — Viro a cabeça assim que Amanda aparece ao meu lado.

— Achei as folhas secas, mãe.

A textura áspera do tecido roça na minha mão, e antes que desapareça, eu a agarro.

— Solta — digo entre os dentes cerrados.

— Você não precisa...

— Eu falei para soltar, Amanda. Não vou ter medo de te dar uma cotovelada no peito.

Ela arregala os olhos e solta as folhas secas assim que acaba o tempo.

— Para as suas bancadas! — Mary grita, e a culpa me inunda.

— Desculpa — digo depressa para Amanda, que parece horrorizada até mesmo para ficar a três metros de mim. Dá para sentir a loucura nos meus olhos, o rugido nos meus lábios, a tensão do meu pescoço que deve estar fazendo todas as veias saltarem. Cohen não é o único com uma veia pulsante. Para a minha sorte, é de família.

Ela se desvia do meu olhar e volta depressa para a bancada.

Droga.

— Vamos, Luna! — Cohen grita, acenando para mim da nossa bancada.

É a primeira vez que tenho a chance de ver tudo o que coletamos e, para ser sincera, não poderia estar mais orgulhosa de Cohen e Declan, ainda mais porque fiquei presa debaixo da bunda da Helen pela maior parte do desafio.

— Vocês podem devolver um item! — Mary grita. — Só um, então se pegaram alguma coisa que não vai combinar, coloquem na caixa de descarte, mas estejam avisados: é permitido que outra equipe pegue.

Já sabendo como funciona, deixo tudo à vista e avalio. Verdes, cremes e madeira natural. Texturas, macias e duras. E tudo rústico. Olho para Declan e Cohen e abro um enorme sorriso para eles.

— Acho que temos um vencedor aqui, garotos.

— Os telespectadores escolhem os vencedores do casamento, mas os nossos jurados escolhem os vencedores do desafio, e eles vão dar o veredito.

Parada entre Declan e Cohen, seguro a mão deles e não consigo tirar os olhos daquilo que juntamos no nosso quadro de visualização. Incrivelmente lindo, está romântico e natural com tons terrosos — tudo o que os rapazes queriam.

Dou uma olhada na equipe Hernandez e faço uma pequena careta. Apesar de amar o nosso quadro, não consigo deixar de me apaixonar pelo delas também. Preenchido por tons de rosa pastel, creme e dourado, o quadro de visualização delas está decorado com apanhadores de sonhos, macramê, floreios de sempre-vivas e suculentas.

Estou obcecada.

Então... tem a equipe Baxter. E só posso dizer... minha nossa.

Minha nossa.

Cor-de-rosa, verde e amarelo, o quadro deles está transbordando de penas, folhas de palmeira e flamingos se beijando. Não há sincronia ou lógica no quadro, nenhuma coesão, só um monte de itens juntos com fita e tachinhas.

Quase me sinto mal por eles. Como vão trabalhar com aqueles itens?

Palavra-chave: *quase*.

E para completar, Thad fez a equipe usar boás de plumas, então o esnobe em pessoa, Alec Baxter, está usando um boá amarelo — parece até que ele preferiria usar um laço.

Agora esperamos em silêncio, enquanto os jurados observam nossos quadros de visualização para darem o veredito. É sempre assim depois de cada desafio: limpam tudo e aí somos julgados. Já vi o programa mais de uma dezena de vezes, e esta é a parte mais estressante, quando os jurados ficam zanzando em silêncio, observando cada detalhe, antes de saírem para um canto para deliberar, jamais na frente dos concorrentes.

Cada quadro de visualização está rotulado com um tema para dar aos jurados uma ideia do que estamos planejando.

Rústico Moderno da equipe Rossi.

Boho Romântico da equipe Hernandez.

E... Flamingo Dançarino da bagunça infeliz do quadro da equipe Baxter. Está com tudo praticamente misturado e não tem coesão nenhuma — sem contar que eles escreveram e disseram *flamingo* dançarino, quando na verdade é *flamenco*... não o pássaro cor-de-rosa.

Os jurados dão uma última conferida antes de Mary DIY acenar. Eles se separam, e ela se vira para a câmera.

— O primeiro lugar do desafio temático hoje vai ganhar cinco mil dólares, que serão acrescentados ao orçamento. O segundo lugar vai receber mil dólares e o terceiro não receberá nada.

O dinheiro extra seria ótimo, mas sei que já vamos conseguir entregar um casamento lindo por menos de dez mil dólares. No mínimo, sou batalhadora e basta me dar um garfo e um abacate e eu já consigo fazer um belo enfeite de mesa.

Com base nos quadros de visualização e na reação dos jurados, diria que o Boho Romântico estará em primeiro, só porque eles passaram a maior parte do tempo maravilhados com o que Luciana, Amanda e Helen conseguiram reunir. Com certeza ficaremos em segundo, e o infeliz Flamingo Dançarino será o terceiro, o que me faz sentir um pouco mal por Naomi, que não consegue parar de chorar pelo palhaço quebrado. Ela fica murmurando alguma coisa sobre ele não ter sido capaz de cumprir seu destino. A psicose de grávida dela me faz repensar se algum dia vou querer ter filhos.

— Os jurados deliberaram e foi uma competição acirrada — Mary continua. — Em terceiro lugar, sem receber dinheiro extra, está...

Ela faz uma pausa, para fazer um drama meio exagerado disso tudo.

Flamingo Dançarino — vamos logo com isso. Todo mundo sabe quem ficou em último.

— Equipe Rossi.

— O quê? — grito antes de conseguir me conter. — Como é que...? — Cohen põe a mão na minha boca antes que eu possa soltar alguma grosseria, e vai por mim, um discurso está na ponta da minha língua. Não tem como o Flamingo Dançarino estar melhor do que o nosso tema.

— Em segundo lugar...

— Isso é um absurdo — murmuro, enquanto Cohen me silencia e aperta a minha mão.

— Equipe Hernandez, o que significa que a equipe Baxter terá um acréscimo de cinco mil dólares no orçamento.

Um gritinho estridente preenche o set. Você pode achar que veio de Naomi, mas nada disso, ela está congelada em um choque silencioso junto com Alec, enquanto Thad põe as mãos na cintura e começa a fazer uma dancinha irlandesa.

— É isso aí! Sabia que as penas iam agradar os jurados. — Thad dá uma piscadela, e é bem ali que decido que Alec deve estar comprando os jurados.

É a única explicação.

Como é que eles cogitaram boás de plumas e folhas de palmeira como uma temática vencedora para um casamento? É uma breguice sem fim. Eles poderiam muito bem ter enfiado o palhaço no meio disso tudo.

Enquanto Mary fala sobre o episódio da próxima semana e o desafio, fico me questionando, ali entre Declan e Cohen, olhando para Alec e observando cada movimento seu. Será que ele acenou para os jurados? Piscou? Fez qualquer tipo de gesto que representaria um conluio?

Ele passa o dedo abaixo do nariz e eu grito:

— Ah-ha!

Todos os olhos se voltam para mim assim que Diane grita:

— Corta! — Ela suspira. — Peço que não gritem enquanto a Mary estiver falando, por favor.

— Desculpa. — Aceno com a mão em um pedido de desculpa e me escondo atrás de Declan e Cohen. Enquanto Mary volta para suas declarações finais, dou outra olhadela em Alec, que está olhando para mim, com um sorriso no rosto. Um sorriso cúmplice. O tipo de sorriso que diz... "Peguei você".

Para o qual respondo em silêncio... *Jamais, seu sósia pretencioso e esnobe do Chris Evans, de mocassim e com a temática de flamingo.*

Será que ele consegue ler tudo isso na minha cara?

Capítulo 7

Luna

— Ah, você está em casa... Nossa. Por que está com rosquinhas enfiadas nos dedos? — Farrah pergunta ao fechar a porta do nosso apartamento e pôr a bolsa na mesa de canto na entrada.

Levanto uma bebida alcoólica de saquinho com a mão livre das rosquinhas.

— Também estou tomando uma.

— Você comprou até rum? — Farrah faz careta. — Já vi que as coisas não estão se saindo muito bem hoje.

— Que eufemismo. — Tomo um grande gole do canudo. — Pegue uma e junte-se a mim. Tem um daiquiri de morango aí com o seu nome.

Como a amiga leal que é, Farrah nem mesmo faz perguntas. Nada disso, ela tira a calça — assim como eu tinha feito —, a deixa na entrada e vai até o freezer, onde pega a sua bebida alcóolica açucarada favorita e se junta a mim.

Brindamos com as nossas bebidas de saquinho, e Farrah também começa a decorar os dedos com as rosquinhas.

Dou uma mordidinha em uma, sem quebrá-la. Sinceramente, essas rosquinhas decorativas são as únicas coisas que me importam no momento.

— Me conta tudo. A competição foi difícil?

— Lésbicas — murmuro, me recostando, com a bebida junto ao peito.

— Tem lésbicas no programa?

Assinto.

— As lésbicas...

— Elas têm nomes, Luna, nomes. Sei que você está chateada, mas as lésbicas também têm nomes.

Olho de rabo de olho para ela.

— Luciana e Amanda, junto com a mãe insuportável da Amanda, chamada Helen, que ficou em cima da minha barriga enquanto a gente tinha que pegar itens para a temática do casamento.

— Luciana e Amanda — Farrah diz, sonhadora. — Elas têm cabelo curto ou comprido?

— Quê? Comprido, uma loira e a outra morena. E isso importa?

— Lésbicas de cabelo comprido... ah, já vi tudo, *Jogo do Casamento*, tentando envolver o público masculino. — Ela balança a cabeça. — Um bando de pervertidos.

— Está prestando atenção? Desencana dessas lésbicas. Uma mulher de meia-idade ficou sentada na minha barriga hoje.

— Estou. Só achei que as lésbicas eram mais interessantes do que o seu fim. Nem sempre a gente consegue ver lésbicas por aí, ainda mais na TV.

— Não é verdade. Tem vários exemplos de representatividade lésbica por aí.

— Então me fala quais. Me fala qual programa de sucesso na TV tem lésbicas.

— Bem... *Ellen*...

— Foi cancelado logo depois do episódio gay. Próximo.

— *Will & Grace*...

— Os personagens principais são homens gays estereotipados que a mídia vive retratando como divertidos e empolgados. Que tal algumas lésbicas divertidas e empolgadas? Elas sempre aparecem usando um cinto de ferramentas, com cabelo curto e esquentadinhas.

Penso a respeito, penso de verdade, e é, ela tem razão, mas deve haver representatividade lésbica em algum lugar...

— *Glee*... ah, é, *Grey's Anatomy*.

Ela reflete a respeito, toma um gole da bebida e diz:

— Vou aceitar *Grey's Anatomy*.

— Ah, e *Os Fosters*.

— É, só que não é tão conhecido.

— A gente está fugindo do assunto.

— Só estou tentando dar um pouco de amor para as lésbicas.

— Sim, eu sei, porque as lésbicas também precisam de amor... mas será que não dá para a gente focar na velha que ficou sentada em mim hoje?

— Sim, foi mal. — Ela pigarreia. — Então uma louca ficou sentada em você.

— Ficou, mas, verdade seja dita, nem foi a pior coisa que aconteceu comigo.

— Uma mulher sentada em você foi tranquilo? Comparado ao quê? — Ela dá uma mordida na rosquinha e a engole por completo. — O que foi que aconteceu?

Olhando ao longe, murmuro:

— Alec Baxter.

— Ohhhh, agora me deixou curiosa. Quem é esse Alec Baxter?

— Irmão de um dos competidores. Advogado de divórcio. Mal-educado. Achou que eu fosse uma assistente de produção.

— Como?

Nós duas tomamos um gole demorado, e o frio amargo do álcool congelante atinge bem o meu cérebro, congelando tudo por alguns momentos torturantes. Assim que a dor passa, digo:

— Ele me parou no set e exigiu que eu trouxesse café para ele.

— Não é possível. — Farrah suspira.

— É. — Mastigo uma rosquinha, reduzindo-a para o tamanho de um anelzinho, que vou logo enfiando na boca. — Gritou comigo, na verdade, por não ter reabastecido a garrafa, me culpou por ter que ter ido ao set logo cedo e, tá bom, ele pode ter dito "por favor" e "obrigado", mas não falou sério. Não dá para dizer "por favor" e "obrigado" com malícia escorrendo da boca.

— Meu Deus, odeio quando tem malícia escorrida — Farrah diz, sarcástica.

— Malícia escorrida é uma merda.

— Uma merda total. — Brindamos mais uma vez e bebemos o resto até nossos saquinhos ficarem sequinhos. — Quer mais uma?

— Precisa mesmo perguntar?

Ela se levanta, vai até o freezer e faz furos nos saquinhos com os nossos canudos reutilizáveis.

— Então ele exigiu que você trouxesse o café. Que audácia. E depois?

— O irmão dele falou para ele se desculpar comigo.

— Então a família tem modos, mesmo que alguns deles usem com malícia. — Farrah me entrega a bebida e começa a decorar os dedos com as rosquinhas de novo.

— Pouquíssimos modos, mas estavam lá.

— Ele se desculpou?

Com as bochechas infladas, bebo com força, engulo e então digo:

— Não. Em vez disso, veio na minha bancada entre as tomadas e começou a me ofender. — Tudo bem, pode ser que eu tenha começado com os xingamentos, mas Farrah não precisa saber disso.

— O que ele disse?

— Me chamou de "repugnante". — Farrah arregala os olhos. — E aí disse que os anos noventa queriam as lantejoulas de volta. — Passo os dedos cheios de rosquinhas com cuidado pela minha linda blusa de lantejoulas.

Farrah se endireita, com as sobrancelhas erguidas de pura raiva.

— Ele não fez isso.

Assinto.

— Ah, se fez.

Desviando o olhar, ela sussurra:

— Que filho da puta.

— E ainda por cima a gente teve que arrumar a temática para o casamento hoje. Cohen, Declan e eu fizemos um lindo quadro de visualizações para um casamento rústico moderno.

— É tão a cara de Cohen e Declan.

— Né? — resmungo e então recosto a cabeça no sofá. — As lés...

— Luciana e Amanda.

— É, foi mal, você sabe que normalmente eu sou mais sensível. Culpe o estresse de tudo isso. — Tomo mais um pouco da bebida, começando a sentir os efeitos de todo o açúcar e álcool combinados. — Luciana e Amanda fizeram um casamento de temática boho-chic que fez a minha alma se contorcer de inveja. Meu Deus, estava lindo, dos sonhos. — Giro a cabeça e encaro Farrah. — E aí teve a equipe Baxter.

— Pretencioso?

— Quem dera. — Balanço a cabeça. — Não, a temática foi "Flamingo Dançarino", que não fazia sentido nenhum. Tinha flamingos mesmo no quadro de visualização deles, mas a pronúncia da dança é *flamenco*, e os dançarinos tradicionalmente usam vermelho com babados. Era um caos absoluto.

— O que tinha no quadro deles?

— Cor-de-rosa, amarelo e verde com penas.

— Ai, meu Deus, parece horrível.

— E era... só que mesmo assim os jurados escolheram e deixaram a equipe Rossi em último.

— Não é possível. Não brinca.

Mexo o canudo.

— Quem dera que fosse brincadeira. Os jurados escolheram essa temática como a favorita, e eu ainda estou tentando entender como é possível. Tinha folhas de palmeira, pelo amor de Deus. Folhas de palmeira. — Solto um suspiro profundo e balanço a cabeça. — Como vou conseguir ajudar Cohen e Declan a ganhar quando me deparo com um quadro temático que poderia muito bem ser chamado de "Uma noite em Miami dos anos oitenta"?

— Ah, gostei do nome. Eu teria escolhido também, com base no nome.

— Farrah.

— Ah, é, certo. Abaixo a equipe Baxter. Dá um chute no saco deles, bem onde balança.

— Acho que não vai rolar chutes no saco. Naomi, a futura esposa, está grávida. O bebê não precisa saber que vai nascer num mundo em que as pessoas dão chutes no saco por causa de uma competição.

— Tem razão. É melhor deixar essa criança descobrir por conta própria. Mas estou pronta para uns socos.

— Acho que uns socos serviriam. — Enfio uma rosquinha na boca e lambo o chocolate derretido do dedo. — Eu teria dado um soco bem na cara linda de Alec Baxter.

— Peraí. — Farrah se anima. — Você disse lindo.

— Sim, e daí?

— Hum, você não tinha mencionado que ele era lindo na sua reclamação.

— E isso importa?

— Isso muda toda a dinâmica. Você pode até estar com uma quedinha.

— Perdeu o juízo? — Dobro as pernas embaixo do bumbum e me debruço sobre a minha bebida, agarrando-a com força junto ao peito para tomá-la. — Não estou com uma queda por ele. Nem mesmo o conheço.

— Não precisa conhecê-lo para ter uma queda por ele. A aparência por si só já pode fazer o coração bater forte.

— Vai por mim. Não tem nenhum coração batendo forte perto dele.

— Tá bom, então me fala uma coisa. Como é a aparência dele?

Sem pensar duas vezes, digo:

— Chris Evans, recém-barbeado e saído direto da academia.

Ai, merda.

Farrah joga a cabeça para trás e ri.

— Ai, meu Deus, você tem mesmo uma queda por ele.

— Não tenho, não. — Mordo a última rosquinha e mastigo. — Tá bom, pode ser, ele é atraente, desse jeito bem hollywoodiano, mas quem gosta de um hollywoodiano?

— Todo mundo, até mesmo o seu irmão.

— Ele é gay, não conta.

— Ah, conta, sim. A opinião dele conta mais que as outras. — Farrah tira o celular da minha mão e começa a digitar.

— O que você está fazendo?

— Perguntando se Cohen acha o Chris Evans atraente.

— Não. — Jogo o corpo sobre o dela e pego o celular de volta. — Ele vai saber que estou falando do Alec. Até Declan disse que ele é a cara do Chris Evans. — Deixo o celular de lado, o mais longe possível de Farrah. — Tá, o Chris Evans é lindo e o rosto do Alec Baxter é de um anjo, todo esculpido e perfeito com olhos verdes e ardentes.

Farrah bufa.

— Você disse ardente. Ah, você está mesmo com uma queda por ele. Aposto que queria que fosse ele que tivesse sentado em cima de você em vez daquela *demônia*.

Pode ser que sim.

Onde estou com a cabeça? Não. Não quero nada com Alec Baxter.

— Esta conversa está saindo do controle. Estamos perdendo o problema de vista.

— E qual é o problema? — Farrah sorri para mim.

— Bem, sabe... o problema é...

Ela ri ainda mais.

— Ah, você está louquinha por ele.

Não estou nem um pouco louquinha por ele.

— Caramba, como estou dolorida.

— Você está dolorida? — Farrah pergunta. — Sou eu que tenho que estar de pé às seis da manhã de um domingo só porque a minha amiga me tirou da cama para que ela não tivesse que comer comida gordurosa sozinha.

— Eu precisava de uma companhia para a ressaca, e tenho que chegar ao set às dez hoje para as entrevistas.

— Vou me lembrar disso da próxima vez que precisar de uma companhia para a ressaca.

Nós duas nos sentamos à mesa, sem nem mesmo precisar de cardápio. O Dining Hall, a lanchonete a um quarteirão do nosso prédio, é a nossa segunda casa. Conhecemos todo mundo. Dá para dizer o que exatamente a pessoa à mesa diante da gente acabou de comer, só pelo cheiro. Os assentos de couro vermelho estão gastos, e os azulejos que cobrem a parede me lembram do estilo clássico novaiorquino, o que só acrescenta nostalgia para a refeição. A lousa na frente, listando as promoções, não mudava desde 2016, apesar de já não haver mais promoções.

Só com uma olhada, nossa garçonete favorita, Fay, acena rápido. Dois remédios para a ressaca a caminho.

— Você poderia pelo menos ter me deixado trocar para uma roupa mais apresentável.

— Você está ótima — digo, apoiando o rosto na superfície fria e pegajosa da mesa. Um banho está previsto para um futuro não tão distante, mas bacon vem primeiro.

— Estou usando um macacão com estampa de frango.

Bufo.

— E fica ótimo em você.

Fay põe duas águas e uma dose do que ela chama de remédio para tudo à nossa frente. A gente nem pergunta o que é.

— Bebida de saquinho? — Fay ergue a sobrancelha.

— Como você sabe? — Farrah pergunta, tapando o nariz e encarando a dose.

— Vocês só vêm aqui por causa de dois tipos de ressaca. O primeiro é a típica ressaca, quando a gente fica com cara de zumbi, mas ainda temos juízo. E aí tem a ressaca da bebida de saquinho, quando vocês duas parecem ter dormido numa lixeira e chupado cana a noite inteira.

— Pois é. — Assinto e levanto dois dedos. — É a número dois. — Viro rápido a dose e começo a tossir quando me atinge. — Puta merda, Fay.

Ela sorri.

— Coloquei Tabasco extra aí para vocês conseguirem mover as pernas.

— E as entranhas — Farrah diz, segurando a barriga. — Minha nossa, por favor, não me deixa fazer uma coisa nojenta neste macacão.

Fay dá um tapinha nas costas dela.

— Você sabe onde fica o banheiro. A comida já está saindo.

Quando Fay se vai, anuncio:

— Você precisa mesmo ir ao banheiro?

— Não sei dizer. Eu te aviso.

— Sério, estou bem. — Levanto a mão e mais uma vez apoio a cabeça latejante na mesa fria. — Quatro saquinhos de bebida para cada uma não foi uma boa ideia.

— A gente deveria ter parado na segunda. — Farrah põe o capuz sobre a cabeça, revelando a crista de frango costurada em cima.

— Concordo. — O cheiro de xarope passado enche meu nariz, e para evitar perder a minha dose na mesa, me endireito e pressiono a mão na testa. — Eu cheguei a dançar ontem?

— Com a sua bolsa de costura na cabeça.

Assinto.

— Foi o que pensei. Por que a bolsa?

— Você não queria cair e acabar batendo a cabeça na mesa, porque eu disse que você estava "famosa agora, e a mamãe precisa proteger o rosto".

— Ah, é. Verdade. — Dou risada.

— E aí você resmungou alguma coisa para não deixar que Baxter arrume mais alguma coisa para te tirar do sério.

— Aff, Alec Baxter. — Abaixo as mãos. — Tomara que o irmão dele use sem querer a bunda dele como almofada de alfinetes.

— Pelo que você me disse, isso pode muito bem acontecer.

— Posso até ouvir aquele gritinho dele agora. — Dou risada.

— De quem? Do Alec ou do irmão dele?

— Do Thad, irmão do Alec. Ele tem um gritinho e tanto. Quando eles ganharam, achei que tinha sido Naomi que tivesse gritado. Que nada, foi Thad. — Balanço a cabeça, ainda incrédula. — A temática deles é cafona de todas as formas possíveis, o título não tinha nada a ver com o quadro, e tudo preso aleatoriamente em todo lugar. Não tinha coesão, nem mistura de texturas e cores. Sério, um dos maiores lixos que já vi.

— Desastre total?

— O epítome do desastre total. Se você olhar *desastre total* no dicionário, vai encontrar uma imagem do quadro temático deles.

— E mesmo assim ganharam — uma voz masculina muito familiar diz, enquanto a mesa atrás de mim range com o movimento de alguém.

Meu estômago embrulha.

A vergonha faz minha nuca arrepiar, e aquele suor típico da Whitney aparece sobre meu lábio.

Os olhos de Farrah se arregalam e ela aponta para trás de mim, sussurrando:

— Chris Evans.

Fechando os olhos com força, respiro fundo e me viro, com a cabeça latejando de dor pelo movimento rápido. Minha visão fica embaçada, mas quando começa a focar, a primeira coisa que vejo é um par de olhos verdes, seguido por um sorriso bajulador e um queixo esculpido.

Pois é, é mesmo o "Chris Evans".

— Bom dia. — Ele abre um sorriso tão largo que eu logo quero arrancá-lo do rosto dele. — Parece que a noite foi boa, hein? Estou mesmo sentindo o cheiro daquela bebida de cinco dólares em você?

— Tecnicamente, foram 2,99 — Farrah se intromete com o dedo em riste.

— Ah, melhor ainda.

Semicerro os olhos.

— O que você está fazendo aqui? Me seguindo?

— Sim. É o que gosto de fazer nos fins de semana: seguir egomaníacas irritáveis só para tirá-las do sério.

— Parece isso mesmo. — Cruzo os braços e me viro para Farrah. — Um esquisitão mesmo, esse aí. — Aponto o dedo na direção de Alec. — Cuidado, um grande pervertido.

— Dá para dizer que ele é um pervertido só pelos sapatos — ela responde com um sorriso.

— Não dá nem para você ver os meus sapatos — ele retruca.

— Ouvi dizer que são horrorosos, e é só o que preciso saber para rotular um pervertido.

— Ah, saquei. — Ele se vira para ficar ajoelhado no banco e se debruçar no encosto. — Assim como a sua amiga, julgando um livro pela capa.

— Então você admite que se parece com um pervertido? — Farrah pergunta. Sempre com as melhores respostas, essa garota.

— Não.

— Então me fala por que você não é um pervertido.

— Por quê? — Ele dá uma boa olhada nela. — Não te devo nada, e, sinceramente, acho que você não deveria ficar atirando pedras em tetos de vidro quando se trata de aparência.

— Como é?

— *Cocoricó* — Alec diz na melhor imitação de frango que já ouvi na vida. Não quero dar crédito para esse homem à toa, mas foi boa, e preciso de todas as forças para não rir.

Farrah tira o capuz, revelando uma bagunça de cabelo, espetado para todos os lados, graças à eletricidade estática que se formou pelo forro de lã do capuz. Caramba, ela parece maluca.

— Para o seu governo, não estou usando nada por baixo disto além de um sutiã velho e uma calcinha que vai até o umbigo, e mesmo que seja um desastre da moda e que eu poderia arruinar a minha carreira na moda se fosse vista usando isto aqui, nunca me senti tão alegre e confortável em toda a minha vida. Então pode julgar o quanto quiser, campeão, mas estou muito mais confortável que você.

— Já vi que a sua amiga é tão agressiva quanto você — Alec fala para mim, dando uma rápida olhada no meu cabelo e então voltando para os meus olhos.

— O que você está fazendo aqui? — pergunto, exasperada. — Já é ruim o suficiente ter que respirar o mesmo ar que você em algumas horas. Será que não dá para me deixar em paz para dar um jeito nesta ressaca agora mesmo, enfiando um monte de comida gordurosa na boca?

— Estou aqui porque este é o meu lugar favorito e eu queria um café adequado hoje.

— Este aqui não é o seu lugar favorito. Este é o *meu* lugar favorito. Já faz dois anos que venho aqui.

Ele ergue a mão, com os dedos abertos.

— Cinco anos para mim, pode perguntar para a Fay. E isso significa que o lugar é meu. Vá encontrar um lugar para você, Martha, este aqui é meu.

— É Luna — digo com tanto veneno que Farrah se recosta e dá uma cutucada no meu braço.

— Acho que ele está te chamando de Martha Stewart. Não é?

Ele assente.

— Nada passa despercebido por esse galo.

— Prefiro "galinha", se for para você começar com essa coisa de pôr nomes.

— Perdão.

Farrah sorri, e por um breve instante, fico questionando sua lealdade, até que ela aponta para ele e fala:

— Você é um babaca.

— Nossa, que do nada.

— Você não pode chamar a minha amiga de "repugnante". Ela é o oposto disso. Ela é... ela é... — Farrah se vira para mim e sussurra: — Qual é o antônimo de repugnante?

— Hum... se ele não estivesse aqui, eu daria uma pesquisada na internet.

— Agradável — ele resmunga, passando a mão no rosto.

— Obrigada — Farrah diz, mas então seu olhar severo volta à sua expressão. — Ela é "agradável".

— É mesmo? Será que as pessoas agradáveis falam mesmo pelas costas dos outros de uma forma tão abominável?

— Ela não estava sendo abominável. Isso aí foi efeito da ressaca. Tem que ser expulsa da gente como o diabo, pouco a pouco nos trazendo de volta à vida. Qualquer coisa que você tenha escutado só pode ter vindo do próprio Satanás saindo do corpo.

— Interessante. — Ele coça a lateral do queixo. — Então o que explica o comportamento dela ontem?

— É simples — Farrah responde. — Os seus sapatos são uma ofensa.

— Puta merda — ele murmura, balançando a cabeça. — Só por isso vou usá-los de novo. — Então se vira para mim. — E eu adoraria se você não falasse do meu irmão do jeito que fez. Você nem mesmo o conhece.

A culpa toma conta de mim. Não quero admitir, mas... ele tem razão.

Capítulo 8

Alec

Quais são as chances de esbarrar com Luna Rossi, a diabólica pau para toda obra, em algum lugar além do *Jogo do Casamento*?

Ela deve morar perto de mim se vai ao Dining Hall e aparece de pijama. Não importa o quanto a comida gordurosa seja boa aqui, nenhum novaiorquino de respeito iria andar tão longe usando calça de pijama com estampa de coração.

Então a pergunta que não quer calar é: será que já nos vimos antes? Será que já nos sentamos de costas um para o outro aqui antes? Já passamos um pelo outro na rua? Chamamos o mesmo táxi? Que sensação estranha ficar imaginando se a pessoa que você acabou de conhecer já pode ter cruzado seu caminho antes.

Vi aquele caos entrar pela porta. A "galinha" me chamou a atenção primeiro, porque não é todo dia que a gente vê uma mulher adulta num macacão de frango. Nem sabia que Luna estava sentada atrás de mim até que ela disse o meu nome. Sua interpretação do dia anterior foi divertida, mas ouvir sua opinião sem filtro foi ainda mais — ela entendeu tudo errado.

Por outro lado, com Thad, ela não poderia ser mais precisa, pelo menos quando se trata de drama, mas isso não significa que ela tem o direito de sair falando dele pelas costas. Eu posso dizer que ele grita como uma garotinha, porque ele é o meu irmão, mas outra pessoa dizer isso é passar dos limites.

E pela expressão da Luna, ela se deu conta disso.

Apesar da atitude, pois ela parece ficar toda enriçada toda vez que estou por perto — e, sim, confesso que o erro do café que iniciou esta batalha foi meu —, diria que ela não é sempre assim tão vingativa.

Pela forma como estava interagindo com o irmão e o futuro cunhado ontem, dava para dizer que é compassiva, empática — apesar de toda aquela gritaria por causa de folhas secas — e é boa ouvinte. E a forma como assente em concordância; não é um simples aceno de cabeça. Dá para sentir que ela acredita mesmo no que estamos dizendo.

Sei o que devem estar pensando... ficar olhando para ela, provocando-a a ponto de tirá-la do sério, chamando-a de nomes feios. Devo estar caidinho, não é?

Só para deixar claro, não. Não estou, não.

Sim, ela é linda demais, e eu até posso ter pensado em qual é a sensação do seu cabelo enroscado no meu punho, e gosto muito da droga do nome dela, mas não significa que tenho uma queda. Só significa que sou um homem que acha uma mulher atraente. É isso.

Nada além disso.

Do outro lado da mesa, Luna faz careta.

— Eu só... hum... desculpa.

— O quê? — A amiga, Farrah, que parece divertida pra caramba, franze a testa. — Não peça desculpas para ele. Você não deve nada para ele. Ele é que deveria pedir desculpas por ficar ouvindo uma conversa particular.

— Não é lá muito particular quando vocês ficam falando alto o suficiente para todo o salão ouvir.

— A gente não estava falando tão alto assim — Luna retruca, ainda parecendo arrependida.

— Achei que o Satanás estava saindo de você. Como pode afirmar?

— Meu Deus. — Farrah bufa. — Você tem resposta para tudo, é? Que irritante, dá para ver como você perdeu a cabeça com ele, Luna.

— Ele é advogado — Luna diz, casualmente, como se me conhecesse. — É claro que ele vai ter resposta para tudo.

— Não é verdade.

Farrah aponta para mim.

— Viu só, bem ali. Resposta.

— Não foi uma resposta. Só estou tentando engajar na conversa.

— Mas a gente não quer o seu engajamento. — Ela me dispensa, balançando os dedos. — Cai fora.

Eu a ignoro e me viro para Luna.

— Só porque você tem medo de que a gente vença não te dá o direito de falar mal do meu irmão.

— Eu não estava... não foi o que eu quis...

— O seu irmão é cafona — Farrah se intromete.

— Ei, galo, fica fora disso.

— Galinha — ela murmura.

— Eu não estava falando mal — Luna diz, olhando para mim como um pedido de desculpas, e, droga, me faz relaxar por um instante. Isto é, até ela continuar: — Mas o seu quadro temático ficou horroroso, e vocês não ganharam nem ferrando, a menos que você tenha comprado os jurados.

Poof.

Simples assim, volto a querer tornar a vida dela um inferno.

— Continue pensando assim, Rossi. — Jogo algumas notas na mesa e me levanto. — Aqui vai uma dica: tome um banho antes de aparecer lá hoje. Você está com um fedor desagradável.

Abro um sorriso para ela e então vou embora, enquanto Farrah grita uma série de obscenidades na minha direção. O dia vai ser interessante.

— Acho que nunca comi tanta asinha de frango na vida quanto ontem à noite. — Thad segura a barriga. — Caramba, eu não conseguia parar. Quando eles disseram à vontade, estavam mesmo falando sério. Fiquei arrotando molho picante a noite toda. Naomi até me fez dormir no sofá.

— Por que você está me contando isso? — pergunto, revoltado com o meu próprio irmão. Fique sabendo que não sou um esnobe. Posso comer um prato inteiro de asinhas, mas por que ele tem que segurar a barriga e arrotar enquanto fala isso?

— Porque é isso que irmãos fazem: falam sobre arrotos e merdas do tipo.

— Ou eles não conversam de jeito nenhum. — Dou uma olhada pelo set para o confessionário, desejando poder ouvir o que a equipe Rossi está dizendo.

Acabamos a nossa entrevista, durante a qual Thad ficou falando sobre a droga das penas, e ele parece não conseguir parar de tocá-las. Falou por cinco minutos sobre a sensação delas em seus dedos e como elas o fazem se sentir mais jovem. O produtor finalmente o interrompeu e pediu para que falássemos sobre as outras equipes e o que achamos delas. Naomi assumiu a liderança nessa pergunta, elogiando todo mundo. Quando olharam para mim, à espera de uma resposta, mantive a boca fechada. Posso ter algumas opiniões sobre a equipe Rossi e a aversão pelos meus sapatos no set, mas não estava a fim de falar alguma coisa que pudesse ser interpretada de forma errada, ainda mais porque o meu trabalho exige que eu seja profissional.

Mas isso não significa que Luna não esteja dizendo alguma coisa desagradável a meu respeito neste exato momento.

Suspiro alto, ressentindo os produtores, que insistiram para que a gente ficasse até depois da nossa entrevista, caso eles queiram fazer outra pergunta sobre o que as equipes adversárias possam ter dito. Então este será mais um longo dia, no mínimo.

— Por que você está de olho no confessionário? — Thad pergunta. — Quer voltar para lá?

— O quê? — Balanço a cabeça. — Não. Só estou imaginando por quanto tempo ainda vamos ter que ficar esperando. Eles deveriam ter agendado um horário em vez de fazer todo mundo vir aqui ao mesmo tempo e ficar esperando. Ninguém é desocupado.

Assim que digo isso, a porta do confessionário se abre e Cohen, Declan e Luna saem de lá. Estão todos rindo, e uma onda de insegurança me percorre.

Será que estão rindo de mim?

E o que isso importa? Não deveria.

Mas por alguma razão, importa.

Cohen e Declan vão para a bancada, enquanto Luna vai para a mesa de lanches.

Antes que eu possa evitar, me levanto e vou na direção dela. Quando ela chegou hoje de manhã, dei uma outra olhada; ela não parecia em nada com a garota que vi pela manhã. Seu cabelo estava penteado, liso e sedoso. Seu rosto não tinha restos de rímel da noite anterior, e em vez de cheirar como esgoto, senti uma lufada dela quando ela passou por mim e estava com cheiro de açúcar mascavo e baunilha. Era incrivelmente sedutor. Quase sedutor demais.

Ela está fazendo um sanduíche quando me aproximo.

— Você chamou um exorcista para ir na sua casa e expulsar o resto do demônio de você?

Ela nem olha para mim.

— Não, você já fez um ótimo trabalho com isso lá na lanchonete. Você parece trazer à tona o pior de mim.

Não é um elogio agradável.

Não é algo que já ouvi alguém dizer para mim antes.

Não é algo de que eu tenha orgulho.

E, mesmo assim, não consigo me impedir de pôr lenha na fogueira.

— Pode ser que você só esteja começando a se descobrir.

Ela ergue a sobrancelha e olha para mim.

— Você está dizendo que eu estou virando mocinha? Porque fiz isso com doze anos, no jogo de basquete do meu irmão. Quer ouvir a história toda?

Enfio alguns pretzels num copo.

— Não, valeu. — Me viro para ela, enfio um pretzel na boca e pergunto: — Falou de mim lá dentro?

— Quem é o egomaníaco agora?

— Sério. — Eu a cutuco com o pé. — O que você disse?

— Parece que você vai ter que assistir na TV.

— Então você falou *mesmo* de mim. — Sorrio.

Ela põe o sanduíche no prato e me encara. Seus olhos escuros estão emoldurados pelo delineador preto e rímel. Cativante — é a única palavra que tenho para descrever seus olhos: totalmente cativantes.

— Eu não falei sobre você, mas mencionei a equipe Baxter e como mal posso esperar para ver como vocês vão incorporar as penas em tudo. Também devo ter mencionado a minha vontade de ver um smoking rosa para cada padrinho.

— Que atrevida. — Ela está se virando para ir embora quando eu digo: — Você está morrendo de medo.

Ela congela e se vira devagar para mim, com a mão na cintura.

— Não estou com medo.

Cruzo os braços.

— Está, sim. Você não quer deixar o seu irmão na mão. — Seus lábios franzem para o lado e sua mandíbula fica tensa. — Você não quer deixá-lo na mão, aí está evitando e focando em tudo o que a gente está fazendo. — Dou um passo para frente. — Sabe por que a gente ganhou ontem?

— Porque você está comprando os jurados. Já falei isso.

— Não. Porque não estamos focados em mais ninguém além de nós mesmos. Não estamos quebrando a cabeça com isso. Só estamos juntando o que gostamos. Não ficamos gritando sobre madeira e folhas secas e tentando ser os melhores.

Seus olhos encontram os meus, suas narinas inflam, e dá para dizer que ela não chega nem perto de estar feliz com esse meu momentinho de conselho.

— Vocês tiveram sorte ontem, Baxter. Aproveita essa sua vitória, porque será a última.

— Caramba. — Balanço nos calcanhares. — Tão confiante assim, é?

— Conheço caras como você, os que não estão nem aí para amor ou casamento, que acham que tudo não passa de piada. — *Verdade.* — Bem, eu ligo. — Ela aponta para o próprio peito. — Meus pais têm um casamento lindo, o tipo de amor que encontramos nos livros, e eles são o exemplo perfeito do que o meu irmão merece. Cohen encontrou o final feliz dele com Declan. Ele penou para chegar lá, mas encontrou, e é ruim que eu não vou ajudar a dar o pontapé inicial para dar um casamento e tanto para ele... e uma cobertura igualmente incrível. — Ela me fuzila mais com os olhos. — Fica fora do meu caminho, Baxter.

— Você está mesmo declarando guerra?

— Tem sido guerra desde que você exigiu café.

Virando as costas para mim, ela se vai, me deixando ali para ficar imaginando: *Onde eu fui me meter agora?* Ou melhor: *Onde eu fui me meter ontem?*

— Aí está o rei do artesanato em pessoa. — Lucas entra no meu escritório, com um sorriso no rosto. — Como foi?

— Irritante. — Me recosto na cadeira e cruzo as mãos na barriga. — Mais irritante do que imaginei.

— Um programa sobre amor e casamento não é bem a cara de Alec Baxter.

— Nem me diga.

Conto sobre como o dia anterior foi uma total perda de tempo e que perguntei à diretora se poderíamos ter nossos horários agendados para as entrevistas, assim eu não precisaria ficar esperando o dia todo à toa. Diane disse que essa era uma grande oportunidade para conhecer os outros competidores. Respondi que era uma grande oportunidade para ficar atrasado com os meus casos. Ainda bem que ela atendeu meu pedido, e de agora em diante, todos os confessionários serão agendados.

— E a minha garota Mary? — Lucas pergunta.

— Não faço ideia. — Dou de ombros. — Ela não quer nada com os competidores. Acho que não falou com nenhum de nós sem ser para a gravação.

— Droga, fria feito pedra, é?

— É, acho que sim. Meio que com pose de diva. — Mas aí, acho que eu meio que fiz pose de diva com todo aquele incidente do café, só que não vamos entrar nessa.

— Ela só precisa de mim para deixá-la quentinha. E aí, vai me levar na próxima semana?

— Não.

— Qual é, Alec. Seja um bom amigo. Me apresenta para a Mary DIY e torne todos os meus sonhos realidade.

— Cara, ela é bonita, mas não tem vida nos olhos dela. Parece até um robô. Zero personalidade.

— Isso não significa que ela não tenha peitos lindos em que eu possa enfiar a cara.

Meu Deus.

Me endireito e abro o e-mail de uma das minhas clientes, que tem estado uma pilha de nervos desde que decidiu abandonar o marido. Ela me mostrou fotos dos hematomas que ele lhe causou e contou vários relatos de agressão, mas está levando meses para convencê-la a mandar essas fotos para mim ou mesmo para preencher o requerimento de divórcio. Mas depois de um pouco de persuasão da amiga e de conseguir um lugar seguro para ficar — cortesia minha —, finalmente estamos apresentando queixas e prosseguindo com o divórcio. E pode ter certeza de que vou tirar até o último centavo dele e mandá-lo para a cadeia.

— Está prestando atenção?

— Hein? — Desvio os olhos do computador.

— Vocês venceram o desafio?

— Ah, sim. Vencemos. Thad adicionou algumas penas à temática do casamento. Sei lá, eu só estava lá para entregar as coisas para ele.

— Penas? Estou com medo por você. — Nós dois rimos, então ele pergunta: — Aposto que você não está captando o espírito do programa.

— Nem um pouco. Estou contando os minutos para o fim disso tudo.

— Como Thad está se sentindo? Não parece que ele vai deixar você passar por isso na boa.

Dou de ombros.

— Eu estou indo, não estou? Estou fazendo o que devo fazer. — Mas mesmo ao falar em voz alta, sei que isso não deve ser o bastante para Thad. Droga, ele me convidou para ir à casa dele nesta semana para repassar o próximo desafio e nos prepararmos, assistindo aos vídeos dos episódios anteriores. Fingi ter que trabalhar e fui embora antes que ele começasse a implorar ou a dar uma bronca sobre a minha participação, ou a falta dela.

Aqui está o problema: Thad e eu somos bem diferentes quando se trata de amor.

Ele quer o conto de fadas de que Luna estava falando.

O casamento que os pais dela têm.

Ele quer o amor e a felicidade sem fim com a Naomi.

E isso não entra na minha cabeça. Já vi fotos dos meus pais antes de tudo começar a ir para o brejo. Já vi até vídeos deles. Estavam apaixonados. Dava para ver nos olhos deles, a forma como se tocavam ou davam as mãos. Mas isso ficou nos vídeos, no passado. Na realidade, nunca testemunhei esse tipo de adoração, ou qualquer tipo de adoração. Meu pai vivia trabalhando; minha mãe vivia tentando ser a esposa perfeita da Park Avenue. Eles discutiam todas as noites sobre tudo: dinheiro — sempre o dinheiro —, compromissos, trabalho até tarde, o fato de o meu pai ficar em hotéis quando poderia ter ido para casa. Seja lá o que fosse, eles estavam discutindo.

Como é que Thad pode querer essa vida?

Naomi é ótima, e, sim, dá para ver que é perfeita para ele. Mas eles vão ter um bebê. Bebês levam ao estresse, estresse leva às discussões, discussões levam ao ódio, ódio leva ao que estávamos antes: solteiros. Por que passar por toda essa dor e coração partido à toa?

— Só não esqueça o que eu disse — Lucas fala, ficando sério. — Você só tem um irmão, cara. Não desperdice o tempo que tem com ele.

— Eu sei. — Esfrego a nuca e olho pela janela do escritório. Eu estava pouco à vontade no sábado, me sentindo tão desconfortável na frente das câmeras.

Aparecer é o melhor que posso fazer agora, porque, sinceramente, como posso ajudar se não acredito naquilo que estamos criando?

Capítulo 9

Luna

— Está pronta? — Farrah questiona, indo para trás de mim e massageando meus ombros. Movo a cabeça de um lado para o outro enquanto nós duas pulamos. — Você fez aqueles exercícios com os dedos de que te falei?

Flexiono os dedos e assinto.

— Fiz, tudo aquecido.

— Está pronta para pôr sua cara para jogo? — Farrah me gira e segura meus ombros, enquanto mostro minha cara intimidante para ela. — Ah, você anda praticando na frente do espelho. Dá para ver.

— Quando escovo os dentes. Acho que virei mestre da cara emburrada.

— Querida, você já virou mestre da cara emburrada anos atrás. Agora só está se tornando especialista nela. — Farrah levanta as mãos, e eu começo a boxear enquanto saltamos pelo apartamento. — Mais rápido, mais rápido. — A mão de Farrah vem na minha direção e eu me desvio. — Foco, aprimore a sua atenção.

— Focada.

— Me fala quem vai arrasar hoje.

— Eu. — Balanço de lá para cá e então dou um soco duplo nas mãos de Farrah.

— Quem vai fazer o que for necessário, até mesmo sentar na cara de alguém, se for preciso, para vencer o desafio de hoje?

— Eu. Sem misericórdia. Minha bunda vai cair na sua cara.

Farrah para e faz careta.

— Não sei se gosto disso.

— Só continua.

— Tá bom, a bunda da Luna vai cair na sua cara. — Ela dá de ombros. — Na próxima semana, vamos trabalhar nessa sua conversa fiada.

— Pode ser necessário.

Circulando mais uma vez, boxeio as mãos de Farrah, me sentindo mais leve e pronta para enfrentar qualquer coisa.

— Você vai ignorar todas as conversas do sr. Sapatos Esnobes.

— Não sei nem se ele existe.

— Seus olhos estão no prêmio. E qual é esse prêmio?

— Dar a Cohen e Declan o melhor casamento possível.

— Exato. — Ela abaixa as mãos. — Rápido, me mostra as suas mãos.

Ergo as mãos e ela inspeciona com cuidado.

— Você passou loção, que bom. Unhas cortadas no comprimento perfeito e os dedos estão alongados e fortes. Gira o punho para mim. — Ela abaixa a orelha para os meus pulsos enquanto eu os viro. — Perfeito, nenhum estalo nem tensão. — Ela aponta para o chão. — Pés rápidos.

Começo a dar pulinhos, como naqueles filmes de futebol, e levo as mãos à cintura, pronta para a convocação.

— Agora! — Farrah grita.

Pego minha pistola de cola da cintura e aponto para ela.

— Você foi pega.

Farrah bate palmas.

— O tempo de reação foi perfeito. Você está pronta.

— Sério?

Ela assente.

— Você consegue, garota. Essa competição está no papo. E não esquece o que a gente conversou: não fica focada naquilo que você acha que vai ganhar...

— Foca naquilo que vai trazer felicidade para Cohen e Declan.

— Isso mesmo — Farrah diz com um sorriso cativante.

Depois de algumas reflexões profundas sobre o primeiro desafio, me dei conta de que, infelizmente, Alec Baxter tinha razão: eles ganharam aquele desafio porque jogaram com o coração. Escolheram o que queriam e criaram algo que mexeu com eles, não algo que acharam que fosse vencer.

Pode culpar a iluminação, as câmeras, a infinidade de materiais para artesanato, mas, por um momento, estive cega, e de agora em diante, faço questão de focar em Cohen e Declan e no que ficaria ótimo para eles, não ótimo para ganhar.

— Não dê a mínima para mais ninguém. Só foca naquilo que você está tentando conquistar. E se Alec Baxter começar a falar com você, o que vai fazer?

— Começar a latir como um cachorro raivoso.

— Exato. Essa merda deixa as pessoas morrendo de medo. — Ela me puxa para um abraço. — Você consegue.

— Obrigada.

Ela me entrega minha bolsa e pega meu rosto.

— Deixe a mamãe Farrah orgulhosa.

— Pode deixar.

Penduro a bolsa no ombro, me despeço de Farrah com um aceno e saio do apartamento para pegar um táxi até Midtown e o estúdio, onde o programa está sendo filmado.

Depois da última semana e tudo o que deu errado — ter perdido, a falta de comunicação, as explosões da minha parte e as conversas infelizes com um certo sósia do Chris Evans —, me dei conta de uma coisa: tinha perdido toda a noção de por que eu estava fazendo aquilo.

É por Cohen e Declan e para dar um casamento incrível para eles, e sei que podemos fazer isso dentro do orçamento e que irá encantar o país e destacar o lindo amor deles.

Então, é isso que estou planejando fazer.

Focar em Cohen e Declan e latir para qualquer distração.

Sorrio para mim mesma ao chamar o táxi. Mesmo que se trate de Cohen e Declan, eu meio que mal posso esperar para ver a cara do Alec quando ele tentar falar comigo e eu soltar um grande latido.

Tomara que eles não filmem isso.

Agora... corta para a competição de casamento em cinco, quatro, três... dois... um...

Segunda semana – lugares

— Já viram o que está sobrando no quadro? — Cohen pergunta, parecendo nervoso. — Nunca ouvi falar de nenhum desses lugares.

— Eu já — digo. — Já fiz várias decorações para as pessoas da cidade *e* também já fiz entregas e pendurei coisas. — Falo baixinho enquanto nos preparamos para a nossa vez de escolher. Para o nosso azar, tiramos o menor palitinho e vamos ser os últimos a escolher o lugar. De uma lista de cinco.

Só cinco. É claro que a equipe Baxter foi primeiro e escolheu um armazém na Meatpacking. A equipe Hernandez optou por uma antiga fábrica de farinha que virou um espaço de eventos no Brooklyn, e sei que lá oferece comida e bebida barata — e eu vinha pesquisando o lugar para Cohen e Declan antes de eles optarem pelo casamento no civil. E isso nos deixa com a Harbor House, o Rooftop Restaurant — que não é nem um pouco a cara deles — e o Shed.

— Um minuto, equipe Rossi! — Mary grita enquanto as outras equipes ficam à espera. Dá para sentir o olhar de Alec em mim, seu sorriso por ter escolhido o melhor lugar. Mas ainda bem que não vou deixar isso me afetar.

— Harbor House está fora de cogitação — falo.

— Pode ser que eles sirvam bons frutos do mar — Declan responde.

Tudo o que temos é uma foto de cada lugar, com algumas dimensões e a melhor opção de prato, junto com o orçamento. Então a menos que conheçamos os lugares, vamos ter que ir com base no que foi entregue. Ainda bem que conheço os locais.

— Eles fazem um bolo de caranguejo gostoso, mas é só isso. Já foram multados algumas vezes por intoxicação alimentar e a decoração deles é de um veleiro dos anos oitenta. A cadeira do capitão é pintada de um laranja horroroso. Vai por mim, é uma péssima escolha.

— O Rooftop não vai ficar legal com a nossa temática — Cohen diz, parecendo preocupado. — E parece que o Shed é o tipo de lugar em que a gente levaria os convidados para bater um papo.

— O Rooftop está fora de questão. Não vai ficar legal com a nossa temática, como você disse, e isso vai acabar com a gente, mas já ouvi falar que o Shed é um lugar bacana. Acho que tem madeira de demolição lá em todos os cômodos, que são pequenos e seccionados. O espaço não é aberto, mas dá para ficar legal se fizermos do jeito certo.

— Então vamos escolher esse — Declan resolve.

— O Shed! — grito.

Mary pega um envelope com *Shed* escrito numa caligrafia perfeita atrás e me entrega.

— Cada envelope tem duas opções de comida e bebida. Escolham com sabedoria. Vocês vão ter vinte minutos para decidir, e isso inclui as suas seleções de drinques, aperitivos, configuração do espaço e onde será realizada a cerimônia. Todas as decisões são definitivas. O desafio: façam o melhor uso do espaço. Comecem.

Abrimos o envelope e eu me concentro na planta de baixo.

— Vocês ficam com a comida. Podem deixar o lugar para mim.

E assim, pomos a mão na massa. As regras determinam que não podemos receber mais do que cem convidados. Com isso em mente, analiso a ocupação máxima de cada cômodo e começo a dividir a festa. Não apenas desenvolvo um espaço perfeito para transitar, mas também tenho a ideia brilhante para a organização da cerimônia: os convidados vão se sentar em círculo ao redor do casal no loft, formando uma aliança de confiança e amor. Ao folhear as fotos do primeiro andar, consigo selecionar apenas três cômodos, economizando dinheiro e criando um espaço acolhedor para todos — bem como uma pista de dança incrível.

— Ei, posso economizar um dinheiro limitando o espaço do aluguel — digo, fazendo as contas.

— Sério? — Cohen pergunta, animado. — Aí a gente vai poder ter mais opções de comida e bebida.

— Macaroni, aqui vamos nós — Declan fala assim que o tempo acaba.

Finalmente ergo a cabeça e respiro fundo. Enquanto os jurados andam ao redor, inspecionando o nosso trabalho, dou uma olhada nas outras bancadas. Helen e as garotas parecem esgotadas, enquanto Thad e Naomi mordem o lábio, nervosos. Mas o cara que acha que vai ganhar tudo nem parece ter suado.

Depois de deliberarem, os jurados entregam a escolha para Mary, que assente.

Câmeras ligadas.

Ela sorri.

E...

— Em terceiro lugar, equipe Hernandez. Vocês não vão receber nenhum dinheiro extra. Em segundo lugar... — Prendo a respiração. — Equipe Baxter. O que significa que a equipe Rossi fica com o primeiro lugar. Os jurados ficaram muito impressionados com a capacidade de vocês de tirar o melhor proveito do espaço e economizar ao mesmo tempo.

Não consigo evitar, solto um gritinho e pulo nos braços de Cohen. Ele ri e sussurra:

— Essa é a minha garota.

Terceira semana – convites

— Onde você aprendeu a fazer uma caligrafia tão linda, Luna? — Luciana pergunta, enquanto a equipe se junta ao nosso redor. Os assistentes estão por todo lugar, limpando e ajeitando as coisas para a próxima semana, enquanto Mary DIY e Diane se afastam do set, analisando alguma coisa numa prancheta. Mais uma oportunidade perdida para conversar com a Mary, mais uma semana sem ter a chance de dividir os memes de artesanato com ela.

— Já faz um tempo que venho praticando caligrafia. Até cheguei a criar algumas fontes, que vendo no Creative Market. — Giro no banquinho e forço um sorriso. Gosto da Luciana e da Amanda, mas a Helen... é outra história.

— Caramba, dá para ver. Parabéns pela vitória. — Ela me dá um rápido aceno e se vai com Amanda, de mãos dadas.

— É, foi um convite lindo mesmo — Naomi diz ao se aproximar, com um leve sorriso. Thad vem atrás dela, cabisbaixo. E sei o porquê: é a segunda semana seguida que eles não ganham, e ficaram em último desta vez.

Tivemos que elaborar nossos convites num computador e todas as ferramentas foram providenciadas, desde mesa digitalizadora, Photoshop, até Word, para as pessoas que não manjam dos programas.

Bem, comecei a trabalhar na hora, criando um desenho rústico impecável na mesa digitalizadora, que foi transferido para o computador. Mantive tudo simples, usando a minha caligrafia para os nomes de Declan e Cohen, e aí usei a fonte Sans Serif para o restante. Até fiquei um pouquinho chocada com o quanto esses convites ficaram incríveis. Luciana e Amanda usaram um modelo e acrescentaram seus nomes nele. Ficou legal, mas não foi autêntico. E aí tivemos os coitados do Thad e da Naomi... eles tentaram fazer algo no Word e acabaram com um simples convite em preto e branco escrito em Times New Roman.

Pelo menos usaram a caixa alta para os nomes deles.

Tentei bloqueá-los, mas havia muita irritação vinda do canto deles no set, e quando dei uma espiadinha, vi Alec sentado, de braços cruzados, sem ajudar em nada. Em sua defesa, Thad ficou repetindo: "Deixa que eu faço isso, deixa que eu faço isso".

Talvez tivesse sido melhor ele ter deixado outra pessoa fazer.

— Café da manhã de jantar hoje? — Declan pergunta ao me beijar no rosto.

— Topo. A gente pode fazer uma estratégia para o desafio da próxima semana... traje de casamento.

— Mal posso esperar. — Ele dá uma piscadela, e Cohen me abraça antes de se afastar.

Estou juntando as minhas coisas quando, de canto de olho, vejo uma figura alta se aproximando. Não preciso olhar para saber quem é. Somos os últimos no set, passamos essas duas semanas sem conversar e parece que somos os únicos competidores que se odeiam. Bem, tirando a Helen, mas acho que ela odeia todo mundo.

— Quem está comprando os jurados agora, hein? — Alec diz e em vez de dar confiança para ele, termino de recolher as fotos dos convites em que estivemos trabalhando hoje e então junto as minhas amostras de papel texturizado, envelope e enfeites para levar para casa e dar uma olhada neles. — O que foi? Não vai mais falar comigo?

Não.

Enfio com cuidado o papel do convite e o envelope que escolhemos numa pasta rígida para não amassarem. As outras equipes escolheram convites virtuais, pois vão gastar mais com os lugares, enquanto nós pudemos optar pelos convites físicos. Papel barato — mas pelo menos temos algo palpável para oferecer.

— Saquei. Só porque venceram dois desafios, você é boa demais para falar comigo.

Ignore, ignore, ignore.

— Que fique claro, depois que a gente venceu o primeiro desafio, logo porta afora, eu ainda falei com você. Não estava aquém de mim conversar com você.

Conversa ou discussão?

— Tá, não quer falar, é? A escolha é sua, mas para o seu governo, eu ia te elogiar, na verdade.

— Ha! — exclamei antes que pudesse evitar. — Por isso você veio aqui para insinuar que eu estava comprando os jurados. — Depois que as palavras saíram da minha boca, lembrei o que Farrah me falou. — Quer dizer... au.

— Au? — Alec franze a testa.

Seguro a pasta junto ao peito e o encaro agora. Tentando parecer o mais furiosa possível, vou para cima dele.

— Au, au, au. — Tento a minha melhor imitação de um São Bernardo. — Au, rarrr-arrr-rarrr-arrrr. Au. Au.

— Hããã... — Ele coça o topo da cabeça.

— Au. — Dou um passo para frente. — Au. — Mais um passo. — Au. — Ele tropeça para trás.

— Você está latindo para mim por escolha ou está passando por algum tipo de psicose e precisa que eu chame alguém?

— Au. Au. Au.

— Psicose, certeza.

Passo por ele e faço menção de ir embora quando ele grita:

— Ei, desde que não levante a perna e faça xixi em mim, pode ficar latindo o quanto quiser.

Sorrio para mim mesma, sem querer que ele veja que, na verdade, achei engraçado... por um instante.

Quarta semana – traje de casamento

— Pelo amor de Deus, cadê a almofada de alfinetes? — Thad grita, com a voz ecoando pelo set.

Dou uma olhada na bancada deles e fico com vergonha.

De todas as semanas do *Jogo do Casamento*, a quarta tem sido a favorita dos fãs. Assim como o desafio técnico é sem dúvida o melhor do *The Great British Baking Show*, porque pode muito bem virar um Deus nos acuda — bem, é isso que a quarta semana, de traje de casamento, é.

Cada equipe tem que desenhar e fazer os trajes completos para a festa de casamento.

Pois é, desenhar e fazer. O que significa que recebemos quatro manequins. Cada manequim deve ter um desenho que combine com o traje que está nele. Alguns itens já foram ajeitados, como camisas de botão e calças, mas todo o resto precisa ser cortado e costurado. Ainda bem que não temos que costurar num determinado limite de tempo. As peças são levadas ao alfaiate, que então vai replicar o visual.

As mesas nos fundos do set estão cobertas de tecidos, acessórios, enfeites... sim, até mesmo *penas*, e mais uma vez, seja lá o que escolhermos, deve ser usado nos projetos, apesar de termos a opção de descartar um item.

Dá para imaginar por que este vai ser o melhor episódio? Algumas das criações que surgiram aqui são dignas do Hall da Fama, e quero dizer, dignas do "Vestido mais feio de todos os tempos".

Por conta da mistura de casais, não há orçamento. É quem chegar primeiro, leva, já que vestidos de casamento são mais caros que ternos.

— Você não acha que a gente precisa de mais do que isso? — Declan pergunta, olhando para os manequins usando camisas de botão e coletes de bom gosto.

— Não, vamos manter as coisas simples. Vai por mim, beleza? — digo, com a língua para fora enquanto prendo com cuidado o meu vestido de madrinha.

— Foi mal por ter um momento meio noivo pirado — Cohen fala —, mas você não acha que está passando tempo demais com o seu vestido?

— Se você me der a honra, eu adoraria passar a mesma quantidade de tempo com o *seu* vestido, mas você escolheu terno, que é mais fácil, basta cortar um colete bacana para vocês dois. Uma gravata-borboleta para o Declan, uma gravata para você. Feito. Não esqueçam que estamos competindo contra um casal lésbico com *dois* vestidos, e se você ainda não deu uma espiada, eles são fluidos e lindos, aí a gente precisa fazer este vestido aqui lindo.

— Ela tem razão — Declan concorda. — Que tal adicionar uma camada em tule?

Lanço um olhar para ele.

— Foca na sua gravata-borboleta.

Ele joga as mãos para cima em defesa assim que o grito familiar de Thad sacode o set.

— Esse era o meu saco, seu merda!

Baque.

Todo mundo levanta a cabeça e olha para a equipe Baxter, que está em lento processo de autodestruição: Thad encolhido no chão, e Alec pairando sobre ele com um alfinete entre os dedos e um sorriso no rosto.

— Acho que a gente deveria projetar nos manequins — Naomi diz. A coitada está embrulhada feito uma salsicha em tecido branco enquanto olha para o noivo.

— É, mas aí Thad não teria a "essência do traje" — Alec responde, fazendo aspas. Ele cutuca Thad com o pé. — Está sentindo a essência agora?

Quinta semana – buquês e flores de lapela

— Me passa o barbante! — grito, com o suor escorrendo pela testa. Declan me joga o barbante, enquanto Cohen se senta à minha frente, me dizendo o que fazer.

Lembra quando eu disse que a semana do traje é a favorita dos fãs? Bem, buquês e flores de lapela é quando o drama esquenta pra valer. Não é tão simples quanto decorar e montar algo.

Nada disso, a gente tem que jogar o jogo de "confie na sua família". O que significa que a pessoa responsável por distribuir ferramentas e materiais precisa ficar calada. Esse é Declan. E aí temos os olhos e mãos. Um dos "olhos" da equipe tem que ficar na frente das "mãos" e falar para ela o que criar. E as "mãos" simplesmente têm que confiar neles. Meu peito está praticamente colado nas costas de Cohen, meus braços estão enlaçados por baixo dos dele, enquanto ele me diz o que fazer e eu tento replicar às cegas o que ele diz.

Esta é a semana que eu mais temia — posso ser boa com as mãos, mas não sou nada sem meus olhos.

— Está tudo centralizado?

— Parece que sim — Cohen diz.

— *Parece*? Preciso de certeza, Cohen.

Cohen se mexe junto a mim.

— Relaxa um pouco aí. A gente praticou, basta repetir o que já fizemos antes.

— Repetir? Como é que eu posso repetir quando não estou vendo o que estou fazendo? Deixa de ser tão tranquilo. Isso aí precisa ficar perfeito.

Sabendo que iríamos criar flores de lapela e buquês às cegas, Cohen e Declan me chamaram esta semana, duas noites seguidas, para praticar. Até que foi bem fofo. Cohen tinha tudo planejado: havia comprado os materiais e me disse exatamente o que ele e Declan queriam. Praticamos sem parar, e quando chegamos aqui hoje, achávamos que sabíamos o que estávamos fazendo... até Helen pegar o barbante que eu queria e o tempo começar a voar. A pressão de tudo isso está me consumindo, e está na cara.

— Um minuto! — Mary grita.

— Merda — murmuro, sabendo que a produção terá que censurar. — Está direitinho, Cohen?

— Está. Só prender.

— Mas não consigo ver onde... você precisa me falar onde prender isso.

— Bem aqui.

— Bem onde? — grito.

— Bem onde as suas mãos estão. Meu Deus.

Por sorte, não somos os únicos que estão gritando, o que torna a semana dos buquês e flores de lapela ótima na TV, embora não seja uma ótima semana para a criação. Luciana e Amanda, as quietinhas, estão nessa, gritando sem parar sobre as peônias de seda que escolheram e como a renda que pegaram para envolver os buquês não está firme o bastante e que elas deveriam ter pegado a fita floral, mas esqueceram.

Erro de amador.

E aí tem a equipe Baxter, que por alguma razão estranha deixou Naomi encarregada dos materiais, Alec supervisiona tudo e Thad é o responsável pela criação. Dá para imaginar como eles têm se saído bem.

Thad berrou pelo menos umas três vezes e acho que até chorou, porque, a certa altura, Alec gritou: "Você está limpando ranho nas minhas costas, é?". E Thad respondeu: "Você criou esse ranho com o seu sarcasmo, você que lute!".

— Trinta segundos.

— Rápido, Luna! — Cohen pressiona.

— Não é tão fácil assim — respondo, com suor no lábio superior.

Torço o barbante, formando um nó, e rezo para o melhor assim que o tempo acaba. Eu me solto de Cohen e dou uma rápida volta por ele para ver o que criamos.

Galhos e trigo estão tortos, a flor mosquitinho artificial — artificial porque todos os itens feitos hoje precisam durar, além disso são mais baratos — não está centralizada, e o laço que amarrei está na vertical em vez de na horizontal.

Meu Deus do céu!

— Cohen, o que...

— Nem venha me culpar. — Ele se afasta, com as mãos levantadas.

— Você era os olhos. Deveria ter me dito que o trigo estava torto.

— Parece bom para mim.

— E corta! — Diane diz. — Dez minutos de intervalo.

— Não parece nada bom. — Me levanto da mesa e me afasto, precisando de distância de Cohen e do pior desafio já criado.

Ao sair do set, cabisbaixa, esbarro em alguém. Levanto a cabeça e olho bem nos olhos azuis da Mary DIY — e quase caio mortinha da silva.

— Ai, meu Deus, desculpa. Não vi você aí. Acho que nós duas já estamos prontas para dar o fora do set, hein? — Ela me dá uma olhada, mas não diz nada, então continuo: — Agora que tenho um momento com você, achei que seria legal me apresentar oficialmente. Meu nome é Lu...

— Harper, cadê as minhas sandálias? Agora! — ela grita, esbarrando no meu ombro ao passar por mim, com o roupão balançando na brisa.

Que grosseria... e não era bem do que eu precisava.

Vou na direção da mesa de comida, pego uma xícara gigante de balas de caramelo e começo a jogá-las na boca, duas de cada vez.

Estou parada ao lado da área de lanches, olhando para o chão e tentando controlar a frustração, quando sinto alguém se aproximando de mim. A princípio, ele apenas fica ali recostado na parede, enquanto eu fico enfiando balas na boca. Mas depois de alguns breves instantes, ele finalmente diz:

— Foi torturante. — Dou uma olhada em Alec. Ele parece um pouco pilhado. Deve ter passado a mão pelo cabelo depois que gritaram para cortar, porque está bagunçado. — Estou com ranho nas costas, meus joelhos estão doendo por ter ficado parado por vinte minutos e, na certa, Thad está planejando a minha morte neste exato momento. — Seu olhar se volta para mim. — Se você só vai ficar latindo, então nem responda.

Então não respondo.

Consegui dar uma espiada na criação deles e não achei que eles foram tão ruins assim. Não me surpreenderia se conseguissem alguma coisa hoje — os buquês da equipe Hernandez pareciam prestes a desmoronar pela falta da fita floral.

Quando não respondo, ele se desencosta da parede.

— Ainda tentando ser um cachorro, saquei. — Ele faz menção de ir embora, mas então para e se vira para mim. — Para o seu governo, tentar descrever como criar é bem mais difícil do que você pensa.

Enquanto vejo suas costas se afastarem, não consigo evitar a forma como meus olhos vão para o seu bumbum, ou como quero responder. Não falamos tanta coisa assim um para o outro desde a primeira semana. Já o peguei me olhando aqui e ali, mas só isso. Nenhuma outra interação.

E, claro, eu também fiquei observando de longe. Ele é sempre o mesmo cara irritantemente confiante toda semana. Mas agora, ele me pareceu um pouquinho... desconcertado.

Será que é porque não estou falando com ele?

Será que é o próprio desafio?

Esta é a semana em que as equipes começam a desmoronar, e dá para ver por quê. Tudo parece muito divertido quando assistimos ao programa, mas quando estamos envolvidos nele, o estresse fica tão palpável que dá até para sentir o gosto na língua.

A raiva, a gritaria, os mal-entendidos: é um verdadeiro testemunho dos nossos relacionamentos. O meu foi sem dúvida um teste com Cohen hoje.

E quanto à equipe Baxter, é fácil ver que o relacionamento deles foi testado. Só que eles nunca pareceram unidos de verdade. É mais como se estivessem colados juntos por uma fita barata. Será que esse será o ponto de ruptura deles?

A equipe Rossi está na liderança. A equipe Hernandez vem logo atrás. E a equipe Baxter — bem, vamos apenas dizer que eles tiveram sorte com uma vitória.

Capítulo 10

Alec

Fervendo de pura raiva, pergunto a Thad:

— Por que você está chorando?

Este último mês tem sido horrível. Não só perdi meus fins de semana, como também estou tendo que fazer horas extras durante a semana para dar conta de todo o meu trabalho. Tenho que acordar cedo no sábado e no domingo para vir a esta droga de estúdio, que é praticamente uma câmara de tortura com esses artesanatos e desafios, e perdemos cada um deles.

Se fosse um programa que eliminasse os concorrentes, já teríamos rodado depois de duas semanas, e com certeza depois da semana do traje de casamento.

— Por que estou chorando? — Thad pergunta, enxugando o olho. Naomi foi ao banheiro, e é onde ela fica a maior parte do tempo quando não estamos filmando. O enjoo matinal está mesmo a todo vapor. Até tivemos que parar as filmagens por um tempo hoje depois que ela saiu correndo para o banheiro, com a mão na boca. — Quem sabe não seja porque somos tão péssimos nisso que chega a ser vergonhoso?

— E o que você esperava? — Olho para a lamentável flor de lapela e o buquê que montamos. — A gente não tem experiência nenhuma nessa merda.

— Eu esperava que você se esforçasse — Thad retruca. — Se tivesse vindo durante a semana, a gente poderia ter praticado, ou pelo menos conversado sobre isso. Naomi não está ajudando em nada agora, a gravidez está tomando muito dela. Ela vive cansada, doente ou enfiada na geladeira, comendo toda a nossa comida. Preciso da sua presença, Alec.

— Estou aqui agora, não estou? — Me sento em um dos banquinhos da nossa bancada, nem um pouco a fim de discussão.

— Seu corpo, sim, mas a sua mente não está aqui. Você sabe que tudo o que a gente está criando vai fazer parte do casamento, não é? Naomi vai ter que ir até o altar carregando esse buquê patético. — Ele joga o buquê de penas que fizemos de lado. — Ela merece muito mais. Eu mereço muito mais... muito mais de você.

— Estou fazendo o melhor que posso.

— É mesmo? — Thad pergunta, e as lágrimas se foram agora. — Porque era para este programa nos aproximar, nos tornar uma família de novo, mas a cada oportunidade, você dá um jeitinho de escapulir. O seu coração não está na competição. É como se estivesse aqui só para preencher uma planilha, para dizer que cumpriu com o seu dever de irmão, mas e aí, o que acontece depois do programa, Alec? — Naomi vem por trás dele e põe a mão em suas costas. — O que vai acontecer quando as câmeras desligarem e a gente não tiver mais a obrigação de se ver nos fins de semana? Será que vamos ter que voltar para aquela de se ver uma vez a cada seis meses?

— Qual é, Thad.

— Qual é o quê, Alec? É a verdade. Desde que você deixou a faculdade, foi como se tivesse esquecido que eu existo.

Dou uma olhada ao redor, nos assistentes ouvindo a nossa conversa.

— Não é hora disso.

— Nunca é hora. — Ele se vira e começa a se afastar para a sala verde, me deixando sozinho com Naomi.

O silêncio preenche o ambiente entre nós, e dá para sentir o olhar decepcionado dela se focar em mim.

— Ele te ama tanto, Alec. Será que você não enxerga isso?

— Eu também o amo — digo, passando a mão pelo cabelo, sentindo a necessidade de sair para uma corrida, ir à academia e gastar toda esta energia acumulada dentro de mim.

— Não, acho que você não entendeu. Ele te idolatra. — Com o dedo na minha bochecha, ela vira o meu rosto para encará-la. — Idolatra. No nosso primeiro encontro, ele me falou do irmão dele, o melhor advogado. Me falou como você sempre cuidou dele, como sempre esteve ao lado dele. No nosso terceiro encontro, ele me falou sobre a infância de vocês, como os seus pais viviam brigando, mas que você sempre transformava as brigas em algo divertido e o levava para o mais longe possível deles. No nosso décimo encontro, ele me mostrou fotos de vocês dois na formatura do ensino médio, como você deu para ele um caderno e falou para usá-lo para os sonhos dele. Para escrevê-los e descobrir como realizá-los. Sabe qual foi o primeiro sonho que ele escreveu?

Droga, acho que não vou querer saber.

Ela entende meu silêncio como uma permissão para continuar.

— Ser um protetor, como o irmão dele, Alec.

Porra.

— Sabe qual foi o segundo?

Coço atrás da orelha, enquanto meu coração bate forte e minha cabeça se enche de visões de um Thad de catorze anos se despedindo de mim quando me mudei, com seu cabelo castanho todo bagunçado, e os olhos vermelhos, me implorando em silêncio para não o deixar ali sozinho. Essa foi a primeira vez que deixei Thad na mão, quando o deixei para trás para que eu finalmente pudesse ficar livre da raiva que sufocava a nossa casa.

— Não — respondo, incapaz de encarar Naomi.

— Encontrar um amor incondicional, a forma como você o amou.

Puta merda.

— E sabe qual foi o terceiro sonho?

Deixar que a futura esposa torture o irmão mais velho ao ponto de um colapso mental?

Balanço a cabeça, sabendo que, provavelmente, só vai faltar me enterrar depois do que ela disser.

— Ter um casamento amoroso e jamais seguir os passos dos seus pais.

— Ela faz uma pausa, deixando essas palavras ficarem gravadas. — Pode ser piada para você. Pode ser que não acredite no amor ou na sacralidade do casamento, mas Thad acredita, e quando foi que você parou de ligar para o que é importante para ele? Pelas histórias que me contou sobre o herói dele, o irmão mais velho, parecia que isso nunca iria acontecer. — Naomi me dá uma olhada e balança a cabeça. — Mas, verdade seja dita, não estou nem um pouco impressionada. Você não se parece em nada com o Alec de quem Thad me falou. Fico triste em saber que meu futuro marido te coloca num pedestal e é provável que sempre fará isso. Que tal tirar um tempinho para pensar sobre isso, em vez de ficar contando os minutos para se ver livre do programa?

Sem outra palavra, ela vai na direção da sala verde atrás de Thad, deixando meu coração apertado e pondo um ponto final na terrível porrada verbal que acabou de dar.

Naomi poderia pelo menos ter me dado uma chance de retrucar.

— Cara, a quinta semana é quando tudo começa a desmoronar, não sabia disso? — Lucas pergunta antes de levar a cerveja aos lábios.

— Não. Nunca assisti à droga desse programa. — Sem querer encarar o mundo lá fora, chamei Lucas para o meu apartamento para tomar uma e comer petiscos. Providenciei a cerveja, ele trouxe os petiscos. Quando ele apareceu, eu já tinha tomado quatro garrafas e estava abrindo a quinta, o que me deixou, digamos... um pouco alegrinho.

— Os produtores deixam os buquês e as flores de lapela para a quinta semana de propósito, porque a essa altura, ou vocês já sentiram a pressão de derrota atrás de derrota e precisam vencer ou estão no topo e uma derrota seria devastadora. O desafio é brutal, sem poder ver, com o tempo contado, e ter que ficar descrevendo o que fazer. — Ele dá uma risada. — Porra, mal posso esperar para assistir.

— Que bom que você está achando tudo muito divertido.

— E é. — Ele pega um petisco e morde. — Mas pelo jeito que seus olhos estão vidrados, imagino que não seja o desafio que acabou com você hoje.

— Não — digo, me afundando no sofá. — Foi a minha futura cunhada.

— Ah, Naomi, não é? — Assinto. — Ela gritou com você por não ter feito um buquê que é digno dela?

Balanço a cabeça.

— Não, ela me mandou a real sobre a merda de irmão que eu sou e como Thad me idolatra, mas que ela não entende isso. Em suas palavras, ela não está nem um pouco impressionada comigo.

— Ai, sério?

— Sim. — Tomo um longo gole de cerveja, e quero dizer longo mesmo, deixando a bebida gelada aliviar minha garganta.

— E ela tem razão?

Suspiro e olho para o fundo da garrafa marrom que tenho em mãos, como se nunca tivesse visto uma garrafa de cerveja antes. Ela tem razão? Bem, será que quero admitir que tenho sido uma merda de pessoa?

Viro o resto da cerveja e ponho a garrafa número cinco na mesa de centro antes de pegar a garrafa número seis.

Abro a tampa.

— Infelizmente, ela foi muito precisa sobre como eu venho tratando meu irmão.

Lucas assente.

— E isso diz alguma coisa sobre o seu nível atual de consumo de álcool.

Inclino a garrafa na direção dele.

— Verdade.

— Então você está se sentindo um merda.

— Bem... isso. — Bebo metade da garrafa, olhando para a luminária moderna que está pendurada no teto da sala. Não há nada característico nela, só um preto simples com lâmpadas. Linhas elegantes, sem personalidade... deve ser um reflexo da pessoa que me tornei. — Será que eu mudei? — pergunto de repente.

— Mudou? Em que sentido?

— Desde que você virou advogado, sentiu que a sua personalidade mudou?

— Não. Diria que sou o mesmo, pode ser que com mais colhões do que quando estava na faculdade, mesmo que na época eu tivesse sido um moleque sabichão. Pelo menos tenho fatos para dar base nas minhas declarações agora. Por quê? Você acha que mudou?

— Sei que mudei. — Pressiono a mão no olho. — Nem sempre fui assim... inexpressivo, desapegado. Mas depois que saí daquele apartamento e deixei Thad para trás, me senti tão livre, como se finalmente pudesse respirar. E me agarrei a essa sensação. Eu vinha carregando o fardo dos meus pais por tanto tempo que assim que não tive mais que carregar, saí correndo.

— Deixando Thad para trás.

— Exato.

— Complicado, cara. E agora você está sentindo as consequências de ter saído correndo.

— Não só sentindo, mas vivendo isso. — Balanço a cabeça. — Ele quer tanto isso. De verdade, mas estamos tão atrás, com certeza os fracassados, sem chance alguma de dar a volta por cima. E a cada perda, dá para ver o espírito do Thad se afundando cada vez mais. Hoje foi... porra, foi difícil vê-lo assim; não só sentimental, mas fora de si. Sei que ele é mais sensível que outros homens, mas ele estava em prantos hoje. Não eram lágrimas de drama, eram lágrimas que praticamente diziam que ele ia desistir de um sonho.

— Porra, cara. — Lucas toma um gole de cerveja. — Não estava esperando todos esses sentimentos hoje.

— Nem me fale. Não faço ideia do que fazer.

Lucas me passa a bandeja de petiscos, mas eu a deixo de lado. Ele a empurra na minha direção de novo.

— Come, cara. Você precisa de comida no estômago.

Ele tem razão. Ponho a cerveja na mesa e pego um petisco.

— Agora, você me chamou aqui para te ajudar ou só para ficar ouvindo?

Faço uma pausa por um momento, mastigando o petisco.

— No começo, só para ouvir, mas agora sinto que preciso de um conselho.

— Não sei se você vai gostar do que tenho a dizer.

— Já fui arrastado pela lama, você pode muito bem colocar a cereja do bolo.

Ele ri e brinda com o gargalo de sua garrafa na minha.

— Então me deixa perguntar: você sente saudade do seu irmão?

— O quê? — pergunto, me sentindo meio bêbado demais para ter esse tipo de conversa.

— O garoto com quem você cresceu, o amigo em quem podia confiar. Você sente saudade dele?

— Tipo... sinto. — Ponho o prato de petisco na mesa e fico olhando. — Mas acho que não conheço o homem que ele se tornou, e isso... porra, isso é vergonhoso.

— Você quer conhecê-lo?

Passei a vida adulta evitando a minha família, ignorando convites para aniversários, saídas casuais, até mesmo festas de fim de ano. Mandei mensagens aqui e ali, mas a maioria das correspondências deles ficou sem resposta. Vivia dizendo para mim mesmo que iria atender a próxima ligação ou responder a próxima mensagem. Que responderia mais tarde, até que a resposta nunca vinha. Eu nunca ligava de volta.

Agora Thad vai se casar com uma mulher que mal conheço.

Thad já é adulto, prestes a se tornar pai, e eu nem mesmo conheço o homem que ele se tornou. Não sei que tipo de pai ele quer ser.

Não sei praticamente nada da vida dele, do garoto que ajudei a criar, do garoto que chorava no meu ombro sempre que o papai saía batendo a porta e a gente ficava sem vê-lo por dias.

Só conheço o que costumávamos ter. Não faço ideia do tipo de relacionamento que poderíamos ter agora, e, caramba, é doloroso, ainda mais quando vejo quão próximos Luna e Cohen são.

Notei a forma como ela admira o irmão, o amor nos olhos dela, o mesmo tipo de amor que Thad tem por mim. O tipo de amor que eu não mereço.

Mas é o tipo de amor que eu *quero* merecer.

E mesmo que as últimas cinco semanas tenham sido um inferno, esta é a maior emoção que já tive na minha fria e estéril vida adulta.

— Meu Deus — murmuro. — Eu quero. Quero conhecê-lo. Quero conhecer a Naomi. Quero conhecer o filho deles. Quero fazer parte da vida deles, mas não tenho ideia de como fazer isso. Tenho sido a droga de um negligente.

— E o que é importante para Thad?

— O casamento e dar à família dele uma vida boa.

— Então está na hora de você levar essa competição a sério. Ainda tem três semanas antes dos casamentos. Ainda tem tempo para mudar tudo. E não esquece que se vocês tiverem economizado dinheiro o bastante, o último desafio antes dos casamentos será quando você vai gastar o resto do orçamento.

— Como assim?

— Tipo... o buquê e as flores de lapela de merda que vocês fizeram poderão ser trocados. Eles não são definitivos, mas vão ficar presos a eles se não puderem pagar por outra coisa. Use o dinheiro com sabedoria, cara. Esse é o *Jogo do Casamento*. Qualquer coisa vale.

— Sério? — Me endireito.

— Sério, cara. Vocês ainda têm chance de ganhar.

— Então... eu posso mesmo ajudar Thad?

— Pode. — Lucas sorri por cima da boca da garrafa. — Se eu fosse você, começaria dando uma olhada nos vídeos do YouTube sobre casamentos DIY. A próxima semana é a dos bolos. Fica por dentro.

Ficar por dentro... posso fazer isso, não é?

— Que porra é essa? — digo na manhã seguinte ao apertar os olhos para o computador, com a caneta na mão e o bloco de notas ao meu lado. Graças a Deus vamos ter o dia de folga das filmagens. Uma assistente ligou hoje de manhã, dizendo que a Mary DIY ficou de cama por conta de intoxicação alimentar na noite passada e tivemos que reagendar para filmagens duplas no próximo domingo.

E é por isso que estou debruçado sobre o computador, tomando mais cervejas — a esta altura, por que não? — e fazendo anotações enquanto assisto aos vídeos de bolos de casamento.

E quando digo fazendo anotações, quero dizer escrevendo palavrões sem parar na folha enquanto ouço um youtuber atrás do outro falando sobre os diferentes tipos de farinha, como deixar os bolos esfriarem, a decoração com a faca plana e as diferenças entre cada cobertura e o visual que podem dar.

Tudo que posso dizer é... *puta merda.*

Fiquei sobrecarregado já na primeira meia hora desde que comecei a procurar bolos de casamento simples, pensando: "Ei, é um bom lugar para começar".

Errado.

Há um milhão de tipos diferentes de bolos de casamento "simples".

— Simples, não? — a youtuber atual diz depois de virar um bolo em cima do outro com a faca e só uma das mãos, sem nem uma migalha fora do lugar.

— É, tá bom, moça. — Me recosto na cadeira, beberico a cerveja e anoto a primeira frase no caderno.

Virar o bolo com a faca. Simples, não?

Pela manhã, depois de passar duas horas difíceis na academia, me sentei para almoçar — salada com bife ao molho de gorgonzola — e assisti a vídeos e mais vídeos da semana do bolo no *Jogo do Casamento*. Fiquei muito confuso no começo, imaginando por que tínhamos que fazer um bolo para um casamento que não aconteceria nas próximas semanas, mas logo me dei conta de que os bolos que faríamos seriam julgados para os prêmios. O primeiro lugar não só trabalha com um confeiteiro de primeira da cidade do respectivo vencedor, como também ganha uma mesa de sobremesas para a recepção e orçamento ilimitado para o bolo verdadeiro. O segundo lugar recebe um bolo modesto de três andares e tem a opção de mesa de sobremesa se estiver dentro do orçamento. O terceiro lugar... droga, o terceiro lugar ganha uma sentença de morte. O terceiro lugar recebe uma caixa de ingredientes e um boa-sorte. Eles precisam replicar o bolo dois dias antes do casamento, o que só aumenta o estresse que antecede as núpcias.

Pelo amor de Deus, não podemos ficar com o terceiro lugar.

Não consigo nem imaginar o tipo de pesadelo pelo qual Thad passaria se tivéssemos que fazer um bolo dois dias antes do casamento.

Odeio admitir, mas Luna tem dominado a competição, com a equipe Hernandez logo atrás a cada desafio. Depois da primeira semana, foi como se um pavio tivesse sido aceso nela — deve ter sido minhas ofensas brilhantes; bom trabalho, Alec — e ela tem acabado com todo mundo. E quando digo que é a Luna, quero mesmo dizer que é a Luna. Cohen e Declan são coadjuvantes decentes, mas as habilidades dela estiveram em plena exibição no último mês.

Até cheguei a ouvir alguns assistentes falando sobre o canal do YouTube da Luna e que...

Espere aí.

O canal do YouTube da Luna.

Ponho a cerveja na mesa e começo a digitar feito louco "Luna Rossi" na barra de pesquisa.

A tela se enche de vídeos da cara dela, seu logotipo de costura azul e amarelo iluminando a página junto com seu sorriso.

Puta merda, por que não pensei nisso antes?

Clico no canal dela e logo passo por seus vídeos.

Como tricotar seu primeiro cobertor.

Caligrafia para cartões do zero.

Bombas de purpurina caseiras.

Cookies de amêndoas da Nonna Rossi.

Lantejoulas não são só para os anos 90.

Este último me faz sorrir ao pensar na blusa que ela usou no primeiro dia de filmagem e como ela ficou ofendida quando falei o comentário dos anos noventa.

Mas, puta merda, essa garota sabe muita coisa. Não é à toa que ela tem liderado a competição com tranquilidade, ainda mais competindo contra imbecis incompetentes como eu.

Curioso, passo por seus vídeos, imaginando se tem algum que ensine como fazer um bolo de casamento, mas o único vídeo sobre confeitaria que vejo é o dos cookies.

Hum, será que isso significa que ela talvez não *seja a especialista que diz que é?*

Ao lado, logo abaixo de seu perfil, há um link para o seu Instagram. Nem penso duas vezes e já vou clicando.

Instagram sempre fica estranho no computador, mas ainda me permite dar uma espiada.

E o Instagram dela é daqueles em que tudo está organizado por cor e tem uma estética agradável, é claro. Há fotos dela alegando ter "falhado" num artesanato, em que está segurando um pedaço falho de macramê, cerâmica ou costura. Há fotos dela rindo, sorrindo, aproveitando a vida, e enquanto olho para elas, o desejo me percorre.

Desejo de sorrir assim. De rir, sentir alegria, me divertir.

Droga, quando foi a última vez que me diverti de verdade?

A esta altura, não consigo nem lembrar. Fiquei de cabeça para baixo por tanto tempo, preso no trabalho e obcecado em fazer justiça... pra quê? Pela minha mãe, que tem sido a merda de uma mãe, para começo de conversa?

Pelo Thad de catorze anos e cabelo bagunçado?

Pela criança que eu costumava ser? Que só queria que os pais o abraçassem e jamais lhe virassem as costas?

É provável que todas as três opções.

Um anel de arco-íris iluminado envolve a foto do perfil, e eu clico nela, revelando seus stories no Instagram. De alguma forma estranha, ver seus stories faz parecer algo mais pessoal do que apenas rolar pela sua página do Instagram. Parece errado, mas não posso nem pensar em sair, não quando vejo seu rosto sorridente, e uma pilha de almofadas atrás dela.

Aquela é a cama dela?

Só pode ser.

Ligo o áudio do computador para ouvi-la.

— Obrigada por todas as sugestões de receitas. Agradeço muito. Vocês guerreiros confeiteiros são incríveis.

Receitas? Será que ela também andou pesquisando para a próxima semana?

Droga, claro que andou. Deve ser isso que ela faz em cada momento, ainda mais depois de eu ter sido um idiota e lançado o desafio.

— Acho que vou ficar com o *naked cake* e cobertura de frutas vermelhas. — Ah, droga, por que será que esse bolo me faz lembrar do aniversário do Thad cinco anos atrás? Ele teve um bolo assim e ficou falando o quanto adorou. — Combina muito bem com o que tenho planejado. E isso significa que a Hot-Lanta Confeiteira ganhou a competição de receitas. Vou te marcar aqui. Me manda mensagem e vou te mandar uma caixa surpresa de coisinhas gostosas.

Marketing inteligente. Muito bem, dá para ver por que ela tem mais de quinhentos mil seguidores.

— Amanhã, vou dar uma passada na Cakes e Bakes lá no centro para escolher alguns ingredientes e suprimentos para praticar. Relaxa, pessoal, vou manter vocês atualizados do processo. É isso por hoje. Espero que tenham um ótimo fim de semana e, como sempre, continuem criando. — Ela acena para a câmera e o vídeo termina.

Hum.

Me recosto na cadeira do escritório e começo a balançar por alguns instantes, com os dedos tamborilando na mesa, um milhão de pensamentos terríveis cruzando a minha mente.

Bem terríveis que poderiam ser úteis.

Bem úteis.

Úteis o suficiente para, quem sabe, nos manter longe do último lugar.

Antes que eu possa me impedir, saio do Instagram e vou logo criando uma conta falsa. Conecto a conta com o meu e-mail de trabalho, pronto para cancelá-la assim que conseguir o que quero, e faço menção de criar o nome de usuário. Hum...

Hum...

Algo que não me denuncie. Algo que não vai ligar a conta a mim. Algo que me mantenha completamente anônimo...

Ah-ha, já sei.

Sorrindo para mim mesmo, digito o nome de usuário, ChrisEartesanatos, e aperto o enter.

Já me disseram algumas vezes que pareço o Chris Evans, e Chris pode ser tanto homem como mulher, então é perfeito. Porra, bem inteligente. Ela nunca vai adivinhar.

Assim que entro, vou direto para o perfil de Luna e começo a segui-la. Cogito curtir algumas postagens, mas poderia ser meio esquisito. Não é? Talvez não. Um novo fã curte as coisas, não é? Não quero dar muita atenção para a minha falsidade, ainda mais por não ter uma foto de perfil.

Merda, eu deveria ter uma foto de perfil, me fazer parecer mais legítimo.

Passo os últimos instantes pesquisando uma foto de pássaro, porque, sinceramente, é a única coisa que me vem à mente, e as pessoas confiam nos pássaros, não é? ChrisE poderia ser uma senhorinha amante de pássaros.

Droga, ChrisE *é* uma senhorinha amante de pássaros e ela usa meias até os joelhos porque pode fazer isso.

A foto de um cardeal chama a minha atenção com suas cores vibrantes e peito estufado. Logo faço dessa a foto do perfil e aí entro pelo celular antes de fazer o download e postar mais algumas fotos aleatórias de artesanatos com comentários tipo "Dá uma olhada nesta bandeirola" e "Agulhas de crochê a todo vapor, não é mesmo?". Adiciono algumas hashtags de bom gosto que me fazem rir. Meia hora depois, estou completamente absorvido pela ChrisEartesanatos e enterrado fundo postando fotos de outras pessoas.

Caramba, dá para ver muito bem que artesanato é uma sensação.

Assim que me sinto confiante com os meus posts, volto ao perfil de Luna e clico no ícone de mensagem.

Quando a caixa de texto aparece, começo a digitar, torcendo para que ela me responda... mais cedo ou mais tarde.

Oi, Luna,

Hum...

Me recosto, dou um gole na cerveja e penso no que dizer. *Bolo, pergunte sobre o bolo*. Elogie o perfil dela e agradeça a ajuda dela.

Pigarreia, estala os dedos

Não quero parecer exagerada, mas amei o seu perfil. Me deparei com ele alguns meses atrás, mas só agora tive coragem de seguir.

Fica estranho? Tipo, não quero ser um fã só de passagem. Ela vai saber que acabei de seguir o perfil dela.

Fiquei voltando ao seu perfil, digitando o seu nome na barra de pesquisa.

Hum... será que esse não é o nível de perseguidor?

Acho que preciso recomeçar.

Apaga, apaga, apaga

~~Não quero parecer exagerada, mas amei o seu perfil. Me deparei com ele alguns meses atrás, mas só agora tive coragem de seguir.~~

~~Fiquei voltando ao seu perfil, digitando o seu nome na barra de pesquisa.~~

Estala os dedos, assopra

Aqui vamos nós.

Artesã de longa data, primeira vez seguindo.

Ha, esperto.

Dou risada e rolo os ombros para trás.

Me deparei com o seu perfil por conta das suas ótimas hashtags. Foi a #Procrastesanato. Deveria estar lavando roupa, mas não consegue largar a decoupage. Não é mesmo?

Dou ainda mais risada, viro o resto da cerveja e flexiono os dedos.

De qualquer forma, acabei de ver o seu story sobre um bolo que você vai fazer e estou louca para saber a receita. Se importa de dividir com uma nova fã? Brindando com a minha agulha de costura com a sua — da sua amiga, ChrisEartesanatos.

Aí está.

Aperto para enviar e me levanto da cadeira. Vou até a cozinha para outra cerveja. Quando abro a tampa, meu celular vibra.

Será que... será que ela já me respondeu?

Com pressa para pegar o celular, bato na perna da mesa da sala de jantar, tropeço para frente e caio bem no sofá. Por algum milagre, consigo manter a cerveja na mão e evito qualquer respingo.

Meu Deus.

Me endireitando, rio e agradeço a Deus por ninguém ter visto isso. Quando pego o celular, a tela acende, anunciando uma nova mensagem no Instagram da LunaLuaArtesanatos.

E como se eu fosse a droga de um idiota, meu coração pula no peito.

— Sossega o facho — murmuro, me ajeito no sofá e tomo um gole de cerveja, e meu cérebro começa a informar às minhas glândulas sudoríparas que estou prestes a entrar em território perigoso.

Mas o suor que se forma na minha nuca não consegue me impedir de abrir a mensagem e lê-la.

Oi, ChrisEartesanatos,

Muito obrigada por me mandar mensagem e me seguir. Adoro chamar mais amigos para o meu mundinho do artesanato.

Hum, fofa e simpática. Diferente de qualquer coisa que já vi dela.

#Procrastesanato o dia todo, todos os dias. Tenho uma pilha de roupa suja para lavar, não dá nem para dizer quando foi a última vez que lavei o banheiro, e minha amiga está a um passo de me expulsar do apartamento. Mas tudo isso vale a pena quando eu termino um projeto.

Caramba, ela é mesmo legal, dá para simpatizar. Não sei quantas pessoas saem por aí confessando que mantêm a casa menos adequada para visitas.

E é claro que eu posso dividir a receita. Vou deixar o link abaixo. Quem sabe a gente não pode praticar juntas? Vou fazer a minha amanhã. Me manda uma foto quando você fizer a sua para dar uma comparada. Divirta-se cozinhando e continue criando. Com amor — Luna.

Logo abaixo está a receita do bolo. Me sinto meio mal por ela estar me dando assim de mão beijada, mas às vezes a gente precisa jogar verde para colher maduro, não é?

Tudo bem, tudo bem, o que eu fiz não foi tão legal, mas vou dizer que entre o drama do Thad e os vômitos da Naomi, fazer esse bolo por conta própria alguns dias antes do casamento não é uma opção.

Um homem desesperado deve recorrer a soluções desesperadas.

Clico na receita e faço uma captura de tela antes de responder.

Minha garota interior vem à tona.

AiMeuDeus, você é a melhor. Muito obrigada. Mal posso esperar para tentar. Vou te mandar as fotos, mas sem dúvida o seu vai ficar muito melhor que o meu.

Enviado.

Ela deve estar de olho no Instagram, porque começa a digitar de imediato.

LunaLuaArtesanatos: um segredinho entre artesãs... *sussurra* bolos são a minha criptonita. Parece que eu sempre acabo estragando tudo de alguma forma, seja esquecendo de adicionar açúcar, deixando no parapeito da janela e um rato novaiorquino acabe comendo ou derramando chá nele enquanto fico dançando ao som de Bruno Mars, porque é impossível não balançar os quadris com ele. Então, estou um pouquinho nervosa com o bolo.

Droga, agora só o que consigo imaginar é ela balançando os "quadris". E sei que ela tem uma bunda bem linda, porque pode ser que eu tenha dado uma checada ou duas. Sabe como é, dando uma pesquisada na competição.

ChrisEartesanatos: Também não sou lá uma boleira. Sou conhecida por queimar tudo o que ponho no forno, até quando ajusto o cronômetro.

LunaLuaArtesanatos: Impressionante, mesmo com o cronômetro? Queimar com o cronômetro requer um talento e tanto.

ChrisEartesanatos: Meus talentos vão além de um bordado de gatinho.

Não faço ideia do que estou falando, mas parece certo.

LunaLuaArtesanatos: Você é bordadeira também? Recebi um kit de uma empresa uma semana atrás, e nunca tinha ouvido falar deles, então mal podia esperar para tentar. Você nunca vai adivinhar o que era. Não postei no Insta por razões óbvias.

ChrisEartesanatos: Pela forma que você está descrevendo, vou dizer que é algo impróprio.

LunaLuaArtesanatos: Era um pênis. Não só um pênis, mas uma cesta cheia de pênis que dizia: "Vai uma cesta de paus, aí?".

A cerveja escorre da minha boca enquanto tento evitar cuspi-la por todo o meu apartamento. Engulo em seco e então tusso uma risada. Caramba, adoraria ver a cara da Luna quando ela abriu esse pacote. Ela ainda está digitando, então espero para responder.

LunaLuaArtesanatos: Tipo, eu gosto de um bom pênis, mas por essa eu não estava esperando de uma empresa de bordados.

A cerveja escorre do meu nariz desta vez, e eu ponho a garrafa na mesa. Beber enquanto mando mensagem para a Luna pode não ser a melhor ideia. Enxugo o nariz e rio. Caramba, ela é divertida quando está relaxada — e sem me odiar.

ChrisEartesanatos: Tenho que saber, você usou o kit?

LunaLuaArtesanatos: Pode apostar! Fica pendurado na nossa entrada. Não tem jeito melhor de receber as pessoas do que dizer para elas aceitarem uma cesta de paus.

Rio alto e queria ter a mesma recepção no meu apartamento. Ou alguma coisa característica. Isto aqui é uma tristeza. Mas o que vou pendurar? Fotos de família? É, não preciso ser lembrado disso.

Uma ideia cruza minha mente: talvez eu possa pendurar a foto de um bebê em breve, uma da minha sobrinha ou sobrinho. Sinto um quentinho por dentro ao olhar para as prateleiras embutidas ao lado da lareira. Dá para imaginar porta-retratos enfileirados nas prateleiras, de mim com o bebê, Thad e Naomi com o bebê, de nós todos juntos...

Sorrindo, respondo a Luna.

ChrisEartesanatos: Quem sabe você não me manda o nome da empresa para eu comprar uma? Meu apartamento também precisa de uma cestinha de paus.

LunaLuaArtesanatos: Pode contar comigo, meu bem. Me mantenha atualizada com o bolo. Vou fazer compras amanhã, então fica de olho nos meus stories. Continua criando (procrastesanato sempre) — Com amor, Luna.

Droga, tudo nesta última mensagem faz meu estômago embrulhar de ansiedade. Preciso encontrá-la de novo, ver se consigo trazer à tona essa pessoa doce e charmosa que me mandou essas mensagens, ver se ela pode me chamar de "meu bem" pessoalmente...

Meu Deus.

Passo a mão no rosto e jogo o celular de lado. Lembre-se, Alec: *Luna é a adversária, ela odeia você com mais força do que ama a cesta de paus, e da última vez que você tentou falar com ela, ela ficou* latindo *para você.*

Me debruço sobre a mesa, pego a cerveja e a esvazio. Então, por impulso, alcanço o celular de novo e releio mais uma vez sua última mensagem.

Fica de olho nos meus stories...

Por que estou com a impressão de que vou me tornar um perseguidor?

Capítulo 11

Alec

— Você tem um bigode falso?

— O quê? — Lucas diz, tirando os olhos do computador. Pela ampla janela atrás dele, a vista de Manhattan serve de pano de fundo. Um céu sombrio cobre a cidade, mas me sinto revigorado, animado. — Bigode falso? Você bebeu?

Entro no seu escritório e fecho a porta. Minhas mangas estão arregaçadas, a gravata frouxa, e sei que meu cabelo está bagunçado. Passei a maior parte da manhã folheando uma pilha de fotos que um detetive particular me mandou que mal prova a infidelidade do caso que acabei de pegar.

Mas tudo parou quando peguei o celular e vi os stories da Luna.

— Sei que você não está com o bigode agora, seu idiota. Dá para ver a sua cara.

— Dá? Você está parecendo um maluco.

— Porque estou sem tempo. Você tem um bigode falso aí ou não?

Lucas se recosta na cadeira e cruza os braços.

— Em que universo você acha que eu teria um bigode falso no meu escritório?

— Porra — murmuro, com as mãos na cintura. Sabia que era um tiro no escuro, mas perguntei mesmo assim. — Você tem chapéu e óculos escuros aí?

— O que raios você está tramando, Baxter? E se for ilegal, não quero ter nada a ver com isso.

— Só estou... perseguindo uma pessoa. Relaxa, só preciso de um disfarce.

— *Perseguindo*? O que houve com o detetive particular? Agora você vai para o trabalho de campo também? — Lucas se levanta e vai até o armarinho do seu escritório.

— Não, não é para o trabalho.

Ele faz uma pausa e ergue as sobrancelhas para mim.

— Isso tem a ver com a Luna e o programa?

— Pode ser que sim — confirmo, sentindo o rosto queimar.

— Meu Deus, não me diga. Não quero saber. — Ele joga um chapéu de feltro cinza com uma listra preta na base e então um par de óculos escuros. Consigo pegar os dois. — Se você for preso, não vou ser o seu cúmplice.

Olho para o chapéu e o viro nas mãos.

— Por que raios você guarda isto aqui? Nunca vi você usando.

— Tem uma razão para você nunca ter visto.

— Onde você conseguiu?

— Minha mãe comprou para mim da última vez que veio a Nova York. Ela achou que era bem o estilo clássico da cidade e queria que eu experimentasse, já que era o que o pessoal usava no passado. Está pendurado no meu armário desde então.

Não vou ser exigente, ajeito o chapéu na cabeça e os óculos estilo aviador no rosto.

— O que acha? — pergunto, abrindo os braços. — Pareço diferente?

— Com certeza. — Lucas segura a risada.

— Está ruim?

— Confesso que me sinto meio intimidado pela sua boa aparência sempre que a gente sai juntos, mas acho que você deveria começar a usar esse conjunto mais vezes. Te deixa nivelado para baixo.

— Valeu — digo, sarcástico, antes de passar pela porta. — Vou te ligar se eu acabar sendo preso.

— Nem vem que não vou pagar a sua fiança! — ele grita para as minhas costas.

Quando saio do prédio comercial, me deparo com uma fila de turistas fora do Papaya Dog, precisando de sua dose turística. Meu prédio comercial fica logo ao lado do Empire State Building, o que significa que vivo lutando contra as multidões com câmeras e olhos errantes. Atravesso às pressas a fila e vou logo acenando para um táxi, e dou o endereço da Cake e Bakes, para onde sei que Luna está indo agora. Começar da Midtown me dá uma vantagem, e sei que ainda posso vencê-la, supondo que ela está saindo do Upper West Side. Vou ter tempo suficiente para vigiá-la quando ela entrar na loja.

Uma receita para o desastre, não é? Sei que é o que está pensando. Vigiar uma pessoa numa lojinha nunca é uma boa ideia, mas tenho que ver o que ela vai comprar. E a loja não é tão pequena assim. É uma loja de ingredientes para cozinheiros. Dei uma olhada no site ontem à noite e sei muito bem por que ela está indo lá: para os melhores produtos e ferramentas necessários para fazer um bolo. E é bem do que preciso também, já que nem tenho um plano para o bolo.

E, sim, posso não estar todo disfarçado, mas sou bem sorrateiro. Posso me esconder atrás de pilares e vitrines. Quer dizer, nunca fiz isso antes, mas não pode ser tão difícil assim.

Abro o perfil da Luna no Instagram e clico nos stories. Merda, tomara que ela ainda não esteja lá.

Há uma foto de um gato de rua na plataforma do metrô. O gato está sentado perto de uma tigela, e há alguns trocados dentro da tigela. Seu comentário é: "Tomara que ela compre um chapéu chique. Dá para imaginar que perfeita seria esta foto se ela estivesse usando pérolas e um chapéu? Além do mais, por que esta gata é tão ousada?".

Droga, estou me perguntando a mesma coisa. Agora que sei que ela mora no meu bairro, com base no nosso encontro na lanchonete, ela deve estar na linha 1, indo para Battery Park, onde fica a loja. Podemos muito bem chegar ao mesmo tempo. O que significa uma coisa: preciso estar no meu melhor assim que sair do táxi.

Com o celular em mãos, fico atualizando o Instagram sem parar, esperando para ver onde ela está. Estou parado na loja, ao lado da entrada, com a mão apoiada no carrinho, parecendo um esquisitão que usa óculos escuros dentro de lojas. Dou uma examinada — rápida — na loja e não a vejo. Não tirei os olhos da porta desde então. Verifiquei o aplicativo de metrôs para ver se houve algum atraso, e não está pior do que o normal — pois é, elevei a minha perseguição a outro nível.

Ainda assim, nada.

Pronto para desistir e ir embora, enfio o celular no bolso assim que Luna passa pela porta. Seu cabelo está amarrado num coque no topo da cabeça, exibindo a bela curva de seu pescoço. Ela está usando um macacão azul-marinho, combinado com sandálias simples. Ela põe os óculos escuros no topo da cabeça e respira fundo antes de sorrir, como se tivesse acabado de entrar num lugar que a faz feliz.

Relaxada — é a única forma de descrevê-la quando ela pega um carrinho e tira um pedaço de papel da bolsa. Ela dá uma olhada nele, ergue a cabeça e olha para as sinalizações na loja, em seguida vai na direção da farinha.

Sorrateiro, Alec. Você consegue.

Mantendo distância, me movo com ela, tentando ser tão casual quanto possível. Pego algumas coisas, tudo isso sem tirar os olhos dela. Até ponho algumas velas de aniversário no carrinho. Não tenho a intenção de comprálas, mas dá a sensação de que, *sim*, estou usando óculos escuros dentro da loja, mas quero fazer um bolo de aniversário, então me deixe em paz.

Ela para na frente da prateleira de farinha. Estaciono o carrinho no corredor logo à frente, pego uma caixa de biscoitos de melaço e finjo estar lendo o rótulo. No bolso de trás, tenho a minha própria lista, sabendo muito bem os ingredientes básicos de que preciso para quando for praticar com o bolo todas as noites da semana. Porém, a pergunta que não quer calar é: quais são os ingredientes que ela vai comprar? Porque podemos usar a receita que quisermos, mas tem algo de especial nos ingredientes que selecionamos. É meio que conseguir aquela receita especial da vovó, que diz para acrescentar açúcar sem ter a quantidade. *Quanto da droga do açúcar, vovó?*

Isto aqui é bem assim, só que com os próprios ingredientes, e, na verdade, há uma infinidade de tipos de farinha para escolher. Me dá a sensação de que a minha cabeça está prestes a explodir.

Vejo Luna fazer um story no Insta sobre estar na loja e o quanto está empolgada; então ela estende a mão e pega um saco de farinha com quadrados azuis na embalagem. Ela se volta para a lista e logo vira a esquina. Como um touro que viu vermelho, jogo a caixa de biscoitos de volta e saio às pressas pelo corredor da farinha, pego a de embalagem azul, que na verdade é farinha para pão... interessante. Viu só, é bem disso que eu estava falando. O pulo do gato. A droga do pulo do gato.

Já satisfeito com a minha ideia de matar o trabalho para perseguir a Luna, pego minha lista e marco a farinha.

Risada maligna

Sorrindo para mim mesmo, enfio a lista no bolso e continuo.

Passo os próximos minutos indo atrás da Luna, despercebido graças à sua intensa concentração em escolher os ingredientes certos — para nós dois.

Item por item, vou enchendo o carrinho, quase alegre demais com a minha ideia brilhante. Não apenas vou aparecer no sábado dando o meu melhor e com ingredientes perfeitos a tiracolo, como também vou fazer um bolo e tanto. Um bolo que vai deixar Thad impressionado — mostrar para ele o quanto estou levando a sério — e surpreender os jurados, os competidores, toda a equipe. Eles vão ver que não sou só um advogado, mas também um mestre confeiteiro.

O cara com cavanhaque do *Ace of Cakes* vai querer pegar o meu número de telefone.

Buddy Valastro, o *Cake Boss*, vai ficar se perguntando por onde eu andei a vida dele toda.

Paul Hollywood virá pessoalmente ao país para me dar o tão cobiçado aperto de mão hollywoodiano sem nem mesmo ter experimentado o sabor, só pela aparência.

Vou estar tão preparado no sábado que...

BAM.

Dou de cara com Luna e tropeço para trás. Meu carrinho bate no dela, e caio bem num mostruário de nozes de macadâmia, derrubando tudo no chão e criando uma comoção no meio da seção de extratos de baunilha.

— Merda — murmuro, enquanto as macadâmias continuam caindo. — Shh — sussurro para os sacos caindo, tentando pegá-los antes que batam no chão de concreto. — Vocês vão...

— Não vi você. Me desculpa.

Luna.

Merda. Merda. Merda.

Baixando a voz para um tom profundo que acho que nunca usei antes, digo:

— Ah, sem problema.

— Por que as macadâmias estão aqui com os extratos? Péssimo planejamento, se quer saber — ela diz, se curvando para ajudar com o mostruário.

— É, tudo bem. Pode deixar. — Mantenho a cabeça baixa e as costas para ela. *Por favor, não reconheça as minhas costas, por favor, não reconheça as minhas costas.*

Por que ela não pode ser a bruxa maligna que tem latido para mim nas últimas semanas em vez da garota legal na loja que me ajuda a pegar os sacos?

Os sacos de macadâmia da *loja*, não o meu saco. Ela não está pegando o meu saco. Meu saco está seguro dentro da cueca, não em exibição.

Os sacos da loja.

— Sacos da loja — murmuro sabe-se lá por quê.

Porra. *Recomponha-se, homem.*

— Não precisa, pode deixar. Pode continuar fazendo as suas compras.

— Mas nós dois fizemos essa bagunça. Pode deixar que eu ajudo. — Ela se move para pegar os sacos dos meus braços, mas giro para longe, dando de cara com a prateleira de extratos. Eles oscilam e cambaleiam na beirada, e eu observo, horrorizado, enquanto caem em efeito dominó no chão.

Puta merda.

Vidro quebra e um líquido marrom escorre pelo chão como sangue, representando a morte das minhas habilidades gatunas.

— Ai, minha nossa. Me deixa...

— Tudo bem aí? — um funcionário pergunta, se juntando a nós.

— Acho que vamos precisar de uma limpeza na seção dos extratos — Luna diz, com uma risada mal reprimida na voz. — Se você puder me dar um esfregão, não ligo de limpar tudo.

— Está tudo bem, vamos chamar alguém para fazer isso. Só não toquem em nada. Vamos limpar tudo.

— Obrigada — Luna fala com tanta gentileza que fico imaginando se ela é a mesma pessoa com quem tenho passado os fins de semana. Ela se volta para mim. — Se você me deixar te ajudar, a gente vai conseguir voltar o mostruário para o lugar.

— Mas eles falaram para a gente não tocar em nada. Eu, hum, vou levar estas macadâmias. São minhas — declaro, segurando pelo menos cinco sacos junto ao peito.

— Ah... tudo bem. — A voz de Luna sai um pouco incerta, mas então ela começa a se afastar. Graças a Deus.

Ela dá uma olhada na lista, então estende a mão, pega um extrato de amêndoas e põe no carrinho. Sem nem pensar duas vezes, volto ao meu plano original, imito Luna e ponho uma garrafa de extrato no carrinho.

Ela faz uma pausa, se vira e olha para o meu carrinho.

Merda.

Então olha para o seu próprio.

Fica olhando de um para o outro até que se volta para mim, ainda segurando as macadâmias. Mantenho a cabeça baixa e meu corpo fica tenso enquanto seu olhar me varre.

Ela dá um passo à frente. O suor brota na minha nuca.

Outro passo. O nervosismo faz meu estômago embrulhar.

Mais um passo. Ela está tão perto que paro até de respirar. Quem sabe se eu não me mover, posso acabar desaparecendo.

Mas não funciona. Antes que eu possa até mesmo cogitar me virar e sair correndo, ela tira o chapéu da minha cabeça e remove os óculos.

— Alec — ela praticamente cospe meu nome.

— Chris, na verdade. Meu nome é Chris — digo, ainda usando a voz terrivelmente falsa, então me dou conta de que essa não deve ter sido uma ação inteligente, entregando o meu nome falso no Insta.

— O que raios você está...? — Ela respira fundo. — Você está tentando me copiar? Você está... — Sua mão vai para a testa, e ela arregala os olhos. — Ai, meu Deus, você é a ChrisEartesanatos? Chris *Evans* artesanatos?

Tenho certeza de que a esta altura nem Scotty pode me tirar daqui, então dou uma de... bobo.

— Luna, é você? Caramba, não esperava te encontrar aqui. Pois é, só estou pegando a minha cota semanal de macadâmia. Nunca é demais. — Jogo os sacos no carrinho e seguro a alça. — Que coincidência te encontrar aqui! Bem, vou deixar você voltar para as suas compras e seguir meu rumo.

Faço menção de me afastar, mas ela segura meu carrinho e me impede. Para uma mulher baixinha, ela é forte pra caramba. Com os dentes cerrados, pergunta:

— Você é a ChrisEartesanatos?

— Quê? *Pfff*, nem sei do que você está falando. Estou apenas tentando fazer umas compras, moça. — Só tem uma coisa faltando da lista, então decido brincar com a sorte. — Pensando aqui, se você tivesse que comprar açúcar de confeiteiro, qual escolheria?

Ela joga as mãos no ar.

— Inacreditável. Você está me copiando.

— Essa é uma acusação bem grave sem ter provas, sabia?

Ela empurra as macadâmias para o lado e aponta para o meu carrinho e para o dela.

— E? — pergunto.

— Me dá a sua lista.

— Não, é particular. — Me afasto.

Mas ela faz um giro bem maluco, e acho que só vi uma coisa assim no campo de futebol, e antes que eu possa me dar conta do que ela está fazendo, minha lista sai do meu bolso de trás e para nas mãos dela. Seus olhos vão para o papel. Tento pegar de volta, mas ela é rápida demais para mim.

Quando termina de ler, ela me fuzila com os olhos.

— Você está me copiando.

— Você não tem provas.

Ela aponta para a lista.

— Bem aqui diz, até marcado com asterisco, *Siga a lista, pegue o que a Luna pegar*.

Hum, esqueci que tinha escrito isso.

— Tomei umas ontem. Não sou responsável pelo que escrevi.

Ela ergue a mão.

— Me dá o seu celular.

— É, não vai rolar. — E antes que ela possa vir de novo com aquele giro para cima de mim, recuo para a prateleira atrás de mim, com cuidado para não derrubar nada desta vez. — Não me venha com essa merda de giro.

— Me deixa ver o seu celular.

— Não.

— Me deixa ver, Alec.

— Luna... não.

— Porque eu estou certa, você é a ChrisEartesanatos.

— Ou você está maluca e...

— Tá bom — ela diz, tira o celular da bolsa e digita rápido.

— O que você está fazendo? Chamando a polícia? Para o seu governo, conheço um pessoal da delegacia. Sou amigo dos homens e mulheres fardados, e não fiz nada...

Bling.

Sorrindo, Luna ergue o celular, me mostrando a mensagem que acabou de enviar para ChrisEartesanatos. A mensagem que acabou de chegar no meu celular.

Merda.

— Coincidência.

Ela revira os olhos e começa a fazer meu celular vibrar com uma mensagem atrás da outra.

— Tá bom. Chega. — Abaixo suas mãos. — Sou eu.

— Sabia — ela fala, como se tivesse acabado de resolver o crime mais infame de Nova York. — Eu sabia. Ontem à noite, quando vi esse nome, me pareceu coincidência demais. Mas aí você parecia tão feminino nas mensagens que me deixou confusa. — *Ha, pode ser que eu ainda tenha um pouquinho de discrição sobrando.* — Mas eu estava certa — ela continua —, você está tentando roubar as minhas ideias. Nossa, Alec, sabia que estava desesperado, mas não a esse ponto... — Ela faz uma pausa, como se tivesse se lembrado de alguma coisa. — Ai, meu Deus, o seu perfil... você estava tentando me espiar?

— Não se iluda. — Reviro os olhos. — Eu não sou espião.

Negue, negue, negue.

— Então está me dizendo que criou todas aquelas coisas que postou?

— Você deu uma olhada no meu perfil? — pergunto com um sorriso. — Fico lisonjeado.

Ela semicerra os olhos.

— Você tem mesmo um parafuso a menos. Não acredito que seria capaz de se rebaixar tanto. Bem, na verdade, eu deveria acreditar sim, dado o seu histórico de derrotas. Que patético, Alec. Patético.

Enquanto olho para seu rosto desdenhoso, acho que nunca me senti pior. É *mesmo* patético. Que patético eu ter criado um perfil falso para espionar uma adversária em um programa de casamento, tudo isso para que eu possa reatar meu relacionamento com o meu irmão.

Que patético eu ter levado tanto tempo para me dar conta de que o nosso relacionamento estava precisando de conserto.

E que patético o fato de que a única forma que conheço de fazer isso seja copiar uma adversária.

Ela faz menção de se afastar.

— Estou chegando lá — solto, sinceramente, fechando o círculo da nossa conversa. Ela para e olha para trás. — Estou chegando lá, porque o meu relacionamento com Thad está praticamente morto. Mal o conheço, mal conheço a esposa dele, e se eu não der um jeito nessa falta de comunicação entre a gente, sei que não vou ter um relacionamento com o meu futuro sobrinho ou sobrinha. — Já que ela ainda não se foi, continuo falando, esfregando a nuca. — É importante para ele, e o estou deixando na mão. Ele me chamou porque sou o herói dele, ele dependeu de mim a vida toda para protegê-lo, e um fim de semana após o outro, eu o deixei na mão. — Esfregando a nuca com mais força, olho sério para Luna. — Não quero deixá-lo na mão de novo.

Vejo a indecisão em seus olhos — a luta entre ficar ou ir embora. Seu corpo está dizendo para ir, com um pé na direção certa, enquanto sua mente ou talvez seu coração — quem sabe? — está mantendo Luna firme ali.

— Sei que não é problema seu e me desculpa por ter vindo aqui, por ter feito aquele perfil falso. Sei que não foi legal, mas como você disse, eu sou patético, e quando a gente fica desesperado, é capaz de tudo.

Ela ainda não diz nada, só fica ali olhando para mim, como se não estivesse entendendo o que está rolando. Droga, eu também não entendo o que está rolando, Luna.

Mas quando os funcionários da loja vêm limpar a sujeira, o silêncio entre nós se alonga e o constrangimento vem à tona, até que suspiro, pego meu carrinho e começo a me afastar.

Estou prestes a virar no corredor quando ela grita:

— Espera.

Olho para trás.

— Qualquer tipo de açúcar de confeiteiro deve servir — ela diz. — Só não esqueça de peneirar para não ficar pedacinhos na cobertura.

Como se ela tivesse atirado uma flecha cheia de ar para mim, sinto meus pulmões se expandirem de alívio. Olho sobre o ombro e sorrio.

— Obrigado.

Então viro no corredor, pego o açúcar de confeiteiro e deslizo o carrinho até o caixa, com as macadâmias e tudo mais.

Capítulo 12

Luna

A porta bate e a voz de Farrah ressoa pelo apartamento:

— Meu Deus, juro que ter escolhido morar com você foi uma das melhores decisões que já tomei na vida, apesar de todo esse glitter que sai no cotonete depois de limpar os ouvidos. — Ela põe a sacola na mesa. — Que cheiro delicioso é esse?

— Bolo — digo com uma voz monótona, olhando para a cesta de paus bordados na entrada.

— Ah, a mamãe adora um bolo. Que bolo? — Farrah entra na cozinha e pega um garfo.

— Fava de baunilha com recheio de frutas vermelhas e creme de manteiga. — Não menciono que tive que fazer a massa duas vezes, porque errei tudo da primeira. Culpo a minha distração, não o fato de eu nunca conseguir acertar o bolo de primeira. Daí a prática.

— Minha nossa, parece delicioso. Cadê?

— Esfriando. — Ainda estou olhando para o bordado quando Farrah cutuca meu ombro com o garfo.

— Ei, o que houve com você? Foi atingida por um tranquilizante? Se foi, me fala onde, porque um tranquilizante me faria bem depois do dia que tive.

Só fico olhando, com a expressão de Alec gravada na memória.

Vergonha.

Desespero.

Arrependimento.

Esperança.

Todos eles colidiram e chamaram por mim quando ele admitiu que o relacionamento dele com Thad não estava nada bom. Eu já tinha o pressentimento de que era esse o caso, dadas as brigas que vinham da bancada deles, e a forma como a apatia dele colidia com o drama e a intensidade do Thad.

Mas ver a pura tristeza no rosto de Alec ao admitir isso... droga, me deixou em pedaços. Não consigo nem imaginar estar afastada de Cohen — só de pensar nisso fico sem ar. Meu relacionamento com o meu irmão, e com toda a minha família, é tudo, na verdade. Conto com eles para o apoio moral, para os bons momentos, para incentivo, para torcerem por mim. E parece que Alec não tem nada disso.

Fiquei imaginando o que ele estava escondendo por trás daqueles olhos verdes, e agora sei o que é: medo de perder o irmão.

Sua expressão, sua voz taciturna... tudo isso tem se repetido desde que voltei da loja, me deixando neste estranho estado de tristeza em que não consigo sentir nada. Só fiz o bolo, sem pensar, só fiz. Não prestei atenção, ainda não pensei em como pretendo decorar e com certeza não tenho postado meu progresso como disse que faria lá no Instagram. Pensando bem, não sei nem como acabei com dois bolos esfriando na geladeira. Já dirigiu para algum lugar sem nem mesmo lembrar como foi parar lá? É bem como estou me sentindo agora.

— Ei, está tudo bem aí? — Farrah estala os dedos na minha frente, desviando minha atenção do bordado.

— Está, desculpa. — Balanço a cabeça e respiro fundo. — Só estou tendo um dia esquisito. — Me alongo. — Acho que vou deitar um pouquinho. Devo ter provado bolo demais, sabe?

— Tudo bem... — Farrah responde com cautela. — Você quer que eu faça alguma coisa com a cobertura?

Eu fiz cobertura? Dou uma olhada na tigela de cobertura branca que está ao lado de um montinho de frutas cortadas. Meu Deus, estou mesmo com a cabeça nas nuvens.

— Hã, pode deixar aí. Vou voltar para resfriar tudo e aí a gente vai poder comer.

— Tudo bem. — Farrah me analisa por um tempinho. — Tem certeza de que não quer conversar?

Ah, tem tanta coisa que eu adoraria falar para ela, mas depois da nossa última conversa sobre o Alec, tenho certeza de que ela não demonstraria nenhuma simpatia por ele.

— Estou bem. Só um pouquinho avoada. — Dou um beijo rápido em seu rosto e vou para o quarto. Encosto a porta, me jogo na cama e pego o celular, que estava carregando na mesa de cabeceira. Eu o tiro do carregador, abro o Instagram e clico nas mensagens, torcendo lá no fundo para que haja alguma de ChrisEartesanatos.

Mas fico decepcionada.

Não sei nem o que estava esperando... outro pedido de desculpas? Uma atualização do bolo que ele vai fazer? Quem sabe um comentário sarcástico ou as farpas como os que costumávamos trocar? Mas, de alguma forma, não ter nada é ainda pior.

Mordisco o lábio, imaginando se eu deveria mandar mensagem para ele, ver como está indo com o bolo, mas a ideia faz meu estômago embrulhar de nervosismo. Então apenas clico no seu perfil e dou uma olhada nas imagens que sem dúvida não são dele. Ao olhar com mais atenção, me dou conta de que todas foram postadas ontem. Se eu tivesse ficado mais desconfiada, teria percebido isso na hora. Mas como eu iria imaginar que Alec Baxter criaria um perfil falso para tentar arrancar informações de mim?

Arrancar informações... um sorrisinho surge nos meus lábios.

O cara criou um perfil falso.

Conversou comigo sobre artesanato — o que requer pesquisa.

Foi astuto o bastante com as redes sociais — apesar de sua atitude esnobe — para assistir aos meus stories e descobrir para onde eu ia.

Pôs um chapéu esquisito e óculos escuros.

Me seguiu pela loja, fazendo questão de pegar tudo o que eu pegava...

Dou uma risadinha.

Se atrapalhou todo com aqueles sacos de macadâmia.

Um enorme sorriso surge no meu rosto.

Inventou uma mentira sobre amar macadâmia para salvar a própria pele.

Solto uma risada abafada e cubro a boca.

Quanto mais penso nessa situação, mais engraçada fica.

Tão diferente do que eu esperaria de um homem que parece nunca descer do salto alto.

O homem com os sacos.

Alec Baxter dos sapatos chiques.

O sr. Esnobe.

Abafo outro riso, e lágrimas escorrem dos meus olhos por causa da risada borbulhando dentro de mim. Se Farrah soubesse que estou dando risadas histéricas aqui sozinha, acharia que perdi o juízo.

Pode ser que eu tenha perdido mesmo, porque antes que possa me impedir, já estou digitando uma mensagem para Alec no Instagram.

LunaLuaArtesanatos: Curtindo uma macadâmia aí?

Ainda deitada na cama, cubro a boca de novo e tento segurar mais risadas. A resposta dele não demora muito para chegar.

ChrisEartesanatos: Não sabia que levava tempo para gostar de macadâmia.

Solto uma risada baixinha e me viro na cama para ficar de lado e digitar para ele.

LunaLuaArtesanatos: E lá estava você todo convencido de que eram as suas favoritas.

ChrisEartesanatos: Ah, é... e são... as favoritas. Não consigo nem me controlar. Comendo aos montes.

LunaLuaArtesanatos: Será que estou detectando algum senso de humor aí?

ChrisEartesanatos: Será que estou lendo mesmo essas palavras? Não seriam só latidos?

Solto uma risada alta, e meus olhos vão para a porta. Espero alguns instantes para ver se Farrah vai aparecer ali, mas não aparece. Preciso me controlar.

LunaLuaArtesanatos: Aquilo lá foi esquisito, não foi?

ChrisEartesanatos: Tipo, primeira vez que ouvi uma garota latindo para mim, ainda mais mostrando os dentes.

LunaLuaArtesanatos: Primeira vez que um cara me tira tanto do sério a ponto de eu recorrer a latidos.

ChrisEartesanatos: Vou manter isso em mente da próxima vez que alguém me tirar do sério.

LunaLuaArtesanatos: O que eu não daria para ver o elegante e sofisticado Alec Baxter puxar ar lá da boca do estômago e soltar um ganido.

ChrisEartesanatos: Eu não iria soltar um ganido, não sou a droga de um Chihuahua. Sou um São Bernardo. Um bom Aaaauuuu com aquele som de fole no fundo seria o meu latido.

Rio ainda mais alto.

LunaLuaArtesanatos: Se você tivesse barba, eu teria considerado um São Bernardo. Mas agora, só consigo te imaginar como um Galgo.

ChrisEartesanatos: Eu deveria me sentir ofendido, mas meio que dá para ver isso.

Eu não deveria estar curtindo tanto esta conversa. Não deveria nem ter iniciado isso, para ser sincera, mas não consigo evitar. Com o estresse da competição e a pressão constante de entregar o meu melhor para o meu irmão e Declan, saber que Alec está penando mais do que eu, e se importa de verdade com isso... bem, acho que atingi o meu ponto de ruptura.

Já não tento lutar.

Me permito conversar com alguém que sabe de verdade pelo que estou passando.

LunaLuaArtesanatos: Que bom que você chegou a um acordo. E aí, como está se saindo com o bolo?

ChrisEartesanatos: Estava só esperando você perguntar. Olha a foto.

Espero fazer o download, e quando termina, solto uma risada tão alta que meu nariz chega a doer.

— Ai, meu Deus — digo, baixinho, observando o monte que é o "bolo" todo esfarelado e empilhado. Pelo menos as minhas habilidades não são tão ruins quanto as de Alec. Está mais para aquele clássico vulcão da feira de ciências. Não tem senso ou lógica: a cobertura está espalhada por toda parte, frutas vermelhas aparecem nos cantos. E está tão esfarelado que tenho certeza de que ele não untou a forma.

ChrisEartesanatos: Bonitão, hein?

LunaLuaArtesanatos: Já é... alguma coisa.

ChrisEartesanatos: Nunca tinha feito bolo na vida e agora sei por quê. Foi bem desagradável.

LunaLuaArtesanatos: Então você não vai querer ver o meu.

ChrisEartesanatos: Me deixa adivinhar, simetricamente perfeito, com um cheiro delicioso? O completo oposto do monte que está na minha bancada? Tirei o meu do forno e até estremeci. O cheiro não estava nada bom. Acho que acrescentei alguma coisa errada.

LunaLuaArtesanatos: Mas é legal que você tenha tentado. E, verdade seja dita, eu estraguei o meu primeiro lote de massa. Ficou com um gosto horrível e não faço nem ideia do porquê.

ChrisEartesanatos: Aguenta, coração, Luna Rossi está admitindo imperfeições.

LunaLuaArtesanatos: Se vangloriando tanto assim, é?

ChrisEartesanatos: Na verdade, não. Não tem nada para me vangloriar, mas vou continuar tentando. Estou determinado. Amanhã vou tentar praticar mais. Alguma dica?

LunaLuaArtesanatos: Unte a forma antes de pôr a massa.

ChrisEartesanatos: Não é à toa que você tem mais de quinhentos mil seguidores.

LunaLuaArtesanatos: Como foi a segunda tentativa?

ChrisEartesanatos: Algum dos seus bolos já teve calombo?

Sentada na cama com uma xícara fresquinha de chá na mesa de cabeceira, dou risada e balanço a cabeça. Passei o dia todo atualizando meus projetos, comendo o bolo que fiz na noite passada — aliviada por não ter gosto de veneno de rato — e imaginando quando eu teria notícias da segunda tentativa do Alec.

Depois de dar algumas dicas na noite passada, ele saiu do Instagram, alegando que precisava se livrar das "evidências". Desejei boa sorte e então voltei para a cozinha, onde terminei a cobertura e montei o bolo, me perguntando como é que o Alec conseguiu ferrar tanto assim com o dele.

LunaLuaArtesanatos: Acho que não. Vou precisar de uma foto.

ChrisEartesanatos: Se prepare. É um show de horrores.

A foto surge, e quase caio da cama num ataque de riso. Ainda bem que Farrah está num encontro, então posso ser tão barulhenta e alarmante quanto quiser.

Na bancada, sem prato embaixo, está um bolo todo torto. Tem mais estrutura do que o de ontem, mas está prestes a desmoronar, porque as camadas têm um enorme "calombo", disforme e bulboso, deixando o topo incrivelmente irregular.

ChrisEartesanatos: Parece que está prestes a se transformar numa criatura e arrancar a sua cabeça, né? Para ser honesto, *se aproxima, sussurra*, acho que é o bolo de ontem reencarnado.

LunaLuaArtesanatos: Estou com medo por você.

ChrisEartesanatos: Mas a pergunta que não quer calar é: como ele conseguiu se recompor e escalar a lata de lixo?

LunaLuaArtesanatos: Eu teria me preocupado mais com o fato de ele ter a chave do seu apartamento, e para quem mais ele entregou uma cópia.

ChrisEartesanatos: Ah, merda, nem pensei nisso. Acabei de tremer na base.

LunaLuaArtesanatos: Está na hora de trocar as fechaduras.

ChrisEartesanatos: Estou ligando para o chaveiro agora.

LunaLuaArtesanatos: Enquanto você liga, já vou avisando, parece que você misturou demais a massa.

ChrisEartesanatos: Dá para misturar demais a massa? Meu Deus. Nem sabia disso.

LunaLuaArtesanatos: A confeitaria é uma ciência. Tem muitas formas de estragar tudo.

ChrisEartesanatos: Estou percebendo. Droga... estou tentando, mas piadas à parte, acho que vou mesmo deixar Thad na mão de novo. Está difícil.

Lamento por Alec, de verdade. Não consigo nem me imaginar em seu lugar (com aqueles mocassins ainda por cima) — já estou tendo um relacionamento difícil com o meu irmão e ainda sinto que vivo deixando Cohen na mão. Fico com o coração apertado e me faz querer aprontar alguma burrice.

Burrice das grandes.

LunaLuaArtesanatos: Posso te mostrar, se você quiser.

Aperto para enviar e me dou conta do erro que cometi.

Mostrar para ele, tipo, eu teria que ir na casa dele ou ele teria que vir aqui. Espere, não, aqui não, sem chance alguma de ser aqui. Farrah iria enlouquecer.

Tomara que ele seja uma dessas pessoas que dizem: "Ah, não precisa, não quero incomodar". Prendo a respiração, esperando pela resposta.

ChrisEartesanatos: Você faria isso mesmo?

Merda.

E agora?

Mordo o lábio. Quanto mais espero para responder, mais vai parecer que eu não estava falando sério. E acho que não falei mesmo, mas não quero que ele saiba disso — aí ele vai pensar que sou mal-educada. E mesmo que tenhamos sido grosseiros um com o outro no passado, tenho a sensação de que viramos a página. É provável que eu tenha que manter a oferta, mesmo que me deixe nervosa e suada, e, ai, Deus, por que fui chegar perto o suficiente outro dia para sentir o cheiro dele, e por que ele tem cheiro de homem que acabou de sair de uma piscina de feromônios?

Droga, preciso mesmo parar de divagar.

E tudo se resume a isto: meus dedos me enganaram, e agora vou ter que cumprir a promessa, porque se trata de uma gentileza.

LunaLuaArtesanatos: Faria, mas você vai ficar me devendo.

ChrisEartesanatos: Vou providenciar o jantar. O que você quiser.

Droga. Jantar e assar bolos. Está parecendo um encontro.

LunaLuaArtesanatos: Gosto de tacos.

Meu Deus, por que digitei isso? Meus dedos estão reagindo antes mesmo que eu possa processar o que está rolando.

ChrisEartesanatos: Perfeito, eu também. Acho que a gente mora no mesmo bairro, e isso significa que você deve conhecer o Stuff My Shell.

Aff. Meu restaurante favorito de tacos.

LunaLuaArtesanatos: Como você sabe que a gente mora no mesmo bairro?

ChrisEartesanatos: A lanchonete. Ninguém iria até lá a menos que estivesse no bairro.

Tinha me esquecido da lanchonete. Pelo visto, ele não. Será que tem memória de elefante? Elefantes têm boa memória, não é? Essa expressão *memória de elefante*...

LunaLuaArtesanatos: Você é um elefante.

ChrisEartesanatos: *Coça a cabeça* Estou tentando entender de onde você tirou isso, mas receio não estar juntando as peças. Uma ajudinha, por favor.

Olhe só para quem está em pânico agora. Poderia muito bem ter sido no meio da seção de extratos, andando por aí com um monte de sacos de macadâmia.

LunaLuaArtesanatos: Memória de elefante... sabe? *encolhe*

ChrisEartesanatos: Bom saber que não sou o único que pode fazer papel de idiota neste relacionamento.

Ai, Deus. Relacionamento. Sei que ele está se referindo à amizade, mas meu coração tropeça nessa palavra, o que não ajuda a minúscula, a pequenininha, atração que eu possa estar — ou talvez não; pode ser só indigestão — desenvolvendo.

Tomara que aquele formigamento no meu esterno não seja do humor, da humildade e da honestidade dele. Estou pondo a culpa no pad thai que comi no almoço.

Mas aí...

ChrisEartesanatos: Tá bom, eu sou o maior idiota, mas pelo menos você está mostrando sinais de idiotice e isso está me divertindo.

Abro um sorriso enorme.

Um sorriso de orelha a orelha.

O tipo de sorriso que faria qualquer pessoa de fora dizer: "Eita, o que está deixando você tão alegrinha?".

Resposta: Alec Baxter, a última pessoa que imaginei que poderia me fazer sorrir. Ele já me deixou de cara feia, mas sorrir? Pode me chamar de surpresa.

ChrisEartesanatos: Então... tacos e bolos? Amanhã às seis? Topa?

Acho que nem tenho escolha quanto a isso.

LunaLuaArtesanatos: Topo. Me manda o seu endereço. Se prepara para pôr a mão na massa.

ChrisEartesanatos: Não esperaria nada menos que isso.

Capítulo 13

Alec

Porra, estou nervoso.

Tipo, nervoso pra valer.

O tipo de nervosismo que percorre todo o corpo, nos deixando ansiosos e com frio, mas suados ao mesmo tempo.

Luna Rossi está vindo para me ensinar a fazer um bolo. Quais são as chances de uma coisa assim acontecer?

Será que eu estava esperando ajuda dela?

Não, não esse tipo de ajuda. Talvez umas dicas aqui e ali, mas nenhum tutorial de verdade. Nem esperava convidá-la para jantar.

Mas aqui estou eu, zanzando pelo meu apartamento impecável, passando a mão no cabelo, enquanto espero pela sua chegada. Pela manhã, fui mais cedo trabalhar para que pudesse ter tudo feito antes de ir pegar tacos e voltar para o apartamento. O serviço de limpeza passou por aqui para deixar cada superfície impecável, principalmente a cozinha. Eu tinha limpado, mas ainda havia farinha por toda parte; pelo visto, um diploma em direito não é útil para descobrir como acrescentar farinha pouco a pouco enquanto mexe.

Troquei o terno por uma calça jeans — meu moletom de ficar em casa me pareceu casual demais — e uma camiseta preta de manga curta. Debati se deveria calçar sapatos até me dar conta de que seria esquisito usar sapatos na minha própria casa, então fiquei só de meias, porque jeans sem meias manda uma mensagem enviesada. Já ouvi falar que usar calça jeans sem meias era sexy; não quero que Luna chegue na minha casa e me veja de jeans e descalço, e aí achar que estou com segundas intenções a respeito do tipo de bolo que vamos fazer. Se é que me entende. *Mexe as sobrancelhas*

Essa é uma visita estritamente profissional, mesmo que eu ache a Luna linda e que ela me faça rir, e que consiga me ver aconchegado com ela no sofá... ou melhor, puxando-a para o meu quarto e pouco a pouco tirando suas roupas antes de provar cada pedacinho do seu corpo.

Meu Deus, estou fantasiando depois de anos de renúncia a esse tipo de relacionamento. Recomponha-se, homem.

Pigarreio. *Profissional, Baxter. É uma visita estritamente profissional.*

Toc. Toc.

Minha cabeça se vira para a porta. Ela chegou.

Ah, porra, ela chegou.

Giro em pânico, sabe-se lá por qual motivo.

Atenda à porta, seu grande imbecil.

Certo.

Seja legal, seja descontraído, não diga nada idiota.

Suspiro fundo e abro a porta, revelando Luna, que está usando legging preta que enfatiza seu corpinho minúsculo e camiseta vermelha — que ficam muito bem nela. Seu cabelo está amarrado naquele seu coque habitual, grandes óculos pretos emolduram seu rosto, e sua pele está praticamente brilhando sem qualquer maquiagem. Uma bolsa de lona a tiracolo. Seu sorriso se contrai um pouquinho, e me pergunto se ela está tão nervosa quanto eu.

— Oi — digo.

— Oi. — Ela me dá um rápido aceno. — Vai me deixar entrar?

— Ah, sim, claro, foi mal. — Dou um passo para o lado e fecho a porta depois que ela passa.

Ela observa meu apartamento, e não parece haver nenhum elogio ou desaprovação no seu rosto. Me sinto da mesma forma: neutro.

— Foi tranquilo achar o prédio? — pergunto, enfiando as mãos nos bolsos.

— São só três quarteirões da minha casa.

— É perto, então. — Assinto, me sentindo tão nervoso que chega a doer. — Quem diria?

— Pois é — ela diz, evitando qualquer contato visual.

O silêncio cai sobre nós, e sinto como se fosse me comer vivo. É assim, como estou: em um silêncio doloroso com a garota de quem comecei a gostar. E eu achando que o meu fim iminente viria das mãos de um ex de alguma das minhas clientes, irritado por eu ter ganhado o iate intocado no processo de divórcio.

Sem saber o que dizer, solto as primeiras coisas que me vêm à mente.

— Era mais fácil quando a gente brigava. Quer brigar por alguma coisa?

Ela ri, e isso alivia a tensão no meu peito.

— Não sei, não, a noite pode acabar em socos e uma ida ao hospital. E, falando sério, não quero acabar indo para a delegacia hoje.

— Está insinuando que eu é que acabaria no hospital?

Ela ergue o punho.

— Olha só para isso. Juntas bem fortes. Eu enfiaria isso na sua garganta antes mesmo que você conseguisse pensar em mastigar.

— Credo, Luna. — Levanto as mãos. — Isso foi meio agressivo.

— Tem que ser assim, morando aqui em Nova York. Nem todo mundo tem dinheiro para ficar pagando táxi para todo lado para não acabar sujando os mocassins horrorosos.

Dou risada e balanço a cabeça.

— Sou muito mais pé no chão do que você imagina. — Aponto para o corredor, na direção do quarto. — E lá estão os cinco pares da minha coleção de sapatos. Pode dar uma olhada e veja que não tenho só mocassins.

— Só cinco? Caramba, eu tenho mais sapatos que você.

— Você ficaria surpresa com o que encontraria se parasse de julgar um livro pela capa e desse uma chance. — Quase sorrio, recordando uma das nossas primeiras conversas.

Ela me dá uma olhada maliciosa.

— Quem sabe eu não dê uma chance hoje? Mas primeiro, tacos. Estou morrendo de fome. Costumo comer às cinco em ponto.

— Quantos anos você tem, oitenta?

— Tecnicamente, os mais velhos são conhecidos por comer às quatro.

— Bem, não quero que você acabe morrendo de fome.

Eu a levo até a mesa, onde uma dúzia de tacos estão esperando para serem consumidos junto com batatas chips e molho. Enquanto ela se senta, pego copos de água para nós.

— Só tenho água aqui. Espero que não se importe. Bebi toda a cerveja nas últimas duas noites e não tive a chance de comprar mais.

— Água está ó... Ai, meu Deus, você pediu o molho de abacaxi.

— Você gosta?

— É o meu favorito. — Ela mergulha uma batata no molho e enfia tudo na boca. — Aff, é bom demais. Obrigada.

— Sem problema. Só não esquece esse molho quando você estiver pondo a mão na massa comigo.

Ponho os dois copos de água na mesa e começo a comer. Luna faz a mesma coisa, pegando três tacos e colocando-os no prato junto com chips e molho.

— E aí, por que você está sendo legal comigo? — Ela leva um taco à boca.

Solto uma risada alta, grato por ainda não ter comido o taco.

— Você vai direto ao ponto, hein?

— Eu não fico fazendo rodeios.

— Deu para perceber. — Dou uma mordida, mastigo e engulo. — Falando sério, não foi minha intenção ser grosseiro com você. Só aconteceu.

Eu estava de péssimo humor e descontei em você. Tentei dar um jeito nisso, mas você foi grossa comigo e deixou isso impossível.

— Foi uma dica da Farrah.

— Ela costuma ter que espantar homens assim?

— Mais do que ela gostaria de admitir. Mas que bom que os latidos funcionaram, me ajudaram a focar.

— Por quê? Eu estava te distraindo? — Ergo a sobrancelha, e ela arregala os olhos.

— Quê? Não, tipo... não. Não *esse* tipo de distração. Não do tipo sexual. Mas sabe como é, do tipo competitivo.

Sorrio.

— Por que você não pode agir um pouco mais horrorizada? Seria bom.

Ela ri desta vez e se recosta na cadeira, me observando.

— Estou um pouquinho nervosa, tá bom? Tudo isso é muito doido e esquisito, então me desculpa se estou um pouco acanhada.

Tamborilo os dedos na mesa, observando-a.

— Também estou um pouco nervoso.

— Sério? O cara que não parece demonstrar emoção alguma, nervoso?

— Pois é. — Pego um taco. — Não é todo dia que fico na presença da rainha dos artesanatos.

Ela revira os olhos e joga o guardanapo em mim.

— Fica mesmo, todo fins de semana, e nem estou falando de mim.

— De quem, então? Peraí, você está falando da Mary DIY?

— É. Ela é a rainha.

— Ela é mal-educada pra caralho.

— Quê? — Luna pergunta, como se eu a tivesse ofendido. — A Mary DIY não é mal-educada. É só... tipo, ela...

— Você já a conheceu? Tipo, conheceu de verdade, falou com ela longe das câmeras?

— Err, ela é ocupada...

— Ninguém é tão ocupado assim. Odeio admitir, mas aquela mulher é egocêntrica.

— É. — Ela suspira. — Não queria acreditar, mas ela é meio mal-educada.

— E é mesmo, e eu estaria preocupado se fosse ela. Acho que vamos ter uma nova rainha na cidade.

Luna aponta para o próprio peito com uma batata na mão.

— Está falando de mim?

— De quem mais eu estaria falando? Da Helen pau para toda obra?

— Ela parece mesmo saber falar para todo mundo o que fazer, mas não tem habilidade, o que chega a ser bem impressionante.

— Não tão impressionante quanto as coisas que você tem feito a cada semana — admito.

Ela mexe em seu copo de água e olha para mim.

— Você está me elogiando, Alec Baxter?

— Estou. E é sério. Você é boa, Luna. Boa pra caralho. Cohen é um sortudo por ter você como irmã.

Ficando mais séria também, Luna diz:

— Significa muito para mim. Obrigada.

— Estou falando sério.

— Sei que está.

E então ficamos nos olhando, mas desta vez não evitamos o contato visual, não estamos acanhados. Só estamos observando um ao outro, apreciando a compreensão que surgiu entre nós. Pode ser que tenhamos passado da fase de julgar o livro pela capa para começar um novo capítulo — em que podemos ser amigos.

— Aff, não! — Luna grita, me impedindo de derramar fermento em pó na massa. — Na mistura dos secos, ponha nesta tigela. — Ela me entrega a tigela e me instrui a despejar o resto dos ingredientes secos nela. — A gente mistura os secos e os molhados separados.

— Tecnicamente, açúcar é seco.

— Açúcar não conta. — Ela me entrega o fouet. — Misture os ingredientes com cuidado, e aí acrescente o resto.

— Hum, você deixou essas instruções de fora quando me mandou a receita.

— Com base no perfil que eu vi, achei que era senso comum.

— Nem passou pela minha cabeça.

Ela ri e se apoia na bancada enquanto eu termino.

— Então você nunca tinha feito bolo?

— Não. — Balanço a cabeça. — Quando eu era pequeno, os meus pais não passavam os fins de semana fazendo coisas divertidas com a gente, tipo, assar cupcakes ou jogar basquete. Ficávamos sozinhos, e isso significa que eu tive que aprender tudo por conta própria e ensinar para Thad.

— Ah... eu não sabia. — Ela olha para o chão. — Você teve uma infância difícil?

— De fachada, parecíamos perfeitos: apartamento na Park Avenue, escolas caras, festas de aniversário extravagantes e presentes ainda mais extravagantes. Nossos amigos achavam que éramos sortudos, mas só tínhamos os bens materiais. Tínhamos babás, mas elas só estavam lá para nos manter vivos. Não havia nenhum vínculo emocional, porque os meus pais não deixavam. — Dou de ombros. — Eu e Thad tínhamos um ao outro.

— Nossa. — Ela me encara e põe a mão no meu braço. — Sinto muito, Alec. Não fazia ideia.

— Está tudo bem.

Ela morde o lábio.

— O que houve entre você e Thad que colocou tanta pressão no relacionamento? E não precisa responder se for uma pergunta pessoal demais.

— Que nada, deve fazer bem falar sobre isso. Tenho ignorado os nossos problemas desde a faculdade.

Luna liga o mixer — ela ficou impressionada por eu ter um mixer assim.

— Quero ouvir, mas rapidinho, vai acrescentando os secos pouco a pouco, mas não tão devagar, porque a gente não vai querer bater demais a massa.

Assinto.

— Quando a gente era pequeno, fiz questão de sempre cuidar do Thad. Não queria que ele ficasse escutando as brigas constantes dos nossos pais, aí eu vivia protegendo ele. Tinha que ser criativo, porque não havia muita coisa que dois garotos podiam fazer. — Acrescento a mistura de farinha, olhando para a tigela, enquanto os ingredientes molhados se misturam, formando a massa. — Quando terminei a escola, fui para a Columbia. Fiquei perto de casa, caso Thad precisasse de mim, mas um pouquinho longe para não ter que lidar com a dor todos os dias. Meus pais se divorciaram no meu primeiro ano de faculdade, e achei que isso seria melhor para Thad, que tinha catorze anos na época. Mas o divórcio foi penoso para a minha mãe. Ela perdeu praticamente tudo. Ela e Thad tiveram que se mudar para um apartamento minúsculo no Brooklyn, e foi bem difícil para o meu irmão. Ele perdeu a maioria dos amigos e a casa de infância. Meu pai se esqueceu da nossa existência, exceto para mandar dinheiro para a minha hospedagem e pensão para Thad. E eu fiquei meio que... entorpecido. Estava tão aliviado por não ter que lidar com a minha família tóxica e deixar a minha infância para trás que simplesmente... deixei tudo para trás. Consegui um emprego de verão, aluguei um apartamento com uns caras e fui viver a minha vida.

— Ai, coitado do Thad.

— Pois é. Deixei que ele enfrentasse o pesadelo sozinho. Mas mesmo assim... ele não ligou. Ainda queria me ver, sair comigo, conversar comigo. E eu o encontrava de vez em quando, mas à medida que fomos envelhecendo, essas saídas começaram a diminuir e demorar cada vez mais. Eu me enterrei no trabalho, e quando finalmente vim à superfície, Thad já estava crescido. Estava noivo e pronto para ter um bebê, e eu perdi tudo isso. Essa competição foi a forma que Thad encontrou para nos aproximar, e não fiz nada além de afastá-lo ainda mais, porque sou um babaca que não consegue aguentar passar um tempo desconfortável.

Luna desliga o mixer, com a massa já homogênea, e apoia uma das mãos na bancada, me encarando.

Quando não retribuo o olhar, ela me cutuca no ombro, atraindo minha atenção.

— Você não é um babaca. Pode até agir como um, mas não é um babaca. Se fosse, não estaria fazendo o seu terceiro bolo da semana, tentando vencer essa competição ridícula de casamento pelo seu irmão. De vez em quando a gente precisa de um empurrãozinho. Para falar a verdade, é bem legal que você esteja fazendo isso pelo Thad. Acho que se você fosse um babaca mesmo, não teria aceitado, para começo de conversa.

Abro um leve sorriso para ela.

— É, acho que sim.

As formas já foram untadas com manteiga e polvilhadas com farinha, então Luna põe a tigela ao lado delas e me entrega um copo medidor.

— Comece dividindo a massa. Encha as formas até um pouquinho acima da metade, para que os bolos possam crescer, mas não transbordar.

— Está bem. — Começo a encher as formas. — Ele está com raiva de mim. Dá para sentir. Costuma me mandar mensagem durante a semana, me contando que tipo de desafio vamos ter que encarar, como vai ser a *nossa semana* e o quanto mal pode esperar para me ver no sábado. Ele até chegou a me convidar algumas vezes para praticar.

— Ai, Deus. — Luna leva a mão ao peito. — Acho que Thad acabou de ganhar um lugar no meu coração.

— Acho que ele ganhou um lugar no coração de todo mundo. Ele é um cara ótimo. Um pouco exagerado às vezes, mas um cara incrível, de verdade. — Balanço a cabeça. — Não faço ideia de por que ele ainda é apegado a mim.

Luna me faz parar as medições ao pôr a mão no meu braço, e meus olhos encontram os seus.

— Você disse que cuidou do Thad, não é?

Assinto.

— Então sabe esse cara incrível de quem você falou? Ele é um reflexo seu, Alec. Ele é assim por causa das coisas que você ensinou para ele, do amor que mostrou para ele, não importa o que tenha acontecido depois da sua mudança.

Seus olhos sinceros, sua mão quente, sua gentileza — tudo isso é esmagador e está me fazendo sentir coisas que jurei jamais sentir. Meu corpo coça desesperadamente para puxá-la para um abraço e agradecê-la — por pensar o melhor de mim quando ela poderia muito bem pensar o pior.

Mas eu apenas sussurro:

— Obrigado, Luna.

Seus olhos ainda estão fixos nos meus quando ela diz:

— Só estou sendo sincera. — Então ela tira a mão e volta ao trabalho. Nunca conheci alguém que falasse com tanta facilidade e abertura sobre sentimentos, tirando, talvez, Thad, mas ele é sempre histérico. Luna é diferente, em muitos aspectos, e estou ficando cada vez mais apegado. Ainda mais depois da nossa conversa e piadas no Instagram. É divertido conversar com a Luna, e não consigo lembrar quando foi a última vez que me diverti.

— Quando derramar a massa, você tem que... Está prestando atenção?

— Quê? Estou. — Pisco algumas vezes. — Sim, foi mal. Estou prestando atenção.

Ela me observa por alguns instantes, e quero desvendar o mistério de seus olhos escuros. E esses lábios, carnudos, brilhantes — fico imaginando qual será o gosto deles. Só de pensar faz meu coração acelerar, me deixando bem ciente de quão próximos estamos. E se eu fosse um homem mais corajoso, poderia levantar o seu queixo e trazer sua boca à minha.

— Tudo bem, porque se você ainda precisar conversar, a gente pode fazer isso.

Engulo em seco e balanço a cabeça.

— Não. Estou bem.

— Tá bom...

Luna continua, mas o que ela está dizendo entra por um ouvido e sai pelo outro, porque só um pensamento fica se repetindo na minha mente: *Quando foi que fiquei tão desesperado de desejo para ter Luna Rossi?*

E quando será o momento apropriado para ir atrás do que eu quero?

Luna: Como você se saiu com os bolos?

Olho para a tela do celular e então de volta para os bolos perfeitamente redondos e sólidos na bancada. Depois de pôr tudo no forno, Luna me ajudou a limpar, mas aí disse que voltaria amanhã para terminar. Foi um fim abrupto para a nossa noite. Não sei se é porque eu a assustei com meus olhares ou se ela precisava mesmo ir embora. De qualquer forma, quando pediu o meu número antes de ir, uma sensação de alívio passou por mim.

E esse mesmo alívio preencheu meu corpo quando sua mensagem apareceu no meu celular neste exato momento.

Tiro uma foto dos bolos e envio para ela.

Alec: Parecem ótimos. E não estão com cheiro de bosta de coelho.

Luna: Ha ha. Você já sentiu cheiro de bosta de coelho?

Alec: Só na primavera.

Luna: Ouvi dizer que fica mais maduro nessa época.

Alec: Tem algo a ver com a fertilização das flores da primavera...

Luna: A gente está mesmo discutindo cocô de coelho?

Alec: Queria poder dizer que foi você que começou, mas nós dois sabemos que é mentira.

Luna: Ainda mais porque se você rolar algumas mensagens para cima, vai ver a evidência de que foi você que começou.

Alec: Continuando... os bolos parecem ótimos.

Luna: Assim que esfriar, embrulhe como eu te falei. Passo aí amanhã.

Alec: Isso significa que vou ter que providenciar mais tacos?

Luna: Não, vou levar o meu famoso goulash, e aí vamos comer bolo depois de decorá-lo.

Aquele alívio de novo. Acho que não a assustei, no fim das contas. Pode ser que ela só tivesse que ir embora mesmo, e eu andei caçando pelo em ovo com isso.

Alec: Combinado.

Luna: Mesmo horário?

Alec: Isso. E, Luna?

Luna: Hum...

Alec: Sei que já disse isso antes, mas acho melhor dizer de novo: obrigado. Não sei se você consegue entender o quanto a sua ajuda significa para mim.

Luna: Não há de quê, Alec.

Capítulo 14

Luna

Alec: Pensei de te impressionar e tentar fazer uma cobertura antes de você chegar aqui. Foi um grande erro.

Dou risada com a mensagem dele e respondo a caminho de seu apartamento.

Luna: O que houve?

Alec: Você vai ver.

Luna: Devo ficar assustada?

Alec: Muito.

Luna: Chego aí em cinco minutos.

Guardo o celular na bolsa, seguro o pote de *goulash* com mais força junto ao peito e aperto o passo. Não só porque quero ver o que aconteceu, mas também porque mal posso esperar para ver o *Alec*.

A noite passada foi... íntima. Mais íntima do que eu esperava. Vi um novo lado dele, um que é incrivelmente cativante e sedutor. Nem todos os homens conseguem admitir os próprios fracassos, mas Alec fez isso com tanta facilidade que me fez perceber o tipo de homem que ele é de verdade. Ele pode ser duro feito pedra por fora, mas também é gentil e atencioso, e por esse coração eu não esperava.

Falei sério na noite passada: Thad é um reflexo dele. Não tem como não ser, ainda mais como Alec ajudou a cuidar dele. Não consigo nem imaginar como deve ter sido, esse sentimento de dever de proteger o irmão dos próprios pais enquanto a infância vai passando.

Eu e Cohen não tivemos uma infância assim. Nossa família era muito unida. Fazíamos tudo juntos. Meus pais brigavam, claro, mas nunca na nossa frente, e mesmo quando a gente sabia que eles estavam brigando a sós, nunca duvidamos do amor deles.

Além disso, Alec é... divertido. Ele é diferente. Me faz sorrir e rir. É mais pé no chão do que eu esperava. Em outras palavras, faz bem o meu tipo.

Sei que eu deveria ter cuidado com ele, considerando o nosso começo difícil e o fato de que somos adversários, mas, droga, não consigo evitar esse desejo de passar um tempo com ele de novo, ainda mais depois de ontem à noite.

Caramba, ontem à noite.

Foi mais do que íntima. Foi intensa.

Tão intensa que sinto que se tivesse ficado mais tempo, poderia ter acabado fazendo alguma coisa que não deveria, tipo, ter me inclinado para um beijo, acariciado seu peitoral, passado a mão na sua barriga. Porque, meu Deus, como pensei nisso. Pensei nisso quando a gente estava despejando a massa nas formas, quando minha mão pousou no seu braço musculoso. Pensei nisso quando nos despedimos, ele me deu um breve aceno e eu sorri como uma idiota. Pensei nisso depois, deitada na cama, mandando mensagem para ele. Droga, pensei nisso hoje de manhã quando acordei.

Fico imaginando se os lábios dele são tão macios quanto parecem.

Aposto que são.

Ao chegar ao seu prédio, digito o código que ele me deu e vou na direção do elevador. Fiquei um pouco surpresa pelo fato de Alec morar perto da Amsterdam e Eighty-Second. O bairro não tem muito a cara de um homem solteiro. É legal, mas não é nem um pouco chique, e já que o cara é um advogado caro, achei que ele moraria pelo menos mais perto do Central Park ou quem sabe até num lugar um pouco mais moderno. Seu apartamento sem dúvida é maior do que o meu e ele tem móveis melhores, mas não há nada ostentoso. Bem modesto... normal. Um apartamento como qualquer outro

— nada de arenito marrom ou loft espaçoso, só um apartamento normal.

Mas ao entrar no elevador, me dou conta de que o cara tem um mixer dos sonhos, e tenho certeza de que ele deve tê-lo usado pela primeira vez só agora.

A porta do elevador se abre e eu vou na direção do seu apartamento. Bato à porta e ela se abre de imediato.

Leva um instante para me dar conta do que estou olhando — e então acabo tendo um ataque de riso.

— Pois é, pode rir. Ria bastante — Alec diz, segurando a moldura da porta, seu rosto lindo parecendo o garoto-propaganda de alguma receita fracassada do Pinterest.

Seu rosto está coberto de açúcar de confeiteiro. Suas sobrancelhas estão meladas e suas bochechas, brancas, e desce por seu pescoço e peito.

— Ligou o mixer em potência máxima?

— Sim.

Rio mais um pouco, balanço a cabeça e entro no apartamento. Pego sua mão depois que ele fecha a porta e o levo para a cozinha, onde umedeço um papel-toalha e começo a limpar seu rosto. Ele só fica ali, me deixando cuidar dele. O papel-toalha roça a barba áspera que cobre seu queixo e me dou conta de que ele não se barbeou.

— Deixando a barba crescer, hein? — pergunto, terminando de limpar.

— Vou ter que fazer isso se vou querer ser um São Bernardo para você. Não quero nada com essa droga de Galgo.

— Você não pode estar falando sério. — Dou risada.

— Estou, sim. — Ele dá uma piscadela e então pega o papel-toalha da minha mão e joga na lixeira. — Valeu por ter ajudado com essa coisa de fazer bolo. Estava todo esperançoso tentando provar alguma coisa para você, mas só provei que sou uma droga nisso.

— Você está aprendendo, só isso. — Ergo o *goulash*. — Vamos lá?

— Sim, só me deixe trocar de camiseta, dar uma boa lavada na cara e já volto. Pode pegar tigelas para a gente? Comprei mais bebida desta vez.

— Claro. Posso sair vasculhando os armários?

— À vontade — ele diz e vai na direção do quarto.

À vontade. Simples assim. Como se fôssemos amigos de longa data.

Tudo bem.

Ponho o *goulash* na bancada e me viro para os armários. Onde ele guarda as tigelas?

Tento o armário que, para mim, parece ser o lugar para guardar as tigelas e fico um tanto surpresa ao encontrá-las na primeira tentativa. Significa que ele tem um bom senso de organização. Também encontro as colheres logo de cara e levo tudo para a mesa, junto com uma colher maior para servir e guardanapos.

As bebidas são as próximas.

Abro a geladeira e me surpreendo mais uma vez ao ver um estoque de Sprite, água com gás de morango e latas do meu chá de amora e limão favorito. Suspeito, porque essas são todas as minhas bebidas favoritas.

— Encontrou tudo? — Alec pergunta ao voltar para a cozinha mais rápido do que eu esperava. Já não tem mais açúcar na sua barba e ele está usando uma camiseta verde-oliva, que realça ainda mais seus olhos contra seus cílios incrivelmente escuros.

Pois é, ele é lindo. Absurdamente lindo. O tipo de beleza que deixa as mãos suadas e dá aquele friozinho na barriga.

— Hum, está difícil escolher. — Tento me recompor. — A sua geladeira parece ter todas as minhas bebidas favoritas.

Ele dá de ombros.

— Vi você bebendo lá no set. — Ele passa por mim, e seu perfume me envolve em seu aroma doce e picante.

— Você comprou as minhas bebidas favoritas?

— Sim. — Ele abre um Sprite. — Por quê? Você já está me fazendo um grande favor, é o mínimo que posso fazer. Além do mais, é legal ver o seu sorriso. — Ele assente e então vai até a mesa, onde começa a servir o *goulash*.

Hum... me perdoem enquanto tento recuperar o fôlego.

Ele gosta do meu sorriso? Eu não deveria ficar alegrinha com isso, mas fico mesmo assim. Tão alegrinha que chega a ser vergonhoso.

Antes que todo o ar frio saia da sua geladeira, também pego um Sprite e a fecho, depois vou me juntar a ele à mesa.

— Nunca comi *goulash* — ele admite com um sorriso infantil. — Isso faz de mim um porco inculto?

Bufo e balanço a cabeça.

— Você só não tem andado com as pessoas certas. Pode ficar tranquilo, a gente vai mudar isso.

Nós dois nos sentamos à mesa, e Alec mergulha a colher na comida, assopra e come a colherada. Vejo seus olhos se iluminarem de interesse e os cantos de sua boca se voltarem para cima.

— Caramba, é muito bom, Luna.

Só com esse singelo elogio já fico orgulhosa. Não sabia o quanto queria impressioná-lo até agora.

— Que bom que gostou — digo depois de comer uma colherada.

— Não só gostei, adorei. — Ele dá outra colherada e depois pergunta: — Essa receita é sua ou te passaram? De geração em geração?

— Minha mãe me ensinou quando eu tinha sete anos.

— Sério? — Ele parece surpreso.

— Eu ficava louca para aprender. É uma favorita da família. Tirada do livro de receitas da minha *nonna*. Só que ela usava molho caseiro. Eu meio que trapaceio nisso.

— Me conta mais, Luna. — Seus olhos exigem minha atenção e me deixam exposta, enquanto sinto uma vontade de contar tudo para ele.

Pigarreando, continuo:

— Minha mãe preparava para o jantar de domingo à noite. O cheiro que vinha da cozinha para a sala, onde Cohen e eu ficávamos jogando jogos de tabuleiro, se tornou tão familiar que eu também queria fazer esse preparo. Tecnicamente, deveria haver bife nesse prato. — Sorrio. — Mas quando fiquei no comando do jantar de domingo, dei o meu próprio toque adicionando carne de búfalo também. Acho que acrescenta um sabor a mais.

— Ousado. — Alec sorri. — E os seus pais gostaram da mudança?

— Meu pai ficou meio cético no começo. Ele não é muito fã de mudanças quando se trata de comida, daí o *goulash* de domingo à noite, mas deu uma chance.

— Me deixa adivinhar: ele adorou.

— Disse que foi o melhor que já comeu. — Não consigo conter o sorriso. — Não é nem de perto o *goulash* tradicional, mas é do jeito Rossi, e é isso que importa.

Ele aponta a colher para mim.

— Bem, eu gostei do jeito Rossi. Está gostoso pra caralho.

— Obrigada. — Não consigo deixar de me sentir meio agitada pela intensidade de seu olhar e a forma como *pra caralho* sai de sua boca com tanta facilidade. Não parece que ele fica falando palavrão, mas ouvir isso agora foi incrivelmente sensual.

— Eu comprei tacos para a gente, e você trouxe um prato delicioso. Preciso melhorar aqui.

— Você sabe cozinhar? — pergunto, me dando conta de que ele não deve ter tido ninguém para ensiná-lo.

— Um pouco. — Ele suspira e balança a cabeça. — Vai parecer patético, ainda mais depois da história que você acabou de me contar.

— Não vai, não.

— Vai por mim, vai, sim. — Ele ergue a sobrancelha. — Eu vivia de pedir comida até dois anos atrás, quando contratei um chef para me ensinar o básico. Ninguém nunca ensinou a gente antes, aí eu não sabia nada... daí o meu fracasso no bolo. Mas cansei de ficar pedindo comida, e decidi aprender um pouco. Não chego nem perto de ser um mestre-cuca. Sei o básico de omelete, grelhar e vegetais assados. Mas só isso.

— E por que eu iria achar que isso é patético?

— Porque você teve uma pessoa que te ensinou, alguém que ama você. — Ele mexe a colher e então pega um pouco de macarrão. — A sua família tem uma conexão maravilhosa. Sei que se eu tivesse pagado o suficiente para o chef, ele fingiria ser meu pai, me ensinaria as manhas da culinária, mas era só um desconhecido.

— Não é patético e nem culpa sua, Alec. Pelo menos você decidiu aprender e foi atrás disso. Isso é mais importante do que se você simplesmente tivesse contratado um chef para fazer todo o trabalho.

— Sempre que eu deixava o frango queimar no forno, ficava imaginando o quanto teria sido mais fácil se tivesse contratado um chef. — Ele ri e come outra colherada. Depois de engolir, continua: — É estranho eu me sentir intimidado por você?

— Como é? Não, você não está se sentindo assim.

Ele assente devagar e seus olhos encontram os meus.

— Estou, pode apostar. Muito intimidado.

Eu o cutuco com o pé por baixo da mesa.

— Não sou uma pessoa intimidadora. Posso até ter sido meio ousada logo de cara...

— Não é isso. É o seu otimismo, o seu conhecimento, o amor gratuito que você tem pelo seu irmão e a sua sede de viver. Me faz querer muito mais do que a vida que tenho agora. — Ele ri e passa a mão pelo cabelo. — Meu Deus, tem alguma coisa em você que me faz ficar tagarela.

— Gostei — digo, baixinho. — Gosto de virar a capa e ver o que tem dentro.

— Já era hora — ele responde, dando uma piscadela, antes de comer a última colherada do *goulash* e esvaziar a tigela.

— Você deixou a manteiga de fora — falo, surpresa.

— De vez em quando eu leio instruções. — Ele ri e então me cutuca com o ombro, e o gesto brincalhão só faz os meus sentidos já aguçados aumentarem.

Sabe aquela quedinha minúscula, pequenininha, de que eu estava falando? Pois é, tenho certeza de que tem crescido nos últimos dois dias.

— Você pode até ler as instruções, mas não opera o maquinário do jeito certo.

— Bem isso. — Ele ri. — Mas sou um bom aluno, então me ensine as manhas.

— Por acaso você tem uma batedeira?

— Hum, tenho aquilo ali. — Ele aponta para o mixer da KitchenAid. — Tem outros apetrechos.

Rio.

— Eu sei, mas prefiro uma batedeira para fazer a cobertura. Acho que dá uma misturada melhor, e a gente acaba tendo mais controle. Mas você está com sorte, porque eu trouxe a minha por precaução.

Enquanto a tiro da bolsa, Alec bate palmas devagar para mim.

— E ainda viaja com a própria batedeira. Muito impressionante, Luna.

— No mínimo, estou preparada. E sei que o set vai ter as duas coisas, então quando você for fazer o bolo, se certifique de usar o mixer para a massa e a batedeira para a cobertura.

— Pode deixar.

Pego a batedeira. Ele faz menção de ligar na tomada, mas eu o impeço com a mão em seu braço. Alec olha para a minha mão por um instante e então eu digo:

— Sempre coloque os batedores primeiro, porque se estiver na tomada e você colocar os batedores e sem querer ligar a batedeira ao mesmo tempo, vai acabar com as mãos trucidadas.

— Ai. Tá bom, pode deixar.

Ponho os batedores e então ligo a batedeira na tomada antes de entregá-la para Alec.

— Vamos bater a manteiga primeiro.

— Parece tão errado dizer isso. Bater a manteiga. — Ele baixa a voz para um tom conspiratório. — Ei, vou ali no outro quarto para dar uma batida na manteiga rapidinho... não fique esperando.

Faço uma pausa e inclino a cabeça, piscando.

Piscando.

— Você... o sr. Advogado Caro, acabou mesmo de comparar bater manteiga com bater punheta?

Ele liga a batedeira.

— Para o seu governo, sim. E quer saber, as duas ações dão creme.

— Ai, meu Deus. — Finjo engasgar e ele ri alto. — Acho que não consigo mais te ver da mesma maneira.

— Luna Rossi, você é puritana?

— Quê? Não.

— Parece que é, se não consegue aguentar uma piadinha sobre masturbação.

— Cara, a gente está fazendo cobertura, que vamos comer depois, e você vem me falar de masturbação? — digo, inexpressiva, e seu sorriso se alarga mais ainda. — Você não vê nada de errado nisso?

— Na verdade, não, mas esta conversa está me levando a crer que talvez, quem sabe, você seja um pouquinho puritana.

— Eu não sou puritana.

— Então prove — ele brinca.

— Provar? O que quer que eu faça? Que eu vá dar uma "batida na manteiga" no quarto ao lado enquanto você bate a manteiga aqui? — falo, usando aspas.

Ele joga a cabeça para trás e ri.

— Tipo, estava pensando mais em alguma história do seu passado, mas se você quiser ir dar uma batida na manteiga, fique à vontade. Só peço para lavar as mãos depois. Sabe como é, para fins sanitários.

— E eu achando que você tinha mais dignidade que a maioria dos caras que eu namorei... — Ai, porra. — Tipo, fiquei. Não namorei. Não quis dizer "namorar". Sabe como é... — Suspiro e apoio a mão no armário. — Acho que ir bater a manteiga no seu quarto seria menos humilhante que isso.

Ele apenas sorri e desliga a batedeira, com a manteiga já cremosa.

— O que mais, chefe?

— Entããããooo — digo arrastado —, você vai simplesmente passar por cima daquele comentário vergonhoso?

— Estava planejando fazer isso, apesar de gostar de como você fica corada, mas parece que *você* quer continuar falando sobre isso. — Ele cruza os braços e apoia o quadril na bancada. — Vamos lá então, vamos mergulhar fundo no que você quis dizer.

— Prefiro não fazer isso.

— Foi o que pensei. — Ele estende a mão e levanta meu queixo. — Agora me diga o que vem depois, aí a gente pode passar por cima do seu momento constrangedor e voltar para o meu momento constrangedor. Na certa vou passar vergonha daqui a pouco.

Fofo. É o que ele é, um homem fofo e engraçado.

E perigoso.

Perigoso porque tem uma combinação letal de tudo o que procuro num cara.

— Baunilha — falo do nada. — A gente precisa acrescentar a baunilha e batê-la também; aí vai aos poucos acrescentando o açúcar de confeiteiro.

— Beleza. — Ele acrescenta a baunilha, e quando estamos prontos, vou aos poucos adicionando o açúcar de confeiteiro enquanto ele mexe. O silêncio cai sobre nós e sei que é porque fiz aquele comentário esquisito, simplesmente soltei aquilo, e fiz aquele suor do lábio superior da Whitney Houston reaparecer com força total.

E sei que o silêncio não é constrangedor para Alec, mas é para mim, e preciso fazer tudo para acabar com ele, então solto:

— Elevador.

Ele desliga a batedeira.

— Você disse elevador?

— É, disse. — Engulo em seco e gesticulo para que ele continue batendo. — Teve uma vez que... me exibi para um cara no elevador. Alguém que eu nem conhecia e que não tirava os olhos dos meus peitos durante a subida, aí pensei: "Por que não dar um showzinho para ele, já que está tentando arrancar a minha blusa só com os olhos?". Quando estava chegando ao meu andar, me virei para ele, levantei a blusa e fui embora, deixando ele lá, todo chocado.

— Hum. — O pomo de adão de Alec se mexe quando ele engole em seco. — Isso foi... caramba, por que você me contou essa história?

— Para provar que não sou puritana. Sou o exato oposto. Sou uma... exibicionista sexual.

Ele sorri, só com a lateral da boca, e suas sobrancelhas se erguem.

— Uma exibicionista sexual, hein?

— Pois é.

— Tá bom. Então o que mais você fez para merecer o título de "exibicionista sexual"?

— Tenho várias histórias para contar. São tantas que dá até para escrever um livro, e, falando sério, não quero te deixar entediado.

— Só tenta.

Seu aceno desafiador me deixa irritada, bem como da primeira vez que nos conhecemos, mas em vez de querer dar um bom soco no peitoral dele, quero puxar seu rosto para mim e lamber sua cara toda.

Mostrar para ele o tipo de exibicionista sexual que sou.

Ele continua batendo, esperando pacientemente, enquanto relembro todas as coisas malucas e esquisitas que já fiz. A única coisa que me vem à mente é bem patética, mas sai da minha boca antes que eu possa me impedir.

— Já me vesti de árvore de Natal no Halloween. Pois é, árvore de Natal. Uma vestimenta caseira. Muito atraente.

— É claro.

— E sendo a atrevida que sou, me decorei com ornamentos.

— Não esperaria nada menos.

Espio dentro da tigela e ponho a mão sobre a dele, aumentando a velocidade para bater a cobertura pra valer, mas mantenho a mão ali para guiá-lo também. Observo sua reação, e quando sinto seu corpo se aproximar do meu, quase pulo de empolgação. Ele está tão perto, quase se pressionando contra mim. Sua respiração faz minha nuca arrepiar, e debaixo da minha palma, dá para sentir a força de seus dedos, seu aperto dominante. Qual deve ser a sensação desses dedos segurando meu quadril?

Será que ele é bom de cama?

Quem estou tentando enganar? Claro que ele é bom de cama. Ele praticamente tem DEUS DO SEXO tatuado na testa.

— Então, os ornamentos.

— Quê? Ah. — Dou risada. — Foi mal, pois é, os ornamentos, exibicionista sexual, sexibicionista. — Ele ri. Adoro esse som. Profundo e intenso, mas bem-humorado também. — Pendurei eles em mim, e olha só. — Me inclino um pouco, tentando parecer maliciosa. — Pendurei dois ornamentos para cobrir os mamilos, meus próprios melões de Natal. — Mexo as sobrancelhas, e ele ri tão alto que quase dá para sentir a vibração no seu peito.

— Caramba. Você é uma esquisitona.

— Né?

— Um perigo para a sociedade.

— É o que estou dizendo... sexibicionista.

— Espera! — Alec grita, me detendo com a mão. — Vamos... só ficar olhando para ele por mais um tempinho.

— Já faz vinte minutos.

— Eu sei, mas acho que é a coisa mais linda que já fiz.

Observo o bolo de duas camadas — ficamos no básico, com cobertura e frutas vermelhas de decoração — e sorrio. Ficou muito bom. Deixei que Alec fizesse a decoração, só ajudei de vez em quando com os ângulos, e tenho que admitir, ele fez um ótimo trabalho.

E será que dá para admirar o orgulho que esse homem está sentindo agora? É tão fofo.

Ele não para de sorrir.

Tirou um monte de fotos.

E não para de me agradecer por isso.

— Você fez um ótimo trabalho. A menos que a equipe Hernandez apareça com um bolo em formato de anéis, acho que vocês têm uma boa chance de conseguir o segundo lugar.

— Segundo? — Ele me lança aquele olhar. — Por que não o primeiro?

— Porque vocês vão disputar comigo, a mestra. — Dou uma piscadela.

— Pois é, aquela que admitiu ter deixado o bolo no parapeito da janela e os ratos comeram.

— Eu estava brincando. — Reviro os olhos. *Meio que brincando.* — Mas só porque somos amigos agora, não significa que eu vou pegar leve com você.

— Você me chamou de amigo?

— Chamei. — Levanto o queixo. — Algum problema?

— Não, eu gostei. — Ele gesticula para o bolo. — Acha que eu posso tirar uma foto com a minha amiga e o bolo? — Ele ergue o celular.

— Claro.

— Aqui. — Ele me entrega o bolo com cuidado. — Segura. — Põe o braço ao meu redor, seu braço forte me segurando com força, enquanto ele se abaixa para ficar da minha altura e posiciona o celular acima da gente. — Sorria — cantarola, tirando a foto. Ao se endireitar, Alec verifica a foto. — Cara, você tem um sorriso lindo.

— Ai, meu Deus. — Deixo o bolo na bancada antes de cutucar Alec. Ele ri.

— O que foi? Está querendo outro elogio? Você sabe muito bem que gosto do seu sorriso.

— Não estou querendo nada além de uma fatia de bolo. Será que não dá para a gente cortá-lo agora?

— Tá bom, vai lá e destrua o meu trabalho.

— Destruir é a melhor parte, significa que a gente pode comer. — Corto o bolo e sirvo duas fatias para nós.

Ele gesticula para o sofá na sala.

— Vamos sentar lá para comer.

Nós dois nos sentamos. Me sento primeiro e ele logo em seguida, mantendo uma curta distância entre nós. Ele se vira para mim, dobrando uma perna no sofá e apoiando o braço que está segurando o prato no encosto. Alec corta a fatia com a lateral do garfo e pega um pedaço. Faço a mesma coisa e levanto o garfo para ele.

— Parabéns pelo trabalho bem-feito, Alec. Você vai se sair muito bem no sábado.

— Obrigado. E valeu pela ajuda. Você sabe que isso significa muito para mim.

— Por nada.

Nossos olhares se encontram, tem alguma coisa se passando entre nós... admiração, talvez? Mas antes que eu possa de fato analisar, nós dois provamos, interrompendo o momento.

Sabores sutis de baunilha e frutas vermelhas atingem minha língua. Macio e doce, o bolo está perfeito. Pode ter sido o melhor que já comi, de verdade.

— Ai, meu Deus, Alec, está tão bom.

Ele logo dá outra garfada, com os olhos arregalados de surpresa.

— Puta merda, fui eu mesmo que fiz?

— Foi.

Ele olha para a mim.

— A gente fez.

— Você fez o trabalho, eu só direcionei.

— Então eu ganharia o prêmio de melhor ator por isso e você ganharia o de melhor diretora, se o bolo fosse um filme?

— E com certeza a gente estaria concorrendo a melhor fotografia também. — Dou outra garfada, saboreando o quanto o bolo está molhadinho. Solto um gemido. — Está tão molhadinho.

— Mais do que molhadinho. O bolo mais molhadinho de todos os tempos — ele diz com um sorriso.

— Se houvesse uma foto no dicionário para molhadinho, este bolo ficaria famoso por estabelecer os padrões para molhadinho.

— Se este bolo desse uma festa, seria chamado de anfitrião mais molhadinho.

Rio tanto que juro que o bolo quase sai voando do meu nariz. Engulo rápido e recupero o fôlego, mas não consigo conter a risada. Minha mão vai para o peito. Tento me recompor, mas é impossível.

Lágrimas começam a rolar pelo meu rosto.

— Hashtag... anfitrião... mais molhadinho — solto entre ataques de risos.

Alec também está rindo, o som muito mais profundo e muito mais estável, como se ele estivesse rindo mais da minha risada do que das piadinhas.

— Ai, merda. — Enxugo os olhos e respiro fundo. — Foi bem uma piada de tiozão.

— Sem dúvida — ele diz, com um sorriso absurdamente largo. — Sério, estou um pouco chocado de você ter vindo com essas piadas de tiozão e ter rido disso.

— Acho que vou fazer uma camiseta com esses dizeres. No topo: "bolo". Embaixo: "Anfitrião mais molhadinho".

Ele ri.

— Acabaria tudo em questão de segundos.

— Eu te odeio. — Rio um pouco mais.

— Pode ser que você tenha me odiado antes, mas não mais.

Balanço a cabeça.

— Não mesmo.

— Sério? — Ele ergue as sobrancelhas. — Isso significa que você me considera um bom amigo?

— Quem sabe? — Dou de ombros.

— Ora, ora, ora. Olha só como o jogo virou.

Cutuco sua perna com o pé.

— Não precisa fazer cena.

— Ei, Thad teve que aprender isso de algum lugar.

— O segredo foi revelado. — Dou uma piscadela e depois outra garfada. — E aí, vai fazer esse bolo no sábado?

— Vou. O que significa que você vai ter que pensar em outra coisa.

— Como é? — Ergo as sobrancelhas em surpresa. — Fui eu que dividi a receita com você. É minha.

— Ah, é, mas o professor não deve surrupiar do aluno. Eles ensinam e seguem em frente.

— Isso... — Balanço a cabeça. — Não faz sentido nenhum.

— Fez na minha cabeça. — Ele põe o garfo no prato e limpa a boca com um dos guardanapos que trouxemos. — Por favor, Luna. Sei que Thad vai amar este bolo, e significaria muito para ele... muito para mim. — Ele pisca seus cílios ridiculamente escuros para mim. — Me deixa ficar com esse bolo?

— Ai, meu Deus.

— Será que não dá para eu ficar com o bolo e comê-lo também?

— "Anfitrião mais molhadinho" te levou para outro nível. Mas essas últimas aí só te trouxeram para baixo.

— Ai. — Ele ri. — Sabia que quando quer alfinetar, você alfineta pra valer?

Dou uma lambida na cobertura no garfo e noto seu olhar na minha língua, com os olhos um pouquinho vidrados. Só para torturá-lo, lambo mais uma vez e dou outra garfada. Seus olhos acompanham e ele engole em seco, me fazendo acreditar que talvez ele queira ser mais do que um *bom amigo*, que talvez também seja afetado por mim.

Mas não deve ser tanto quanto ele me afeta.

— Cohen me ensinou a não levar desaforo para casa. — E acrescento, baixinho: — Ah, se ele tivesse seguido o próprio conselho quando era mais novo.

— Faziam bullying com ele? — Alec pergunta, ficando mais sério.

— Sim. — Assinto. — Mas não porque ele é gay. Ele não saiu do armário até o ensino médio, mas durante o ensino fundamental, aff... era péssimo. Ele voltava para casa e saía correndo para o quarto, e de lá eu o ouvia chorando. Ele era diferente. Gostava de coisas simples, tipo criar e construir. Nunca foi muito chegado a esportes, super-heróis ou videogames. Passava horas e horas só trabalhando em estruturas, aperfeiçoando algum novo design. A aula favorita dele era a de carpintaria. Ele passava os almoços lá para não ter que se preocupar com as outras crianças. Até que o professor favorito dele se mudou, porque a esposa tinha conseguido outro emprego, e o novo professor de carpintaria não deixava as crianças trabalharem na hora do almoço.

— E aí Cohen teve que lidar com elas — Alec diz, compreensivo.

— É. Foi perturbador, para dizer o mínimo, vê-lo passar por um momento difícil. Sem amigos, completamente sozinho. Ele ficava lendo durante os intervalos e o almoço, mas as crianças implicavam com ele porque, naquela época, ele era baixinho, um alvo fácil. Foi só no primeiro ano do ensino médio que ele começou a crescer de verdade, mas até lá, o dano já estava feito. Quando ele me disse que era gay, estava morrendo de medo do que poderia acontecer com ele se o pessoal da escola descobrisse, aí foi ficando cada vez mais reservado. É por isso que ele é assim até hoje, mas pelo menos com Declan, ele tem amado muito a própria vida. Só queria que ele permitisse mais carícias. Ele não anda de mãos dadas com Declan em público e não ousa beijá-lo. Sempre diz que não quer incomodar as pessoas ao redor e deixá-las desconfortáveis, então mantém o amor para si mesmo.

Alec franze a testa.

— Não é justo com ele. E nem com Declan, por falar nisso.

— Não mesmo, mas é por isso que eu quis que ele participasse do programa, porque sabia que isso o tiraria da zona de conforto, fazendo-o baixar um pouco a guarda. Ele ainda é bem reservado na frente das câmeras, claro, mas está participando, e é isso que importa.

— É mesmo. — Alec me analisa por um instante. — Você é uma ótima irmã.

— Obrigada. Minha família é tudo para mim. Não sei o que faria sem eles.

— Espero ser do mesmo jeito com Thad — Alec diz, desviando os olhos para o lado.

Me inclino para a frente e ponho a mão na sua coxa.

— Você está caminhando para isso, e já é uma coisa muito admirável. Além do mais, você já é um irmão incrível. Só teve que tirar um pouco da poeira desse título.

Ele ri.

— Está mais para ter que aspirar essa poeira, mas pouco a pouco vou chegando lá.

Ponho o prato na mesa de centro e me aconchego no sofá, trazendo os joelhos para o peito.

— E aí, acha que você vai ser malvado comigo no sábado?

— Depende. Você está planejando latir para mim?

— Quem sabe? — Sorrio.

Ele dá uma risada.

— Estou planejando pelo menos te cumprimentar.

— Ah, é? Está planejando pedir café?

Ele balança a cabeça, com a expressão divertida.

— Aprendi a lição naquele primeiro dia. Prefiro leite e açúcar no café, não cuspe.

— Homem esperto.

Seus olhos vão para o prato que ainda está em sua mão, agora abaixado na altura do colo.

— Falando sério. Vou ficar nervoso pra caramba.

— Por quê?

Ele olha para mim.

— A aposta aumentou. Agora eu posso acabar deixando não só Thad e Naomi na mão, mas você também.

— Ah, para. — Eu o cutuco de novo. — A única forma de você me decepcionar é se me vencer. Aí vou ficar muito decepcionada por ter te ensinado os meus truques.

Ele ri, em seguida põe o prato na mesa de centro e se alonga. Fico olhando como seu bíceps se flexionam perto da orelha, antes de dar uma olhada na sua cintura, onde um pedacinho de pele aparece. Qual deve ser o gosto da pele dele? Qual deve ser a sensação? E abaixo de sua cintura? Qual deve ser a sensação de mergulhar os dedos por baixo de sua cueca e...?

— Luna?

— O que foi? — Me volto para seus olhos. Ele apenas sorri, enquanto todo o meu rosto queima de vergonha. Ai, meu Deus, ele viu. Me viu secando. Viu meus olhos fixos na sua virilha.

Ah, se um buraco se abrisse no chão e me engolisse bem agora.

— Tudo bem aí? — ele pergunta, abaixando os braços. — Você está meio... corada.

— Estou bem. Bem. — Me levanto depressa do sofá. — Tudo bem. Estou muito bem. — Abano a mão na frente do rosto. — Só está um pouquinho quente. Sabe como os fornos podem aquecer um lugar. Mas estou bem. Não se preocupa comigo. Eu só... caramba, está tarde; acho que já vou indo. Você já deve estar querendo que eu vá embora. Não tem problema nenhum. Está tudo bem. Eu estou bem. Estamos todos bem. — Dou a volta pelo sofá, mas na tentativa de escapulir, acabo tropeçando no tapete e caio no chão, batendo em uma das cadeiras da sala. *Ai.*

Por quê, meu Deus... por quê?

— Luna. — Alec corre para mim, mas eu logo me levanto e ponho a mão na testa, dando a volta pelo móvel, com o rosto em chamas. — Ei, calma. Está tudo bem?

— Tudo ótimo. Já te falei que estava bem. Está tudo ótimo. Só vou pegar a minha batedeira. — Corro para a cozinha e a jogo na bolsa, que eu tinha deixado na bancada, me viro... e dou de cara com o peito de Alec. Ele me firma com as mãos nos meus ombros.

— Nossa, cuidado.

Nem me dou ao trabalho de olhar seu rosto. Apenas me afasto dele, pego sua mão, dou um firme aperto e baixo a cabeça com vergonha.

— Obrigada. Foi um bom bolo.

Passo por ele, indo na direção dos meus sapatos, enquanto ele diz:

— Não só bom, foi um bolo molhadinho.

Calço o sapato e ponho o pé no chão, respirando fundo. Ele está tentando aliviar o clima, e agradeço por isso, considerando essa minha tentativa deselegante de ir embora.

— Bem molhadinho. — Calço o outro sapato, penduro a bolsa no ombro e aceno para ele. — Te vejo no sábado.

— Ei. — Paro no lugar, e ele se aproxima, sem tirar os olhos dos meus. A respiração fica presa na garganta quando ele para de repente, bem pertinho de mim. — Obrigado por tudo — diz antes de pôr os dois braços ao meu redor e me abraçar.

Por instinto, meus braços envolvem sua cintura e minha bochecha pousa no seu peitoral musculoso. Meus nervos ganham vida pelo calor que vem dele, a forma como me sinto tão protegida, apreciada... estranhamente frágil em seus braços. Já experimentei muitos abraços, mas tem alguma coisa na maneira como Alec está me segurando, na sensação do seu corpo contra o meu, que faz a minha mente entrar num novo território.

Não dá para esquecer fácil um abraço desses. O tipo de abraço que dá para levar para casa e pelo qual ficar obcecada. O tipo que deixa a gente acordada à noite, desejando que aqueles braços ainda estivessem em volta do nosso corpo, nos embalando enquanto pegamos no sono.

Suspiro, e meus olhos se fecham por um breve instante antes de me afastar e olhar para ele. Não consigo evitar e sorrir.

— Te vejo no sábado.

Ele dá um passo para trás, passa a mão no cabelo e sorri.

— Te vejo no sábado.

Capítulo 15

Alec

— E essa barba aí? — Thad pergunta ao se aproximar de mim e se sentar em um dos banquinhos perto da nossa bancada. Ele esfrega com cuidado o dedo sobre o amassado que acabou fazendo algumas semanas atrás, quando bateu a tesoura na superfície. Foi um momento bem diva que ficou gravado no meu cérebro, ainda mais aquele olhar enlouquecido.

Coço o queixo.

— Gostou?

— Está grossa. — Thad me examina por um instante, mas então lembra que deveria estar bravo comigo, imagino, porque logo se vira e começa a pegar alguns papéis da bolsa da Naomi, que ele carregou para ela para o estúdio, porque é um homem confiante que não dá a mínima para o que as pessoas dizem.

— Ei. — Cutuco sua lateral, e ele me dá um tapinha. Está silencioso no set. A maioria dos competidores ainda está chegando e pegando seu sustento matinal, então insisto para que ele fale comigo. — Thad. — Ele se afasta ainda mais de mim. — Thaddeus. — Nada ainda. — Thaddeus Marlene Baxter.

Ele se vira e seus olhos se acendem feito relâmpago quando ele se aproxima.

— Como ousa falar meu nome do meio em público.

— É só não me ignorar. Estou tentando falar com você.

— Se liga, Alec. Não quero falar com você.

— Então vai ser difícil vencer esse desafio.

— Por quê? Não é como se você estivesse ajudando.

Tudo bem, mereci.

— Sobre isso, me desculpa, eu andava desanimado com tudo.

— Que eufemismo. — Enquanto ele folheia os papéis, puxo seu ombro, forçando-o a me encarar.

— Estou pedindo desculpas, Thad. Seria legal se você olhasse para mim.

— Minha nossa, que pedido, hein?

Meu Deus.

Passo a mão na barba.

— Olha, não quero brigar com você. Quero fazer o oposto disso. Quero... voltar a te conhecer. Quero fazer parte da sua vida, de verdade, não só alguém que aparece de vez em quando.

A carranca de Thad diminui, e ele se apoia na bancada e cruza os braços.

— Eu adoraria isso.

— Eu também. — Empurro seu ombro. — Senti saudade, cara.

— Sentiu?

— Sim.

Ele assente.

— Está bem. — Dá para sentir que ele ainda está um pouco emburrado, e não posso culpá-lo.

— E sobre o desafio da semana, eu dei um jeito.

Ele semicerra os olhos.

— Como assim, deu um jeito? Já falei que a gente não vai comprar os jurados. Me recuso a vencer assim.

— Andei praticando.

Thad bufa, e o resíduo que sai do seu nariz cai na minha mão.

Nojento.

Limpo as costas da mão na sua calça.

— Estou falando sério — digo.

— *Pfff*... você... Alec... andou praticando?

— Sim.

— Tá bom. — Ele revira os olhos. — Depois de eu ter te pedido várias vezes para praticar comigo, você está me dizendo que praticou mesmo?

Tiro o celular do bolso e logo encontro a minha foto com o bolo — não a que tirei com a Luna — e empurro na cara dele.

— Andei praticando.

Thad suspira e puxa o celular para mais perto.

— Foi você que fez?

— Foi, seu idiota. Então quando eu digo que dei um jeito, é porque dei.

— Puta merda — ele sussurra, olhando para a foto. E então devagar, bem como o Tom Hanks em *Uma equipe muito especial*, ele diz: — A gente vai vencer. — Ele me dá outra olhada e depois para a tela do celular. — Caralho, a gente vai vencer. — Ele gira e vira as costas para mim. — Belisca a minha bunda. Se certifique de que não estou sonhando.

— Sai pra lá. — Empurro-o para longe e pego o celular de volta, mais para que ele não possa passar as fotos e descobrir que a Luna estava envolvida.

— Não acredito que você praticou. Alec... cara. — Ele abre bem os braços, e antes que eu possa escapar, me puxa para um abraço. — Você se importa.

— Eu me importo com você — digo, baixinho, sem querer fazer cena deste momento na frente de todo o elenco e equipe. Por sorte, somos os únicos competidores nas bancadas no momento.

— Você vai me deixar todo emocionado assim, bem quando eu preciso focar. — Ele me afasta e passa o dedo sob os olhos. — Tá bom, isso significa que não vamos ter que fazer aquele bolo de chocolate que eu tinha planejado. Graças a Deus. Tentei fazer cobertura ontem à noite, e o açúcar de confeiteiro entrou no meu nariz. — Sei bem como é, mais do que ele imagina. — Vai lá pegar café ou alguma outra coisa. Me deixa em paz.

Balanço a cabeça e me afasto.

— Não vá ferrar com os planos de hoje. Beleza? — falo por cima do ombro. — Chega dessa merda de "surpresinha do Thad" e siga as minhas instruções.

Ele ergue as mãos na defensiva.

— Se você fizer outro bolo como esse, vou fazer tudo o que você mandar.

É bom mesmo.

Deixo-o sozinho e vou na direção do café, onde vejo Luciana e Amanda conversando baixinho.

— Bom dia, meninas.

— Oi — Luciana diz, em seu tom curto e grosso.

— Bom dia — Amanda responde, me dando uma olhada antes de as duas se afastarem.

Que porra foi essa?

Tipo, sei que não fui lá a pessoa mais receptiva no set, mas aquela olhada... e então a ficha cai. Dou uma olhada nos meus mocassins e fico imaginando se elas vão falar para Helen do sapato esnobe. Aposto que sim, porque Deus me livre de usar os mesmos sapatos que usei durante nossa primeira filmagem.

Sério, qual o problema com eles?

Sem perder mais tempo com isso, me sirvo de uma caneca de café.

— Oi. — A voz doce e agora familiar envia um arrepio pela minha espinha. Me viro e vejo Luna sorrindo para mim. Tenho que reprimir meu desejo de me inclinar e beijá-la. Seu cabelo está amarrado num coque, e seus lábios estão vermelhos. Não consigo evitar olhar para eles por mais um instante antes de retribuir o sorriso.

— Bom dia. — Levo a caneca aos lábios e assopro antes de tomar um gole. Dou uma olhada na sua camiseta, e preciso de todas as minhas forças para não cuspir o café. Em vez disso, solto uma risada sufocada, enquanto o café escorre da minha boca. Ela me entrega um guardanapo, com um sorriso cúmplice. — Caralho, você fez mesmo — digo, enxugando o queixo.

Seu sorriso fica ainda mais brilhante.

— Falei que faria.

— "Bolo: o anfitrião mais molhadinho". — Rio, sem acreditar. Essa garota é fofa pra caralho. — Ninguém vai entender.

— A gente vai — ela diz, dando de ombros e se servindo de chá verde. Fico observando enquanto ela põe uma colherada de mel nele e espreme um limão. — É legal ter uma piada interna, não acha? — Ela se vira para mim, e seu rosto ilumina o meu dia.

— É, sim.

Ela aponta para o lado, e eu a sigo até uma área isolada perto das câmeras, longe da comida e das bebidas, e me recosto na parede.

— Eu meio que esperava uma mensagem sua ontem, uma foto sua com outro bolo, só para mostrar o quanto você praticou.

— Quer saber um segredo?

— Sempre. — Ela se aproxima, segurando o chá perto da clavícula.

— Fiz mais cobertura ontem. Fiz questão de bater bastante.

— Ah, é? E o que você usou?

Levanto a mão.

— Meus dedos, aí lambi tudo.

— Ah, para, você ficou com os dedos de cobertura ontem? Vai, me conta que você jantou também.

— Antes de tudo, você usou o termo "dedos de cobertura" como se fosse uma coisa comum, e é claro que eu jantei. Terminei aquele *goulash* que você deixou para trás.

Ela sorri de leve à menção do goulash, e eu venço o desejo de puxá-la para perto e beijar o canto de sua boca, para fazê-la sorrir ainda mais.

— "Dedos de cobertura" é um termo bem usado na confeitaria.

— É mesmo? — Ergo a sobrancelha. — Devo dar uma pesquisada agora para confirmar? — Tiro o celular do bolso e ela o empurra.

— Não. É só uma gíria. Você não vai encontrar fácil na web.

— Usar termos como "web" e ser uma bordadeira profissional não vai te deixar mais jovem.

Ela arregala os olhos.

— Está me chamando de velha?

— Tipo... — Dou de ombros.

— Cuidado, Baxter. — Ela aponta o dedo para mim. — Eu poderia usar a mesma receita que a sua e estragar o seu prazer.

Eu adoraria que ela me desse prazer... mas não que estragasse.

— Por que seus olhos ficaram assim tão vidrados?

— Hein? Como? — pergunto. *Meu Deus, cara.* — Meus olhos não estão vidrados.

— Estão, sim. É como se tivessem uma nova camada de resina.

— Bem... você... hã...

Pense em alguma coisa, cara. Qualquer coisa... só não comente nada sobre prazer.

Ela bate o pé e aponta para o relógio imaginário em seu pulso.

— Estou esperando.

— Hã... você... o seu batom é bonito.

Não faz sentindo nenhum, mas elogios são sempre bons.

Ela franze a testa.

— Você está esquisito.

Deve ser porque, em questão de segundos, eu fui de ser atraído por você para feliz de verdade em te ver. Porque ouvi-la dizer oi para mim hoje encheu meus pulmões de ar. Porque eu sou um sem-vergonha que está começando a ter pensamentos safados com você. Porque eu gosto mesmo de tudo em você.

— *É* o nervosismo — respondo, balançando nos calcanhares, com uma das mãos no bolso, enquanto tomo um gole de café.

Seu rosto suaviza.

— Você vai arrasar. Só não esquece o que a gente conversou. Não bata demais, e, pelo amor de Deus, não deixe Thad tocar em nada.

Rio alto.

— Vai por mim, já falei para ele hoje que a ajuda dele não será permitida. Ele pode ler a receita para mim, mas só isso.

— Então vai dar tudo certo. — Ela dá uma piscadela, e eu viro a porra de uma geleia por dentro. — Vou encontrar Cohen e Declan para repassar a receita. Boa sorte.

Ela faz menção de se afastar quando eu digo:

— Ei, Luna?

Ela olha para trás.

— Meus sapatos... você ainda os odeia?

Ela dá uma olhada para baixo e depois para o meu rosto.

— E o que isso importa?

— A equipe Hernandez zombou deles. Feriu o meu ego.

Ela revira os olhos.

— Bem, se você quer que eu amacie o seu ego, veio à pessoa errada. De qualquer forma, não tem como amaciar o seu ego quando você fica usando esses sapatos. — Ela sorri e então se vai.

— O que tem de errado com os meus sapatos?

Sem resposta.

Sorrindo para mim mesmo, beberico o café. Já dá para sentir, vai ser um dia bom pra caralho.

— Um minuto! — Mary grita.

O suor escorre pelas minhas costas e minhas mãos tremem.

Mais um minuto.

Firme as mãos, cara. Firme as mãos.

Me recusei a olhar para o set. Me recusei a dar importância a qualquer agitação e ruído ao redor. Em vez disso, pela última uma hora e cinquenta e nove minutos, estive focado no bolo.

Três andares *são mais desafiador*es do que os dois que fiz com a Luna, mas ela me falou como dar conta disso, me ajudou a encontrar a receita para a quantidade perfeita e me falou sobre os suportes para o bolo para que o andar extra não caia ou afunde.

Até agora, tudo certo.

Minhas esponjas — palavra chique para a massa de bolo — estavam firmes, mas também borbulhantes, o que significa que estão boas por dentro. Fiz Thad verificar cada ingrediente para que eu não esquecesse nada, e Naomi me ajudou a medir, *já que minhas mãos estão trêmulas* demais.

A cobertura ficou ótima, e agora acabamos de decorar.

— Trinta segundos.

— Acho que vou mijar nas calças… acho mesmo que vou me mijar — Thad diz, dando pulinhos ao meu lado. — Ai, Deus, vou me mijar, está tão bonito.

— Dá para parar de falar sobre mijo perto do bolo? Meu Deus, Thad.

— Desculpa, só estou empolgado.

Ponho o último mirtilo e então me afasto.

— Droga, a menta. — Pego da bancada e ponho perto de uma pequena pilha de mirtilos no topo assim que o tempo acaba.

Toda a equipe aplaude e nós nos afastamos dos bolos.

Minhas mãos vão para os joelhos enquanto olho para o meu bolo, sem acreditar.

É de um marrom-dourado perfeito com cobertura branca — só um linha fina nas bordas, mas cobrindo as camadas. As frutas vermelhas enfeitam a camada de cima e descem em cascata nas laterais. Não tem nada a ver com o caos que tem sido o casamento até agora, mas as cores vivas das frutas e as imperfeiçõezinhas me fazem lembrar de Thad de todas as formas.

— Puta merda — sussurro. Eu fiz isso. Eu fiz isso, porra. Com as mãos ainda nos joelhos, dou uma olhada para a minha direita, onde vejo Luna olhando para mim, com um sorriso gigante de aprovação.

Porra.

Quero correr para ela e abraçá-la. Quero levantá-la e girá-la no ar, então colocá-la na bancada e pressionar a boca na dela. Agradecê-la. Mostrar para ela o que tenho sentido.

Gratidão.

Felicidade.

Orgulho.

Também estou sentindo algumas emoções subjacentes, mas não consigo processá-las no momento — o tipo de emoção que nunca em um milhão de anos achei que sentiria, muito menos reconhecer —, mas ver Naomi e Thad tão felizes juntos, a alegria que eles compartilham, ser parte de uma competição que celebra aquilo que eu menosprezei... *têm* me amolecido. Têm me feito questionar meus ideais de relacionamentos que existem por aí e o tipo de impacto que podem ter na nossa vida.

Sei que seja lá o que esteja rolando entre mim e Luna... tem tido um impacto e tanto, e não quero abrir mão disso.

Thad me dá um tapinha nas costas.

— Você é incrível. — Passo o braço pelos seus ombros e o abraço. Noto o olhar surpreso de Naomi, as lágrimas brotando em seus olhos. Faço um gesto para que ela se junte a nós, e nós dois esprememos Thad.

Estamos agindo como se tivéssemos vencido a competição. Mas, porra, parece mesmo que ganhamos. Depois de um desafio insatisfatório atrás do outro, ter sucesso em alguma coisa é bom demais.

Diane grita para cortar e então diz alguma coisa sobre limpeza antes de irmos para o julgamento. Os assistentes fazem um rápido trabalho com todos os utensílios sujos, o que me dá um tempinho para olhar para os outros dois bolos.

Na bancada vizinha, parece que Luna fez um bolo red velvet, o que é surpreendente. Por essa eu não estava esperando, porque praticamos com baunilha. Achei que ela trocaria a cobertura ou o recheio, mas ela mudou tudo. Me pergunto se foi para o meu benefício, para ajudar meu bolo a se destacar.

Em segredo, espero que seja esse o caso.

Assinto para o bolo e sorrio para ela, e ela retribui o sorriso, com os olhos escuros brilhando.

Então dou uma olhada na equipe Hernandez, e a esperança salta no meu peito. Elas estão cobertas de farinha, e Helen parece morta de cansaço, debruçada sobre a bancada, enquanto os assistentes se movem ao redor dela.

Será que vamos precisar de um médico?

Nem Amanda nem Luciana parecem preocupadas com a mulher desgastada ao lado delas, então atribuo isso ao costumeiro drama absurdo de Helen e foco no bolo.

Chocolate — pelo menos espero que seja chocolate, para o bem delas, e que não esteja queimado — com uma cobertura mínima, mas não parece de propósito como no meu caso; parece que elas ficaram sem tempo. Não há nenhuma decoração, e um lado do bolo delas não tem nem cobertura.

Só de olhar, acho que já conseguimos o segundo lugar.

— Cara, olha para a Helen — Thad diz ao meu lado. — Acha que ela precisa de oxigênio depois de toda a gritaria?

— Ela estava gritando? — pergunto. — Nem ouvi.

Naomi se junta a nós.

— Você estava tão focado que nem deve ter ouvido nada. Helen estava gritando tanto que até eu queria estrangulá-la. Não é *à toa* que o bolo delas esteja *péssimo.*

Thad se vira para mim, e a empolgação no rosto dele me faz rir.

— Cara, acho que a gente conseguiu pelo menos o segundo lugar. Vou gritar feito uma menininha se a gente não conseguir.

— E ninguém vai querer isso. — Dou um tapinha no seu ombro

e respiro fundo. — Acho que a gente conseguiu, cara. Acho que a gente conseguiu.

Eu me jogo no sofá, ponho os pés na mesa de centro à frente e apoio a cabeça para trás. A tensão vai deixando o meu corpo, enquanto eu solto um suspiro enorme.

Porra.

Toc. Toc.

Olho para a porta e para a hora no meu celular. Nove da noite. Quem é que veio aqui?

Ando com cautela, com as pernas doloridas de terem ficado tensas o dia todo. Espio pelo olho mágico e vejo um par daqueles olhos de que estou começando a gostar bastante.

Abro a porta.

— Não estava te esperando aqui.

Ela olha para mim, com uma das mãos na cintura, e a outra segurando um pote.

— Me deixa entrar agora mesmo.

Rindo, abro mais a porta, e Luna passa por baixo do meu braço. Ela tira os sapatos, vai para a cozinha, pega dois garfos da gaveta e então vai até o meu sofá e aponta para ele.

— Senta. Agora.

Incapaz de conter o sorriso, faço o que ela manda. Ela se senta ao meu lado e abre o pote com a mão; lá dentro está uma fatia de cada um dos nossos bolos.

— Não vai explicar por que você veio aqui? — pergunto.

— Vou. Preciso me certificar de que você não comprou os jurados hoje. Seu bolo estava lindo, mas como ganhou do meu red velvet? Para o sábado, pesquisei sobre os jurados e descobri que todos eles preferiam red velvet, a menos que você tenha pagado...

Rio tanto que meu estômago chega a doer.

— Você é uma má perdedora, Luna Rossi?

— Sou uma ótima perdedora, e se eu achasse mesmo que seu bolo é melhor, teria te dado um aperto de mão e seguido em frente.

— É mesmo? Você é capaz de admitir derrota?

— Se a derrota for merecida, sim, mas estou te falando, meu bolo é diferente de tudo que você já comeu. Não tem como ele ter ficado em segundo lugar.

Pois é, você ouviu direito: o nosso bolo ficou mesmo em primeiro lugar. Ainda dá para ouvir o gritinho de alegria do Thad. A equipe Rossi ficou em segundo lugar, e a pobre equipe Hernandez se ferrou em terceiro. Helen teve que tomar soro depois disso. Ela alegou que deveria ter uma segunda chance, já que ficou incapaz de ajudar o tempo todo, mas de acordo com a produção, ela estava bem alerta durante as filmagens. Naomi e Thad tinham razão, a mulher não parava de falar.

Mas nunca me senti tão bem com uma vitória, ainda mais quando olhei para Luna e ela me abriu um sorriso malicioso e balançou a cabeça. Estava esperando uma mensagem, não uma visita. Embora eu não ligue.

— Só tem um jeito de descobrir. — Pego o garfo dela. — Qual a gente vai experimentar primeiro?

— O meu, claro — ela diz, segurando o pote entre nós. — Não se esqueça de pegar um bom pedaço dos dois bolos e da cobertura.

— Sei bem como comer, Luna.

Ela sorri, com um brilho malicioso nos olhos.

— Só para ter certeza. — Ela mergulha o garfo e então levanta para encostar no meu. — Saúde. — Ela bate nossos garfos e em seguida come. Observo seus lábios se moverem devagar por cima do garfo, com os olhos fechados por um instante. Caramba, diria que o bolo dela é melhor só pelo showzinho que ela está fazendo.

Sem querer ser pego encarando, também como meu pedaço e... caramba, é bom mesmo.

A cobertura de cream cheese e o sabor sutil de chocolate na massa, com os pedacinhos de chocolate dentro da mistura… é bom pra caralho.

— E aí? — ela pergunta, ansiosa. — O que achou?

Só para bancar o babaca, dou de ombros.

— É, dá para o gasto.

— Mentira. — Ela empurra minha perna e ri. — Vi você revirando os olhos de prazer. Você quer se casar com esse bolo.

— Também não vamos exagerar, né?

— Então me fala a verdade.

— Tá bom. — Pigarreio. — Está gostoso pra caralho.

— Sabia. — Ela ergue o punho e olha para o teto. — Eu sabia. Sabia que seria…

— Antes de começar a comemoração, você ainda precisa provar o meu. — Ela faz uma pausa, sabe que tenho razão. Ela limpa o garfo com o guardanapo. — Não se esqueça de pegar a mesma quantidade de massa e cobertura — digo, fazendo o garfo deslizar sem dificuldade pela massa.

Ela revira os olhos e me espera erguer o garfo. Então o levanta, bate no meu, e nós dois comemos. Já sei o gosto do meu bolo, porque comi um pouco no set, mas a expressão da Luna ao descobrir meu segredinho deve ser uma das coisas mais recompensadoras que já vi.

Ela semicerra os olhos.

— Seu filho da mãe — sussurra.

Jogo a cabeça para trás e rio tanto que quase engasgo com o bolo na boca.

— Como você sabia?

Levo um instante para engolir e então solto a risada. Me recomponho e ponho o garfo no pote.

— Também consigo pesquisar, e me deparei com um fato ontem que me fez praticar com os dedos de cobertura por várias horas pela manhã.

— Extrato de amêndoa — ela diz, como se eu fosse algum vilão covarde.

E como um bom vilão, esfrego as mãos.

— Fiquei pensando, e se a Luna vier com o mesmo bolo? Como poderia melhorar esse? Então fiquei pesquisando sabores de bolo ontem, quando eu deveria ter revisado um depoimento. — Ela sorri. — Pesquisei a fundo sobre ganaches, mas me dei conta de que deveria adicionar o sabor que sei que Thad e Naomi adoram, para dar um toque especial. Katherine Barber, a mestra confeiteira, nem sempre vai só com sabor, mas com a história por trás do resultado final. Ela se emocionou ao ver que Thad e Naomi compartilham o gosto por amêndoas e o quanto eles sempre tentam experimentar doces novos com gosto de amêndoas.

— E Katherine também é obcecada com o sabor da mistura de amêndoa e baunilha. Droga — Luna diz, afundando no sofá, derrotada.

— Pesquisei várias coberturas de amêndoas, fui para casa ontem à noite, depois de revisar o depoimento, é claro...

— É claro.

— E comecei a testar receitas diferentes. Feito um louco, cortei um pouco do bolo que a gente fez juntos, tirei a cobertura e aí comecei a experimentar as novas coberturas para sentir o sabor combinado. Mas assim que encontrei, eu soube. Com certeza ia conseguir o primeiro lugar.

— Não acredito que você fez isso. — Ela faz menção de empurrar minha perna, mas desvio e pego sua mão.

A surpresa em seu rosto não me impede de entrelaçar nossos dedos e pressionar nossas palmas. Sua mão é minúscula comparada à minha, mas tão macia, tirando a ponta calejada dos dedos, que roçam as costas da minha mão.

— Fiz por dois motivos.

— Quais? — ela pergunta, olhando para nossas mãos.

Passo o polegar sobre o dela bem devagar e de propósito.

— Bem, eu queria vencer pelo meu irmão e começar a restaurar o nosso relacionamento.

— E conseguiu?

— Foi um começo — respondo, me deleitando com o fato de ela não ter soltado a mão, e na verdade parece estar gostando.

Ficar ali sentados, de mãos dadas, com os corpos bem pertinho, me faz sentir como um adolescente de novo. A empolgação e a vulnerabilidade, o medo e a possibilidade — tudo isso volta como uma correnteza, me puxando para baixo e me fazendo esquecer tudo o que achei que sabia sobre relacionamentos.

— E qual foi o outro motivo? — ela pergunta.

Respiro fundo e olho fixo em seus olhos.

— Você.

Sua respiração fica presa na garganta e seus olhos encontram os meus. Quero que veja o desejo que sinto por ela, como me fez pensar sob uma nova perspectiva.

Quando ela desvia o olhar, meu coração afunda por um momento, mas então um sorriso minúsculo faz os cantos de sua boca se levantarem. Minha confissão não a assustou, nem perto disso. Acanhada, ela inclina a cabeça para o lado e pergunta.

— Por que eu?

É isso. Uma abertura. Comecei a gostar dessa garota, o tipo de sentimento que faz tempo que não sinto, talvez nunca tenha sentido. Luna é especial, eu soube desde o começo, quando tentei me "desculpar" e ela não aceitou. Ela tem convicções tão fortes e é tão amorosa. Incrivelmente amorosa. Quando me abri sobre Thad, ela me mostrou mais empatia do que jamais experimentei antes.

E na semana passada, baixamos nossas defesas e falamos de verdade um com o outro como humanos normais. Tem tanta coisa que não sei sobre essa garota, mas quero conhecer tudo.

— Por que você? — Meu olhar vai para nossas mãos. Com o coração martelando e o estômago embrulhando de nervoso, junto coragem suficiente para dizer a verdade para ela. — Porque quero te impressionar, Luna, porque aí quando eu te chamar para um encontro — olho para ela —, você não vai rejeitar.

Seu sorriso suaviza e ela se inclina para mim.

— E você achava que conseguir o primeiro lugar no desafio faria isso?

— É um jeito.

— E o outro?

Meu Deus, ela está me provocando.

Estou louco para beijá-la.

Ando pensando nesses lábios. Ando pensando no sabor deles, qual a sensação de fazê-los deslizar pelo meu corpo. Fiquei imaginando se ela anda pensando a mesma coisa — e pela forma como está perto de mim, e a maneira como seus olhos se abrem de leve, vou supor que sim.

Viro sua mão e traço um círculo ao longo da palma.

— Acho que um novo par de sapatos vai me deixar bom o suficiente.

Ela ri e se joga para o lado no sofá, dobrando as pernas atrás de si e se aproximando um pouquinho de mim.

— Acho que sapatos novos podem funcionar.

— Sei que você faria isso pela Helen. Aquela bruxa está de olho em mim, dá para sentir. Ela faz chacota de mim, mas, *lá no fundo, quer um pedaço disto aqui. — Gesticulo para o meu corpo.*

— É mesmo? Acha que a Helen tem uma quedinha por você?

— Com certeza. — Faço círculos reversos na palma dela. — Toda essa coisa do sapato é enganação. Ela está tentando me convencer de que não gosta de mim, mas, na verdade, fica imaginando quando vai ficar comigo na sala de entrevistas.

— Caramba, que fantasia, hein? Não sei se é a Helen que está querendo isso. Pode ser o contrário.

— Tipo... quando ela sentou em você lá no primeiro desafio, me deixou caidinho. Gosto de mulheres que não ligam de usar a própria bunda como arma.

Ela ri e balança a cabeça.

— Você é perturbado. Minha vida estava em risco. Ela pode parecer frágil, mas é durona. Senti os ossos da bunda dela, deixou hematomas na minha barriga.

— Olha só quem está exagerando agora.

— Tá bom, pode não ter tido hematomas, mas senti os ossos da bunda dela, e foi esquisito. Acho que a gente não deveria ter que sentir os ossos da bunda de outra pessoa.

— Não poderia concordar mais. Gosto de um pouco de carne na bunda.

— Ah, é? — Ela ergue as sobrancelhas. — Um homem que curte bundas?

— Não tanto assim. Gosto de tudo no corpo de uma mulher. — Olho para a sua boca. — Ainda mais os lábios.

Sua língua surge e ela lambe os lábios, e tenho que desviar os olhos para não conjurar nenhuma imagem safada na mente.

Clareando a mente, pergunto:

— E você? Tem alguma parte que prefere no corpo de um cara... ou garota? — acrescento, só para verificar. Não dá para ter certeza.

Ela ri.

— Minha parte favorita de um *cara*... hum. — Ela cutuca o queixo. — Eu diria o *pênis.*

— O quê? — Rio e engasgo com a saliva ao mesmo tempo.

— O pênis. Sabe. — Ela gesticula para a minha virilha. — Aquela linguiça que o cara carrega entre as pernas.

— Sei o que é um pênis — digo, tossindo. — Só... caramba, foi um prato cheio para você, não é?

— Quê? Você estava esperando que eu dissesse olhos? Porque são a janela para a alma? — Ela balança a cabeça. — Nada disso, sei o que é bom. Tem tudo a ver com o pênis. — Ela levanta a mão antes que eu possa responder. — E não venha me julgar, não venha me dizer que os lábios são a sua parte favorita, porque são delicados feito pétalas de tulipa na boca de uma mulher. Você gosta de lábios que caem de boca.

— Tipo... — Dou risada. — É um ótimo benefício dos lábios, mas sabe como é, gosto de amassos também. Gosto da sensação da boca de uma mulher na minha pele. Gosto que chupem meu peito, beijem. Meu abdômen, minha cintura... meu pau... mas, é, lábios são legais.

— Você tinha que jogar pau no meio disso. Já vi tudo. Claro, a boca é ótima, ainda mais quando está entre as pernas. — Meu Deus, eu não esperava esse lado da Luna. E agora fico imaginando de que tipo de aventuras ela gosta. — Mas um pênis confiante é o mais importante para mim.

— Um pênis confiante? Não sabia que pênis tinham emoções.

— Ah, sem dúvida têm. Os tristes são murchos. Os excitados estão sempre batendo à porta, loucos para brincar...

— Tá bom. — Dou risada. — E então como é um pênis confiante?

— Um pênis confiante não precisa ser grosso ou grande. Pode ser um pequeno, quem sabe em crescimento, até meio torto. Pode ser que tenha tanta pele que possa confundir as pessoas.

— Ok, o "tanta pele" me deixou engasgado.

— Engasgado? Pensa numa mulher caindo de boca. — Ela acena com a mão livre. — Mas não é essa a questão. Um pênis confiante sabe exatamente o que fazer com o que ele tem.

— Você só liga para o pênis? E as outras partes que também são envolvidas no sexo, tipo nas preliminares?

— Vai por mim. — Ela pega minha mão e a vira no meu joelho, sua vez de continuar com os toques. — Cada pênis confiante com que já estive está preso a um corpo manjado sexualmente.

Cada pênis com que ela já esteve? Com quantos ela já esteve? Não que isso importe, ainda assim, o pensamento de ela ter estado com vários homens para ter uma ideia clara do tipo de pênis que gosta é espantosa.

Ela vai roçando devagar a ponta dos dedos sobre as minhas.

— Eu te assustei, foi?

— Não. — Balanço a cabeça. — Só me fez ficar imaginando se eu tenho um pênis confiante ou não.

Sua risada ecoa pelo meu apartamento silencioso.

— Tenho certeza de que é confiante. — Ela boceja e cobre a boca. — Acho que vou indo. Entrevistas duplas amanhã. Não estou nem um pouco animada para isso.

— Nem eu.

Ela se levanta do sofá e se alonga. Sua camiseta cola nos seios quando ela se move de um lado para o outro. De onde estou, eles parecem grandes o suficiente para preencherem minha palma. Simplesmente perfeitos.

— Pode ficar com o bolo.

— Hein? — pergunto, piscando para ela.

Ela sorri, e me pergunto se me pegou secando.

— O bolo... pode ficar. Não dá para ter um lembrete do meu fracasso lá na bancada da minha cozinha.

Também me levanto.

— Não vamos querer que a grande e poderosa Rossi engula o orgulho, não é mesmo?

— Jamais. — Ela vai até a entrada e calça os sapatos antes de pendurar a bolsa no ombro e estender a mão. — Parabéns pela vitória. Foi bem-merecida.

Caralho, como ela é fofa.

Sensualmente fofa.

Tentadoramente fofa.

Tudo nela, de sua mão na minha e até a conversa sobre o pênis seguro de si, deixou minha mente rodopiando e meu desejo por ela só aumentou. Me aproximo, e quando meus olhos se voltam para seus lábios, ela os lambe, como se estivesse antecipando algo além de um aperto de mão.

É um movimento minúsculo, mas me dá coragem o suficiente para ir adiante com ela.

Fecho a distância entre nós e pego sua mão, puxando-a para mais perto para que sua outra mão pouse no meu peito. Atrás dela, abro a porta do apartamento e movo Luna para que fique encostada no batente. Seu peito sobe e desce e ela olha para mim, ansiosa.

— Não sou muito fã de apertos de mão para parabenizações.

— Não? — ela pergunta, com a voz um pouco trêmula. — Do que gosta, então?

Não respondo; apenas levo meu dedo indicador e o polegar para o seu queixo e o inclino na minha direção. Levo a boca na dela — então faço uma pausa, bem pertinho, me certificando de que isso é o que ela quer e que não estou vendo coisa onde não tem.

Seus olhos encontram os meus, e respirando fundo, ela desliza a mão pelo meu peito até o queixo, fechando o espaço entre nós e pressionando os lábios nos meus.

O primeiro toque é suave, tímido. Nossas bocas estão entreabertas, explorando. Direto e flexível, bem como imaginei que seria o nosso beijo, mas então ela move a mão para a minha nuca, intensificando o beijo e enviando uma faísca de excitação até os meus dedos do pé. Ela está me deixando com a porra dos joelhos bambos.

Seguro o batente acima da cabeça dela para me firmar e então levo a outra mão para sua cintura, segurando-a no lugar enquanto saboreio o seu gosto.

E, porra, como o gosto dela é doce. Como bolo, cobertura, frutas vermelhas, até mesmo mais doce que o bolo que acabamos de comer.

Me aproximo mais, o suficiente para sentir sua perna escorregar por entre as minhas, mas mantendo um bom ângulo com a sua boca. Sua mão livre sobe pelo meu peito, passando por cima dos meus mamilos do jeito certo e enviando uma onda de luxúria direto para o meu pau.

Solto um gemido em sua boca.

Ela solta um gemido na minha.

Seu aperto fica mais forte.

Meus dedos cravam na sua pele.

Sua boca se abre mais.

Minha língua entra.

E damos um amasso.

E é maravilhoso. Nossas línguas dançam e colidem enquanto buscamos cada vez mais, como se toda a tensão reprimida e as discussões das últimas semanas não tivessem passado de uma preliminar intensa — e nem sabíamos sobre essas preliminares até agora.

A paixão rodopia e aumenta entre nós, se elevando até um crescendo.

Mais.

Eu quero muito mais, porra.

Mas então sua boca se afasta da minha e sua testa pousa no meu peito. Ela respira fundo.

— Ai, meu Deus, eu te beijei.

— Beijou. — Rio sem jeito, torcendo para que ela não se arrependa. — Foi uma coisa ruim?

Prendo a respiração enquanto seu olhar sobe devagar para o meu rosto, seu queixo agora no meu peito.

— Não, só foi uma coisa assustadora.

— Assustadora? — Levanto o seu queixo. — Por que assustadora?

— Por muitas razões. Você... você... — Ela morde o lábio e desvia o olhar.

— Eu o quê?

Ela suspira e se recosta no batente.

— Você é meio que muita areia para o meu caminhãozinho, Alec.

Nem me fale sobre uma gargalhada — a porra da risada que sai da minha boca vem lá das profundezas do estômago.

— Você perdeu o juízo, Luna.

— Estou falando sério. — Ela cutuca a minha barriga e suspira, então levanta a barra da camiseta para revelar minha barriga. — Ai, meu Deus, é disso que estou falando. — Ela puxa ainda mais a minha camiseta, e só fico ali parado, aproveitando cada instante. — Olha só para isso! A droga de um tanquinho. Nunca beijei um cara com tanquinho antes.

— Que bom que sou o primeiro. — Dou uma piscadela.

Ela aponta para a minha cara.

— E o seu charme é demais para eu suportar. Eu te odiava pouco tempo atrás, e olha só para mim agora, parada à porta do seu apartamento, quase arrancando a sua cara. Você me encantou. Não sei como fez isso, mas fez, e isso me dá nos nervos.

— Quer que eu volte a ser um babaca? Sou muito bom nisso.

— E essas piadas... você é engraçado *e* gostoso. Essa combinação não deveria ser permitida num humano. — Ela levanta a mão. — Ou você é engraçado. — Levanta a outra mão. — Ou é gostoso. — Então junta as palmas. — Mas juntar as duas coisas... — Ela balança a cabeça. — Nada disso, deveria ser ilegal.

— Você é engraçada e gostosa. — Seguro seu quadril.

— E esses elogios precisam acabar, cara. — Ela pressiona a mão no meu peito, como que para manter distância, mas é só para fazer cena, porque não há nenhum empurrão. — São mortais e estão acabando comigo.

— É mesmo. — Ela assente. — Bem, se é esse o caso, já falei que acho que você tem os olhos mais bonitos que já vi? Quero me perder neles.

— Ahh, já vi tudo.

— E os seus lábios... são os mais macios que tive o privilégio de beijar.

— Aham, não vai funcionar.

— E aquela cara concentrada que você faz quando está no meio de alguma criação... é sexy pra caramba.

Apertando os lábios, Luna olha para o teto e solta o ar com força.

— Não, não vai rolar. Eu não vou cair nessa.

— E o amor que vejo nos seus olhos quando Cohen está por perto, quando está interagindo com ele... foi isso que me atraiu em você, para começo de conversa. Queria saber como deve ser ter a Luna Rossi olhando para mim com essa completa adoração.

Seus olhos se arregalam.

Sua boca se abre.

Seu peito ofega um pouquinho.

O ar parece ficar parado ao nosso redor, e por fim...

— Droga, Alec. — Ela fica na ponta dos pés e pressiona os lábios nos meus de novo, desta vez abrindo bem a boca e deslizando a língua na minha. Solto um gemido e derreto com seu toque, passando as mãos em suas costas. Assim que começo a me acomodar, ela se afasta e se solta do meu aperto.

Segura firme a alça da bolsa no seu ombro, e enquanto fica parada no corredor do prédio, seus olhos inebriados, cheios de luxúria, se fixam na minha boca.

— A gente... não... pode fazer isso lá no set.

Apoio a mão no batente da porta e me inclino para frente.

— Está me dizendo que não posso te levar para um canto escuro e passar a língua nos seus lábios deliciosos.

Ela balança a cabeça.

— Não, nada disso.

— E quando você chegar, não quer que eu pegue a sua mão só para sentir a sua palma na minha?

— Não. — Ela suspira. — Nada de mãos dadas.

— E quando eu te vir pela primeira vez amanhã, não vou poder dizer o quanto você é bonita?

— Tipo... você pode me mandar mensagem.

Dou risada, querendo puxá-la para perto de novo, mas mantenho distância desta vez.

— Você vai responder.

— Depende se for uma mensagem legal ou não.

— Vai ser uma mensagem legal.

— Sou eu que vou julgar isso. — Ela dá de ombros e faz menção de se afastar.

— Sai comigo amanhã?

Ela para.

— É uma ordem ou um pedido?

Eu deveria ter pensado melhor antes de dizer coisas assim para a Luna.

— Um pedido. Amanhã à noite, lá na lanchonete.

Ela pensa bem a respeito.

— Talvez.

Ela continua pelo corredor, e eu chamo:

— Como faço para você aceitar?

Ela se vira e volta alguns passos.

— Depende se as suas mensagens forem boas amanhã.

— Está me desafiando, Luna Rossi?

— Estou. Tomara que você consiga aguentar, Alec Baxter. — Ela dá uma piscadela e então se vira, desaparecendo na esquina do corredor.

Droga.

Fecho a porta e me recosto nela, com um enorme sorriso no rosto. Não sou de ficar empolgado com um encontro, mas vou estar mentindo se disser que Luna Rossi não me capturou nesse seu mundinho de artesanato e sedução.

Capítulo 16

Luna

— Vai me dizer por que você só está aí sentada, olhando para a parede?

Pisco algumas vezes e olho para Farrah, que está pronta para ir dormir, com o cabelo trançado para que consiga aquelas ondas praianas amanhã e usando um pijama de cetim cor-de-rosa e creme. O pijama combina com sua pele, destacando seu cabelo loiro ainda mais. Farrah é a única pessoa que conheço que compra pijamas especificamente porque caem bem.

Por outro lado, estou usando uma calça de moletom furada e uma camiseta enorme. Quando me vesti para dormir, estava numa confusão só, com um único pensamento dando voltas na mente: *Ai, meu Deus, Alec me beijou.*

Ter ido até o apartamento dele foi um impulso.

Deixar que ele segurasse minha mão foi indulgência.

Retribuir o beijo foi pura insanidade.

Não pareceu real, nem por um instante. Do momento em que me levantei do sofá para quando ele me pressionou contra o batente da porta, tudo me pareceu algum tipo de fantasia que inventei na mente, algo que jamais se tornaria realidade.

E, no entanto, ele me beijou.

Não, ele não só me beijou; ele abalou cada pedacinho do meu corpo com os lábios.

É um daqueles beijos inesquecíveis, que faz você formigar do topo da cabeça até a ponta dos pés. Um beijo tão grandioso, tão intenso, tão belamente inesperado que altera o nosso mundo, inclina o nosso eixo e nos envia para uma espiral de luxúria.

E eu estou com desejo.

Com muito desejo.

São dez e meia da noite, estou usando o meu pijama mais horroroso e agarrada ao sofá, olhando para a parede, me forçando a ficar parada para não fazer uma coisa como abrir a porta de casa e sair correndo pelos três quarteirões até o apartamento de Alec, só para sentir mais daquele gostinho.

— Terra para Luna. Você está aí? — Farrah estala os dedos na minha frente.

Antes que eu possa registrar o que estou dizendo, murmuro:

— Eu o beijei.

— Você o beijou? — Farrah pergunta, completamente confusa. — Quem? Quem você beijou? — Ela se senta ao meu lado e segura meus ombros, me forçando a virar para encará-la. — Me fala, mulher, quem você beijou?

Engulo em seco, com o coração tão acelerado que acho que pode acabar pulando do peito.

— Alec — sussurro.

— Alec? Quem...? — Farrah arregala os olhos. — Nãoooooooo — resmunga. — Você não fez isso.

— Fiz.

— Como? Como assim? Você o beijou? Por quê? Ele te forçou? — Ela chacoalha meus ombros. — Ele te drogou?

Balanço a cabeça devagar.

— Não. Eu deixei que ele me beijasse.

— Tipo... um selinho?

— De língua. — Olho para além de Farrah. — Um amasso daqueles.

— Meu Deus... de língua — ela sussurra, se apoiando no braço do sofá. — Como assim um amasso daqueles?

— Um tempão de amasso, senti até os mamilos duros dele.

Farrah se endireita.

— Você sentiu os mamilos dele duros? Será que ele sentiu os *seus* mamilos duros?

— Não, eu que fui sem-vergonha. Uma sem-vergonha e tanto. Ele foi respeitoso, era como se eu estivesse tentando arrancar o rosto lindo dele. Ai, e os elogios... — Afundo no sofá e olho para o teto, então cubro a testa com o braço. — Tantos elogios. — Me apoio no cotovelo, incapaz de ficar confortável. — O tipo de elogio que faz a parte íntima dançar.

— A sua boceta dançou?

Agito dois dedos para ela.

— Como se estivesse saltitando.

— Meu Deus do céu, que tipo de elogio te fez saltitar assim?

— Lábios, olhos... meu amor pelo Cohen.

— Ai, droga. — Farrah abana a mão na minha frente. — Ai... droga. Ele não usou seu amor pelo Cohen.

Assinto devagar.

— Ele usou meu amor pelo Cohen.

Farrah desvia o olhar e então bate o punho nas costas do sofá.

— Aquele filho da puta. Como ele ousa. Depois de tudo o que fez com você, ele muda do nada de um dia para o outro e aí usa o seu amor pelo Cohen? Ai, droga...

— Não foi coisa de um dia.

Como se fosse um filme de terror, Farrah vai virando a cabeça devagar, com olhos arregalados, o maxilar tenso.

— Como é? Como assim, "não foi coisa de um dia"?

Ai, meu Deus, sabia que deveria ter contado antes.

Me endireito e torço as mãos, sabendo que estou prestes a ouvir poucas e boas da minha melhor amiga.

— Hum, sabe aquele dia que eu te falei que estava na biblioteca pesquisando formas diferentes de costurar um colete?

Suas narinas inflam.

— Não ouse me dizer que não estava na biblioteca. Não...

— Eu estava no apartamento dele. — Me encolho quando ela arfa *tão alto que sem dúvida nossos vizinhos puderam ouvir.*

— Você *mentiu* para mim? — ela sussurra.

— Só porque você o odeia tanto, aí fiquei com medo de te contar que o estava ajudando.

— Você andou *ajudando* ele? — Sua voz se eleva agora. — Você andou ajudando o cara que estalou os dedos e exigiu café de você?

— Tecnicamente, ele não estalou os dedos — digo, temendo um pouco pela minha vida.

— Isso é irrelevante. — Farrah se levanta rápido do sofá e começa a zanzar pelo nosso tapete creme. — Ele foi grosseiro com você. Te ofendeu. — Ela faz uma pausa e vira a cabeça na minha direção. — Te chamou de "repugnante".

— São pontos válidos. Todos pontos muito válidos, e vai por mim, também o odiei por muito tempo... tipo, eu fiquei latindo para ele por semanas.

— É, até que você acabou lambendo a cara dele — Farrah diz, com os braços cruzados.

— Farrah? — Ela não olha para mim. — Farrah. — Eu a cutuco com o pé. Ela mal levanta os olhos para me olhar. — Eu gosto dele.

Sua raiva diminui assim que ela se joga no sofá e suspira alto.

— Aff, tá bom. Me conta o que aconteceu.

Conto tudo, desde quando o vi todo desanimado depois do desafio do buquê, o seu perfil falso, as macadâmias, até sua confissão devastadora.

— Ahh, já entendi. Você adora um homem quebrado.

— Ele estava se sentindo *tão* quebrado — falo, com o coração acelerando só de pensar nisso. — E as tentativas dele de fazer um bolo foram tão fracassadas que senti como se eu não tivesse escolha.

— E aí você contou para ele todos os seus segredos e ele ficou com o primeiro lugar.

— Pois é... por *essa* eu não estava esperando. — Sorrio, pensando em como ele ficou orgulhoso. — Mas foi só um desafio. Não estou preocupada.

— Cohen sabe?

— Ainda não, mas estou planejando contar em breve. Eu meio que tenho um encontro com o Alec amanhã. Acho que vou querer ver como as coisas vão se sair antes de contar para Cohen.

— Acha que ele vai ficar chateado, já que Alec é um adversário e tal?

Balanço a cabeça.

— Não é o estilo do Cohen. Ele não está vendo como competição, está mais para uma maneira de criar um casamento para ele e Declan. Ele não vai ver problema nisso. — Pelo menos, acho que não. — No mínimo, ele vai ficar preocupado no começo, já que sabe que andei latindo para Alec.

— É claro. — Farrah suspira outra vez e balança a cabeça. — Não acredito que você o beijou.

Afundo no sofá com ela.

— Também não consigo acreditar.

Farrah pega minha mão e dá um aperto, enquanto balança a cabeça de um lado para o outro.

— Como foi?

Olhando para o teto, não consigo conter o sorriso.

— O beijo mais mágico e espetacular que já tive.

— De torcer os dedos do pé?

— De deixar os mamilos duros.

— Ai... caramba.

Assinto.

— Bem isso mesmo.

— Não estão envenenadas, Helen. — Ouço Alec dizer enquanto vou para o set.

— Como você sabe?

— Porque ainda estão fechadas. Viu só? — Alec levanta um saco de macadâmias para ela ver o lacre, revelando que de fato *está* fechado.

Helen olha para o lacre e então de volta para ele.

— Eu não gosto de você e não gosto que esteja tentando me dar o seu saco. É nojento. — Ela bate no saco na mão dele e vai embora.

— Meu Deus. — Ouço Alec murmurar quando entro. Ele está se abaixado para pegar o saco, e quando se endireita e me vê, um leve sorriso cruza seus lábios.

— Já está oferecendo seu saco para outra mulher, é? — sussurro, balançando a cabeça. — Já deveria saber que você *é* garanhão.

— Com ciúme?

— Da Helen? — Dou uma olhada para trás. — Com certeza. — Levanto o celular. — No aguardo das mensagens. Te vejo por aí, Baxter.

Os cantos de seus lábios se levantam num sorriso, e antes que eu possa ficar tentada demais para beijar essa boca, vou até minha bancada, onde Declan e Cohen já estão se preparando para o dia.

— Achei que eles tinham agendado os horários para que a gente não tivesse que vir aqui ao mesmo tempo — Declan diz. — Helen está me deixando maluco, ela não para de estalar a língua.

Cohen se aproxima.

— Ela é complicada. Ontem me perguntou quem era a mulher da relação.

Estou tirando a bolsa do ombro quando levanto a cabeça.

— Não é possível.

Notando a raiva instantânea que brota de mim, Cohen põe a mão no meu ombro.

— Relaxa, Luna.

— O que você falou para ela?

— Que iria verificar as nossas partes íntimas e depois falava para ela.

Fico boquiaberta.

— Não, você não fez isso.

— Fez, sim. — Declan assente. — E ele deu uma verificada ontem à noite… parece que nós dois somos homens. E como isso vai funcionar?

Tampo os ouvidos com as mãos.

— Por favor, não venham me contar as suas travessuras na cama. Vocês sabem muito bem que não quero saber do meu irmão e do bagulho dele.

Declan ri e se inclina para Cohen, que dá um beijo rápido na cabeça dele antes de se afastar. Uma onda de orgulho toma conta de mim com essa pequena demonstração de afeto. Foi pequena, e tenho certeza de que Declan estava esperando por um abraço mais demorado, mas isso já foi mais do que vi Cohen fazer em um bom tempo. Talvez esta competição *tenha* feito meu irmão se abrir, dado mais coragem para ele ser quem é de verdade. Tomara. Vamos com calma, mas sempre em frente, e *é o que importa.*

Sinto meu celular vibrar no bolso de trás, mas não o pego.

— Me diz que a Helen ficou pálida com a sua resposta.

Cohen ri para si mesmo e se apoia na bancada.

— Não, ela disse que adoraria uma atualização.

— Ah, para. — Rio mais do que esperava. — E você fez isso?

Ele assente.

— Fui lá na Helen hoje e falei para ela que era uma pesquisa difícil, ainda mais por ter que enfiar uma mão dentro da minha calça e a outra dentro da calça do Declan ao mesmo tempo, mas parece que nós dois temos paus.

— Ai, Deus. — Aperto as bochechas. — Ela caiu dura depois dessa?

— Ela me deu um sorriso de escárnio e estava prestes a se afastar, mas a impedi e perguntei se ela já perguntou para a filha dela quem é o homem da relação *dela*.

— Ah, boa.

— E ela respondeu: é a Luciana, é ela que usa calça.

Eu e Declan jogamos a cabeça para trás e rimos. Cohen se junta a nós, e leva alguns instantes antes de nos recompormos, mas quando fazemos isso, digo:

— Como você conseguiu ficar sério com essa?

— Não consegui — Cohen diz. Ele parece mais solto e descontraído, como se estivesse mesmo à vontade consigo mesmo. — Dei risada e estava prestes a dizer para ela que se era esse o caso, parece que eu e Declan éramos tanto o homem como a mulher da relação, mas ela saiu pisando forte antes que eu pudesse responder.

— Ai, droga. — Seguro a barriga. — Por que isso não foi filmado para o programa?

— Imagina as avaliações. — Declan ri. — Dar uma apimentada no *Jogo do Casamento*. Não só sobre núpcias, mas também educação sexual. — Com voz profunda de locutor, Declan continua: — Esta semana, no *Jogo do Casamento*, vamos pôr as mãos na massa, coberturas e como os gays decidem quem é o homem e quem é a mulher da relação. Fiquem ligados para discutirmos a complexidade de quem veste calça, mãos dentro de cuecas e, é claro, camadas de bolo.

— Com certeza Helen tem uma opinião sobre quem usa calça — digo quando meu celular vibra de novo.

— Helen tem opinião sobre tudo — Cohen fala, se alongando de um lado para o outro. — Vou pegar umas frutas e café. Quer alguma coisa?

— Vou com você — Declan avisa. — O papai aqui precisa de chá.

— Ai, para de se chamar assim, por favor. — Faço careta. — Sério, Declan.

— O que foi? — Ele sorri. — Não quer saber que o seu irmão me chama assim na cama...

Cohen empurra Declan para o lado e me olha nos olhos.

— Eu não o chamo disso.

Me sentindo enjoada *só de pensar no meu irmão assim,* respondo:

— Valeu por esclarecer.

Ele dá uma piscadela e se afasta, mas eu chamo:

— Pega um Zest Tea para mim, por favor.

Quando eles estão fora de vista, enfio a mão no bolso e tiro o celular. Sem dúvida, há duas mensagens de Alec.

Meu corpo todo se aquece com a empolgação alegre e juvenil.

Abro as mensagens e me forço a manter o rosto neutro.

Alec: Que peitos, hein?

Alec: E que bundinha.

Bufo tanto que minhas narinas ardem.

São essas as mensagens dele?

Ele está bancando o poeta, é?

É essa a sua tentativa de me fazer sair com ele hoje?

Levanto os olhos e o vejo, parado no canto, recostado na parede, de braços cruzados e um sorriso no rosto ao olhar para mim.

Ele se acha tão galanteador...

Luna: Me prometeram mensagens sobre o quanto estou bonita.

Ele responde na hora.

Alec: Falar dos seus peitos e bunda é um elogio extremo. O tipo de elogio que não faço assim sem mais nem menos. Agora, bonita, eu poderia dizer isso para Naomi... ou até mesmo para Helen, apesar daquele penteado estranho dela hoje. Mas jamais falaria sobre os peitos ou a bunda da Naomi e com certeza jamais diria para a Helen.

Luna: Que lógica estranha, mas estava esperando mais.

Alec: Você é difícil, né? Me fala logo para eu poder me preparar.

Luna: Um pouco. Gosto de romance... então se você quer aquele encontro, seja romântico.

Alec: Sabia que falar dos seus peitos e da sua bunda não ia colar com você, mas tentei.

Luna: Valeu a tentativa. Tente de novo.

Alec: *pigarreio* Luna, querida... quando você entrou no set hoje, tirou o meu fôlego, porque eu só conseguia pensar em como você chegou aqui sem ninguém te dizer no caminho que o seu zíper está aberto.

Suspiro e me atrapalho com a braguilha da minha calça jeans e... o zíper está fechado.

Meu celular vibra.

Alec: Fiz você olhar.

Ai, meu Deus, como eu odeio esse cara. Meus olhos vão para onde ele está, rindo sozinho.

E mesmo que eu queira dar um soco nele, não consigo deixar de rir também.

Luna: Aproveite o seu jantar sozinho hoje.

Alec: Ah, qual é, foi engraçado, vai. O pânico na sua cara foi impagável.

Luna: Acha mesmo que vai me conquistar me provocando assim?

Alec: Não é dessas?

Luna: Não.

Alec: Discordo, considerando nossas primeiras interações, mas tá bom. Aqui vai... Luna, fiquei pensando no nosso beijo a noite toda. Queria implorar para que você voltasse, para me dar mais um gostinho dos seus lábios, mas sabia que se você voltasse, não iria para casa naquela noite.

A ponta das minhas orelhas fica em chamas enquanto tento me encolher no lugar, como se isso fosse evitar que as pessoas me notassem.

Luna: Verdade ou mentira?

Alec: Brincadeiras à parte, essa é a verdade. Acordei hoje de manhã com o gosto dos seus lábios na língua. Queria chegar aqui logo só para te ver, e quem sabe te puxar para um canto, apesar do que a gente decidiu ontem.

Tudo bem, talvez ele seja bom até demais nisso.

Luna: E por que não fez isso? Teve a sua chance.

Alec: Por respeito, Luna. Queria te mostrar que cumpro a minha palavra.

Mordo o lábio, pensando em todos os caras que me magoaram no passado. Não houve nada que tenha me devastado e me tirado de cena do romance, mas as decepçõezinhas aqui e ali permaneceram o suficiente comigo para saber que, quando eu namorasse de novo, iria querer um cara em quem confio. Alguém em quem me apoiar.

Alec me parece esse tipo de cara.

Só o beijo dele já me diz que ele é diferente de qualquer outro cara com quem estive.

E não é só um *cara*. Alec é um homem — isso ficou muito claro na noite passada.

Luna: Gostei.

Alec: Você gostou o suficiente para sair comigo hoje?

Dou uma olhada e o vejo olhando de volta para mim. Segurando o sorriso, digito.

Luna: O que dizer? Você já me conquistou quando falou dos meus peitos.

Do outro lado do set, dá para ouvi-lo rir enquanto balança a cabeça.

Alec: Você é cruel.

Luna: Tenho que fazer você penar um pouquinho. Divirta-se com as entrevistas de hoje.

Alec: Você também. Tente não chorar muito por ter perdido ontem.

Luna: Quer acabar jantando sozinho de novo?

Alec: Que nada, só tentando te mostrar que não sou aquele babaca convencido que você achou que eu era.

Luna: Relaxa, você se provou digno na última semana.

Ponho o celular no bolso quando Declan e Cohen retornam. Declan entrega a minha bebida e Cohen me dá um prato com abacaxi e uvas. Ele me conhece muito bem.

— E esse sorrisinho *aí? — Cohen pergunta. — Da última vez que* te vi sorrindo assim foi porque você tinha encontrado decoupage à prova d'água.

— Aquele foi um dia especial, não foi? — Abro minha bebida e tomo um gole, ficando quente ao me lembrar de como Alec tinha comprado bebidas.

— Você fez uma casa de passarinhos para o meu apartamento.

— As pombas também merecem amor. — Dou uma piscadela e jogo uma uva na boca.

— Mas, sério, o que está rolando com o seu humor? — Declan insiste, me cutucando no ombro. — Meio que estava esperando você aparecer aqui num estado de pânico por ter ficado em segundo lugar ontem. Por falar nisso, você provou o bolo do Baxter? — Declan se aproxima e sussurra: — Um bolo delicioso, tipo, quero que ele faça o bolo do nosso casamento.

Cohen ri e também se aproxima.

— Ficou sabendo que Helen reclamou com os produtores, dizendo que jura que o viu usando mistura de bolo?

— Não é possível — digo, revirando os olhos.

— É. Até entendo a confusão dela. A equipe Baxter não conseguiu dar conta durante toda a competição, aí do nada, o cara tira sabe-se lá de onde um bolo digno de uma confeitaria. Suspeito.

— Pode ser que ele tenha praticado — falo, me dando conta de que eu não deveria ficar defendendo Alec na frente de Cohen e Declan, pelo menos não até ver como será hoje à noite.

Eu poderia acabar descobrindo que Alec é muito bom de beijo da primeira vez, mas tem uma queda de proporções épicas da segunda, algo como lábios de peixe morto.

Mas acho que, lá no fundo, sei que um caso de lábios de peixe morto não será um problema, e sim o fato de eu ficar caidinha por ele.

— Ou ele comprou os jurados — acrescento, só porque é mais o meu estilo.

— Sei lá. — Declan mexe uma fatia de abacaxi com o garfo. — Helen pode estar tramando alguma coisa.

— Helen com certeza está tramando. Só não sei se vai valer.

Cohen me cutuca com o pé.

— Sério, mana, por que você está tão feliz?

Merda, por que ele não deixa passar nada?

— Só empolgada por estar aqui. — Ponho a mão na testa deles. — Amo vocês, rapazes.

Os dois ficam olhando para mim por um instante e então se entreolham. Enquanto dá outra garfada em mais uma fatia de abacaxi, Declan diz:

— A sua irmã com certeza fez sexo ontem à noite.

— Não fala merdas assim, Declan — Cohen retruca, e eu fico toda corada. — Até onde sei, ela nem sabe o que é um pênis.

— É mentira e você sabe muito bem disso. — Aponto para Cohen. — Eu sei o que é um pênis porque você me forçou a procurar posições sexuais para gays.

— *O quê*? — Declan reage. Cohen resmunga e esconde o rosto nas mãos.

— Nossa, Luna, isso já faz, sei lá, dez anos? Vai trazer isso à tona agora?

— Entrei em pânico. — Rio e me viro para Declan. — Para a nossa defesa, tínhamos enchido a cara e Cohen queria virar um expert, aí a gente passou um tempo procurando imagens na internet. A gente não ficou vendo pornô, só para esclarecer. Foram só imagens.

— É, como se fosse melhor. — Declan ri.

Pego uma uva e pergunto para Cohen:

— Devo esperar algum puxão de orelha hoje à noite?

— Acho que você já sabe quando.

Assinto.

— Vou fazer questão de deixar a ligação cair no correio de voz.

Alec: Me atrasei. Thad decidiu me contar a história de vida dele e o relacionamento dele com bolo. Me encontra daqui a meia hora?

Luna: Também me atrasei, não foi por causa do Thad, mas porque decidi fazer ondas no cabelo para jantar numa lanchonete e está levando mais tempo que o esperado.

Alec: Vai ficar toda arrumada para mim?

Luna: Não. Tenho um encontro com outra pessoa depois. Você é só o aperitivo. O prato principal é com o Frederick mais tarde.

Alec: Vou deixar uma coisa clara: nenhum homem chamado Frederick pode ser o prato principal. Ele pode ser um tira-gosto, na melhor das hipóteses.

Luna: Está dizendo que você é o prato principal?

Alec: E a sobremesa. Te vejo daqui a pouco.

Capítulo 17

Alec

Me recosto na parede do Dining Hall, com as mãos enfiadas no bolso, vasculhando as ruas calmas com os olhos, esperando Luna aparecer. Adoro este bairro. É tranquilo — bem o oposto de Midtown —, como se fosse uma vilazinha, afastada, onde dá para encontrar consolo nesta cidade furiosa e louca.

E pensar que, neste raio de poucos quarteirões, estive tão perto da Luna e nunca a notei — *é tão estranho.*

Dou uma olhada na hora no meu celular. Ela está um minuto atrasada. Tecnicamente, nós dois estamos meia hora atrasados. Mas agora ela está trinta e um minutos atrasada, e fico nervoso pra caramba com a possibilidade de ela me dar bolo.

Já levei bolo antes, na época da faculdade, quando achei que era legal ter bigode. Era meio que um moleque na época e não dei a mínima. Fui embora, chamei os caras e saímos para tomar uma.

Agora, se ela me der bolo, eu vou acabar no sofá de casa, olhando para a parede, com um hamburguer já frio na embalagem no meu colo — eu ficaria com raiva demais para comer na lanchonete.

Com raiva e chateado.

É provável que mais chateado do que com raiva, porque, caramba, a Luna fez uma coisa que era só o que me faltava. Ela me fez querer dar uma chance para namoro.

Pois é, *namoro.*

Já namorei antes, mas nada que me fizesse querer pôr a mão na massa e fazer as coisas funcionarem, arriscar tudo e dar uma chance ao amor.

Luna é diferente. Ela já viu o meu pior, e em vez de virar as costas, ela passou por cima da nossa animosidade inicial e me ajudou.

Ela olhou para além das nossas diferenças e acabou me conhecendo em um nível diferente.

Ela abriu aquela capa, e agora que sou um livro aberto, acho que não consigo fechar, não importa o quanto meu coração assustado queira isso.

— Oi.

Ergo a cabeça e vejo Luna, sorrindo e usando um macacão vermelho e fofo. Seu cabelo cascateia em ondas sobre os ombros, e seus lábios combinam perfeitamente com a roupa.

Caramba, ela está bonita.

— Oi. — Faço careta por dentro pelo alívio na minha voz.

Ela deve ter notado, porque diz:

— Desculpa o atraso. A caminho daqui, a tira da sandália que eu estava usando arrebentou e tive que voltar para trocar, e aí acabei repensando a minha roupa, mas que se dane se meus sapatos não combinam tão bem com a minha roupa.

Pego sua mão e entrelaço nossos dedos.

— Você está linda, Luna.

Ela sorri antes de pressionar a mão na minha camisa de botão verde-floresta.

— Você também está bonito.

— Só bonito? — provoco. — Eu mesmo passei esta camisa.

— Olha só para você, todo doméstico. Sabe fazer bolo e passar camisas.

— Não só qualquer bolo. Bolos de casamento. Teve até andares. Andares e coberturas.

— Você não vai parar de falar sobre aquele bolo, né?

Queria que ela se aproximasse um pouquinho mais para que eu pudesse beijá-la, mas não faço ideia do que seria ou não apropriado a esta altura. Vou ficar só nas mãos dadas.

— Vai demorar para eu esquecer aquela vitória.

Ela suspira e bate o ombro no meu.

— Vamos pegar alguma coisa para comer. Estou morrendo de fome.

Abro a porta da lanchonete e a deixo entrar. Vou logo atrás, ainda segurando sua mão. Fay está levando uma bandeja com bebidas quando nos vê.

— Fiquem à vontade. — Seus olhos vão para as nossas mãos, e ela para, inclinando a cabeça para o lado. — Por que estou com a sensação de que eu veria vocês dois juntos em algum momento?

Antes que possamos responder, ela se afasta, na direção da mesa barulhenta no canto. Gesticulo para o outro canto, que está tranquilo e isolado. Luna concorda, e vamos na direção da mesinha para duas pessoas perto da janela e nos sentamos.

— Não costumo ficar deste lado — Luna diz, olhando ao redor.

— Nem eu. Estou me sentindo meio esquisito com isso, para falar a verdade. — Também olho ao redor. — Não parece que estou no mesmo lugar.

— Vai querer sentar do outro lado?

Balanço a cabeça.

— Não, aqui está bom. Este pode ser o nosso lado.

— Confiante o suficiente para reivindicar um lado da lanchonete que a gente frequenta como o *nosso* lado?

— Sim. — Assinto. Pego o cardápio e dou uma olhada, mesmo já sabendo o que vou pedir.

— O que te deixa tão confiante assim? — Ela cruza os braços.

— Foi você que sentiu o meu mamilo ontem.

Ela franze os lábios e ergue as sobrancelhas.

— Foi sem querer.

— Ah, é, tá bom. — Dou uma piscadela e ponho o cardápio na mesa. — Sem querer querendo. Saquei. Assim como foi sem querer que a sua língua acabou na minha boca.

— Por que você precisa ser tão difícil?

Me encolho.

— Estou sendo demais?

Ela levanta os dedos, então junta o indicador e o polegar.

— Um pouquinho.

— Tudo bem. Pode ser que a gente tenha que começar de novo, mudar de direção. — Pigarreio. — Oi. — Dou uma longa olhada nela. — Você está linda pra caramba.

Ela olha para baixo e sorri.

— Sabia que outras pessoas já me chamaram de linda antes? Declan e Cohen vivem me chamando assim; namorados do passado também já me falaram isso. — Ela olha para mim por entre os cílios. — Mas você é a primeira pessoa que me faz sentir que é verdade. E não estou querendo elogios, só tentando dizer que acredito no que você diz, e isso é novidade.

— Se vamos falar sério... — Empurro os talheres para o lado, precisando mexer em alguma coisa. — Eu não estava a fim de encontrar alguém, mas tem alguma coisa com a sua personalidade, a forma como você não hesita em me ajudar, que me atingiu em cheio, me fez ficar caidinho. De verdade. Tipo, já tinha te achado bonita da primeira vez, mas seu desdém me afastou.

— E os latidos.

— Os latidos com certeza foram algo e tanto. — Rio.

— Foram para mim também.

— É mesmo? Achei que você já vinha fazendo isso há anos, com a força com que soltou uns au-aus.

Ela ajeita o cabelo.

— Ora, obrigada. Posso ter praticado no espelho algumas vezes antes de ir para o set. Sempre gosto de me preparar antes.

— Então os latidos foram só para mim. — Ela assente. Ponho a mão no peito. — Me sinto honrado.

Fay para à nossa mesa e tira a caneta de trás da orelha.

— Será que vou ter que anotar? — Ela acena com a caneta para nós. — Dois hambúrgueres, um Sprite, uma Coca. Batatas fritas crocantes.

— Hum, sim — eu e Luna dizemos ao mesmo tempo.

Fay suspira.

— Eu já devia ter juntado vocês dois tempos atrás. — Ela sai na direção da cozinha.

Fay fala o que pensa na cara, mas nenhuma lanchonete está completa sem um funcionário assim — Fay se encaixa muito bem e traz um charme para a lanchonete.

— Hambúrguer, hein? — pergunto, me recostando na cadeira. — Ela tem razão. Deveria ter juntado a gente tempos atrás.

— Acho que teria me chamado para sair?

— Com certeza.

— Mesmo de ressaca, usando calça de pijama e com hálito de bebida?

Dou risada.

— O hálito de bebida poderia me impedir por um instante, mas assim que eu olhasse nos seus olhos, já não mais importaria.

— Tão encantador — ela diz, inexpressiva, e Fay traz nossas bebidas sem dizer nada e se vai.

Nós dois tomamos um gole, deixando os canudos de lado.

— Então — começo ao pôr nossas bebidas de volta na mesa —, quando foi que você descobriu que queria fazer artesanato para ganhar a vida?

— No ensino médio.

— Sério? — falo, surpreso. — Achei que você ia dizer alguma coisa do tipo quando tinha quatro anos de idade.

— Quando eu era pequena, queria ser veterinária. Eu brincava de veterinária com os meus bichinhos de pelúcia, colocava-os em fila e examinava um por vez, dando um jeito em todas as doenças. Nosso cachorro, Ralph, um labrador amarelo, ficava sentado ao meu lado, bancando o enfermeiro.

— Caramba, que fofo. Dá para imaginar uma coisa assim.

— Minha mãe tem várias fotos de quando eu cuidava dos bichinhos de pelúcia, mas aí... Ralph ficou doente.

— Ah, droga. — Coço a lateral do queixo. — Já dá para ver que as coisas não terminaram bem.

— Não mesmo. — Ela suspira. — Tentei de tudo para fazê-lo melhorar, mas nenhuma quantidade de beijos pôde curar o câncer. Uns meses depois, tivemos que sacrificá-lo.

— Sinto muito.

— Eu fiquei devastada, para dizer o mínimo. Não pude ajudá-lo, e isso me deixou muito chateada. Depois que Ralph morreu, parei de brincar de veterinária. Não era a mesma coisa sem ele ao meu lado, e foi quando comecei a praticar aquarela. Passava horas pintando retratos do Ralph.

— Meu Deus, Luna, você está deixando o meu coração partido aqui. — Queria que a mesa não estivesse entre nós, ou que tivesse espaço suficiente para que eu pudesse me sentar ao lado dela e abraçá-la. — Quantos retratos você fez?

— Trinta. Grandes e pequenos. Pendurei todos eles pela casa, ainda mais no meu quarto. "Uma ode ao Ralph" foi como chamei a minha primeira exposição.

— Exposição? — Franzo a testa.

— Isso mesmo. Fiz alguns panfletos, saí entregando para as pessoas, limpei a casa, fiz limonada e biscoitos de amêndoas, convidei as pessoas para uma exposição. Vendi um quadro naquele dia, para uma mulher da nossa rua. Era uma arte abstrata do Ralph, mas ela disse que tinha tocado a alma dela.

— E nessa época você ainda não sabia?

Ela balança a cabeça.

— Não, mas sabia que alguma coisa dentro de mim gostava de ser elogiada pelo trabalho que fiz com minhas próprias mãos. Me envolvi com vários artesanatos depois disso. Meus pais não ligavam de gastar dinheiro nas diferentes lojas de artesanato, eles ficavam felizes por eu estar me ocupando e não me metendo em encrenca.

— Seus pais são ótimos — digo, imaginando como deveria ser ter pais tão envolvidos na minha vida.

— Eles me mantinham ocupada, e quando fui para o ensino médio, minha mãe encontrou um panfleto na padaria local de uma feira de artesanato. Já tinha feito tantas coisas naquela época que ela achou que eu deveria tentar vendê-las. Quem sabe recuperar um pouco do dinheiro.

— Faz sentido. E como você se saiu?

— Bem, a minha arrumação ficou péssima. Tenho uma foto disso lá na casa dos meus pais. Foi numa pequena academia, numa cidade longe da nossa. Eu estava tão orgulhosa, mas não tinha nada combinando lá. Não tinha preço em nada. Eu só estava empolgada demais por estar lá.

— Mas aposto que você mandou bem, não foi?

Ela se debruça na mesa.

— Foi um dia lento. Tipo... bem lento. As pessoas passavam, elogiavam minhas coisas, mas não compravam nada. Até que uma senhora, a sra. Rose Waters, apareceu.

— *Rose Waters?*

Ela ri.

— Pois é. A filha dela tinha acabado de ter um bebê e ela queria um presente feito *à mão.* Eu tinha feito uma manta de arco-íris. Era para ter sido do Cohen, mas acabei errando feio nas dimensões. O arco-íris chamou a atenção da sra. Waters, e ela disse que alguma coisa vibrante e tão bem-feita só poderia trazer alegria para as pessoas, então comprou. Pedi quinze dólares, mas ela me deu cinquenta e disse para eu não me desvalorizar. — Luna sorri. — Uns meses depois, recebi um e-mail dela, porque tinha pegado um dos meus cartões que eu tinha *feito*, e me mandou uma foto da neta dela enrolada na manta. Ver que uma coisa que eu tinha feito teve um impacto na vida de outra pessoa significou muito para mim. E foi quando eu soube.

— Você nasceu para fazer isso.

— Exato. E os meus pais me apoiaram muito. Eles me levaram por toda parte para que eu pudesse vender em feiras diferentes. Só que... — Ela sorri e dá um gole na bebida. — Quando meu último ano chegou e eles me perguntaram o que eu estava planejando fazer de faculdade, ficaram muito surpresos.

— Eles não concordavam de você ganhar a vida com artesanato?

Ela balança a cabeça.

— De jeito nenhum. Tipo, eles são bem tranquilos, vivem viajando pelo mundo agora que os filhos cresceram. Vão voltar da Austrália a tempo do casamento. Mas *não* ficaram felizes quando falei que não ia fazer faculdade.

— Acho que os pais não costumam ficar felizes com esse tipo de decisão. Meus pais jamais permitiriam uma coisa assim, mesmo que nenhum dos dois estivesse envolvido o bastante na minha vida para dizer alguma coisa.

Luna abre um leve sorriso.

— Considerando a falta de envolvimento, diria que você se saiu muito bem.

Sinto um calor no rosto, e acho que é a primeira vez que devo ter corado na frente de uma mulher. Não sou de ficar corado. Nunca fiquei. Sou o tipo de cara que distribui elogios, que faz as mulheres corarem. Mas meu rosto se aquece, e me dou conta de que me importo de verdade com o que a Luna pensa de mim.

Pigarreio.

— E aí, o que aconteceu? Você mudou de ideia?

Ela balança a cabeça.

— Não. Fui firme e falei para eles que ir para a faculdade só seria um gasto para eles e uma perda de tempo para mim. Eu sabia o que queria fazer.

— Ousada.

— Nem me fale. Ainda me lembro muito bem dessa conversa. Foi durante uma reunião familiar.

— Vocês faziam reuniões familiares?

— Ah, sim. — Ela dá uma risadinha. — Somos uma *dessas* famílias em que os pais convidam para uma reunião familiar e todos os membros devem comparecer, aconteça o que acontecer. E pelo tom de voz, dá para dizer logo de cara o tipo de reunião que vai ser: boa ou ruim. Essa foi uma ruim. — Ela se inclina para frente e põe a mão na minha. — Eles até fizeram uma apresentação em PowerPoint, o que significava que era sério.

— Ai, merda, uma apresentação em PowerPoint. — Dou risada. — Isso é sério.

— Com controle e tudo mais. Foi uma reunião bem séria para os Rossi. Os meus pais eram professores, então é meio esquisito que Cohen vai se casar com um professor, mas não vamos entrar em detalhes nesse pesadelo psicológico. — Nós dois rimos. — Eles eram muito atualizados nas habilidades de apresentação. Passaram todos os prós e contras, preparando uma declaração justa, é claro, mas os contras foram facilmente superados pelos prós de ir para a faculdade. Havia até imagens. — Ela revira os olhos. — Foi ridículo, para dizer o mínimo. E foi durante essa reunião que fui até o computador deles e os surpreendi com a minha própria apresentação.

— E foi incrível, não foi?

— Foi. Depois da minha primeira conversa sobre faculdade, chamei Cohen. Ele já estava trabalhando com construção na época, outro filho sem ter ido para a faculdade. Eu era a última esperança dos meus pais, daí o desespero. Mas o que Cohen me disse nunca saiu da minha cabeça. Ele disse para eu seguir minha paixão. Se criar e fazer artesanato era a minha paixão, então eu deveria mostrar para os nossos pais como isso iria me sustentar, não só financeira, mas mental e emocionalmente também. Eles precisavam saber que eu ia ficar bem.

— E foi isso que você fez com a sua apresentação?

— Exato. Cohen estava no celular, é claro, porque todos os membros estavam presentes, e ainda dá para ouvir a risadinha dele com a surpresa dos meus pais. Expus tudo para eles. Mostrei as minhas finanças, minha conta bancária, meu site, meus tutoriais. Como eu ia conquistar o mundo com o artesanato, como eu poderia conseguir patrocínios que não só me ofereceriam materiais como também me pagariam para recomendar os produtos de que gostasse. Falei para eles sobre esse novo mundo de negócios nas redes sociais e que eu faria parte disso.

— E eles ficaram impressionados?

— Meu pai suspirou, se recostou na cadeira e bateu palmas devagar.

— Sério? — Dou risada. — Deve ter sido bem gratificante.

— Mais do que você imagina. É claro que a minha mãe pediu silêncio e falou para o meu pai que eles precisavam conversar, mas quando eles se afastaram, meu pai me deu uma piscadela e um joinha. Levou mais algumas semanas, mas eles aceitaram. Voltaram e disseram que me dariam um ano para fazer algo por mim mesma, e se eu não conseguisse ter uma vida confortável sozinha depois de um ano, teria que ir para a faculdade. — Ela balança a cabeça, sem acreditar. — Nunca trabalhei tanto na vida. Todas as noites eu fazia alguma coisa, filmava, criava conteúdo. Fui implacável e estava determinava a provar para eles.

— E você conseguiu.

— Consegui mesmo. — Ela abre um sorriso radiante.

Fay vem até nossa mesa e serve nossos pratos sem dizer nada. E como a boa garçonete que é, entrega também ketchup e se vai.

Eu e Luna fazemos menção de pegar o ketchup ao mesmo tempo, mas deixo que ela vença, e observo enquanto ela espreme com cuidado o ketchup na lateral do prato. Quando termina, me entrega, e eu o espremo por cima das minhas batatas. Ela suspira alto e leva a mão ao peito.

— Não, não me diga que você faz isso. Você... põe o ketchup direto na batata?

Sem pedir desculpas, digo:

— Isso mesmo. — Então pego uma batata e enfio na boca. — Perfeito.

— Não sei, *não. — Ela se recosta. — Não sei se consigo permanecer neste encontro com alguém que usa ketchup assim. Me deixa adivinhar — ela sussurra. — Você* pendura o papel higiênico pela frente ou por trás?

— Por trás *é* mais divertido.

— A conta! — Luna grita. — Quero a conta.

— O que fez você querer ser advogado? — Luna pergunta. Ela sossegou desde aquele fiasco com o ketchup e o papel higiênico, mas não foi fácil. Tive que pôr ketchup na lateral do prato para deixá-la à vontade e prometer que tentaria pendurar o papel higiênico pela frente... pelo menos uma vez. Prometi que tiraria foto do meu rolo de papel higiênico quando voltasse para casa.

Foi meio maluco por um instante, mas acho que voltamos aos trilhos.

— Minha mãe — digo com honestidade. — Sabe como é, estava buscando a justiça que ela não conseguiu com o meu pai. Bem, não necessariamente para a minha mãe, porque ela não foi bem um raio de sol na minha vida. Ela era a rainha dos maus hábitos e com certeza não somos próximos. Acho que estou mais buscando justiça para as famílias. E noventa e nove por cento das vezes, é para a esposa, já que ela costuma ficar com os filhos. — Dou de ombros. — Se eu não fosse tão amargo na faculdade, acho que poderia ter feito algo diferente da vida.

— Tipo o quê? — Ela enfia uma batata na boca. Nossos pratos estão quase vazios, só com alguns restos.

— Bem, depois de ontem, acho que fazendo bolos.

Ela revira os olhos e me dá um olhar que diz "estou falando sério".

— Foi um bolo gostoso. Agora vida que segue, Baxter.

— Ah, você adoraria isso, não é? Quer esquecer a perda dolorosa que sofreu ontem?

Ela levanta a mão de novo.

— A conta!

— Larga disso — digo, estendendo a mão e puxando seu braço para baixo. — Você vai ferir o meu orgulho.

— Ah, pobre Alec. — Ela ri. — Mas *sério, o que você faria se não fosse advogado?*

Me recosto e apoio o braço nas costas do banco.

— Sei lá. Alguma coisa que ajudasse as pessoas, porque gosto dessa parte do meu trabalho. Só represento mulheres que se ferraram por causa de seus maridos. É recompensador quando os homens saem da sala de conferências com a cara vermelha de tanta raiva, mas sei que tem mais coisas na vida do que castigar pessoas como o meu pai. Não é lá muito saudável, sabe? E eu nem ligo para essa coisa toda de dinheiro.

— Deu para notar — ela diz, me lançando um olhar acanhado. — Eu meio que esperava uma cobertura gigante, por ser advogado, mas você mora num lugar bem modesto até.

— Eu não preciso de coisas, só quero uma vida feliz.

— E você está feliz?

Coço a nuca e olho pela janela.

— Acho que consigo chegar lá. Antes do *Jogo do Casamento*, poderia ter dito com toda a sinceridade que não. Mal passava tempo fora do meu escritório, e quando fazia isso, não era para nada que estivesse adicionando valor à minha vida. Vivia ignorando Thad, e não sei nem dizer quando foi a última vez que vi a minha mãe, ou o meu pai. Passo muito tempo mantendo distância e evitando qualquer contato com eles. Eu só estava respirando, passando pelo trabalho todos os dias, mas não estava vivendo. — Dou uma olhada nela. — Posso não manter contato com os meus pais, mas pela primeira vez em muito tempo, sinto que a vida pode oferecer mais, tipo, talvez eu possa ser feliz.

Ao olhar fundo nos olhos de Luna, algo inexplicável muda dentro de mim, como se aquela nuvem escura que pairava sobre a minha cabeça finalmente tivesse se aberto e deixado alguns raios de sol entrarem. Ver Thad com Naomi, até mesmo Cohen e Declan, me mostrou o que é um relacionamento de verdade. Se protegerem, se amarem, estar lá para quando seu parceiro mais precisar. Nem tudo é desgraça e tristeza, ainda mais quando encontramos a pessoa certa.

— É mesmo? — ela pergunta.

— É... e é claro que não tem nada a ver com você — brinco, e ela pega o guardanapo, amassa e o joga em mim. Nem mesmo me movo e ele me atinge entre os olhos.

— Aff, você é tão irritante.

— E mesmo assim você está aqui.

— Um comportamento destrutivo. Sempre vou atrás dos caras errados.

— Que tipo de caras? — pergunto, curioso por um vislumbre de seu histórico de namoro.

— De todos os tipos. — Ela suspira. — Passei por uma fase artística. Vivia louca por caras cuja missão de vida era julgar a arte de outras pessoas e se sentirem superiores. Até que mostrava o meu trabalho para eles, e inevitavelmente eles me diziam que eu estava me vendendo ou não era uma verdadeira artista, porque não estava morrendo de fome, algo desse tipo.

Isso me faz bufar.

— Não precisa penar para ser artista. Que idiotas. Dá para fazer dinheiro e criar.

— Pois é, Cohen também disse isso, aí eu saí dessa fase de caras artísticos e encontrei os atletas.

— Ah, é? Devo ficar preocupado porque você está pondo os homens em grupos?

Ela apenas dá de ombros.

— Estava experimentando, não venha me dizer que você não fazia isso na faculdade.

— Tá bom. — Aceno com a mão. — Continue.

— Aí fui atrás dos atletas, e podemos apenas dizer... humm. Aff, os braços desses caras; nenhum deles tinha o abdômen como o seu, mas o pa...

— Tá bom, não precisa de detalhes. Só me fala por que não rolou com eles.

Ela ri e revira os olhos de brincadeira.

— Brincadeira. Namorei um atleta por um ano, mas aí ele foi convocado e se mudou para a Califórnia. E a gente terminou. Hum, você conhece Nyatt Sampson?

Ela só pode estar brincando.

— Nyatt Sampson? Aquele tricampeão de futebol americano? O quarterback que está levando o país à loucura? E até a foto de capa da *ESPN* é dele segurando uma bola na frente da virilha?

— Ah, então você ouviu falar dele.

— Todos os homens do país ouviram falar dele. Você namorou Nyatt Sampson? Por um ano? E terminou porque ele se mudou para o outro lado do país, mesmo você podendo fazer seu trabalho de qualquer lugar? Ficou sabendo que há boatos de que ele entrou no Hall da Fama, né?

— Pois é, pois é, mas está tudo bem, não ligo para nada disso.

— Ele era babaca com você?

— Quê? — Balanço a cabeça. — Não. Ele era incrível, na verdade. Primeiro cara que eu amei. Ainda nos damos bem e até mesmo conversamos de vez em quando, mas tinha uma coisa que não dava para levar para a Califórnia: Cohen. Não podia deixá-lo — ela diz, baixinho. — Ele estava passando por maus bocados quando eu namorei o Nyatt. Não estava com Declan ainda, e estava penando com a própria sexualidade e empurrando com a barriga com quem ele estava, ainda mais porque ele estava trabalhando num campo hipermasculinizado. Sabia que se eu fosse embora, não seria saudável para Cohen, aí fiquei em Nova York.

— Nossa. — Solto um longo suspiro. — Você... porra, Luna, você é uma pessoa e tanto.

— Tenho os meus momentos. — Ela dá de ombros e olha para a porta. — Quer ir embora daqui? A gordura está começando a entrar pelos meus poros.

— Sim, claro — digo, sentindo como se tivesse dito alguma coisa errada. Ela é mesmo uma pessoa e tanto, e tomara que eu não a tenha assustado por ter dito isso. Quem sabe *não* tenha sido cedo demais para isso? Coloco dinheiro na mesa suficiente para cobrir a conta e dar uma boa gorjeta para a Fay, e me levanto. Estendo a mão para ela, que aceita com tranquilidade.

Quando estamos fora da lanchonete, ela puxa minha mão.

— Quer sair para... passear?

— Adoraria. — Ainda estou nervoso quando viramos à esquerda da lanchonete e vamos seguindo por uma rua ladeada de arenito em direção à margem do rio, o verde das árvores continuando ao longo da calçada ricamente iluminada pelos postes acima. Esta é a Nova York para mim, de mãos dadas com uma mulher linda, andando pelo velho concreto e absorvendo a tranquilidade do ar de verão. Nosso pedacinho do Upper West Side é calmo, e a rua está quase deserta, então nossas vozes não ficam sufocadas pelo tráfego.

— Eu falei alguma coisa errada lá na lanchonete?

— Quê? Não, claro que não. Eu só... você é diferente de qualquer outro cara que já namorei. Nyatt era ótimo, mas era meio imaturo, e até admitiu isso depois que terminou comigo. Não estava pronto para um relacionamento sério, não estava pronto para o compromisso de estar com alguém. E alguns caras depois dele estavam na mesma, sempre meninos, nunca homens.

— Entendi.

— Mas você. — Ela aperta minha mão. — Você admite quando está errado, admite ter falhas e está disposto a mudar, a crescer.

— Você está dizendo que *eu sou* homem, Luna?

— Sim. Um homem que pode fazer um bolo e tanto.

Paro de andar e puxo sua mão para fazê-la parar comigo, e então a giro para o meu peito, onde suas mãos pousam para se equilibrar. Seu cabelo cai no rosto, e algumas mechas se colam nos lábios. Estendo o braço e as tiro dali, deixando minha mão vagar por um instante. Paramos ao lado de uma velha igreja de tijolos vermelhos que está em reforma, e os andaimes nos protegem das luzes ao nosso redor.

— Quando você admite coisas assim, me faz querer te beijar... te beijar pra valer.

Seus olhos se iluminam, seu corpo se inclina para o meu e um sorriso malicioso surge em seus lábios.

— Vai em frente.

Três palavras tentadoras — três palavras que fizeram meu corpo vibrar.

O que eu não daria por outro gostinho, por outra chance de ouvir seus gemidos mais suaves subirem pela garganta enquanto minha boca pressiona a dela. Estendo a mão, levantando seu queixo com o dedo indicador.

Passo a língua nos lábios.

Olho para ela, permitindo que ela conheça as minhas inten*ções.*

Vejo seu peito subir e descer acelerado, sua língua passa rápido ao longo dos lábios, a inspiração enquanto me aproximo cada vez mais dela.

Quero isso... demais.

E ela também.

E por ela querer tanto, digo com um sorriso maligno:

— Vou esperar.

Ela suspira, boquiaberta e os olhos arregalados.

Me cutuca no ombro de brincadeira. Dou risada e sigo pela calçada, e ela vem atrás de mim, fazendo beicinho.

— Como assim você nunca comeu abacaxi? — Luna pergunta, com os olhos tão arregalados que quase saltam das órbitas. Estamos sentados num banco na Hudson River Greenway, a um quarteirão do prédio da Luna, com sorvete em mãos, a lua pairando sobre nós como um poste, provendo luz o suficiente para que eu veja a diferença minúscula entre suas pupilas e íris.

— Só nunca comi. Essas frutas amarelas me assustam.

— Como assim? Você já comeu banana?

— Já, bananas estão mais para uma cor creme quando descascadas. Mas abacaxi... — Balanço a cabeça. — Qual fabricante vive bombeando aquela coisa com corante amarelo?

— Hum... a mãe natureza? — Luna diz em tom ofendido. — Por favor, me diga que isso é tudo piada.

— Não. Foi mal.

— Não dou conta de você. É uma fruta simples.

— Uma fruta que costumava ser um luxo. Até mesmo os meus pais cresceram achando que se tratava de um privilégio exótico.

— E é por isso que você deveria ter tirado vantagem durante a sua vida. Meu Deus, Alec, olha quantos anos você perdeu sem saber qual é o gosto do abacaxi. Por que será que estou com a sensação de que vou aparecer lá no seu apartamento com um abacaxi amanhã?

— Como se fosse uma dificuldade. — Mexo as sobrancelhas.

— E é, quando estou saindo com um cara que nunca nem provou abacaxi.

— Saindo com um cara? — pergunto, adorando esse seu pequeno deslize. — Isso significa que vamos ter um segundo encontro?

— Aff, para. Você sabe que está indo bem, apesar dessa coisa do abacaxi. É claro que vamos ter um segundo encontro.

— Que tal o nosso segundo encontro ser amanhã de manhã, ou a gente pode estender este encontro até amanhã de manhã. Tenho uma cama confortável, quer testá-la?

Me inclino, mas ela põe a palma no meu rosto, me afastando.

— Você é fofo só de considerar essa uma opção.

— E não é?

— Não. — Ela enfia uma colherada de sorvete na boca. — Não é. Farrah me mataria. Ela ainda está um pouco chateada por eu não ter contado sobre você logo de cara e também não é a sua fã número um ainda. Se eu passar a noite... *cara*, como ela vai ficar furiosa.

— Saquei. Então tenho que conquistar a sua melhor amiga?

— Ah, com certeza. Ela não para de me mandar mensagem perguntando se estou voltando para casa. Se ela precisa se preparar para te dar um chute bem no saco.

— Ela é violenta.

— Só quando precisa ser.

Depois de terminarmos o sorvete, me levanto e estendo a mão.

— Que tal a gente ir lá resolver o problema com a Farrah agora?

— Tipo, ir até o meu apartamento?

— Sim. — Pego sua mão e a ajudo se levantar. — Me mostra o caminho.

Ela me lança um olhar desconfiado.

— Não sei se você está pronto para ela.

— Não sei se algum dia estarei. Mas é melhor dar um jeito nisso agora, porque não vou deixar ela prolongar o inevitável.

— E o que é inevitável?

— Que você vai passar uma noite amigável lá em casa. E é claro que isso envolve pijamas combinando e uma sessão de *Grease: Nos Tempos da Brilhantina*.

— Aham. — Ela dá risada e me guia até seu apartamento.

Capítulo 18

Luna

— Não, nem ferrando — Farrah diz quando entramos no apartamento, de mãos dadas. — Só sobre o meu cadáver seu corpo movido a sucrilhos vai fornicar com esse homem, neste apartamento, quando estou só a alguns metros de distância. Não vai rolar. Não quando ele te chamou de... “repugnante”.

Ela está *fogo* hoje. Pode ser mais difícil do que eu esperava.

— A gente não veio para fornicar, Farrah. — Fecho a porta.

— Aham, sentir o pintinho dele no seu quarto também não será aceito.

Alec ri, e dou uma cotovelada de leve na sua barriga. Ele não está ajudando.

— A gente não vai ficar tocando partes do corpo. A gente veio aqui para você conhecer o Alec.

Farrah cruza os braços, com os lábios franzidos de desprezo.

— Conhecer ele? E o que há para conhecer? Você beijou a minha melhor amiga, e agora ela acha que você é um cara legal.

— Tecnicamente — Alec diz, levantando o dedo —, eu a beijei *depois* de tê-la feito mudar de ideia sobre mim.

— Discutir com ela não vai ajudar o seu caso — sibilo com o canto da boca.

— Ela tem razão, discutir comigo não vai ajudar no seu caso, mas vai ajudar na minha raiva. — Ela finge dobrar as mangas inexistentes da camiseta e levanta os punhos no ar. — Tá bom, vamos acabar logo com isso. — Farrah fica pulando descalça pela sala, dando socos no ar.

— Tá bom — Alec diz, tirando os sapatos e também levantando os punhos, se aproximando sem nenhuma cautela.

— Ei, calma aí — falo, mas Farrah levanta a mão.

— Fica fora disso, seu cisne repugnante.

— Ei. — Franzo a testa.

— Eu disse "cisne" — ela retruca, assim que é atingida na barriga por um travesseiro. Ela se endireita. E pisca. — Não é possível que você acabou de jogar um travesseiro em mim.

— Para de enrolar — Alec diz, sorrindo. Eu pisco, sem nem acreditar que ele está enfrentando a minha melhor amiga para provar não só que ele está nessa pra valer, como que também é divertido pra caramba.

— Ora, vamos lá, então... — Farrah incita no sotaque antigo de Nova York, dando socos na direção dele, mas sem fazer contato.

Ele retribui os socos, dando um espaço, mas ela desvia.

E bem assim, eles participam da luta de socos no ar mais esquisita — e única — que já vi.

— Toma essa. — Farrah dá um soco, e Alec joga a cabeça para trás, seu cabelo indo para o lado. Ele finge verificar se o nariz está sangrando e então fixa os olhos na adversária.

— Um pouco de sangue nunca matou ninguém — ele fala, balançando os punhos.

Não há sangue.

Nenhum.

Não há contato, pelo amor de Deus.

Mas os barulhos de soco vindos dos dois são divertidos, para dizer o mínimo.

Pow. Zap. Swap. Kapow.

Parece até que estou assistindo a um antigo episódio de *Batman*.

— *Ga-zoonga!* — Farrah grita ao chutar o ar.

— Ha-cha... cha, cha, cha — Alec diz ao dar um gancho em nada.

— Cuidado, Baxter, este trem aqui tem uma passagem só de ida para você. — Farrah puxa o apito imaginário do trem. — *Piuí... piuííííí.* — Ela avança enquanto as costas de Alec estão voltadas para ela. Farrah salta sobre ele, caindo de cavalinho nas costas dele.

Sem saber o que fazer, fico ali, parada... imaginando quanto tempo isso vai levar.

Alec a gira em círculos quando ela se agarra aos ombros dele.

— Vai, babaca, cavalga! — Farrah grita, girando um laço inexistente sobre a cabeça.

O que raios está acontecendo?

Alec para, gira de um lado, depois do outro e então do outro, e então joga Farrah no sofá.

— É só isso?

— Nem ferrando, moleque! — Farrah se levanta. Os dois estão arfando pelo cansaço, mas ela joga o braço para trás e grita: — *Ka-blammy!* — E lança o punho na direção de Alec. Ele reage girando cento e oitenta graus, com a cabeça inclinada para o lado e por fim caindo no chão. — Aha! Derrubei o filho da mãe no chão! Nocaute, querido, nocaute. — Farrah dá pulinhos, comemorando... bem, não sei nem o que ela está comemorando.

Depois de vários gritos de comemoração, Farrah se vira para mim e sorri:

— Ele é ótimo, vamos ficar com ele.

Meu... Deus.

— Você não precisa ficar usando gelo para as suas feridas de mentira.

Alec ri e tira a bolsa de gelo que estava em seu olho pelos últimos vinte minutos.

— Eu a fiz se sentir especial, é isso o que importa.

Estamos parados no corredor fora do apartamento. Lá dentro, Farrah está muito bem aconchegada, bastante satisfeita com o final da sua noite.

Pego o bolso da calça de Alec e o puxo para perto.

— Certeza que você é o melhor amigo dela agora, e vai esperar que você lute de mentira toda vez que vier aqui.

— Tipo, isso é melhor do que uma luta de verdade, e ela é bem legal. Dá para ver por que vocês são melhores amigas.

— Você é tão diferente do que eu esperava, sabia? — Puxo seu bolso.

— Ah, é? Como? — ele pergunta, pondo uma mecha do meu cabelo atrás da orelha, com a mão pairando na minha nuca.

— Acho que eu não estava esperando que você fosse se soltar. Jamais em um milhão de anos teria previsto ver você lutar de mentira com a minha melhor amiga e fingir de propósito ser nocauteado como um verdadeiro campeão.

Ele dá de ombros e se aproxima um pouco mais, e eu tenho que olhar para cima para ver seus olhos.

— Sou muito mais divertido do que você imaginava, ainda mais quando estou gostando mesmo da mulher.

— Gostando, hein?

— Pra caralho. — Ele passa a mão pela minha nuca e vai para o meu queixo, levando o polegar para o meu lábio inferior. — Eu gosto de você, Luna. Quero te ver de novo, sair com você, te conhecer melhor.

— Eu adoraria.

— Que bom. — Ele se reclina e nossas testas se tocam. — Não quero estragar o que a gente tem.

— É só não fazer isso. — Sorrio, querendo fechar o pequeno espaço entre nossos lábios.

— Vou fazer tudo o que posso, o que me leva a...

Me inclino para trás, encontrando os seus olhos.

— A quê? Hum, será que não vou gostar do que você vai dizer agora?

— Talvez não, mas não sei como continuar com este relacionamento e o programa sem perguntar isto.

— Tudo... bem — digo devagar. — O que é?

Ele acaricia meu rosto com o polegar e suspira.

— Thad é meio que um dramático.

— Deu para perceber. — Dou risada.

— E tenho a sensação de que se ele descobrir que estou saindo com você, vai perder a cabeça, ainda mais porque você está na competição. E estou tentando fazer as coisas darem certo com ele desta vez, sabe?

— Me deixa adivinhar: você quer manter este relacionamento só entre a gente.

— É. — Ele faz careta. — Sei que é pedir muito.

— É mesmo. — Dou um passo para trás. — Eu não mantenho segredos do Cohen. Somos abertos e honestos com tudo.

— Cohen é emocionalmente estável. Thad pode acabar no fundo do poço a qualquer momento. Por favor, só por duas semanas. Podemos ser discretos quanto a isso, e aí, depois dos casamentos, contamos para eles. Quando a poeira baixar.

— Não sei, não. — Desvio o olhar para o lado, mordendo o lábio.

— Vou entender se você não puder. A sua confiança com Cohen significa muito para vocês. Então talvez a gente possa... sei lá. Deixar isso de lado até o programa acabar.

— Deixar de lado? — pergunto, e a ideia de deixar isso em espera me faz entrar em pânico por dentro. Não quero esperar com o Alec, não depois da semana passada, não depois daquele beijo, não depois de vê-lo lutar contra a minha amiga para provar que é um cara legal e que vai fazer tudo por mim.

— Não seria por tanto tempo assim, e acho que vai te dar tempo para pensar mesmo quanto a ficar comigo. Sabe como é, para você decidir se é isso o que quer.

— Pois é — digo com um suspiro derrotado.

Ele estende a mão e levanta meu queixo para que meus olhos encontrem os dele.

— Está tudo bem, Luna. Sério. Não quero te pressionar em algo que não te deixa confortável. — Ele se inclina e dá um beijo bem de leve nos meus lábios antes de se afastar e enfiar as mãos nos bolsos. — Enfeites de mesa esta semana. — Abre um sorriso torto. — Boa sorte... sei que a minha equipe vai precisar. — Ele levanta a mão, acena e então se vai pelo corredor, me deixando ali para pensar no que acabei de concordar.

Nem era assim que eu queria que a noite terminasse — nem perto disso. Estava esperando um beijo grandioso, um que fosse rivalizar com o primeiro. Estava esperando que ele fosse me pressionar contra a parede antes de fazer planos para o segundo encontro de que falamos. Estava esperando que ele até mesmo me pedisse para ficarmos abraçadinhos por um tempo — só de olhar para os braços dele, dá para ver que ele é bom de abraço.

Mas em vez disso, consegui só um beijo levíssimo e um "tempo" antes mesmo de começar a sair?

Como isso foi acontecer?

E por que estou me sentindo absurdamente triste quanto a isso, tipo aquela tristeza que faz a gente querer comer um pote inteiro de sorvete? Por que tenho a sensação de que ele está levando embora um pedaço do meu coração?

Rolo de lado, e a escuridão do quarto me deixa ainda mais depressiva.

Farrah foi direto para a cama, então eu não queria incomodá-la com o que acabou acontecendo lá no corredor, e comer sorvete sozinha me pareceu uma coisa muito *Diário de Bridget Jones*. Acho que não cheguei a esse ponto ainda.

Então me arrumei para ir dormir, me joguei na cama e fiquei olhando para o teto, relembrando tudo o que ele disse. Tipo... seria tão ruim assim se a gente mantivesse as coisas discretas por mais algumas semanas? Temos mais duas semanas de desafios e aí os casamentos. Sexta, sábado e domingo seguidos.

Assim, três semanas — seria tão ruim assim?

Se eu confirmar as suspeitas de Cohen e Declan, então há uma boa chance de Declan acabar soltando em algum momento, ainda mais quando estamos gravando, o que seria o pior cenário possível. Amo Declan, mas ele é conhecido por ter a língua solta.

E eu gosto muito do Alec...

Irritada, pego o celular, digito uma mensagem e por impulso aperto *enviar*.

Luna: Está acordado?

Os pontinhos começam a pular na mesma hora. Bom saber que ele também não está dormindo.

Alec: Não consigo pregar os olhos.

Luna: Posso te fazer uma pergunta.

Alec: Pode fazer quantas quiser.

Luna: Se você não tivesse ido embora, como a nossa noite teria terminado?

Tiro o celular da tomada e rolo de costas, meu coração acelerando enquanto espero. Parece levar uma eternidade até a resposta dele.

Alec: Eu teria envolvido o seu lindo rosto com as mãos, te agradecido pela ótima noite e aí teria te pressionado devagar contra a parede do corredor e reivindicado os seus lábios, fazendo questão de que eles não esqueçam quem os deixou animados na noite passada.

Solto um gemido e aperto os olhos, decepcionada.

Alec: Você teria retribuído o beijo?

Ele está falando sério?

Luna: Teria.

Alec: Seria difícil ir embora depois dessa.

Luna: Seria difícil eu te deixar ir embora.

Alec: E mesmo assim… você deixou.

Luna: Alec.

Alec: Eu sei… eu sei. Tá bom, acho que vou tentar dormir um pouco. Te vejo no sábado, Luna Lua.

Luna: Alec?

Alec: Hum?

Luna: Posso ir aí amanhã?

Alec: Você já sabe que fico desesperado para te ver. Venha sempre que quiser.

Luna: Tá bom.

Alec: Tá bom.

Capítulo 19

Alec

Olho para o celular, com os nervos à flor da pele.

Fiquei parado nos últimos dez minutos, com os dedos pairando sobre o botão de chamada.

Faça isso logo.

Massageio a testa e aperto para chamar, e a cada toque, a vontade de vomitar aumenta mais, até que...

— Alô?

Porra, foi um erro, um erro gigantesco. Onde eu estava com a cabeça?

— Alô? — Aquela voz, áspera e cheia de lembranças indesejadas faz meu estômago revirar, dando voltas e mais voltas, e não de um jeito bom.

Eu deveria desligar. Basta abaixar o celular e apertar o botão para encerrar...

— Alô? Alec?

Porra.

Pigarreio, seguro o celular perto da orelha e respondo:

— Oi, mãe.

— Alec — ela diz com a voz neutra. — Você ligou.

Não vai ser nem um pouco uma ligação constrangedora.

— Pois é. — Assinto, mesmo que ela não possa ver.

— Thad e Naomi estão bem?

— Estão.

E é isso. Nenhum *você está bem? Como vai? Já faz um tempo que não falo com você*. Mas fui eu que liguei para ela e parece que não consigo encontrar as palavras.

Desde a conversa com a Luna na noite passada, tive uma vontade esmagadora de ter contato com a minha mãe. Se eu quisesse mesmo ser feliz, precisava remendar os buracos da minha vida. E um deles é o relacionamento com a minha mãe. Achei que ligar para ela seria um primeiro passo, mas se ligar já foi difícil, imagine como vai ser quando eu tiver que vê-la pessoalmente.

— Já que está tudo bem...

Droga. Diga alguma coisa antes que ela desligue.

— Hum, quer se encontrar comigo... no sábado? — Engulo em seco. — Thad te contou sobre o programa, né?

— Sim — ela diz, parecendo confusa. Não ponho a culpa nela. Não sei nem dizer quando foi a última vez que nos falamos, muito menos quando nos vimos. — É muito legal que você o esteja ajudando. Thad me falou que você fez um bolo incrível.

Claro que ele contou.

— Foi um bom desafio — falo, parecendo um robô. — Hum, então, a gente pode ter um convidado para o próximo episódio. Pensei que seria uma surpresa legal para Thad.

— Ah, sim, ele adoraria. Faz um tempo que não vejo nem ele e nem a Naomi... nem você, falando nisso.

— Pois é. — Suspiro, imaginando seu olhar de desaprovação. — Hum, me... me desculpa. Eu meio que fiquei ocupado com outras coisas.

— Não precisa se explicar, Alec.

Mas eu quero. Só que não pelo telefone.

Deixando o constrangimento de lado, pergunto:

— Então, acha que consegue ir lá no sábado? Posso te mandar uma mensagem com todas as informações.

— Sim, não tenho nenhum outro compromisso. Posso ir.

— Legal. Valeu... mãe.

— Por nada. Qualquer coisa pelo Thad.

Pois é. Qualquer coisa pelo Thad.

Fecho os olhos bem apertados quando a culpa me invade. Culpa por ter ficado afastado por tanto tempo, por não ter pensado que era importante manter a família como parte da minha vida, por ter perdido tanto tempo que eu poderia ter passado com eles.

Ela funga.

— Está bem, então — diz, com a voz trêmula. — Te vejo no sábado, Alec.

— Te vejo no sábado — respondo e desligo. Jogo o celular no sofá, passo as duas mãos no cabelo e solto um suspiro aliviado. A parte fácil está feita, agora falta me preocupar com o sábado e como vou explicar para a minha mãe por que fiquei ausente durante todos esses anos e por que quero mudar isso e fazer parte da vida de todo mundo agora.

Fiz visitas esporádicas a ela desde a faculdade, foram diminuindo ao longo dos anos e acabaram apenas durante os feriados, e por fim nem isso. Não consigo nem lembrar a última vez que a vi e com certeza não consigo lembrar a última vez que ela estava sóbria e sem abusar dos medicamentos prescritos. E quando está com esse humor maníaco, perdida por causa dos comprimidos e a vodca, ela diz coisas cruéis e rancorosas.

Coisas tipo: *Você é igualzinho ao seu pai.*

Seu coração é tão sombrio quanto o dele.

Você nunca ligou para mim e para o seu irmão.

Sabe como é, coisas boas que comovem o coração de um filho.

O relacionamento dos meus pais foi turbulento. Meu pai era viciado em ganhar dinheiro, em investir e passar horas e mais horas em Wall Street, cativando e ganhando o próximo cliente. Quando ele finalmente voltava para casa, se decidisse voltar para casa, minha mãe reclamava por ele nunca prestar atenção nela — veja bem, sem nunca dizer alguma coisa sobre os filhos — e aí começavam as brigas. Coisas jogadas, troca de farpas. Era nesses momentos que eu levava Thad para longe, cobria os ouvidos dele e o protegia da tempestade de ódio que se formava na casa.

Meu pai ia embora pelo resto da noite para fazer só Deus sabe o quê, em momento algum se importando com os dois filhos, e minha mãe se afundava na banheira, se afogava no álcool e nos comprimidos até ficar entorpecida, me deixando com Thad.

E o pior: eu me sentia mal pela minha mãe, mesmo ela não conseguindo se recompor e fazer alguma coisa por mim e pelo Thad. Eu ainda me sentia mal por ela, mas também tenho tanto ressentimento em relação a ela. Minha mãe poderia ter saído disso mais cedo, poderia ter cuidado de nós, poderia ter nos amado... mas escolheu não fazer nada disso.

Esfrego as mãos no rosto e me levanto do sofá. Vou ao banheiro e ligo o chuveiro. Não sei quando Luna vai chegar, ou se ela de fato virá, mas pelo menos vou estar pronto caso ela venha, e estou precisando lavar o nervosismo daquela conversa.

Mais uma vez, me vejo olhando para o celular, mas por uma razão bem diferente. São nove da noite, e não há sinal de Luna.

Nenhuma mensagem.

Nenhuma ligação.

Nenhuma batida à porta.

Pelo menos umas doze vezes pensei em mandar mensagem, perguntando se ela viria, mas não quis pressioná-la. Já sei que meu pedido da última noite foi demais: manter as coisas discretas pelo bem de Thad e do nosso relacionamento. Queria poder dizer que ele seria maduro em relação a tudo isso, mas conhecendo bem Thad, ele pensaria que eu estava em conluio com a Luna, pondo em risco as chances de vencer e de proporcionar uma nova vida para a família dele.

Fico alheio passando os canais da TV, me perguntando por que pago

TV a cabo, para começo de conversa.

Frustrado, desligo, jogo o controle para o lado junto com o celular e me recosto no sofá. Acho que eu deveria ir para a cama. Ou ler um livro. Fazer palavras cruzadas. Planejar para o desafio de sábado, apesar de não saber nada sobre enfeites de mesa; pelo menos isso distrairia minha mente...

Toc. Toc.

Pulo do sofá antes que até mesmo consiga registrar o que está acontecendo, quase salivando como um cão de Pavlov. Espio pelo olho mágico, e parada do outro lado está uma Luna de aparência nervosa.

Abro a porta e, sem dizer nada, ela passa por baixo do meu braço para entrar. Assim como todas as outras vezes que esteve no meu apartamento, ela tira os sapatos e vai até o sofá, onde se senta.

Porra. Isto aqui me deixa mais nervoso do que conversar com a minha mãe ao telefone.

Estou com o pressentimento de que não vou gostar do que ela vai dizer.

Com um suspiro derrotado, fecho a porta e me sento de frente para ela. Luna está com o queixo apoiado na mão, olhando na direção da cozinha, com uma ruga na testa.

Quero perguntar o que foi, se eu posso fazer alguma coisa para melhorar a situação, mas minha língua fica travada. Pelo que parece ser a primeira vez na vida, não sei o que dizer. Nós dois ficamos apenas sentados ali. Fico olhando para ela; Luna fica olhando para a cozinha.

Silêncio.

Depois do que parecem ser horas, ela pergunta:

— O que você planejou para o fim de semana?

Tudo bem, por essa eu não esperava. Mas pela sua postura defensiva, vou supor que ela não quer falar o real motivo de ter vido aqui... *Vamos simplesmente deixar pra lá?*

Pigarreio e me mexo no sofá.

— Hum, você quer dizer... com relação aos enfeites?

— É. O que você anda planejando fazer?

Coço o queixo.

— Não cheguei nem a pensar sobre isso. É provável que alguma coisa com penas.

— Acho que você deveria pensar em alguma coisa. Vai querer estar preparado, Alec. É assim que funciona, precisamos nos preparar para cada desafio. Se você quer mesmo vencer, vai ter que começar a planejar ou pelo menos pesquisar imagens de enfeites com penas. Vi um blog outro dia que falava sobre mergulhar as penas em glitter para dar um pouco daquele visual boho, e sei que Luciana e Amanda vão fazer isso, mas não machucaria usar algumas dessas ideias para Thad. Apesar de que ele pode acabar surtando se...

— Ei. — Pouso a mão na coxa dela. — O que está rolando?

— Nada, só acho que você deveria estar preparado, é isso. O que você tem planejado para o sábado? Só aparecer lá? Vai levar algum convidado para as filmagens? Não tem ninguém que a gente possa levar, mas não sabia se...

— Calma aí. Você está divagando.

— Estou nervosa. Tudo bem. — Ela pressiona a mão na testa. — Estou nervosa e quase desisti de vir aqui hoje, mas odiei a ideia de não te ver, então... me fala alguma coisa, qualquer coisa, sobre o sábado. Só para distrair a minha mente das emoções que estão passando pela minha cabeça agora.

Ela está surtando um pouco. Dá para ver a loucura em seus olhos, como estão disparados para todo lado. Ela precisa de uma distração, e eu tenho uma distração perfeita para ela.

— Minha mãe vai lá no programa... eu a convidei.

Os olhos de Luna se fixam em mim pela primeira vez desde que ela entrou no apartamento.

— Você convidou a sua mãe para as gravações? Você?

Assinto.

— Liguei para ela. Hoje.

Ela se acalma e seus ombros relaxam quando ela pega minha mão com cuidado.

— Você ligou para ela? Alec, isso é... caramba, que incrível.

— Você, hum... me inspirou a entrar em contato, a melhorar.

— Alec...

— Estou falando sério. — Esfrego a nuca, mantendo os olhos fixos nela. — Dá para ver o que você tem com Cohen, como o vínculo de vocês é forte. E as histórias que me contou sobre a sua infância, sobre os seus pais... Sei que nunca vou ter o que vocês têm, mas pelo menos posso tentar recuperar as coisas com a minha família. Deus nos livre que algo aconteça com a gente, não quero olhar para trás e me arrepender de nunca ter tentado.

— Que... incrível, Alec.

— É um passo na direção certa.

— É, sim. — Ela sorri, o que me faz me aproximar e apertar sua mão.

— Por que você veio aqui, Luna?

Ela traça a minha palma com o dedo.

— Eu não quero dar uma pausa nas coisas. — Ela respira fundo. — Quero ver aonde isso vai levar.

— Ah, é? — Estou com um pouco de medo de me empolgar demais e ela acabar mudando de ideia. Seu corpo está vibrando de energia, se é empolgação ou ansiedade, não dá para dizer, mas dá para sentir, ver nos olhos dela.

Ela assente.

— Sim. Falei com a Farrah sobre isso, e ela ressaltou que algumas semanas não seriam grande coisa. E eu concordo. Dá para manter isso entre a gente por enquanto. Quero que você tenha um relacionamento de verdade com Thad, mas vai levar tempo para chegar lá, então entendo por que não quer contar para ele sobre a gente. E, sinceramente — ela sorri com malícia —, aquele beijo me deixou mais frustrada do que tudo.

Fico sem fôlego com o sorriso dela.

— Você queria mais, hein?

— Muito mais.

— Então vem cá — digo, puxando sua mão e a guiando para o meu colo para que ela me monte, sua legging fina roçando no meu short frouxo.

Ela se senta bem no meu pau e se mexe, tirando uma risada de mim lá do fundo da garganta. Seus lábios pousam nos meus enquanto minhas mãos encontram seu quadril. A forma como sua boca se move com a minha, me deixando tonto de luxúria, é viciante.

Preciso de mais.

Meu corpo vibra por mais.

Minhas mãos a seguram com força, implorando por mais.

Sua língua desliza nos meus lábios e então mergulha na minha boca aberta, me provocando, me tentando. Seus quadris se movem com os meus, e meu pau logo vira uma rocha sólida só com algumas esfregações. Quando ela me sente duro por baixo, sorri junto à minha boca e se afasta, mas eu a puxo de volta e vou deixando beijos quentes e molhados ao longo de sua mandíbula, descendo por seu pescoço e de volta para cima, minha barba raspando em sua pele, minha língua tirando gemidinhos doces do fundo da garganta dela.

Enquanto minha boca trabalha no lóbulo de sua orelha, deslizo as mãos por baixo de sua blusa em suas costas até alcançar o fecho do sutiã. Quero abri-lo, livrá-la, senti-la, mas então penso melhor e desço as mãos para suas costelas. Cedo demais. *Não assuste a Luna.*

Para minha surpresa, ela protesta com um gemido e leva as mãos para as costas, abrindo o sutiã ela mesma. Ela faz algum truque de mágica para tirá-lo por baixo da blusa e então traz as mãos para o meu peito de novo, agarrando minha camiseta. *Puta merda.* Foi bem inesperado, mas não vou rejeitá-la de jeito nenhum.

— Me toca — ela pede quando mordisco o lugar logo abaixo do lóbulo de sua orelha.

— Estou tocando.

— Por baixo da minha blusa.

— Estou tocando — repito, incapaz de evitar o sorriso.

Ela aperta os quadris nos meus.

— Toca os meus peitos, Alec.

Puta... merda.

Rindo, levo uma das mãos para a frente do seu torço, mas não a toco, ainda não. Em vez disso, mantenho a mão logo abaixo de seu peito e então pressiono os lábios na sua boca antes de mergulhar com a língua. Ela solta um gemido e move os quadris contra os meus sem parar, para lá e para cá, para lá e para cá, esfregando meu pau de um jeito que faz minha coluna formigar e meus membros ficarem dormentes. A fricção entre a gente é esplêndida pra caralho, me deixando com tesão e tomando conta do meu corpo. Sem dúvida ela poderia me fazer gozar assim em questão de minutos.

— Caramba, Luna — digo, me afastando para respirar. — Você vai me fazer gozar no meu short se continuar fazendo isso.

— Que bom. — Ela alcança a bainha da minha camiseta, puxa pela minha cabeça, a joga para o lado e se inclina para trás para ver meu peito nu. — Meu Deus — sussurra, com as mãos deslizando pelo meu torço, descendo pelo abdômen e brincando perigosamente a cada gomo. — Muito obrigada, Senhor, por esse abdômen e peitoral.

Dou risada e isso só a faz suspirar mais.

— Quando você ri, o seu abdômen se contrai e o seu peitoral balança. É sexy demais.

— Pode ficar olhando, Luna Lua — digo, levando a mão livre para sua nuca, puxando seus lábios para mais perto. Quando nossas bocas se conectam, algo é afetado dentro dela, porque suas mãos pairam sobre meu peito e vão para o peitoral, onde ela agarra com força e move os lábios devagar, toda metódica. A combinação faz o calor se espalhar pelo meu corpo enquanto o suor começa a se formar nas minhas costas.

Minha mão coça para se mover para cima, tocá-la, devorar seu corpo, mas também sei que não vou levar isto até o fim. Ainda não. Mas, droga, gozar enquanto ela faz sexo a seco no meu colo parece uma boa segunda opção.

Saboreando-a, levo a boca de volta para sua mandíbula e vou descendo pelo seu pescoço, enquanto deslizo a mão para cima, sobre seu peito, e o envolvo, esfregando o polegar sobre a protuberância de seu mamilo endurecido.

— Ai, Deus — ela geme, jogando a cabeça para trás, com os quadris se apertando ainda mais. — Alec... dá para eu gozar só com isso... Meu Deus, dá para gozar pra valer.

— Então faça isso — digo, lambendo seu pescoço. — Goza. Que a gente goze juntos.

Ela gira os quadris e eu mordo seu pescoço. Ela solta um gritinho, assustada.

— Merda — murmuro. — Desculpa.

— Faz de novo — ela sussurra enquanto mexe os quadris sem parar, até eu acabar tonto, incapaz de compreender a forte pulsação nas veias, derrubando minhas muralhas e me transformando em uma poça de desejo.

Mordo o seu pescoço de novo e então, beijo, mordo e beijo. Repito o processo até que sua cabeça está caída de lado e sua mão agarra a parte de trás da minha coxa.

Em uma névoa, examino seu corpo, com uma das mãos ainda em sua blusa, e observo seu mamilo pressionado no tecido da blusa, seu pescoço, sua clavícula delicada. Quero passar a língua ali, subir pelo pescoço até sua boca. Sua boca doce pra caralho.

Preciso de controle. Tiro a mão, agarro a parte inferior de suas costas e então me levanto do sofá, levando nós dois para o chão. Eu a deito com cuidado, e suas pernas vão para cada lado do meu quadril. Ajudo a abri-las ainda mais e então seguro suas mãos e as levo sobre sua cabeça, prendendo-as com uma das minhas mãos e abaixando a boca na dela. Devoramos um ao outro, famintos e desesperados por mais. Desejo mais a cada passada de sua língua sobre a minha, a cada mordida de seus dentes no meu lábio inferior. Abaixo os quadris e posiciono meu pau coberto sobre ela antes de descer o quadril bem sobre seu clitóris.

— Isso, Alec! — ela grita.

Me afasto apenas o suficiente para pegar um vislumbre de luxúria ardente em seus olhos, que se torna inebriante enquanto eu acaricio seu centro.

Ela deixa escapar um suspiro.

Suas pernas abrem ainda mais.

Suas mãos apertam a minha.

Ávido por mais, deslizo a mão por sua blusa e encontro seu peito. Eu a mantenho coberta e apenas sinto, acariciando com o polegar sobre seu mamilo duro. Pelo que posso sentir, é pequeno, apertado e bem sexy. A cada carícia, minhas bolas ficam cada vez mais apertadas.

— Droga — solto, sentindo o orgasmo se formando.

— Isso, assim — ela diz, sem fôlego, e seus lábios encontram os meus de novo, a eletricidade de seu toque dando vida a cada nervo do meu corpo.

Desço na direção dela.

Ela sobe na minha direção.

Solto um gemido junto à sua boca.

Ela geme junto à minha língua.

Minha mão se aperta ao redor dela.

Seus dedos cravam nas costas da minha mão.

Afasto a boca.

Ela pressiona a testa no meu ombro.

Meu quadril se move depressa.

Seu gemido vibra no meu corpo.

— Isso, ai, porra... isso, Alec! — ela grita, com o corpo tensionando e se despedaçando debaixo de mim, bem ali no tapete da minha sala.

— Puta... merda — murmuro, enquanto minha coluna se endireita, meu saco fica apertado e meu pau surge com o orgasmo, espirrando no meu short. Minhas pernas tremem a cada impulso. Sem fôlego e trêmulo, vou arrancando nossos orgasmos até não sobrar mais nada. — Porra — digo, esgotado ao soltar suas mãos e apoiar meu peso nos antebraços, ainda a prendendo.

Levo minha testa na dela enquanto nós dois tentamos recuperar o fôlego. O que acabamos de fazer reacendeu uma paixão dentro de mim que eu achei que estava morta. Uma represa foi rompida dentro de mim e só há uma pessoa a agradecer.

— Luna Lua — digo com um rápido balançar de cabeça. — O que você está fazendo comigo, mulher?

Ela dá risada e leva as mãos para a minha nuca.

— O que eu estou fazendo com você? O que você está fazendo *comigo*? Eu não faço sexo a seco na sala... pelo menos, não mais. — Ela ri. — Isso aqui foi uma coisa bem clássica.

— Você começou. — Passo o nariz ao longo de sua mandíbula e beijo o lugar entre sua orelha.

Ela suspira.

— Não tive escolha, você me puxou para o seu colo. Eu só ia deixar você ficar ali duro por baixo de mim?

— Poderia, e eu ficaria bem com isso. — Levanto a cabeça para que ela veja o quanto estou falando sério.

Ela levanta a mão e toca meu rosto.

— Eu não queria deixar você. Queria ver você passar vergonha gozando no short esportivo.

Uma risada sai de mim.

— Vai por mim, Luna Lua, não teve nada vergonhoso quanto a isso. Eu faria isso de novo se isso significasse ter um pedacinho de você.

Seus olhos suavizam, um sorriso surge em seus lábios, e dá para ver: a atração, o desejo, que ela sente por mim. Eu trouxe esse olhar com as minhas palavras. Eu. O cara que mal conseguia suportar a ideia de um relacionamento. E, no entanto, aqui estou, todo feliz, deixando Luna me enlaçar e me reivindicar como dela.

— Você gosta de mim — provoco.

Ela revira os olhos e tenta me empurrar, mas eu a seguro com ainda mais força, mantendo-a onde está.

— Você gosta mesmo de mim. Está toda caidinha, não está?

— Cai na real. — Ela ri, ainda empurrando meu peito.

— *Luna e Alec sentados numa árvore...*

— Ai, meu Deus. — Ela ri de novo. — Você é insuportável. Valeu por me lembrar.

— Você gostou — digo, pegando suas mãos e as prendendo por cima da cabeça dela de novo. Levo a boca sobre a dela, e ela retribui o beijo no mesmo instante. Seus lábios estão tão ávidos quanto os meus. — Passa a noite aqui — peço, entre beijos. — Só para a gente ficar agarradinhos.

— Farrah está me esperando de volta.

— Manda mensagem. Ela gosta de mim.

Luna sorri junto à minha boca.

— Gosta, mas eu deveria ir embora. — Ela dá mais alguns beijos na minha boca. — Você tem que trabalhar, eu tenho que planejar e colocar vários projetos em dia.

— Então passa aqui amanhã. Para me ver.

— Está bem. — Solto suas mãos e me sento nos calcanhares. Ela dá uma olhada na minha virilha e ri. — Pode ser que você queira cuidar disso aí.

— Pelo menos não sou eu que vou ter que sair do apartamento com excitação nas calças.

— Não chame de excitação. Meu Deus, quantos anos você tem, cinquenta? — Ela se levanta, pega o sutiã e o enfia pela blusa. — É uma caminhada rápida. — Se abaixando, ela dá um beijo suave nos meus lábios e agarra meu queixo. — Só eu e você, não é? Mais ninguém?

É o jeito dela de verificar o que está rolando entre a gente, se certificando de que eu planejo ser exclusivo, e gosto muito do quanto ela é direta — mostra que se importa tanto quanto eu.

— Mais ninguém — respondo, com os olhos nos dela.

— Que bom. — Ela me dá mais um beijo e então vai na direção da porta, onde calça os sapatos e pega a bolsa. — Te vejo amanhã, Chris E.

— Até amanhã... Luna Lua.

Capítulo 20

Alec

— Não faça chacota de mim.

— Jamais faria — Luna diz com um sorriso atrevido.

— Não estou brincando, não ria.

— Qual é, Alec.

Suspiro e mostro para ela meu desenho de enfeite de centro — ela bufa e vai logo cobrindo a boca.

— Falei para não rir, porra.

— Mas eu não ri. Eu, hum... um inseto voo no meu nariz.

— Não tem nenhum inseto no meu apartamento — falo, inexpressivo, lançando um olhar sério para ela.

— É microscópico. Não dá para ver porque você é homem, e homens têm uma péssima visão.

— Quem disse?

Ela acena vagamente com a mão.

— Todos os especialistas.

— Que especialistas? — Semicerro os olhos.

— Você sabe. — Seu sorriso aumenta. — Os pesquisadores. — Ela ri de novo.

Jogo o papel para o lado e me recosto no sofá.

— Você é legal pra caralho, sabia?

— Não fica assim, não — ela diz, subindo no meu colo, bem onde eu a quero.

Funcionou muito bem.

Ponho as mãos na sua perna e vou deslizando até sua cintura, mas ela me para, semicerrando os olhos.

— Ah, não mesmo. Boa tentativa, senhor, mas não vamos fazer isso hoje.

— O quê?

Ela tira minhas mãos de seu corpo e as põe na minha barriga.

— Andamos fazendo isso a semana toda. Você tem dois dias para fazer os enfeites de mesa, e em vez disso, tem dado amassos comigo. Você precisa focar no que está fazendo para apresentar para os juízes no sábado.

— Mas os seus peitos me ajudam a pensar. Seus mamilos são como um truque de mágicas para as ideias. Me deixa chupá-los, tenho certeza de que uma ideia vai surgir em questão de segundos.

— Até parece, você os chupou ontem e nada veio.

— Ah, veio pelo menos uma pequena ideia.

Ela revira os olhos e sai do meu colo, me deixando meio duro e desejoso.

— Para onde você vai?

— Você precisa de ideias. Estava torcendo para que o seu desenho fosse mágico o suficiente para que a gente pudesse passar o resto da noite de pegação, mas parece que vamos ter que praticar de verdade. — Ela pega uma sacola pesada de lona que trouxe e a leva para o sofá. Luna a põe no chão e a abre, revelando uma variedade de ferramentas e apetrechos artesanais, tudo o que é necessário para fazer enfeites.

— Hum, estou meio cansado do trabalho, sabe. Acho que a gente deveria só ficar de pegação mesmo. Parece melhor para relaxar.

Ela me lança um olhar de "cai na real" e começa a tirar as coisas da bolsa.

— Estou falando sério. — Finjo um bocejo e alongo os braços. — Acho que é melhor a gente voltar para a minha cama, sabe.

— Se você está tão cansado assim, então como vai aguentar o tranco?

Mexo os dedos para ela — os mesmos dedos que a fizeram gozar duas vezes ontem.

— Eles não estão cansados.

Ela afasta meus dedos.

— Como você consegue ser um advogado de prestígio na vida real, mas um moleque imaturo quando se trata de sexo?

— Você não reclamou ontem, ou na terça.

— Sossega. — Ela sorri de leve, mas eu vejo.

— Ha, pode admitir, você gosta que eu seja um idiota imaturo.

— Jamais vou admitir gostar de uma coisa dessas. — Ela para por um instante, segurando uma pistola de cola e um pote de glitter. — Só posso admitir que você tem mãos ótimas e dedos igualmente legais.

— E você também. — Dou uma piscadela.

Seu rosto fica corado, e sei o que ela está pensando: em como puxou minha calça ontem e não só me deu a melhor punheta da vida, como também acabou com a boca no meu pau, arruinando qualquer outra mulher para mim. A forma como ela chupa e puxa... porra.

— Estou ficando duro.

— Sério, Alec?

— O que foi? — Dou de ombros. — Você é gostosa, sabe cair de boca e é inteligente. Tudo isso me deixa com tesão.

— Sabe cair de boca... acho que eu deveria adicionar isso no meu currículo.

— Hum... não.

Ela ri e tira mais coisas da bolsa.

— Vamos focar nos enfeites. Já falei que vou te ajudar a ter boas ideias, e é isso o que vamos fazer. Você quer ajudar Thad... não é? — Ela ergue a sobrancelha.

— Você é uma bruxa má, sabia? — Passo a mão no rosto enquanto ela ri. Me endireito e examino os diferentes itens que Luna trouxe: fitas, galhos, uma pistola de cola e penas, muitas penas. — Os enfeites de mesa não são flores gigantes e merdas assim?

— São, mas você não se lembra do seu tema? O Flamingo Dançarino? Você vai ter que incorporar isso de alguma forma. E pelo que me lembro, não havia flores envolvidas, já que vocês não escolheram nenhuma, o que significava que vai ter que ser criativo com as penas.

— Ah, sei muito bem como ser criativo com penas. — Lanço um sorriso malicioso para ela.

— Vou voltar para casa, hein? — Ela se levanta, mas antes que possa dar um passo, eu a puxo de volta para o sofá, rindo o tempo todo enquanto pressiono beijos ao longo de seu pescoço.

E ela me permite fazer isso.

— Não se mova, entendeu?

Não usando nada além do sutiã, Luna está espalhada na minha cama, com as mãos segurando na moldura preta da cama sobre sua cabeça, as pernas abertas e o peito ofegando.

Só de cueca, dou a volta por ela antes de pegar uma pena branca da mesa de cabeceira e me ajoelhar na cama. Os enfeites ficaram esquecidos assim que comecei a passar esta pena no braço dela, e depois no pescoço e de volta para o braço. Quando um gemido escapou da sua boca, soube exatamente o que ia acontecer em seguida.

— Por favor, Alec.

Eu a ignoro e faço círculos ao redor de seu umbigo com a pena, adorando a forma como sua barriga se contrai a cada roçada. Não preciso pôr a mão entre as pernas dela para saber que está molhada. Dá para ver, só pela forma como ela está se mexendo com o meu toque e a expressão impaciente no rosto.

Vou me divertir.

Desço com a pena pela cintura dela até a pelve, onde a balanço para lá e para cá, mal roçando sua abertura. Ela respira fundo e abre mais as pernas. Levo a pena de volta para sua barriga e roço o fecho frontal de seu sutiã. Me inclinando para frente, eu o abro, deixando as laterais caírem e expondo seus peitos perfeitos.

Passo a pena entre seus peitos e então faço círculos ao redor de um mamilo, que fica duro rápido. Vou para o outro mamilo, dando o mesmo tratamento, fazendo círculos, observando sua respiração ficar presa no peito, enquanto ela engole em seco e se mexe, com as mãos coçando para se moverem.

— Está latejando aí? — pergunto, levando a pena de volta para o seu centro.

— Sim. — Ela suspira.

— Quer a minha boca no seu clitóris?

— Quero. — Ela assente. — Muito.

Mais uma vez passo a pena pelo seu corpo, ao redor dos mamilos, entre os seios e repito, criando um oito com meu movimento. Seu peito se ergue da cama, seus seios imploram para serem tocados, seus olhos vidrados de luxúria.

Chega a ser quase doloroso o quanto estou duro. Se eu fosse menos homem, faria Luna soltar a cabeceira para sentir meu pau, arrastando sua mão por ele, trabalhando para aliviar meu comprimento dolorido e pulsante.

Mas não sou esse tipo de homem. Desço com a pena mais uma vez, provocando-a com carícias levíssimas na junção entre suas coxas, deixando suas pernas trêmulas.

Assim que ela solta um gemido, me posiciono entre suas pernas e testo sua abertura com o dedo.

Molhada pra caralho.

Eu a abro com dois dedos, em seguida, baixo a cabeça entre suas coxas e pressiono a língua no seu clitóris. Ela sibila em resposta.

Bem de leve, movo a língua, muito de leve, só o suficiente para que ela possa sentir sem ser levada ao limite.

Só uma provocação.

— Porra — ela geme. — Alec... por favor.

Amando a forma como ela sempre diz meu nome... em vez do nome de Deus, começo a lambê-la.

— Isso, assim. Ah, Alec... ah, bem aí.

Subo com as mãos pelas suas coxas até seus peitos e belisco os dois mamilos ao mesmo tempo. Algo incompreensível sai de sua boca enquanto seu quadril vem para mim. Deixo que ela cavalgue minha língua enquanto vai chegando mais e mais ao clímax...

— Isso, Alec, você é tão bom. Você é tão bom.

Porra, isso me faz ficar ainda mais duro. Meu pau roça no colchão enquanto giro a língua, saboreando até a última gota de seu gozo até...

— Ah, porra. — Ela vem para mim de novo e começa a gritar meu nome, e seu orgasmo toma conta dela com mais força e mais rápido do que antes. — Ai... ah, Alec. — Sua cabeça cai para o lado enquanto ela recupera o fôlego.

Depois de alguns segundos, seus lindos olhos se abrem e um sorriso preguiçoso se espalha em seu rosto.

— Tira a cueca — ela diz. — Quero que você monte na minha cara para eu poder te chupar.

Puta merda, posso muito bem estar apaixonado por essa mulher.

— No que você está pensando?

— Hum? — Luna olha para mim enquanto gira a pena entre os dedos. — Nada.

— Mentirosa.

Ela olha para a pena e então de volta para mim.

— Foi essa que a gente usou ontem?

— Não, guardei aquela na minha cabeceira. Sabe como é, só para o caso de você querer passá-la pelo meu pau de novo.

Sua respiração fica presa na garganta e seu rosto fica corado novamente. Estou começando a notar uma tendência aqui. Ela é uma mulher sacana, mas falar sobre isso traz à tona seu lado inocente.

Na última noite, depois de fazê-la gozar, estava prestes a seguir suas ordens e cavalgar seu rosto quando ela me empurrou para o colchão e, em vez disso, me provocou com a pena — e, meu Deus, gozei só com isso. Foi meio vergonhoso, gozar pra valer só com uma pena, mas se eu tivesse escolha, teria feito tudo de novo.

— A gente pode repetir a dose, sabe...

— Não. — Seus olhos encontram os meus. — Amanhã é o grande dia. A gente não vai se distrair. — Ela aponta para um enfeite meio terminado na mesa de centro. — Foco, Alec.

— Tá bom. — Suspiro e pego um galho que tinha mergulhado em tinta dourada. — Pelo menos fala alguma coisa para que eu não fique pensando sem parar em sexo toda vez que meus dedos roçam uma dessas drogas de penas.

Ela ri.

— Tomara que você não fique duro na frente das câmeras amanhã quando estiver mexendo com elas.

— Droga, nem pensei nisso. É tão fácil para as mulheres, não mostram sinal de estarem excitadas.

— É fácil para as mulheres? Você acabou de dizer isso mesmo?

Faço uma pausa, refletindo sobre minhas palavras.

— Gostaria que você apagasse isso do registro.

— Considere eliminado.

— Obrigado, Madame Conselheira. — Inclino a cabeça na sua direção e ela revira os olhos.

— Você é bem brega às vezes, já notou?

— Já, mas eu sei que você gosta, porque toda vez que sou brega, você dá os ares da graça com aquele seu sorriso perfeito.

— E aí está o charme. — Dou uma piscadela em resposta e me volto para o enfeite. Começo a mexer em um monte de penas novas quando ela pergunta: — E aí... está nervoso para amanhã?

— Na verdade, não. Tipo, tenho a sensação de que esse é o melhor que posso fazer, considerando o tema.

— Não. — Luna põe a pena na mesa. — Estou falando sobre ver a sua mãe.

— Ah. — Também ponho a pena em que estava trabalhando na mesa e me recosto no sofá. Luna se aproxima e põe a mão reconfortante na minha perna. — Não estou bem nervoso, mais preocupado com o que vou dizer, como vou reagir. Tenho muita raiva reprimida da minha mãe. Já faz anos que venho pensando em tudo o que eu nunca falei para ela. Não quero que tudo isso venha à tona amanhã, sabe?

— Sei. Quem sabe se você conversar sobre isso comigo, pode tirar essas coisas do peito para poder ter um dia legal amanhã, antes de resolver esses problemas com a sua mãe.

— Pode ser. — Suspiro. — Mas não estou nem um pouco a fim de conversar sobre isso. Abrir essa caixa de Pandora agora só deixaria mais difícil fechá-la amanhã.

— Sim. — Ela desvia o olhar. — Então me conta outra coisa, qualquer coisa que ajude a distrair a sua mente. Qual é a sua carne favorita?

— O quê? — Dou risada. — É disso que você quer que eu fale? Qual é a minha carne favorita?

— Entrei em pânico. Não queria que você ficasse bravo comigo por perguntar sobre a sua mãe, aí só consegui pensar em carne.

— Precisa de muito mais do que isso para me deixar bravo com você, ainda mais depois do que fez com a pena ontem. — Ela sorri com malícia. — Mas se quer mesmo saber, fico com bife.

— Bife, uma escolha bem popular. Filé?

— Bisteca.

Ela torce o nariz.

— Sério? Você gosta de todo aquele excesso de gordura e tal?

— Como aquilo tudo muito bem.

— Eca — ela diz, engasgando. — Ai, meu Deus, pode ser que a gente... não deva falar sobre isso.

— E vai me deixar aqui sem saber qual é a sua carne favorita? Não é nada justo.

— Com certeza não é bisteca.

— Acho que já estabelecemos isso. E qual é?

— Hum... eu gosto bastante de frango.

— *Bleeem*, resposta errada — digo, imitando uma sirene. — Você deveria ter dito: "O seu pênis é a minha carne favorita, Alec".

— Ai, meu Deus. — Ela se afasta de mim enquanto eu rio. — O que há com você? Se formou na Universidade de Columbia, pelo amor de Deus. Mostre um pouquinho de elegância.

Apoio as mãos atrás da cabeça e ponho as pernas sobre a mesa de centro.

— Foi mal aí, Luna Lua, mas não tenho um pingo de elegância.

— Dá para ver.

— Você está suando? — Thad pergunta.

— Quê? Não. — Dou uma olhada no set, procurando alguém que não vejo há anos.

— Parece que você está suando. Dá para ver gotas de suor. — Thad se inclina para frente e eu o afasto.

— Não estou suando, porra.

— Ei, ei, ei, não precisa usar esse palavreado. Estamos num ambiente amigável e familiar.

Pressiono os dedos na testa, desejando que Luna tivesse passado a noite lá em casa — assim eu teria acordado com ela nos braços, e ela diria alguma coisa reconfortante, e quem sabe dar uma boa apalpada nela antes de a gente ter que sair. Mas não, ela voltou para casa... de novo.

Estou tenso, sei que estou. E *não* estou suando — só tenso. Quero que essa surpresa inicial de ter a minha mãe ali acabe logo. Quero abraçar, passar o constrangimento e então sair para jantar ou alguma coisa assim, começar esse processo de cura.

— Ei, vocês viram os desenhos da equipe Hernandez? — Naomi sussurra, vindo depressa para a nossa bancada. — Elas fizeram algum tipo de triângulo com flores... e uma pena.

— O quê?! — Thad exclama. — Nós somos os donos das penas nesta competição. Elas não viram o nosso quadro de visualizações? Aquela coisa ficou coberta de penas. Não consigo acreditar que elas estão passando a perna na gente.

— É só uma pena, Thad — digo, me dando conta de que foi um comentário infeliz assim que saiu da minha boca.

— Só uma pena? *Só* uma pena? — ele reage um pouco alto demais. — É assim que começa: aí quando a gente se der conta, elas já vão estar tendo um casamento boho-chic de merda com um clima de Miami à noite. Não vou tolerar uma coisa dessas. — Ele bate o punho na bancada.

— Isso não pode acontecer, porque os locais estão todos definidos — eu o lembro. — Na próxima semana é a decoração, e tenho certeza de que elas vão continuar com aquelas porcarias de renda.

— Se elas usarem penas, vou gritar. Vou gritar bem aqui no set.

Meu Deus. Era só o que me faltava ficar ouvindo mais gritos.

— Não grite, pelo amor de Deus. — Do bolso de trás, tiro um pedaço de papel e o desdobro, mostrando meu projeto do que eu estava pensando como enfeite de mesa. Simples vasos pintados com spray cor-de-rosa para combinar com o tema, e grandes penas caem em cascata no topo. — Estava pensando nessas coisas essa semana e acabei tendo essa ideia. É diferente, mas pode funcionar.

Thad pega o papel, analisa com o que ele chama de "seus bons olhos" e então põe o papel na bancada.

— Está horrível.

— Quê? — pergunto, surpreso por ele pensar assim. — Não está horrível. É clássico.

— Mas o casamento não é do estilo clássico, e sim criativo. Queremos extravagância. — Ele levanta, todo dramático, o punho no ar.

— Mas você não é gay.

— Nossa, que coisa mais estereotipada, Alec — Thad zomba. — Não precisa ser gay para ser extravagante, e não precisa ser um gay extravagante. Olha só para Declan e Cohen. Eu jamais imaginaria que eles eram gays.

— Não foi isso que eu quis dizer. — Esfrego a nuca. — Droga, sei lá o que eu quis dizer. Só estou... — Dou uma olhada ao redor. Nada. Não a vejo. — Quando a gente vai começar?

— Em cinco minutos — Naomi diz, me lançando um olhar confuso. — Está tudo bem?

Olho de relance para o meu relógio. Ela já deveria estar aqui.

— Hum, só preciso fazer uma ligação rápida. Já volto.

Saio do set e encontro o canto mais isolado antes de tirar o celular do bolso e digitar o número da minha mãe pela segunda vez esta semana. Chama, chama e chama. Então finalmente:

— Alô?

— Mãe? — pergunto. Por que a voz dela parece tão distante?

— Alec?

— Sim, cadê você?

Ouço um farfalhar ao telefone.

— Em casa.

Sinto o sangue se esvair do meu rosto.

— Como assim, em casa? Achei que você viria aqui no estúdio hoje.

— Bem, aconteceu uma coisa. Não deu para ir.

— O quê? Por que você não pode vir? — pergunto, com a raiva começando a tomar o lugar do constrangimento, da angústia.

— Tive uma noite complicada.

Noite complicada... como assim, uma "noite complicada"? Na minha época de escola, encontrei um monte de medicamentos prescritos na gaveta da minha mãe. Uma vez perguntei para o que eram, e ela me dispensou, dizendo que eram velhos. Mas eu já sabia, ainda mais quando Thad me contou que depois que eu fui embora, ele vivia vendo nossa mãe tomando comprimidos que ele nem sabia para o que serviam. Então já até imagino o que foi essa noite complicada.

— Você me falou que viria aqui hoje, então por que teve uma noite complicada se sabia que era para estar aqui pela manhã... cedo?

— Me poupe do sermão, Alec.

— Não estou te passando um sermão, mãe, só estou tentando entender o que poderia ser mais importante do que ver os seus dois filhos. — Pressiono os dedos na testa, tentando compreender o que a levou de volta aos maus hábitos. Qual foi o gatilho?

— Você não entenderia. — É esse tipo de resposta que me leva ao limite, essas palavras. Quando era mais novo, depois que Thad ia dormir e meu pai saía, eu ia até o quarto da minha mãe e tentava consolá-la, tentava conversar com ela, mas com essas três palavras, ela virava as costas para mim e me tirava de sua vida.

— Tem razão, eu não entendo. — Passo a mão pelo cabelo, com raiva. — Não entendo como você pode falar que vem e não aparecer. Você achou que ficaria tudo bem simplesmente não aparecer? Já pensou o quanto foi difícil para mim ligar para você nessa semana, entrar em contato com você, para tentar remendar aquilo que a gente perdeu?

— Dá para notar que está ficando chateado. Acho que é melhor a gente tentar outro dia quando você estiver mais calmo.

— Quando eu... — Solto um longo suspiro. — É, vamos tentar outro dia. — Desligo antes que ela possa responder e enfio o celular no bolso. — Inacreditável — murmuro, passando os dedos pelo cabelo, enquanto fico zanzando de um lado para o outro.

— Um minuto! — um assistente chama.

Que maravilha.

Respiro fundo e tento acalmar a tensão nos meus ombros, tirar o nó da garganta e segurar as lágrimas furiosas que ameaçam cair.

Achei que ela fosse aparecer. Achei que esta seria a chance de esclarecer as coisas, mas mais uma vez, ela me deixou na mão. Não sou importante o suficiente para fazê-la tentar. Nunca fui.

E provável que nunca serei.

Quando volto para a nossa bancada, Thad me dá uma olhada.

— Hum, sua cara está vermelha.

— Dá para parar de ficar me olhando? — grito. Todo o elenco e a equipe se viram para olhar. Dá para sentir os olhos da Luna em mim. Dá para sentir seu questionamento, mas não me viro para encará-la. Não posso, não quando estou tão chateado.

— Cara, relaxa. Todo mundo está olhando.

— Que bom, deixe que olhem. — Pego o desenho da bancada e o amasso. — Vamos acabar logo com isso.

Thad suspira ao meu lado.

— E por um momento, achei que você estava prestes a virar a página, mas é o mesmo Alec de sempre.

Antes que eu possa responder, Diane chama:

— Silêncio no set! — E aponta para Mary, parada na frente da mesa de suprimentos misteriosos.

Porra, que maravilha.

Capítulo 21

Luna

— Não foi um dia lá muito divertido — Cohen diz, suspirando ao abrir a porta do O'Leary, seu pub irlandês favorito, no Village. Declan vem logo atrás de mim, e a hostess nos leva até uma mesa redonda nos fundos, o que nos dá espaço suficiente para ficarmos à vontade.

— Complicado — Declan responde, pegando o cardápio. — E a tensão estava grande, não estava?

— Estava — Cohen confirma, enquanto eu olho para o meu celular, desejando que apareça a notificação de uma mensagem, qualquer coisa.

Senti assim que olhei para Alec. Alguma coisa estava errada. Seus ombros estavam quase tocando as orelhas, sua testa estava franzida, e ele só ficou explodindo, de verdade, no Thad. Eles costumam discutir como duas velhinhas, mas havia raiva em sua voz desta vez, o tipo de raiva que só consigo atribuir ao fato de sua mãe não ter aparecido.

Vai por mim, fiquei olhando para todo lado, esperando que ela entrasse no set, abraçasse os filhos e dissesse para eles o quanto estava orgulhosa por eles trabalharem juntos. Grandes esperanças, eu sei. Mas quando Alec desapareceu e voltou logo antes de começarmos as filmagens, todo pálido, soube que ela não viria. E não deve ter sido por uma boa razão.

— Você estava distraída — Cohen diz, me cutucando com o pé por baixo da mesa.

— É? — pergunto, e o suor começa a escorrer pelas minhas costas. — Achei que eu estava focada. Tipo, foi quase impossível ultrapassar o que a equipe Hernandez fez, aquelas varas de tenda com flores eram fofas.

Pois é, a equipe Hernandez ficou em primeiro, nós ficamos em segundo e, infelizmente, a equipe Baxter ficou com um último lugar cruel com seus enfeites mal-acabados e as discussões constantes. A tensão estava mesmo alta entre eles. Quando as filmagens acabaram, Alec e Thad trocaram farpas, e aí Alec foi embora, com o rosto vermelho de raiva. Mandei uma mensagem para ele, perguntando se estava tudo bem, mas não tive resposta ainda — daí a minha constante verificação.

— Não ligo de a gente ter ficado em segundo lugar — Cohen diz —, mas parece que tem alguma coisa te preocupando. Você não para de verificar o celular e morder o canto da boca.

Droga, droga, droga.

— Só estou cheia de trabalho e coisa assim. — Odeio o fato de ter acabado de mentir para o meu irmão, mas depois de hoje, que bom que Alec está mantendo as coisas por baixo dos panos. Se eu contasse para Cohen, ele manteria segredo, mas contaria para Declan, e não dá para ter certeza se Declan vai soltar a verdade sem querer. E depois de ver Thad e Alec hoje, imagino que o relacionamento deles está complicado de novo. A notícia de que Alec e eu estamos juntos provavelmente destruiria o relacionamento.

E isso me deixa triste.

Declan põe o cardápio na mesa.

— A próxima é a última semana: a de decorações e toques finais. E aí tudo vai acabar. Vamos aproveitar um belo casamento e aí de volta à vida normal.

— E ganhar — acrescento.

Declan dá de ombros.

— Falando sério, não ligo se a gente ganhar ou não.

Cohen franze a testa.

— Você não quer morar em Manhattan?

Declan sorri e acaricia o rosto de Cohen. Meu irmão fica tenso, mas só por um instante antes de relaxar com o toque de Declan.

— Já gosto da nossa vida, Cohen. Não preciso de mais do que a gente já tem.

— Ai, meu Deus — digo, com a mão no peito. — É tão...

— Dê um momentinho para a gente — Cohen pede.

— Ah, claro.

Amo a forma como eles conversam um com o outro, com tanto cuidado e devoção. Fico maravilhada com a maneira como Declan deixa Cohen relaxado com tanta facilidade, a forma como meu irmão visivelmente fica relaxado perto do Declan, e me dou conta de que... eu quero algo assim.

Quero alguém que me faça sentir protegida e essencial, alguém que me faça sentir amada e que me faça sentir... do mesmo jeito que Declan e Cohen fazem um ao outro se sentirem.

Cheguei num ponto da vida em que não ligo de estar solteira. Não estou desesperada e indo atrás de qualquer cara, mas notei uma mudança. Me estabeleci como artesã — alguns dos jurados começaram a me seguir no Instagram, mencionando o quanto amaram meu trabalho. Mesmo sem reconhecimento, já estaria feliz com o lugar que alcancei na carreira, só que tem alguma coisa faltando. Dá para sentir um buraco dentro de mim, mas assim que Alec me beijou, esse buraco começou a ser preenchido.

E desde aquele beijo, o buraco continua sendo preenchido, um pouquinho de cada vez. Jamais me senti assim com outro homem. Enquanto olho para a mesa, me dou conta de uma coisa: Alec é o tipo de cara para um relacionamento duradouro. Não é um trampolim, nem um teste, nem um peguete — ele é para durar.

E ele está machucado agora.

O que significa...

— Na verdade, não estou me sentindo muito bem. — Outra mentira, bem, meia mentira. Estou mesmo com o estômago embrulhado por não saber como Alec está. — Acho que vou voltar para casa, se vocês não se importarem.

— Ah, claro — Declan diz. — Quer que a gente te acompanhe até o trem?

— Não. — Balanço a cabeça. — Aproveitem o jantar de vocês.

Me levanto da mesa. Cohen faz a mesma coisa e me puxa para um abraço.

— Tem certeza de que está tudo bem? — ele sussurra.

Fecho os olhos bem apertados e respiro fundo.

— Sim, está tudo bem.

Me afasto do peitoral musculoso do meu irmão e dou um rápido abraço em Declan quando ele também se levanta.

— Manda mensagem — Declan pede, dando um rápido aperto na minha mão.

— Pode deixar. — Dou um rápido aceno, penduro a bolsa no ombro e então saio do pub, indo direto para o metrô, e então para o apartamento de Alec.

O corredor que leva ao apartamento de Alec é sombrio, combinando com o clima do dia. Está sombrio, quase assustador de certa forma, como se, caso eu virasse, daria de cara com um homem parado atrás de mim com um capuz sobre a cabeça, segurando uma faca.

Abra. Abra.

Torço as mãos à minha frente, esperando que a porta se abra, esperando olhar nos olhos verdes brilhantes de Alec. Mas quando ele não abre, começo a ficar bem preocupada.

Bato um pouco mais forte desta vez.

— Você está aí, Alec?

Ouço alguma coisa se quebrar no chão e então uma voz masculina, murmurando alguma coisa ininteligível.

— É a Luna, Alec. Abra, por favor.

Passos soam no piso, e ouço a tranca. A porta se abre um pouco, mas ninguém me recebe do outro lado. Apenas escuto passos recuando. Com cautela, empurro mais a porta. Do outro lado, Alec está se sentando no sofá e escondendo o resto nas mãos. Na frente dele, na mesa de centro, está um copo vazio e uma garrafa pela metade de Jack Daniel's. Tomara que não seja uma nova garrafa.

Entro no apartamento, tiro os sapatos e penduro minha bolsa. Não sabendo bem no que estou me metendo, me aproximo de Alec, que está usando calça de moletom e uma simples camiseta branca. Seu cabelo está todo arrepiado e seu corpo inteiro parece dolorosamente tenso.

Me sento ao lado dele e ponho a mão na sua coxa. Sua mão pousa sobre a minha, e ele entrelaça nossos dedos.

Acaricio as costas de sua mão com o polegar.

— O que foi, Alec?

Ele se vira para mim o suficiente para que eu veja seus olhos vermelhos e cheios de lágrimas. A expressão no seu rosto é o bastante para me arrasar. Acaricio sua bochecha e me aproximo.

— Alec — sussurro assim que uma lágrima rola por sua bochecha. Eu a enxugo, sem saber o que fazer de verdade. Mas não quero pressioná-lo, então fico segurando sua mão e espero.

Espero sua cabeça se inclinar para frente.

Espero Alec pegar o copo e a garrafa de novo — e virar uma dose com um gole.

Espero enquanto ele se recosta no sofá e pressiona os dedos na testa.

Incapaz de esperar por mais tempo, me viro para ele e monto no seu colo, descansando as mãos no seu peito. Suas mãos vão para as minhas pernas, e ele solta um longo suspiro.

— Ela não me ama — ele finalmente diz e outra lágrima rola por sua bochecha. — Porra... — Ele cobre os olhos com o braço. — Por que ela não me ama?

Pelo que vi hoje, vou supor que "ela" seja sua mãe. E a pergunta está prestes a me estilhaçar. Não consigo nem imaginar uma vida em que minha mãe — ou qualquer um dos meus pais — não me ame, não queira me ver, não queira tentar um relacionamento comigo.

E como posso responder à pergunta dele? Ele está num estado tão frágil que dizer a coisa errada pode acabar deixando as coisas piores.

Então tento ficar ali para ouvir.

— Ela não veio hoje. — É uma afirmação, não uma pergunta, mas ainda assim Alec balança a cabeça.

— Não. "Noite complicada", foi o que ela disse. — O cheiro forte de uísque sai de sua boca. — A porra de uma noite complicada. E ela sabia muito bem que era para vir hoje. — Ele belisca a ponte do nariz, seu peito sobe e desce mais rápido, e a tensão no seu corpo vai aumentando. — Porra, ela *sabia* que era para vir. Será que ela não sabe o quanto foi difícil fazer aquela ligação? Engolir toda a dor que vivo carregando para entrar em contato com ela?

Acaricio seu peito em resposta.

— É sempre a mesma coisa com ela — ele continua. — Thad fez vista grossa com isso, mas eu já vi a gaveta de comprimidos dela, já vi o "coquetel de medicamentos" que toma desde que ela e o meu pai começaram a brigar. Sei muito bem como ela passa as noites: com comprimidos e vodca. — Ele passa a mão pela testa. — E aqui estou eu, agindo como ela, virando uma garrafa quando as coisas ficam difíceis. Porra... — Ele me tira de seu colo e se levanta, pega a garrafa de Jack Daniel's e vai para a cozinha. Do sofá, eu o observo virar a garrafa na pia. Dou um pulo quando o vidro quebra e o líquido se espalha por toda a cozinha.

Ele se afasta e se apoia na parede da sala de jantar antes de se afundar para o chão e se curvar para frente. Alec soluça junto às mãos, sua dor tão pesada, tão poderosa, que eu praticamente sinto cada lágrima que sai de seus olhos.

Meu coração está partido e dou uma coisa que sei que ele precisa no momento... amor. Me levanto do sofá, vou até ele e pego sua mão. Quando ele olha para mim, gesticulo para se levantar e o ajudo a ficar de pé.

De mãos dadas, vou com ele até seu quarto, onde nem me dou ao trabalho de acender as luzes. Apenas puxo os cobertores da cama. Então me viro para ele e tiro sua camiseta. Ele fica ali, me deixando cuidar das coisas, enquanto também puxo sua calça. Ele a deixa cair no chão. Tiro a minha calça rápido e vou até sua cômoda, vasculhando até encontrar uma de suas camisetas, tiro a minha e visto a dele.

Me sentindo confortável, levo-o até a cama e ele se deita de costas e eu me aconchego ao seu lado, apoiada para poder olhar para seu rosto lindo. Acariciando sua bochecha, sua nova barba áspera ao toque, enxugo as lágrimas antes de dar um beijo suave nos seus lábios. Me demoro por um instante, esperando que ele retribua, e quando ele faz isso, meu coração acelera.

Não há nada sexual no nosso beijo, nada de língua ou desejo.

Me afasto, ainda acariciando seu rosto.

— Você é importante para mim, Alec. Você é importante. Não posso falar por sua mãe, mas fico bem animada com a perspectiva de te ver, até mesmo de receber uma ligação ou mensagem sua. Sei que não conta muito, mas quero que saiba que me importo... com você.

— Significa mais do que você imagina — ele diz, com os olhos pesados.

— E você acredita em mim?

Ele assente.

— Sim.

— Que bom. — Pressiono a boca na dele de novo, e mesmo que esteja retribuindo o beijo com uma intensidade doce, me fazendo querer mais, não quero ir mais longe. Não quero que nossa primeira vez oficial seja enquanto ele está sofrendo.

Então vou me afastando devagar e me deito, agarrada a ele, e descanso a cabeça em seu ombro. Seus braços envolvem minha cintura, e ele me segura com força. E bem assim, enquanto a tristeza e a frustração do dia pairam sobre nós, pegamos no sono.

Bzzz

Bzzzzz.

Bzzzzz.

Que barulho é esse?

Alec se mexe ao meu lado, seu braço ainda ao redor da minha cintura.

— Ah, porra — ele murmura, e sua voz soa como uma lixa sendo esfregada na madeira. — Minha cabeça.

— O que é isso? — pergunto, pressionando a mão no olho.

— Um celular? — ele responde. Já ouvi vozes masculinas pela manhã, toda rouca e sensual, mas tenho que admitir: a do Alec ganha o prêmio de mais sexy, isso com certeza.

— Que horas são? — indago, levantando o corpo rígido do de Alec.

— Hum... — Ele se vira para a cabeceira. — Oito e cinquenta e dois.

— Oito e cinquenta... ai, meu Deus, Alec, a gente tem oito minutos para chegar no set. — Pulo da cama. — A gente vai se atrasar, nós dois.

— Merda — ele murmura, se sentando, bem devagar. — Porra, minha cabeça está latejando.

Pego minhas roupas, grata por termos que usar as mesmas coisas por dois dias seguidos pela continuidade das filmagens, mas não estou grata por não ter tido a chance de lavar as roupas. Visto minha legging e então ponho a blusa. Corro até o banheiro, sem nem me dar ao trabalho de fazer xixi, e passo a mão no cabelo antes de prendê-lo num coque.

Atrás de mim, dá para ouvir Alec se movendo, ainda lento, mas se movendo pelo menos.

— Vou usar a sua pasta de dente! — grito, espalhando um pouco no dedo e escovando. Não é lá muito efetivo, mas é o melhor que posso fazer.

— O enxaguante bucal fica embaixo da pia — ele grita quando o ouço abrir e fechar a secadora no seu closet. — Pelo menos tenho a decência de lavar as roupas.

— Cala a boca! — grito, correndo até minha bolsa e então de volta para o banheiro. Levo maquiagem para o set para retoques, e não poderia ficar mais agradecida por essa decisão enquanto dou uma ajeitada na cara de sono. Meu Deus, vou precisar de esfoliação facial depois dessa.

Todo preguiçoso, Alec entra no banheiro, sem camisa, só com a calça jeans baixa na cintura e uma expressão sexy como o pecado no rosto.

Faço uma pausa, retocando o delineador.

— Não é justo que você fique assim de ressaca, enquanto eu não bebi uma gota sequer e de alguma forma estou parecendo a noiva do Chucky.

Ele me dá uma rápida examinada e coça o peito.

— Para mim, você está gostosa.

— Seus olhos ainda estão embaçados de sono.

Ele abre a torneira e mergulha a cabeça inteira na pia, molhando seu rosto e cabelo. Observo com fascínio enquanto ele pega uma barra de sabão, ensaboa e enxagua tudo.

— O que foi isso? — pergunto enquanto ele se seca e põe a toalha de lado.

— Banho de torneira. — Ele pega a escova de dente e põe pasta nela. — Sabão dois em um, funciona muito bem. — Ele se apoia na bancada, com seu abdômen contraído enquanto escova os dentes.

Irritada por ser tão fácil para os homens, termino minha maquiagem e guardo tudo. Dou uma olhada no celular. Nove em ponto. Estamos oficialmente atrasados.

— Merda. Estamos muito atrasados. Eu, hã... já vou, aí pelo menos a gente não chega ao mesmo tempo. Te vejo lá.

— Ei. — Alec cospe a pasta de dente e enxagua a boca, agarrando minha mão ao mesmo tempo. Ele me puxa de volta e enlaça minha cintura com o braço. Depois de limpar a boca com o outro braço, ele se inclina e dá um beijo suave nos meus lábios. — Obrigado.

— Ah... sem problemas — digo, tentando ser o mais casual possível.

— Significou muito para mim. — Ele acaricia as minhas costas e o pescoço. — Não sei nem quando foi a última vez que alguém me consolou daquele jeito. Obrigado, Luna Lua.

Fico na ponta dos pés e o beijo, me perdendo em seus lábios por um instante.

— Eu me importo com você. Não se esqueça disso.

— Nunca — ele responde, me soltando. — Vou esperar um pouco. Cuidado no caminho para lá.

Assinto e vou embora, bolando todas as desculpas para o meu atraso, e a única coisa que vem à mente é... que eu estava consolando meu namorado arrasado.

Não sei se vai colar. Preciso pensar mais a caminho de lá.

— Posso falar com você por um instante, Luna? — Marco Vitally, querido jurado e gênio do papel, pede.

O que ele está fazendo aqui? Os jurados não vêm aos domingos. Mary DIY é a única que vem aos domingos e fica a maior parte do tempo no camarim. Ainda não fomos apresentadas de fato, e isso é uma grande decepção — eu a admirava de verdade. É sempre decepcionante quando encontramos nosso ídolo e acaba sendo péssimo, apesar de ter um gosto fantástico para macramé.

Me recompondo depois da loucura de ontem, forço um sorriso.

— Claro.

Cohen e Declan me lançam um olhar questionador antes de eu seguir Marco até a mesa de onde os jurados assistem aos desafios.

— Sente-se — ele diz e também se senta, mas deixa uma cadeira entre nós antes de se virar para mim.

— É uma vista diferente daqui. Deve ser divertido ficar nos assistindo correndo pra lá e pra cá feito loucos.

Ele ri.

— É bem hilário daqui. Ainda mais quando a Helen começa um dos discursos dela. Impagável.

Rio junto com ele.

— Certeza de que ficar vendo a Helen sentada em cima de mim na primeira semana foi o auge.

— Vai ficar na história como um dos meus momentos favoritos.

— E um dos meus momentos mais humilhantes, mas o bom é que agora posso rir disso.

— Bom saber. — Ele pigarreia. — Mas... o que eu quero falar com você é sobre a semana dos convites.

— Ah, claro. Queria ter tido mais tempo de ter trabalhado em um design para Declan e Cohen, mas fiquei feliz com o que a gente conseguiu fazer com o tempo que tivemos.

— Foi muito impressionante, na verdade.

— Sério? — pergunto, sentindo um friozinho de esperança na barriga.

— Sério. Queria ver o que mais você projeta, aí fui dar uma olhada nas suas redes sociais, e você é mesmo pau para toda obra.

— Sou meio maluca, aí fica difícil escolher no que focar às vezes. Eu simplesmente amo criar.

— E foi isso que vi: o amor que você coloca em tudo o que faz. — Ele assente. — Mostrei para a minha equipe os seus projetos e trabalho. — *Ai, meu Deus, não comece a chorar, não comece a chorar. Ele mostrou as minhas coisas para a equipe dele... caramba, não comece a chorar.* — Todo mundo ficou bem entusiasmado com a sua criatividade e combinação de cores. A gente adoraria colaborar com você em uma nova linha de convites de casamento.

Ai, meu bom Jesus. NÃO. COMECE. A. CHORAR.

— Caramba, isso... — Meus olhos ficam marejados. Merda. — Isso... — Abano a mão na frente do rosto, e Marco solta uma risadinha.

— Está tudo bem, Luna, pode chorar.

Lágrimas começam a rolar pelo meu rosto, e eu peço desculpas na hora.

— Me desculpa. Não queria ficar toda emotiva, mas este programa tem sido desafiador, e acho que está tudo vindo à tona ao mesmo tempo... você quer uma colaboração?

— Isso. Queremos dar um novo toque aos nossos projetos, criar uma linha que seja um pouco mais chamativa, moderna e mais ousada. Sei que você está trabalhando num casamento mais rústico para o seu irmão, mas os designs da sua loja se encaixam muito bem no que estamos procurando para atender às noivas modernas. Queremos que os nossos convites chamem a atenção das noivas que não estão procurando algo tradicional.

— Amei a ideia, e não estou dizendo isso só porque você quer uma colaboração comigo. Eu com certeza seria uma dessas noivas. Cores vivas, uma sensação gráfica, mas ainda divertida...

— Exato. — Marco abre um sorriso radiante. — Quer dar uma passada lá no nosso escritório depois dos casamentos? Podemos repassar tudo e você pode conhecer a equipe. Não quero tomar o seu tempo agora, mas assim que as coisas estiverem tranquilas, a gente adoraria fazer uma reunião para ver o que podemos criar juntos.

— Seria uma honra e tanto. É um sonho, Marco. Você não faz ideia.

— Bem, estamos animados em trabalhar com você.

— Está tudo bem se eu projetar algumas ideias enquanto isso? Não quero me adiantar, mas a minha mente já está a mil.

— Então vai com tudo. Pode criar à vontade. E traga tudo o que você tiver desenvolvido, aí a gente pode analisar.

— Fantástico. — Nós dois nos levantamos, e Marco estende a mão para mim, e eu dou um aperto.

— Vou falar para a minha equipe mandar um e-mail para você com alguns contratos e tal, aí a gente já pode pôr a mão na massa depois do programa. Combinado?

— Combinado. — *Conheço alguém que pode dar uma olhada nesses contratos para mim...*

— Muito bem, tenha uma ótima semana. — Ele dá uma piscadela. — Estou torcendo pela equipe Rossi.

— Obrigada, Marco. — Volto para Cohen e Declan, pronta para explodir de empolgação, quando vejo algo com o canto dos olhos que chama a minha atenção.

Alec está recostado numa parede, com a cabeça apoiada nas mãos e os ombros caídos. Titubeio por um instante — meu primeiro instinto é ir até ele para consolá-lo, mas então me dou conta de onde estou.

Em público.

— O que foi aquilo, Luna?

— Hein? — reajo, desviando o olhar de Alec e me voltando para Cohen e Declan, ainda na nossa bancada, esperando, impacientes, que eu diga alguma coisa. — Ah. — Torno a sorrir, mas desta vez parece um pouco forçado. — Marco quer uma colaboração comigo para criar alguns convites de casamento.

— Sério? — Cohen pergunta, com o rosto se animando. — Puta merda, Luna, que incrível!

Ele me pega em um abraço de urso e me gira. Encontro os olhos questionadores de Alec quando olho por cima do ombro de Cohen, mas Thad o chama para a sala verde, e ele desaparece.

— Que maravilha — Declan diz, também me abraçando assim que Cohen me põe no chão. — Sabia que o programa seria bom para você. Sabia.

— Eu não inscrevi...

— A gente sabe, a gente sabe — Declan fala, revirando os olhos —, mas já é um grande bônus você ser descoberta.

Cohen me puxa mais uma vez para um abraço.

— Que incrível. Você precisa ligar para a mamãe e o papai hoje e falar para eles.

— Pode deixar — digo, calculando de cabeça a que horas ligar para eles, já que estão lá na Austrália. — Ei, quando a mamãe e o papai vão voltar?

— Falei com eles ontem. Vão voltar para casa na segunda antes do casamento e falaram que vão trazer um monte de Vegemite para a gente.

— Ah... maravilha. — Solto uma risada e então um longo suspiro, pressionando a mão na barriga. — Caramba, por essa eu não esperava.

— Nem eu — Cohen responde. — Mas também não fico surpreso. Você é incrível, mana.

— Você também é incrível.

Capítulo 22

Alec

— A próxima semana é a nossa última antes dos casamentos. Por favor, cheguem no horário — Diane diz, olhando para mim. Como se eu nunca estivesse aqui no horário. Só por causa da porra de um dia. Estou atrasado um dia e agora fico levando bronca. Nem cheguei *tão* atrasado assim. Só vinte minutos, mas recebi aquela encarada da Helen, que teve que ser entrevistada primeiro nesta rodada por conta da minha ausência, Deus a livre, e a frieza de Thad.

Acrescente isso às vinte e quatro horas de merda que ando tendo.

A única parte boa disso tudo é... a mulher que está guardando as coisas na bolsa e evitando qualquer contato visual comigo. Recebi uma mensagem dela na noite passada, mas não queria arrastá-la para o fundo do poço para o qual eu estava indo, e com certeza não queria que ela visse as emoções que eu estava tentando controlar. No entanto, eu já deveria saber que ela apareceria à minha porta, porque ela é esse tipo de mulher. Amorosa, atenciosa, cuidadora.

Vê-la entrar no meu apartamento me deixou arrasado. Tentei evitar as emoções, afogá-las com uma garrafa de uísque, mas não funcionou. Em vez disso, acabei desmoronando na frente dela. Ela não virou as costas quando poderia ter feito isso. Ficou segurando a minha mão, me ouvindo. E aí ela fez a melhor coisa que poderia ter feito naquele momento.

Ela ficou.

Ela me abraçou.

Ela me fez sentir digno do amor de alguém.

E mesmo que a manhã tenha sido estressante, ela ainda levou um tempo para me consolar mais uma vez antes de ir embora.

Nas últimas vinte e quatro horas, me dei conta de duas coisas: minha mãe ainda não liga para mim — nunca ligou e é provável que nunca ligará — e Luna Rossi está se consolidando no meu coração, e por essa eu não esperava. Não porque pensava que Luna não era o tipo de mulher para durar, mas porque achei que eu não fosse o tipo de cara que deixaria alguém entrar no meu coração. Não sabia se era capaz de sentir o que sinto pela Luna — nem que queria esses sentimentos.

Quando o set começa a esvaziar, sinto vontade de chamá-la, pegar sua mão e deixar todo mundo saber que ela é a minha garota.

Minha garota, porra.

Minha garota, porra, que parece bem animada agora, e não deu nem para eu perguntar o motivo.

— Ouviu só? — Thad murmura ao meu lado. — Chegue na hora.

Pois é, Thad tem sido um pé no saco o dia todo, pondo um sorriso no rosto para as câmeras, mas me enchendo o saco sempre que a luz vermelha está desligada. Tem sido... divertido. *Insira um joinha sarcástico aqui*

— Se cuidem, pessoal. Nos vemos na próxima semana. Tomara que ninguém seja pé frio — Diane diz antes de ir embora. Marco e Mary DIY já se foram.

— Vamos dar o fora daqui — Thad fala para Naomi, se virando para a saída, mas ela o impede com a mão no seu braço.

— Espera um instante. — Ela sustenta meu olhar. — Está tudo bem, Alec?

— Está na cara que ele está de ressaca, Naomi. — Thad gesticula para mim, enquanto em me sento num dos banquinhos da nossa bancada. — Dá para sentir o cheiro de bebida nele, por baixo de toda essa loção pós-barba que não está encobrindo nada. Ele não dá a mínima para isto aqui, então por que a gente deveria ligar para ele?

— Ele está se esforçando, Thad.

— Está, é? — Thad retruca, mas olha para mim quando diz isso. — Ele ligou por uma semana. Por uma semana ele fez parecer que tinha mudado, mas agora ele está parecido com o nosso pai, me afastando e enchendo a cara.

— Thad — Naomi repreende.

— Está tudo bem. — Me levanto do banquinho e me afasto deles, com a mão no cabelo. — Talvez você tenha razão, Thad, pode ser que eu esteja seguindo os passos do nosso pai, mas sei de uma coisa: ele nunca teria aparecido aqui... e nem a mamãe. Eu levaria em consideração pelo que uma pessoa possa estar passando antes de me considerar a vítima. — Assinto para Naomi. — Vejo vocês na semana que vem.

Ao me virar para me afastar, ouço Naomi sussurrar para Thad vir atrás de mim, mas nenhum passo me segue, e está tudo bem. Neste momento, só quero voltar para casa para tentar descobrir o que fazer para deixar tudo melhor.

Luna: Farrah quer que você venha aqui. Quer testar o novo gancho de direita dela em você.

Alec: Por mais tentador que seja, é melhor eu ficar aqui. Sozinho. Não estou de bom humor.

Luna: Quer que eu vá aí?

Alec: Daria tudo para ter o seu corpo por cima do meu e as minhas mãos no seu peito, mas não seria pela razão certa. Além do mais, você deveria dar um pouco de atenção para a Farrah se ela está preparando um gancho de direita. Pode estar precisando de um pouco de amor da Luna Lua.

Luna: Farrah tem aproveitado o tempo sozinha. Não conta para ela que eu te falei isso, mas ela tem conseguido se masturbar em paz.

Alec: Ha ha. Acabei cuspindo água na minha camisa.

Luna: Ah, não, você vai ter que tirar a camisa agora. Que pena.

Alec: Você nem está aqui para aproveitar o show.

Luna: Não, mas você bem que pode me mandar uma foto... *implora*

Alec: [foto] Se a minha garota pediu, ela recebe.

Luna: *Suspira* Até seus mamilos aparecem na foto. Gosto muito deles. Não são tão pequenos nem tão grandes, o tamanho perfeito para um homem.

Alec: Obrigado?

Luna: Ha ha. De nada. Mas, sério, posso ir até aí, a gente pode conversar...

Alec: Como é que eu já sabia que você ia dizer isso?

Luna: Ficar guardando as coisas não ajuda, Alec.

Alec: Eu sei, Luna Lua. Só me dá um tempinho, tá bom? Está tudo muito cru agora, a merda está vindo toda do passado, Thad está... droga, está sendo Thad, mas num outro nível. Eu só preciso de tempo para respirar.

Luna: Entendo. Mas estou aqui para o que você precisar.

Alec: Eu sei. Quer sair amanhã? Ir a algum lugar legal?

Luna: Está me chamando para um encontro?

Alec: Estou.

Luna: Acho que estou interessada.

Alec: É melhor mesmo. Quero muito te levar para sair.

Luna: Bem, já que você quer MUITO me levar para sair, então acho que não tenho escolha. Que horas?

Alec: Às sete. Eu te pego. Farrah vai poder me mostrar o gancho direito dela, e aí a gente pode ir.

Luna: Acabei de falar para a Farrah isso e ela já foi logo se levantando e dando socos no ar. Vou considerar isso como um sim.

Alec: Perfeito. Ei, queria te perguntar, por que você estava toda empolgada lá no set hoje?

Luna: Te conto amanhã.

Alec: Tá bom. Boa noite, Luna Lua.

Luna: Boa noite.

Nota mental: encher a cara já não faz parte do meu repertório. Dois dias depois da minha noite de Jack Daniel's ainda estou me sentindo como uma merda. Sei que parte da culpa vem da minha bagagem familiar, mas noventa por cento da culpa vai para o uísque — puta merda, meu corpo ainda está sentindo.

Meus músculos estão doloridos.

Minha cabeça ainda lateja.

E se eu der uma fungada agora, ainda dá para sentir o cheiro da bebida agarrado ao meu corpo, apesar dos muitos banhos que tomei.

Respiro fundo, tomo mais água e tento me concentrar no relatório do detetive particular espalhado na minha mesa.

Foco, Baxter.

As palavras se misturam, o *T* fica parecendo *L* e o *M* fica parecendo *W*. *Caramba, está pior do que eu pensava.*

Me recosto na cadeira quando o telefone do escritório toca.

— Alô?

— Alec, Naomi está aqui para ver você — nossa recepcionista, Anita, avisa. — Está com tempo para se encontrar com ela?

— Sim, claro — digo, surpreso. — Pode mandá-la entrar.

Me levanto e tomo outro gole de água. Cogito vestir meu paletó, mas ela está prestes a se tornar a minha cunhada, então não precisa de toda essa formalidade. Em vez disso, arregaço mais as mangas e assim que pego água do frigobar para ela, Naomi bate à porta e entra.

— Oi, Naomi — cumprimento, me sentindo meio acanhado, considerando como as coisas terminaram ontem. — Como vai?

— Bem. — Ela fecha a porta. — Desculpa ter vindo sem avisar, mas imaginei que seria a melhor maneira de conversar com você... sem Thad.

Assinto e ofereço um assento e a água que tirei do frigobar para ela. Naomi se senta e suspira, se recostando, com as mãos sobre sua barriga redonda.

— Tem alguma coisa para comer aí? Esqueci meu lanchinho e este bebê tem me deixado faminta.

Dou risada e vou na direção dos armários perto do frigobar.

— Que tal um mix de castanhas?

— Tem chocolate nele?

— O que seria um mix de castanhas sem chocolate? — falo, pegando um pacote para cada um.

— Um lanche saudável e chato.

— Exato.

Ela abre o pacote e o inclina direto para sua boca.

— Pode ser que eu precise de mais um — ela diz depois de mastigar e engolir. — Mas vamos ver como vou ficar depois deste primeiro.

— Tenho vários. — Dou risada e me sento na cadeira de frente para ela.

— Que anfitrião, hein?

E o mais molhadinho... rio por dentro.

— Sem querer ser mal-educado, Naomi, mas por que você veio aqui?

— Ah, é, vamos direto ao ponto. — Ela toma um gole de água e então cruza as pernas. — O que aconteceu no sábado? Você estava estranho e aí acabou se atrasando para o domingo. Você não é de fazer isso.

— É só que...

— E não me venha com mentiras. A gente pode não se conhecer tão bem quanto eu queria, mas pelo menos espero que você não minta para mim.

Cara, ela é durona. Não consigo nem imaginar como deve ser morar com ela. Thad não deve se safar de nada.

Tenho duas opções: posso falar uma mentira descarada e deixar que ela acredite que foi alguma coisa do trabalho, ou posso me abrir com a Naomi e torcer para que isso me ajude a me aproximar do Thad. A primeira opção é mais fácil, mas a segunda pode ajudar a resolver um pouco do alvoroço que parece estar acontecendo no meu peito vazio.

Suspiro e apoio os cotovelos nos joelhos.

— Você ficou sabendo que a gente podia convidar as pessoas para o programa no sábado, né?

— Sim, Helen levou o marido chato dela com as orelhas cabeludas. Dá para ver por que ela é osso.

— Era o marido dela?

— Ah, sim, acho que se chamava Barry. — Naomi assente. — Tive o prazer de ser apresentada a ele enquanto estava tentando correr para o banheiro antes de as filmagens começarem. Mas não é disso que se trata a nossa conversa. Você chegou a convidar alguém?

— Sim. — Aperto as mãos. — Convidei a minha mãe.

Naomi se endireita devagar.

— Você convidou a Meredith?

— Sim. — Assinto. — Eu meio que liguei para ela no começo da semana. Dizer que ela ficou surpresa pela minha ligação é um eufemismo. Falei que adoraria se ela pudesse ir para as filmagens e que eu queria que a gente começasse a trabalhar para reconstruir o nosso relacionamento. Foi um grande passo para mim.

— Caramba, Alec. Eu não fazia ideia.

— Não falei nada para Thad, porque não queria que ficasse todo esperançoso. Ele já anda estressado, e sei o quanto de pressão atura tentando salvar a nossa família de desmoronar. Queria que fosse uma surpresa mais do que qualquer outra coisa. — Esfrego a nuca. — Mas ela não apareceu. Logo antes de começarmos as filmagens, fui para um canto e liguei para ela para ver o que estava rolando.

— E? — Naomi pergunta, ponto o pacote de castanhas na mesa.

— E ela disse que teve uma noite complicada. — Balanço a cabeça. — A mesma história de sempre. Achei que desta vez, já que eu estava ligando, ela poderia se recompor pela gente, mas parece que não. Eu... droga, fiquei com tanta raiva que surtei.

— E isso fez Thad achar que você tinha parado de se importar — Naomi conclui.

— Exato.

— Sabia que tinha alguma coisa aí. Parecia mesmo que você estava mudando, como se quisesse se aproximar mais do Thad.

— E ainda quero. Não quero desistir, mas sair do poço em que estive parece quase impossível.

— Não é impossível. — Naomi sorri. — Porque você tem a mim.

— Está dizendo que vai me ajudar? — pergunto, surpreso.

— É claro. Que tipo de cunhada eu seria se não te ajudasse?

— Não uma boa cunhada. — Dou uma risadinha.

— Exato. — Ela volta a ficar séria. — Não conheço a sua mãe muito bem, mas sei que ela é... egocêntrica. — Naomi faz careta. — Desculpa se soou grosseiro.

— Não é grosseria, é a verdade.

— Já cheguei a conhecê-la, e tem sido difícil, para dizer o mínimo. Ela cancelou várias vezes com a gente, simplesmente não aparecia. Até chegou a pedir uma prescrição no nome do Thad.

— Meu Deus — murmuro, balançando a cabeça.

— Thad sabe o tipo de pessoa que ela é, mas ainda fica perto dela apesar do relacionamento tóxico. Ela só suga, suga e suga, mas acho que ele continua com isso porque não tem mais ninguém.

Meu estômago afunda com o peso da culpa. Eu sou o culpado por ele só ter nossa mãe como opção. Ele é um homem de família, sempre foi, e fica mendigando qualquer porção de família que conseguir.

— Quero ajudar a reatar o seu relacionamento com Thad. No mínimo, isso vai ajudá-lo a se afastar da mãe. Você andou sumido, mas pelo menos dá para ver o amor que sente quando está perto dele. Não posso dizer o mesmo da Meredith. Você se importa com Thad e não estaria ajudando com o casamento se não fosse esse o caso.

— Eu me importo mesmo com ele. — Encontro o olhar de Naomi. — Me importo pra valer com ele.

— Então vamos encontrar uma maneira de melhorar as coisas, está bem? — Assinto e me levanto. Ela também, e a puxo para um abraço, nosso primeiro abraço.

— Obrigado por isso, Naomi. Eu precisava mesmo de algo assim.

— Deu para notar. — Ela esfrega minhas costas e então se afasta, segurando meus ombros. — Não sei se algum dia a sua mãe vai mudar, por você ou pelo Thad, mas vou me juntar a essa família em breve, e vai ser uma droga se você e Thad não se aproximarem. E, ei, se você precisar de um abraço meio maternal ou um puxão de orelha, pode me chamar. Beleza?

— Posso te chamar de mãe?

Ela ri e se afasta, pegando nossos pacotes de mix de castanhas no caminho.

— Se você quiser que Thad acabe surtando, claro. — Ela para. — Quer saber? Faça isso. Eu adoraria ver a reação dele.

— Pode deixar. — Dou uma piscadela e enfio as mãos nos bolsos.

Ela para à porta do escritório.

— Você é um cara legal, sabia, Alec? Talvez meio perdido, mas um cara legal. Dá para ver de onde Thad puxou isso. — Com um aceno, ela enfia a mão na bolsa e tira um pedaço quadrado de papel e me entrega. — Para o futuro tio.

Olho de relance para a foto preta e branca do que parece ser um feijãozinho.

— É...?

— Sim, é o bebê. — Naomi assente. — Thad queria te dar no sábado, mas se recusou depois da discussão de vocês. Achei que ia levantar o seu ânimo.

— E levantou — digo, com um nó na garganta. — Significa muito para mim... obrigado.

Ela abre um sorriso gentil.

— Te vejo no sábado, Alec.

O nó cresce na garganta. Me arrependo de várias decisões, mas sempre terei orgulho dos momentos em que pude proteger Thad e dar uma infância que eu nunca tive para ele. Sei que teve um impacto nele, e deve ser por isso que ele ainda me quer por perto. Que bom que Naomi consegue ver esse lado meu: o gentil e carinhoso do irmão que eu costumava ser.

Dou um rápido aceno.

— Te vejo no sábado, Naomi.

A porta se fecha, e volto para a minha cadeira, onde colo a foto bem debaixo da tela do meu computador para poder olhar para ela.

Um cara legal.

Se alguém me perguntasse se eu me achava um cara legal, não sei se diria sim.

Ganho a vida ajudando pessoas a se divorciarem. Tenho minhas razões para essa escolha, mas quanto mais penso na minha mãe, mais me dou conta de que passei todos esses anos ajudando essas outras mulheres para que não terminassem como minha mãe, para que não machucassem nem negligenciassem os filhos como a minha mãe fez. Pensei que estava em busca de justiça, mas acho que estava tentando mudá-la ao projetar meus problemas da infância nas minhas clientes.

Meu Deus do céu, isso é uma grande merda.

Isso não faz de mim um cara legal. Me faz um candidato perfeito para a terapia.

Dou a volta na mesa, pego o telefone e ligo para Lucas.

— O que foi, cara?

— Preciso de um terapeuta.

Ele não ri.

— Conheço a pessoa certa para você.

Capítulo 23

Luna

Farrah: Estou atrasada. Não saia para jantar até eu mostrar o meu gancho direito para ele. Não vai levar mais do que quarenta e cinco minutos. Foi mal.

Abaixo o celular assim que ouço batidas à porta. Me levanto do sofá e vou atendê-la.

Andei me preparando mentalmente para este encontro. Alec não me mandou mensagem, e mesmo ele tendo dito que ficaria bem, não acreditei. Ele sofreu um golpe e tanto no fim de semana, e não consigo nem imaginar como ele daria conta de se recuperar sozinho. Estava louca para ir na casa dele e abraçá-lo, para que ele soubesse que eu estava ali para o que precisasse, mas respeitei seus desejos. E foi doloroso.

Também foi doloroso não ter recebido notícias dele.

A única mensagem que recebi hoje foi logo antes de ele sair de seu apartamento, me avisando que estava a caminho. Então não faço ideia do que esperar deste encontro hoje. Será que ele está de bom humor? Será que passou muito tempo esquentando a cabeça? Será que está ali parado do outro lado da porta, pronto para terminar comigo?

É esse medo que tem girado na minha mente como uma tempestade pronta para desabar.

Tenho medo de que o nosso relacionamento seja demais para Alec. Talvez tivesse sido melhor se ele desse um tempo e pensasse no que fazer da vida. Eu teria aceitado, se fosse o caso, e o deixado reconstruir a família dele — não importa o quanto isso teria sido devastador. Gostando ou não, Alec me afeta demais. Não consigo tirá-lo da cabeça. Até mesmo quando estou fazendo artesanatos, meus pensamentos se desviam para ele e a forma como me toca com tanto cuidado, como consegue me fazer rir sem nenhum esforço. Depois que Marco ofereceu a colaboração, a primeira pessoa para quem eu quis contar foi Alec, apesar do meu irmão ter estado bem ali. Queria ver o orgulho no rosto do Alec, a empolgação — aquele sorriso.

Com as mãos trêmulas, me preparo e abro a porta.

Um instante depois, um par de braços fortes me leva de volta para dentro do apartamento, me gira, fecha a porta e me pressiona contra ela. Então um par de lábios vem para os meus.

Lábios firmes e exigentes.

Lábios famintos e devoradores.

Os únicos lábios que quero.

Sua boca é a primeira coisa que registro, seguida por suas mãos na parte inferior das minhas costas, e então a aspereza de sua barba. Um gemido doce vem do fundo de sua garganta.

Sexy.

Necessitado.

O alívio me invade.

Minhas mãos vão para a sua nuca, onde aperto com força, mais do que aliviada por estar recebendo *este* tipo de cumprimento — e não aquele que eu temia.

— Cadê a Farrah? — ele pergunta, pousando a testa na minha.

— Atrasada.

— Sério?

— Pelo menos quarenta e cinco minutos.

Ele me levanta pelo bumbum, e eu enlaço sua cintura com as pernas.

— Onde fica o seu quarto?

— No final do corredor. Porta à direita.

Ele vai para ela, e eu dou risadinhas, já que ele praticamente corre até o fim do corredor. Deslizando ao parar, ele chuta a porta, entra no quarto e bate a porta ao passar antes de me jogar na cama. Ele arranca a camisa pela cabeça e a joga no chão, revelando seu peito perfeitamente definido e seu abdômen magnífico. Nunca vou me cansar dessa visão.

Nunquinha.

— Tira a blusa. — Ele gesticula.

Faço o que ele pede, revelando meu sutiã verde-musgo.

— A calça também.

Dou risada e obedeço.

— Combinando, gostei — ele diz e vem rastejando pela cama e me dá um beijo nos lábios. Mas então para e se afasta um pouquinho. — O que foi?

— Nada.

— Não vai colar. Tem alguma coisa te preocupando.

— É só que... — Seu corpo quente fica pairando sobre o meu, e a última coisa que quero é distração para o que estamos fazendo, mas Alec quer a verdade. — Depois de não ter notícias suas e de todo aquele drama que rolou no fim de semana, achei que você, sei lá, fosse querer um tempo para pensar nas coisas.

— Quê? — Ele franze a testa. — De onde você tirou isso? É só por causa de você que estou conseguindo sobreviver a este turbilhão.

— Sei que foi loucura minha, mas foi só um pensamento. Não tive notícias suas o dia inteiro...

— Luna. — Ele pousa a mão na minha bochecha. — Não foi de propósito. — Então beija meu pulso. — Estava colocando o trabalho em dia para que pudesse sair hoje. Além do mais, Naomi deu uma passada lá no escritório.

— Ah, é?

— É. — Ele assente. — Ela queria ver se eu estava bem. Contei sobre a minha mãe não ter aparecido no set. Ela ficou surpresa por eu tê-la convidado, para começo de conversa, mas falei que queria dar um jeito nas coisas. E por fim chegamos à conclusão de que talvez o relacionamento com a minha mãe nunca mude, mas o com Thad ainda pode mudar. E ela vai me ajudar a fazer isso acontecer.

— Ai, Alec, isso é... ótimo.

Ele me analisa.

— Você está dizendo isso, mas cadê aquele seu sorriso maravilhoso para acompanhar?

— Aff, desculpa. Estou sendo idiota.

— Me deixa adivinhar, você queria ajudar a recuperar o meu relacionamento com a minha mãe, né? E está meio triste por não ser a única que pode ajudar.

— O quê? Por que você está dizendo isso?

— Porque, Luna Lua, você gosta de ajeitar tudo. — Ele vira a minha palma e a beija também. — É da sua natureza.

— Eu gosto de ajudar.

— E eu amo isso em você — ele diz, e a palavra com *A* sai com tanta facilidade de sua boca. Sei que ele não disse que *me ama*, mas ainda assim, ouvir essa palavra me deixa arrepiada.

— Você está se sentindo melhor?

— Muito melhor agora que estou aqui. — Ele se abaixa e nossas barrigas nuas se tocam. Ele suspira, pousando a testa na minha. — Só fui me dar conta do quanto eu precisava ver você agora. Tem sido uns dias de merda.

— Pois é. — Engulo minhas notícias incríveis; não é a hora certa para isso. — Mas que bom que você está aqui agora.

— Sim. — Ele dá um beijo suave nos meus lábios. — Acho que nunca te agradeci.

— Pelo quê?

— Por tudo. — Seus lábios vão da minha mandíbula até o lugar sensível perto da minha orelha. Seguro seus ombros e me viro por baixo dele, enquanto sua boca vai sussurrando na minha pele. — Por ter aparecido lá na minha casa naquele dia, por ter me abraçado, me fazendo sentir que sou importante. — Ele se apoia nos cotovelos. — Por ser minha.

Passo a mão em sua barba, sem tirar os olhos dos dele.

— Não precisa me agradecer, Alec. Quero você na minha vida. Fiquei arrasada só de pensar que você fosse terminar comigo hoje. É estranho pensar que tudo isso começou com a sua ordem por café, mas que bom que aconteceu, porque nos trouxe até aqui, e acredito de verdade que você seja o primeiro homem que tem meu coração nas mãos.

— Caramba... — Ele solta um suspiro pesado. — Me sinto da mesma forma, Luna. Da mesmíssima forma.

— Tipo... como se você não conseguisse me tirar da cabeça?

— É constante.

— Tipo... como se você quisesse me contar tudo e qualquer coisa?

— Me sinto com a língua solta quando estou com você, fico bem animado em conversar com você.

— Tipo... — começo, com o coração martelando. — Tão excitado que se você não entrar em mim agora, sua pele vai se desintegrar?

— Desesperado, Luna. Desesperado pra porra por isso.

Meu estômago vai lá no fundo, e me dou conta: chegou a hora, o momento que eu estava desejando já faz um tempo.

Deixo que ele saiba o que quero, abrindo bem as pernas e envolvendo sua cintura com elas, pressionando meu centro nele. Sua cabeça cai no meu ombro, e ele solta um suspiro trêmulo.

— Tem certeza? — sussurra.

— Absoluta. — Assinto. — E estou pronta. Eu te quero, Alec. Preciso de você.

Em resposta, ele alcança as minhas costas e abre meu sutiã. Usando apenas a ponta de seus dedos, arrasta a alça pelo meu ombro e seus dedos vão roçando a minha pele.

Ele levanta meu braço para que possa tirar meu sutiã, e em vez de trazer os lábios de volta aos meus, Alec vai se movendo pelo meu corpo, passando pelos meus seios. Sua barba raspa nos meus mamilos endurecidos, que ele chupa com sua boca quente e molhada.

— Isso — sussurro, e minha mão vai para o seu cabelo.

Sem vergonha alguma, movo o quadril contra ele, procurando uma forma de aliviar a pressão entre as pernas.

Enquanto sua boca trabalha com um dos meus seios, sua mão vai para a minha calcinha. Passa os dedos ao longo do cós, sentindo o tecido, quase como se ele estivesse memorizando a sensação na ponta de seus dedos. E quando acho que ele vai continuar a me torturar, seu toque vai para tão perto de onde o quero, Alec puxa minha calcinha para baixo, e eu as chuto para o lado. Ele se senta e me olha, enquanto meu coração martela no peito.

— Tão gostosa — ele diz antes de pegar meus dois seios, apertá-los e levar a boca a eles.

E beija.

E lambe.

E chupa.

E, meu Deus, belisca.

— Ai, porra, Alec. — Ele solta um gemido junto a mim e repete o processo, brincando com meus seios até que me sinto desnorteada. Preciso que ele avance e me tome todinha, mas ele não faz isso.

Ele belisca.

E belisca.

E belisca até que o latejar entre as minhas pernas atinge um crescendo tão grande que se ele fizer isso mais uma vez, vou acabar gozando.

— Por favor, Alec. Preciso de você.

Ele lambe meu mamilo, acalmando a dor prazerosa antes de arrastar a língua para o meio da minha barriga e, em seguida, para meu osso púbico. Então para e põe a mão na calça. Ele a abaixa, junto com a cueca, liberando seu pau belamente duro.

Meu Deus, ele tem um membro incrível. Como se o próprio Senhor tivesse passado um bom tempo o esculpindo, tornando-o perfeito.

— Estou duro pra caralho — ele solta antes de pressionar a boca entre as minhas pernas. Me apoio nos cotovelos, com a boca aberta, enquanto ele passa a língua ao longo do meu clitóris. Seu quadril se move, esfregando o pau no colchão, provavelmente tentando aliviar um pouco da pressão que tem aumentado dentro dele também.

— Pare — solto.

Ele para, meio preocupado.

— Está tudo bem?

— Eu amo a sua boca em mim, mas quero o seu pau, Alec. Não quero você se esfregando em nada além de mim. Agora.

Ele ri e, com gentileza, me faz deitar de costas.

— Não é você que manda aqui, Luna Lua. Eu que mando. — E então ele põe a boca de volta na minha boceta e pressiona com a língua o clitóris, e antes que eu possa discutir, meus músculos derretem. Não sinto nada além da forte batida do meu coração e o estremecimento no meu centro.

— É isso, Luna, pode gozar — ele diz, parando por um momento antes de mergulhar entre as minhas coxas.

— Ah... estou chegando lá. Estou chegando... porra! — grito. Um prazer ardente toma conta de mim, me fazendo ver estrelas. Meu corpo se levanta do colchão, e quase não acredito nisso quando sua boca não para.

— Alec, porra, Alec — grito, e ele grunhe alguma coisa antes de se afastar.

Bem como eu comecei a gozar com a euforia de sua boca, ouço uma embalagem de camisinha se rasgando e sinto suas mãos abrindo bem as minhas pernas. Estendo o braço e pego seu comprimento, guiando-o para onde o quero. Ele sorri com luxúria para mim, enquanto a ponta de seu pau brinca na minha abertura. Essa expressão de prazer torturado enquanto ele entra pouco a pouco em mim é de longe a coisa mais sexy que já vi na vida.

— Puta... merda — ele solta com dificuldade. — Merda, Luna, você é tão gostosa. Gostosa pra caralho.

— Tão grande — sussurro.

Ele para.

Eu ofego.

Seu autocontrole está por um triz.

Mas ele ainda consegue ir com calma, pondo a mão na minha barriga para segurar minha pélvis no lugar, enquanto entra e sai de mim. O ritmo é agoniante, mas da melhor forma possível.

— Tão gostosa — ele murmura. Então se abaixa e me beija, abrindo minha boca com a língua para mergulhá-la fundo. Ofego em sua boca, enquanto ele vai entrando e saindo, parecendo alongar todos os meus pontos de prazer.

O suor deixa nossos corpos escorregadios.

E fica impossível não gemer depois de três estocadas demoradas e... lentas.

— Meu Deus, Alec, preciso que você vá mais rápido. Com força.

— Mas... é... tão... bom — ele grunhe.

Estou em um purgatório sexual, sem nenhum alívio em vista se ele continuar assim, então faço uma coisa que sei que vai levá-lo ao limite.

Me aperto ao redor dele assim que ele dá uma estocada.

— Puta... ah, porra, Luna. — Ele para, ofegante. — Não faça isso.

Ele entra de novo, e eu aperto.

— Puta merda. — Faço várias vezes até que ele ruge, prende minhas mãos sobre a cabeça e perde todo o controle. Bem do que eu precisava.

Ele me fode.

Ele queria ir devagar, queria arrastar, não mais.

Ele me dá o que eu quero.

Com força. Sem jeito. Sem coordenação.

E, ai, é tão delicioso.

— Isso, isso... — Solto gemidos enquanto sinto o orgasmo aumentando. — Estou chegando lá, Alec, estou chegando lá.

Ele geme junto do meu ombro, morde e então solta uma rajada tão forte de estocadas que nos empurra pela cama. Quando minha cabeça atinge a cabeceira, ele solta minhas mãos, apoia as dele na cabeceira e continua metendo.

Em cima de mim, seus músculos ondulam e o suor começa a escorrer pelo seu peito. Seu corpo fica tão lindo quando está metendo em mim, e esse é o meu fim.

O êxtase toma conta de mim quando os espasmos percorrem minhas pernas e minha boca se abre, mas nenhum barulho sai, já que estou submersa em ondas de prazer.

— Ah... merda — Alec diz. — Vou gozar. — Ele para sobre mim, e seu gemido é uma das coisas mais provocantes que já ouvi.

Um rugido tão delicioso que meu orgasmo continua vindo em espasmos, meu corpo formiga e busca mais, enquanto seu quadril vai diminuindo o ritmo contra o meu.

— Porra, Luna — ele murmura, pressionando o rosto no meu pescoço, seu hálito quente na minha pele. — Você acabou comigo.

Dou risada.

— Certeza de que foi você que acabou comigo. — Envolvo o seu rosto e trago seus lábios para os meus, deixando que assumam o controle enquanto superamos o êxtase pós-orgasmo, com nossos corpos conectados, nossas respirações se acalmando.

Ele se levanta um pouco, seu sorriso está torto e preguiçoso.

— Você acabou comigo, sabia? Acabou pra valer comigo.

Eu o faço se deitar de costas e descanso a cabeça em seu peito.

— Posso ser sincera com você?

— Sempre.

Mordo o lábio, nervosa, mas sabendo que precisa ser dito.

— Você está, hum... você está começando... — Passo os dentes pelo lábio inferior. — Eu gosto muito de você... muito mesmo.

Ele sorri de leve.

— Também gosto muito de você, Luna Lua.

— De um jeito assustador? Ou de um jeito sério?

— De um jeito bem sério — ele responde, com a voz rouca e agradavelmente preguiçosa. Se Farrah não fosse chegar em breve, eu teria ficado assim a noite toda.

— Sério?

— Meus sentimentos são sinceros, Luna, e estão ficando mais fortes a cada instante que passo com você.

Sinto meus dedos do pé se contraírem só de ouvir essa pequena frase, só por saber que ele está no mesmo barco e que não nos desviamos do curso.

— Os meus também.

— Que bom. — Ele passa a mão nas minhas costas. — Devemos nos limpar?

— Acho que sim. — Mas não me movo. Em vez disso, arrasto o dedo pelo seu peito. — Está tudo bem? Com a sua mãe e tudo mais? Você ficou muito chateado no sábado, e acho que isso demora um pouco a passar.

— É verdade. — Ele suspira, esfregando minhas costas. — A dor ainda está aqui, a noção de que ela nunca vai ser a mãe que eu queria que ela fosse, mas também sei que há outras pessoas que se importam comigo. Que valorizam o tempo que passam comigo...

Me inclino e pressiono um beijo em seus lábios.

— Eu valorizo.

— Eu sei. — Ele beija a minha testa. — E sou muito grato por você. Sou grato pelo fato de Naomi querer ajudar e sou grato por ter conseguido passar por cima da minha bagagem e me dar conta da saudade que sinto do meu irmão.

— E você pode se apoiar em mim, não precisa se afastar.

Ele arrasta os dedos pelas minhas costas, então pelos meus ombros e desce de novo pelas costas, deixando a pele toda arrepiada e me fazendo desejá-lo de novo.

— Eu sei, mas não quero ser só um projeto que você possa consertar.

— Ei! — retruco, ofendida. — Não é por isso...

— Não quis te magoar; só estou dizendo isso para que você saiba que não quero ser alguma coisa que você possa ajeitar. Quero ser o homem que você merece. O homem forte e organizado. Não o cara arrasado que não consegue se controlar, que se volta para a bebida para esquecer os problemas.

— Não é como eu te vejo, Alec.

— Mas é como eu me vejo, e você merece muito mais do que isso. É por isso que eu não queria que você passasse lá no domingo. Já viu o meu pior, não precisava de uma segunda dose.

Faço uma pausa, absorvendo suas palavras e tentando acalmar a irritação que cresce dentro de mim. Respiro fundo.

— Mas *é* esse o objetivo de estar com alguém: ver essa pessoa no pior. Um relacionamento não deve ficar na superfície. Deve ser profundo e multifacetado, ter seus altos e baixos, e a gente precisa experimentar tudo juntos. Você não precisa ser esse cara que é sempre forte para me proteger, Alec. Gosto de ver o seu lado vulnerável. Foi por isso que me apai... — Me seguro e engulo em seco. — É isso que me atraiu em você. Esse lampejo de vulnerabilidade me mostrou que há uma pessoa de verdade por baixo do seu exterior lindo. Uma pessoa que eu quero conhecer.

Ele solta um longo suspiro e arrasta a mão no rosto.

— Porra, por que você sempre tem razão?

Dou risada e me inclino para baixo para beijar seu queixo.

— Porque mesmo você sendo mais velho, eu sou mais sábia. Nunca se esqueça disso.

— Acho que você não vai deixar. — Ele se senta na cama, me puxando para que eu me sente bem em seu colo, com seu pau na minha entrada.

Meu Deus, que gostoso. Me mexo e solto um gemido com a pressão no clitóris.

— Ei, safadinha, vai com calma.

— É você que está com uma ereção.

— Porque a sua boceta molhada fica deslizando nela. — Ele ri e para meu quadril. — Logo vamos chegar nessa. Sexo no chuveiro... você, eu e água quente. — Parece divino. — Olha para mim, Luna. — Encontro seus olhos. — Os sentimentos são novos para mim. Eu bloqueei isso tudo por tanto tempo que esqueci que está tudo bem demonstrá-los. Faz tempo que renunciei aos relacionamentos, então pega leve comigo enquanto tento me orientar. Porque eu estou me apai... — Ele para e então dá uma piscadela.

— Você está se apaixonando? — pergunto, enlaçando seu pescoço com os braços.

— Estou, Luna Lua.

Roço nossos narizes antes de beijá-lo.

— Eu também.

— Ainda acho que ela não me atingiu sem querer — Alec diz, esfregando o braço, enquanto damos uma olhada no cardápio de um dos restaurantes mais legais a que um namorado já me levou. Não chega nem perto de ser chique, mas é romântico, com uma iluminação fraca, plantas de chão e assentos macios de veludo. Pegamos o metrô até Hell's Kitchen para o jantar, mas agora que estamos aqui, valeu muito a pena, não que o caminho tenha sido difícil, mas depois do que fizemos, me senti tentada a ficar em casa, na cama.

— Gostaria de dizer que foi sem querer, mas vi a cara da minha melhor amiga, foi um aviso.

— Achei que eu tinha conquistado a Farrah daquela última vez.

— Ah, e conquistou mesmo. — Assinto, pondo o cardápio na mesa. — Mas só que ela gosta de te manter sob controle, é isso.

Ele esfrega o braço como um bebê.

— Será que ela não pode fazer isso verbalmente da próxima vez?

— Não foi *tão* forte assim.

— Fácil para você falar isso. Não foi você que levou um soco.

— Ela tem ossos de passarinho. Não tem como o punho dela ter feito tanto estrago. — Reviro os olhos.

— Pode ser que eu esteja tentando te mostrar mais desse meu lado sensível para você cuidar de mim depois dessa. Ouvi dizer que peitos têm um poder curativo incrível. Será que posso chupá-los depois dessa?

Tento segurar a risada, mas é impossível.

— Você é péssimo, sabia? Dia e noite com você.

— Mantém você preparada. — Ele dá uma piscadela e estende o braço pela mesa, pegando minha mão. — Além do mais, não ligaria de ter uma terceira rodada hoje.

— Para um velho como você? Impressionante.

Ele se inclina para frente e aponta o dedo para mim, com o rosto risonho.

— Eu só tenho trinta e dois anos, estou no auge da minha virilidade.

— É isso que aquelas revistas masculinas dizem? — Sorrio.

— Olha só quem é a piadista agora, zoando a minha idade. Tá bom, já vi tudo, Luna Rossi. Já vi tudo.

Reviro os olhos.

— O que você vai pedir?

— Depende do que tem para a sobremesa. Se for só um beijo no rosto e um tapinha na minha bunda para me mandar de volta para casa, então vou querer um macarrão com queijo, porque pelo menos posso ficar inchado e feliz.

— Que encantador.

— Mas se vou ter um momento de esfregação com a minha garota, então vou pedir uma salada Cobb, aí meus músculos vão estalar quando eu estiver metendo nela. E aí... o que devo pedir?

— O macarrão com queijo. Com certeza o macarrão com queijo.

— Droga, Luna. — Ele ri e pega minha mão assim que a garçonete vem à nossa mesa.

Pronta para pedir, me viro.

— Oi, gostaria de…

Minhas palavras morrem quando faço contato visual não com a nossa garçonete, e sim com a Mary DIY em pessoa. O medo faz minha nuca formigar quando me dou conta de que estou sentada de frente para Alec, segurando sua mão, num restaurante romântico.

Não parece um encontro de amigos, ou de inimigos em trégua. Parece muito mais que isso.

— Nossa — Mary diz. — Que legal encontrar vocês dois aqui longe das câmeras.

Alec semicerra os olhos, e tenho certeza de que sei bem o que ele está pensando.

Como ela sabe quem nós somos se nem fez questão de se apresentar de fato?

Mas sendo a pessoa agradável que sou, digo:

— Oi, Mary, como vai?

— Ótima. Vi vocês dois entrando e pensei: "Ei, eu conheço aqueles dois". Tive que vir aqui dizer um oi.

— Teve, é? — Alec responde, com a voz entrecortada, me fazendo suar na hora. Dou um chute nele por baixo da mesa, mas ele não parece ligar.

— Ora, é claro. — Mary sorri, com os nós dos seus dedos brancos de segurar a bolsa. — Vim para te parabenizar. — Ela olha para nossas mãos por um breve instante, e eu solto a mão, como se Alec a tivesse queimado. Lanço um rápido olhar para ele; pela sua testa franzida, a ficha está caindo para ele também. Se ela disser alguma coisa para Thad, nós dois estaremos ferrados.

— Parabenizar pelo quê? — pergunto, com a voz trêmula.

— Pela sua colaboração com o Marco, é claro.

— Colaboração? — Alec questiona do outro lado da mesa.

Merda, ainda não tive a chance de contar para ele.

— Ah, ela não te contou? Bem, imagino que ela não contaria mesmo, já que são adversários e tal. — Mary volta a sorrir, mas há um objetivo por trás dessa fachada, só que ainda estou tentando descobrir o que é. — Marco vai colaborar com a *Luna* para um novo modelo de convites modernos de casamento.

Alec pisca algumas vezes, olhando para mim. Dá para ver as perguntas em seu rosto... *Por que você não me falou nada?*

— Não é um sonho virando realidade? — Mary continua, e sua voz doce não combina com seus olhos frios. — Uma Cinderela da vida real.

— Acho muito difícil chamar isso de Cinderela da vida real — Alec retruca. — Luna não saiu do nada para a riqueza. Ela se estabeleceu no mercado e você teria reconhecido isso se não ficasse com a cabeça enterrada no próprio...

— Obrigada, Mary — digo, interrompendo Alec antes que ele possa terminar o que sei que seria um insulto saboroso. — Estou muito empolgada.

Ainda agarrando a bolsa, Mary olha para Alec por uns instantes antes de erguer o queixo no ar e se virar para mim.

— Sim, e deveria mesmo. Estava conversando com o Marco outro dia sobre essa linha, e o que ele tem é incrível. Ainda estou meio surpresa por ele ter deixado a minha ideia de lado, mas ele queria fazer uma colaboração de *caridade*.

Que. Vadia.

Já tinha me dado conta de que ela era uma diva egocêntrica só com alguns episódios, mas agora ela atingiu outro nível.

No entanto, sou profissional e jamais queimaria pontes, então forço um sorriso.

— Me considero bem sortuda. — Então, para fazer com que ela vá embora, eu a dispenso. — Te vejo no sábado, Mary.

— Aham. — Ela me dá uma longa olhada e então se vira para Alec. — Vejo você... no sábado.

E assim como apareceu do nada, ela se vai, se encontrando com algum homem à porta e desaparecendo na cidade noturna.

— Não consigo acreditar...

— Era isso que você estava comemorando no sábado, não era? — Alec pergunta, tristeza e raiva colidindo em sua voz. — Com aquele abraço no Cohen. Era isso, não era? — Assinto. Ele se recosta na cadeira. — Por que não me contou, Luna?

— Você não andava muito bem...

— Palhaçada. Só porque eu não estava no meu melhor momento, não significa que você precisa esconder as suas conquistas. Você devia ter me falado. É meio que uma notícia e tanto, e se fosse minha, eu teria te contado, fosse o que fosse.

— Eu queria, Alec. Você foi a primeira pessoa para quem eu queria contar, mas... sei lá, só não pareceu certo. Estava planejando te contar hoje. Assim que a gente fizesse os pedidos, eu ia te contar tudo.

Ele passa a língua nos dentes enquanto tamborila os dedos na mesa.

— Tá bom, então me conta.

— Não vou contar enquanto você estiver bravo.

— Não estou bravo — ele retruca.

— Não sei, não.

Ele se mexe na cadeira, olhando para a porta.

— Tipo... por que simplesmente deixou ela pisar em você? Ela estava sendo uma filha da puta desagradável de propósito, só porque você conseguiu essa colaboração no lugar dela. E você nem se defendeu.

— Pra quê, Alec? Nada que eu dissesse ia mudar isso, só a deixaria puta, e se você não percebeu, ela viu a gente de mãos dadas. Ela não parece ser o tipo de pessoa que vai simplesmente deixar isso pra lá, ainda mais se eu tivesse provocado. Foi melhor ter deixado ela me ofender. Era só o que faltava ela sair contando para a Diane sobre a gente. Prefiro que a Mary continue ignorando a minha existência.

Ele lambe os lábios, nem um pouco convencido. Suspiro e me levanto da cadeira, dou a volta na mesa e me sento no seu colo. Seus braços vão logo me envolvendo.

Passo os dedos em seu cabelo escuro.

— Desculpa por não ter te contado. Eu estava tentando ter empatia. Vou fazer questão de não considerar os seus sentimentos da próxima vez. — Ele bufa, e dá para senti-lo relaxar.

— É só que eu quero ser o cara que comemora com você.

— Eu também quero — digo, me inclinando e pressionando um beijo na sua boca, sem me importar que estamos num restaurante cheio. — Vai por mim, eu queria correr para você primeiro, mas considerando as circunstâncias, me segurei. Fica tranquilo, da próxima vez que alguma coisa acontecer e você estiver passando por maus bocados, não vou deixar de te dar um chute no saco e te contar as notícias.

— É o que peço. — Ele sorri, e fico aliviada por ele ter concordado, e por estarmos bem.

— A gente acabou de ter a nossa primeira briga? — pergunto.

Ele balança a cabeça.

— Foi mais uma discussão.

— Ah... então não vamos fazer sexo de reconciliação.

Ele ergue as sobrancelhas.

— Na verdade, foi uma briga. Uma briga enorme. Gigante. Eu... caramba, nem acredito que a gente sobreviveu a isso. A gente deveria mesmo fazer sexo de reconciliação, muito sexo de reconciliação.

Reviro os olhos e volto para a minha cadeira assim que a garçonete vem à nossa mesa.

Ela se apresenta, recita as promoções e então se vira para mim.

— Vou querer o salmão com aspargos e arroz. — Entrego o cardápio.

Alec também entrega o cardápio e diz:

— Vou querer a salada Cobb. — Ele dá uma piscadela para mim com um sorriso bobo, e eu não consigo segurar a risada.

Quando ela se afasta, pego meu copo d'água.

— Você está mesmo esperançoso por uma terceira rodada, hein?

— Um cara pode sonhar.

— Continue sonhando.

— Pode deixar. — Ele pega a minha mão. — Agora, me conta tudo sobre essa colaboração...

Capítulo 24

Alec

— O que você está fazendo aqui? — Thad pergunta assim que abre a porta do seu apartamento. Contenho uma careta ao ver queijo em pó no canto de sua boca.

E esse cara está prestes a se tornar pai...

— Vim ver a Naomi — digo, passando por ele e entrando no apartamento, onde Naomi está sentada no sofá, com uma tigela gigante de Doritos no colo.

— Ei, Alec, quer Doritos?

— Adoraria, obrigado. — Me sento ao lado dela, e, julgando pelo morninho na almofada, era onde Thad estava sentado. Pego um salgadinho e o jogo na boca.

— Hum... o que raios você veio fazer aqui? — Thad questiona, fecha a porta e para na nossa frente, bloqueando a TV, que está passando uma reprise de *The Big Bang Theory*.

— A gente está tentando comer Doritos e ouvir o Sheldon bancar o babaca — respondo, gesticulando para a tela atrás dele. — Sabia que você não é transparente?

Thad pega o controle e desliga a TV antes de se inclinar sobre sua noiva grávida e pegar a tigela de Doritos feito um verdadeiro selvagem.

— Para de bobagem. — Ele gesticula para nós com o dedo coberto de pó de queijo. — Isso aí nunca aconteceu, vocês dois nunca passaram tempo juntos, e eu disse em alto e bom som no domingo que ia dispensar ele... *Naomi*. Então o que está rolando?

— Ele te falou isso? — pergunto para ela.

— Eu não presto atenção em um monte de coisas que ele diz. Tipo, que ele ia começar a se depilar. — Ela se inclina para mim. — Acha que ele se livrou daquela floresta que tem no peito?

— Eu falei que ia fazer isso para a noite de núpcias. Não vou deixar os pelos crescerem parcialmente e cutucar seus olhos enquanto você brinca com os meus mamilos.

— Mamilos? — Ergo a sobrancelha para Naomi.

— Esse aí adora que brinquem com os mamilos. — Ela dá de ombros e aponta para Thad, que parece prestes a explodir.

— Não faça isso. Não fale de mim como se eu não estivesse aqui.

— Não pareceu que a gente estava fazendo isso — retruco. — Ela apontou para você, aí a gente sabe que você está aqui.

Thad suspira e cerra os punhos.

— Vou começar a gritar daqui a três segundos se vocês dois não me disserem o que está rolando.

Seguro a risada.

— Achei que a gente podia dar uma olhada no desafio de amanhã e nos nossos toques finais. — Enfio a mão no bolso e tiro algumas das ideias que bolei com a ajuda de Luna durante a semana... enquanto estávamos pelados na cama.

Aquela mulher vai acabar comigo, e fico grato por cada instante disso tudo.

Thad olha para o papel e se senta devagar na mesa de centro. Ele arranca o papel da minha mão e põe a tigela de Doritos também na mesa.

Dá uma olhada na primeira página, com a testa franzida.

— São as decorações?

— Sim, algumas ideias para a cerimônia.

Thad analisa a ideia que bolei com Luna: fios de penas penduradas, caindo em cascata atrás dos noivos. Seus lábios se torcem para o lado e então ele olha para mim.

— De onde você tirou isso?

Dou de ombros.

— Da minha cabeça.

— Aham. — Ele torna a olhar para o papel. — Acho que você não conseguiria desenhar assim.

Merda. Talvez porque não fui eu quem desenhou.

— Demorou bastante tempo.

— Aham — ele repete e então vira a página, onde Luna desenhou uma guirlanda de penas que foi difícil entender, mas assim que ela pegou os materiais e me mostrou o que fazer, deu para compreender. Thad ergue a sobrancelha. — Parece complicado.

— Não é. Eu pratiquei.

— Você *praticou*?

— Pratiquei, até fui na loja de materiais, e Lu... — Ah, merda. — E looouco de bêbado — tento disfarçar, mas Thad semicerra os olhos. — Estava louco de bêbado e bolei a ideia. Deveria tentar. Lojas de materiais e bebidas fazem a gente ter umas ideias e tanto.

— Você está estranho.

— Não estou, não. Estou estranho? — pergunto para a Naomi.

— Um pouquinho. Meio nervoso.

— É. — Thad estala os dedos. — Nervoso. É a palavra que eu queria. Você está nervoso.

— Só estou nervoso para ouvir o que você achou. Trabalhei duro nisso aí.

Thad me analisa por mais uns instantes e seus olhos parecem laser prontos para me cortar ao meio.

— Qual é a sua?

— Pode ser que ele só esteja tentando ajudar — Naomi diz.

Thad ergue os papéis.

— É uma grande ajuda. E eu agradeço por isso. — Com dois dedos, ele aponta dos seus olhos para os meus. — Mas estou de olho em você, Alec.

— Hã, tá... — digo.

— Seus olhos estão esquivos, não gosto de olhos esquivos.

— Talvez seja porque você está estranho e me fazendo ficar pouco à vontade.

— Sou sempre assim. Você já deveria saber.

Tem razão.

— Vai ficar para o jantar? — Naomi pergunta, e eu mando um *obrigado* silencioso para ela por interromper aquela encarada esquisita.

— Adoraria — digo, pensando em Luna, que está jantando com Cohen e Declan agora e se preparando para amanhã. Falei para ela que faria o mesmo, e ela falou que eu sou fofo. Prefiro ser sexy, mas fofo serve também. Ela também me disse algumas palavras encorajadoras e me fez lembrar de que convencer Thad seria difícil, mas para não desistir.

Ela não poderia estar mais certa.

— Maravilha. Vou pedir pizza. Por que você não vai lavar o rosto, Thad? Sua boca está cheia de pó de Doritos.

— E você me deixou intimidar meu irmão assim? Meu Deus, Naomi. — Thad sai pisando forte para o banheiro.

Dou risada e pego o celular enquanto Naomi pede pizza.

Há uma mensagem de Luna.

Luna: Como está indo?

Alec: Como você esperava.

Luna: Thad está te olhando de rabo de olho?

Alec: Demais. E ele me chamou atenção por estar com olhos esquivos e nervoso.

Luna: Você está agindo de um jeito estranho?

Alec: Um pouco.

Luna: Relaxa, Alec. Seja você mesmo.

Alec: São encorajamentos como esses que me fazem… apaixonar.

Luna: São admissões como essas ^^^ que me fazem… apaixonar.

Alec: Mal posso esperar para isso acabar logo para poder te beijar na frente de todo mundo, deixar que todo mundo saiba o quanto eu gosto de você.

Luna: Mal posso esperar para isso acabar logo para poder tricotar um par de algemas e prender de leve as suas mãos na mesa de cabeceira.

Alec: Ha ha. Mal posso esperar por isso.

— Helen está pistola hoje — Thad diz de canto de boca, com a mão no meu ombro. — Olha só para ela... acho que até cheguei a ver presas saindo da sua boca.

— Ela não está nada feliz com os sem-noção do X — Naomi revela.

O primeiro episódio do programa foi ao ar na quarta-feira. Há um atraso necessário entre as filmagens e as exibições; o programa vive mudando de estado para estado, oferecendo novos competidores para os telespectadores, mas a pré-filmagem dá uma folga para a equipe e os jurados. Eu e Luna assistimos ao primeiro episódio juntos na quarta, e eu ri tanto que lágrimas escorreram dos meus olhos. A edição que eles fizeram da Helen sentada na Luna foi a coisa mais impagável que já vi. Ainda bem que gravei o episódio na minha casa também, porque aí vou ter um entretenimento sem fim. Sem contar que o pessoal do trabalho não para de me mandar memes do primeiro episódio, deixando a minha semana muito melhor.

— Como é? Já estão falando da gente no X? E aquele grupo do Facebook? — Thad pergunta. — O que andam falando da gente?

— Nada de mais — Naomi diz, me lançando um olhar.

Coisas de que Thad não precisa saber: o quanto o país acha que os jurados estavam meio malucos quando escolheram o nosso tema como vencedor da primeira semana, e foram unânimes em afirmar que era bastante original. Dizer que os telespectadores não curtiram nas redes sociais é um eufemismo.

— É, sim. Quem está na liderança? Qual a equipe favorita?

Naomi me olha de relance, e eu dou de ombros. Ela suspira e responde:

— Com base nos comentários... a equipe Rossi.

— Idiotas — Thad sussurra, vira a cabeça e dá uma olhada em Luna, Cohen e Declan, que estão debruçados sobre a bancada, planejando.

— Mas a boa notícia é que o país detesta a Helen.

— Bem-vindos ao clube, pessoal. — Thad apoia as duas mãos na bancada. — A nossa competição mesmo é com a equipe Rossi e a gente precisa estar com tudo hoje. Exibe a gravidez na frente das câmeras, Naomi. O país ama uma mulher grávida.

— Ah, é? — pergunto.

— Seriam um bando de pagãos se não amassem. — Thad aponta para a barriga pronunciada de Naomi. — Essa mulher está dividindo o corpo com outro ser vivo. Está deixando que o bebê sugue a vida dela. Viu as olheiras? — Thad gesticula para os olhos de Naomi. — Nenhum corretivo consegue cobri-las, e não estavam lá antes. E você deveria ver os mamilos dela. Nunca na vida vi... Ai. — Thad se curva para frente, segurando a barriga.

— Não fale sobre os meus mamilos — Naomi briga, enquanto Thad, ainda encurvado, desenha um círculo no ar e fala sem emitir som: "Enormes".

— Estamos prontos, Mary! — Diane chama e Mary entra no set.

Seus saltos estalam no chão de concreto, e ao passar pela nossa bancada, ela para e estende a mão para acariciar meu braço.

— Foi muito bom ver você na segunda, Alec. — Ela dá uma piscadela. — Mal posso esperar para ver o que você vai criar hoje. — Com isso, ela se vai na direção de seu lugar. Dou uma rápida olhada em Luna, que parece pronta para matar um.

— O que raios foi aquilo? — Thad pergunta. — Você saiu com ela?

— Quê? Não. — Balanço a cabeça. — Ela me viu com Lu... — Porra. —

Com Lucas — digo para disfarçar. — Estávamos jantando e a encontramos. Não sei nem por que ela está me tocando.

— Ela deve te achar bonito. Se você transar com ela no camarim, acha que ela conseguiria alguns votos para a gente ganhar?

— Não sei se meu pênis é tão poderoso assim — falo, inexpressivo.

— O meu é — Thad se vangloria. — Engravidei aquela ali, e você deveria ver a armadura que ela usa como roupa de baixo.

— Você sabe que posso te matar enquanto você dorme, né? — Naomi ameaça.

— Silêncio no set — Diane diz e aponta para Mary.

Com aquele seu sorriso forçado, Mary começa seu discurso, lendo a introdução que eles mantêm na frente da câmera.

Hoje teremos uma hora para criar o restante da decoração, e aí vamos ter meia hora para usar o que restar do orçamento para qualquer coisa que quisermos aperfeiçoar. Assim, vamos repassar todos os aspectos da cerimônia e decidir se queremos acrescentar mais aos nossos planos de alimentação e bebida, mudar os buquês ou decorações e dar uma ajeitada nos trajes. Vamos ter tempo. Não tanto, mas vai dar para o gasto. Já decidimos usar os mil dólares extra que economizamos para o buquê e as flores de lapela. Foi uma escolha fácil trocar aquelas criações horrendas.

— Estão prontos, competidores? — Mary pergunta, batendo palmas.

Todos nós assentimos e ficamos em posição diante de uma cortina branca que está escondendo os materiais que usaremos para nossas decorações finais. Assim que algo é levado, é isso, não poderemos trocar, do mesmo jeito que é no programa *Chopped*, em que só há uma máquina de sorvete. Ou somos os mais velozes, ou estamos ferrados.

Mas acho que estamos prontos.

— Na largada, preparem-se, vão! — A cortina cai, e eu titubeio por um momento enquanto observo todas as fitas, barbantes, papéis, flores e montes de tule. Foco, Baxter. Surpreendentemente, Helen é a primeira a chegar à mesa e começa a pegar cada pena sobrando e carretel que consegue encontrar.

— Ela está roubando todas as penas! — Thad grita e então corre na direção de Helen, bloqueando-a e tentando pegar as penas restantes.

— Sai daqui, seu monstro! — Helen grita.

— Não bata nele! — Luciana grita.

— Ai. Viu só? — Thad berra. — Ela me bateu.

— Foi só um tapa.

— Triângulos de madeira, Luna? — Cohen pergunta, segurando um pacote.

— Não — ela diz, vasculhando. Sei que ela está repassando de cabeça todos os desenhos e listas de materiais que fez durante a semana.

— Cuidado com a minha noiva, cuidado! — Thad grita.

Naomi segura a barriga e grita:

— Estou muito grávida! Estou muito grávida!

Meu Deus.

— Não fica só olhando, vai achar a corda! — Thad grita para mim.

— É isso que estou olhando — respondo, vasculhando a mesa, só que Thad tinha razão, eu estava só olhando.

Vejo a fita de juta, e sei que Luna estava esperançosa por ela. Sem pensar, pego e grito:

— Ei, Luna, aqui. — Jogo a fita para ela, que a pega, com uma expressão atordoada. Uma percepção gélida toma conta de mim, mas não tenho tempo para me recuperar.

Ai, merda.

Dou uma olhada em Thad, que está boquiaberto, com os olhos queimando de raiva.

— Um minuto! — Mary grita.

Eu o ignoro e vasculho a mesa para encontrar o resto dos nossos materiais, mas parece que já não há nada sobrando, então em vez de sair pegando diferentes folhas de papel-cartão, penso com quais poderemos trabalhar, sabendo que precisamos pelo menos de alguma coisa para usar na decoração. Podemos cortar as penas ou algo assim.

Estou pegando um pedaço de papel cor-de-rosa brilhante quando Mary grita para levantarmos as mãos e voltarmos para as bancadas. Então voltamos, e Diane grita:

— Corta! Arrumação. Cinco minutos e vamos recomeçar.

Thad se vira para mim.

— O que foi aquilo?

— Não estava sobrando mais nada, só peguei o que achei que serviria.

— Não estou falando das coisas que você pegou — Thad fala, fervendo. — Estou falando de você ter entregado coisas para a equipe Rossi, como se soubesse do que eles estavam precisando.

Meu estômago embrulha. Como vou conseguir sair dessa? Não há nenhuma explicação válida para isso. Será que posso dizer que estava confuso?

Controle mental?

Acho que dá. Luna vem trabalhando em controle mental e está se aperfeiçoando em mim. É um absurdo, mas se eu usar bem as cartas, acho que posso convencer Thad...

— Foi tão fofo da sua parte ajudar a sua namorada — Mary diz, vindo até a nossa bancada e falando alto o suficiente para todo o set ouvir. — Ela parecia exausta procurando aquela fita. Que sorte a dela ter você. — Mary dá um tapinha no meu ombro e se afasta.

Porra.

Porra. Porra. Porra.

— Namorada? — Thad pergunta, sem acreditar.

— Vocês estão namorando? — Helen indaga.

— Quê? — Ouço Cohen questionar baixinho. Me viro para a bancada da equipe Rossi. Luna encontra meu olhar, seus olhos estão arregalados e seus lábios, trêmulos.

Meu Deus do céu, o que faremos agora?

— Eu já deveria saber — Helen continua, e se eu não tivesse só penas e tecido na minha bancada, estaria seriamente considerando jogar alguma coisa nela. — Notei como ele ficava olhando para ela. — Então ela suspira. — Espera, isso significa que essas duas equipes andam trabalhando juntas, conspirando contra a equipe Hernandez? Isso é permitido? Diane! — ela grita. — Precisamos conversar, Diane.

— O que está rolando, Luna? — Cohen pergunta. Lágrimas começam a surgir nos olhos de Luna.

Puta merda. Dou um passo na direção dela, mas Thad puxa meu ombro, me forçando a encará-lo.

— Me fala que ela está mentindo. Agora, Alec. Me fala que a Mary está mentindo.

— Alec? — Naomi olha para mim, franzindo a testa, confusa.

Porra.

O que eu devo fazer? Acho que mentir a esta altura não vai me levar a lugar nenhum, capaz de só piorar a situação.

Esfrego a nuca.

— É, a gente está namorando.

— Você só pode... — Thad respira fundo, pressionando o dedo contra o meu peito. — Seu babaca. Seu babaca do caralho.

— Thad, não é o que você...

— Não é o que estou pensando? — ele continua, com a voz ficando cada vez mais alta. — Porque, pelo que parece, você está namorando uma adversária e... — Como se a ficha caísse, seus olhos disparam de lá para cá, e ele se afasta de mim. — Puta merda, ela anda te dando conselhos? — Thad olha para Luna. — Você anda dando conselhos para ele? Falando para ele o que fazer para sabotar a gente?

— Não — digo, agarrando a parte da frente da camisa de Thad e o puxando de volta para mim. — Não fala com ela assim, porra.

Thad afasta a minha mão.

— Aqueles desenhos não são seus, né? São *dela*. — Thad aponta, sua raiva aumentando. — E olha que engraçado que tudo o que a gente precisava foi levado como num passe de mágica, e a gente acabou de mãos abanando. — Thad gesticula para a pilha de porcarias na nossa bancada. — Ela te sacaneou e você caiu direitinho.

— Ela não me sacaneou.

— Você está tão desesperado por qualquer atenção feminina só porque a mamãe nunca gostou de você, aí caiu direitinho na armação dela.

— Cuidado, hein? — rebato, devagar, com firmeza.

— Acho melhor a gente conversar sobre isso em outro lugar, Thad — Naomi diz, calma.

Mas Thad perdeu mesmo a cabeça. Pondo as mãos na cintura, ele acena com a cabeça na direção de Cohen e Declan.

— Eles sabem disso?

Dou uma olhada em Cohen, que está rijo feito vara, a raiva saindo dele em ondas.

Porra.

— Não sabia — digo, encarando a equipe Rossi. — Cohen, por favor, a culpa é minha. Falei para ela não te contar. Ela até queria, mas eu quis manter segredo até o final do programa. A culpa não é dela.

Sua mandíbula se desloca para o lado.

— A culpa é dela. Ela já deveria saber não manter segredo, ainda mais com algo tão importante assim.

— Cohen... — Luna estende a mão, mas ele se vira e sai andando do set. Luna vai atrás dele. Declan olha para mim, me lançando o mais profundo olhar de decepção que já vi antes de sair andando também.

Me virando para Thad, digo:

— Por que você fez isso? Esse tipo de acusação?

— Eu não fiz nada. — Thad aponta para mim. — Você fez. — Ele balança a cabeça. — Achei que você estava mudando. Achei que estava mesmo tentando fazer parte da minha vida, mas não é esse o caso. Eu já deveria saber. Desde que você foi para a faculdade, só focou em você mesmo.

No que queria.

— Eu passei toda a porra da minha infância cuidando de você, Thad. Eu tinha o direito de focar em mim pela droga de um instante! — grito, sentindo o autocontrole se esvair.

— Mas você não precisava se esquecer de mim — ele rebate, com a voz baixa agora, qualquer traço de histeria varrido de sua expressão, e ele me dá uma boa olhada. — Você costumava ser o meu herói, mas agora é só como o nosso pai, outro homem egoísta que me deixou na mão.

— Eu *não* sou como o nosso pai — devolvo entre os dentes cerrados, empurrando o ombro de Thad. — Não me compare com ele.

Thad me empurra de volta. Naomi suspira e mais do que depressa para na frente de Thad, de costas para mim.

— Por que você tem que se tornar o centro desta competição? — Thad pergunta.

— Do que está falando? O foco da competição sempre foi você.

— O foco *era* para ser a criação de um casamento para mim e Naomi, mas você se tornou o foco, nós dois tivemos que ficar segurando a sua mão por todo o processo, te encorajando a continuar ajudando, te dando todo o crédito pelo bolo, nos certificando de que você não está depressivo ou bravo demais durante os desafios. Estamos pisando em ovos com você só para eu ter o meu irmão por perto. E aí acontece isso... — Thad balança a cabeça, decepcionado. — Vou facilitar as coisas para você. Depois dessa, nem se dê o trabalho de vir conversar comigo, porque já chega.

Com isso, Thad vai embora.

— Naomi, eu não...

— Não, Alec, agora não. — Ela vai atrás de Thad, me deixando com um milhão de perguntas na cabeça, mas aquela que não quer calar é... *Será que eu virei o foco disso tudo?*

Capítulo 25

Luna

— Espera, Cohen! — grito, com o coração quase saltando do peito enquanto corro atrás do meu irmão. — Me deixa explicar, por favor.

Ele para, com as mãos na cintura, cabisbaixo.

— Por quê, Luna? E isso ainda importa? Você está namorando. Todo mundo já está sabendo.

Dou a volta por ele para ver seu rosto. Ao longe, vejo Declan, ainda no set, parado num canto, parecendo pronto para se intrometer se for necessário.

— Eu sei, mas pelo menos me deixa te contar como aconteceu.

— Não estou nem aí para como isso foi acontecer. Só ligo para o motivo de você não ter me contado.

— Eu queria, de verdade, mas Alec...

— Alec não tem controle sobre isso — Cohen retruca, gesticulando entre nós dois. — Ele não controla o nosso relacionamento. Você não deveria ter dado essa oportunidade para ele.

— Não é nada disso — digo, com um nó na garganta. — Ele estava passando por maus bocados, e Thad é um caso perdido quando se trata de emoções.

— Thad tem o direito de sentir o que ele sente. Isso ainda não explica por que você não me contou.

— Porque aí você teria contado para Declan, e ele poderia ter...

— Respeitado os seus desejos e não ter dito nada para Thad? — Cohen desvia os olhos para o lado e solta um longo suspiro. — Você achou mesmo que se tivesse nos contado uma coisa tão importante, a gente iria sair por aí espalhando? — Ele balança a cabeça. — Achei que éramos mais próximos que isso, Luna.

Ele faz menção de se afastar, mas bloqueio seu caminho e ponho a mão no seu peito.

— Não diga uma coisa dessas, Cohen. Você é o meu melhor amigo.

Ele passa a língua nos dentes e olha adiante.

— Farrah sabe? — Meu estômago embrulha, e a náusea vem subindo no fundo da minha garganta. — Ela sabia sobre a sua inscrição para o programa?

— Cohen.

Ele baixa a cabeça, fixando os olhos nos meus. Dor, decepção e raiva, todas as três gravadas na sua expressão.

— Se eu fosse o seu melhor amigo, Luna, você não teria feito essa inscrição por trás das minhas costas e também não teria escondido sobre o seu namoro. Teria confiado em mim para não sair espalhando, pelo bem do Thad, mas nem me deu essa opção. É como se você não pudesse me dar nenhuma opção.

— Do que está falando? — pergunto. *De onde ele está tirando tudo isso?*

— Estou falando sobre essa droga de programa, e de todas as decorações, o bolo, o traje de casamento. Em cada desafio, você só ficou falando para a gente o que fazer, o que faria a gente vencer. Você sempre foi assim. "Esse é o momento de contar para a mamãe e o papai que você é gay. É assim que você tem que fazer. É assim que você tem que viver a sua vida com Declan: demonstrar mais amor, beijar em público. Vamos fazer bolo red velvet porque os jurados gostam, não porque a gente gosta." Você não tem me dado nenhuma escolha em nada, estou de saco cheio disso.

— Cohen, não é assim... — Um soluço me escapa. — Não estou tentando tirar as suas escolhas, só estou tentando ajudar.

— Você não está ajudando, só está piorando as coisas. Você não está me deixando viver a minha vida com autenticidade. Fica tentando me fazer viver a vida que você acha que eu preciso viver, porque é essa a sua personalidade: você quer ficar ajeitando as coisas, sempre ajeitando, fazendo questão de que tudo saia perfeito, e você não está nem aí para o que os outros querem. — Ofego, enquanto mais lágrimas escorrem pelo meu rosto. — E esse é só mais um exemplo de como você quer assumir o controle dos meus sentimentos, das minhas chances de ser o irmão que eu quero ser. — Ele passa a mão na boca e então a deixa cair ao lado. — Você não me deu nem a porra de uma escolha.

— Desculpa — solto quando ele se vira. — Por favor, Cohen, me escuta.

Mas ele simplesmente se afasta, passa por Declan, que pega sua mão por alguns instantes e a solta. Os olhos de Declan se encontram com os meus antes de ele se virar para ir atrás de Cohen.

Sem saber o que fazer, me recosto na parede e vou deslizando para o chão. Apoio o rosto nas mãos e deixo toda a tristeza que estava se acumulando tomar conta de mim num instante.

Devastação.

Arrependimento.

Vergonha.

Há uma razão para cada lágrima que escorre e cai na minha calça, molhando o tecido e me lembrando muito bem daquilo que me trouxe aqui.

— Luna. — Sinto sua mão nas minhas costas antes mesmo de ele se agachar ao meu lado. — Luna, me des...

— Aqui não — digo, enxugando os olhos antes de encarar Alec. Respiro fundo e me levanto. — Aqui não.

É quando vejo seu rosto de pura agonia, e mesmo que meu coração fique apertado com o pensamento de ele ter dado um passo para trás em seu objetivo de melhorar as coisas com Thad, agora estou enfrentando o meu próprio inferno pessoal, e pela primeira vez, não vou tentar dar um jeito nos problemas de outra pessoa... ainda mais quando já tenho que lidar com vários.

— Quando? — ele pergunta, engole em seco e estende a mão para mim. Me recuso a aceitá-la.

— Não sei, mas aqui não — repito antes de passar por ele. Nossos ombros se esbarram e seus dedos deslizam pela minha mão.

Sem saber o que fazer, volto para as bancadas. A equipe Hernandez está sentada nos banquinhos, esperando todo mundo voltar. Enxugo os olhos, tentando controlar as emoções. Ainda temos que filmar o resto do programa, e sei que, como dizem por aí... o show tem que continuar.

Pego um copo d'água e bebo um gole, atingindo as profundezas da minha alma para me recompor, quando Helen olha para mim, com o rosto presunçoso.

— Você deveria mesmo ter contado para o seu irmão.

Bato o copo d'água na bancada e grito:

— Cala a boca, Helen! — E saio de novo.

Dá para imaginar como foi o resto do dia.

As tensões estavam nas alturas. Cohen mal falou uma palavra para mim, e quando fez isso, suas palavras foram afiadas. Deu para sentir seu ressentimento com cada decoração que fiz e cada aperfeiçoamento que sugeri ao final de nossas escolhas.

A equipe Baxter não se saiu nada bem, criaram uma guirlanda que ficou parecendo o tentáculo de um polvo. Não é necessário dizer que eles acabaram em último. Thad culpou Alec, alegando que o irmão estava de complô comigo e que tinha destruído as chances deles de vitória durante toda a competição. Acho que nunca vi Alec tão para baixo, nem quando a mãe dele não apareceu no set.

A equipe Hernandez fez decorações com penas parecida com a que falei para Alec fazer, e é claro que isso não ajudou em nada. Thad alegou que foi sabotagem, e sabe-se lá o porquê, Helen ficou ofendida com isso, e Diane, a pobre diretora, teve que conversar com todo mundo longe das câmeras depois que tudo tinha terminado. Ficamos até tarde para completarmos a entrevista, já que Diane quis dar uma folga para todos antes dos casamentos no próximo fim de semana. E, sinceramente, acho que ela já estava no limite. Foi ela que reuniu *todo mundo*, passou maquiagem no rosto de todo mundo envolvido no que ela chamou de "colapso" e então se esforçou para fazer o resto das filmagens. Sei que ela deve estar em algum bar agora, odiando a própria vida.

Quando ela encerrou as filmagens, Cohen foi embora no mesmo instante. Tentei ir atrás dele, mas Declan me impediu, me dizendo para dar tempo para ele. Thad também saiu às pressas, Naomi foi logo atrás, e Helen pegou o pulso de Diane, insistindo que queria revisar a possibilidade de sabotagem só mais uma vez, considerando que duas pessoas de equipes diferentes estavam namorando, o que gerou uma "vantagem injusta".

Helen está precisando mesmo é de parar de se meter na vida alheia.

Eu não quis ficar por lá e criar mais problemas, então com o coração pesado, voltei para o meu apartamento, onde abri mais um pacote de rosquinhas. Nem me dei ao trabalho de decorar os dedos com elas — só as enfiei na boca o mais rápido possível.

Mandei pelo menos dez mensagens para Cohen, mas todas ficaram sem resposta. Meu coração vai se partindo um pouco mais a cada segundo.

No instante em que Alec me jogou aquela fita de juta, a mesma fita da qual falei para ele na semana passada, torcendo para que estivesse lá, soube que estaríamos encrencados. Era só uma questão de tempo antes de nos descobrirem; só não sabia que as coisas fossem explodir com tanta violência como aconteceu. Nem estava esperando que Cohen fosse me arrasar assim na frente de todo mundo. Enfio mais algumas rosquinhas na boca, e a tristeza vai sendo substituída por uma onda de raiva. Fui eu quem decidiu por fim esconder isso do Cohen, claro, mas não consigo evitar pôr a culpa em Alec. Foi *ele* quem quis manter segredos.

Toc. Toc.

Olho para a porta do apartamento. *Falando no diabo.* Sei exatamente quem está lá fora — só fico surpresa de ele ter levado tanto tempo.

Me levanto do sofá e vou até a porta. Ao abri-la, mantenho o corpo firme na entrada, sem dar nenhum acesso.

— Luna — Alec diz, seu rosto parece ter envelhecido pelo menos cinco anos. — Posso entrar?

Balanço a cabeça.

— Acho que não é uma boa ideia.

— A gente precisa conversar — ele insiste, um pouco mais firme. — E não quero ficar conversando no corredor.

Aff. Ele tem razão. Me viro e vou na direção do sofá, deixando que ele feche a porta. Ouço uma batida suave quando ele a fecha, e eu pego mais uma rosquinha do pacote já começando a ficar vazio.

Alec se senta ao meu lado.

— Me desculpa, Luna.

— Me desculpa também.

— Por que você está pedindo desculpa? — ele pergunta, confuso.

— Me desculpa por ter me envolvido em tudo isso. Eu não deveria.

— Se envolvido no... quê?

— No programa... — Engulo em seco. — Com você.

Ele solta um longo suspiro.

— Sei que hoje foi complicado, Luna, mas...

— Hoje não foi só complicado, Alec — digo, finalmente o encarando. — Hoje pode ser considerado como um dos *piores* dias da minha vida. Meu irmão praticamente me disse que venho controlando a vida dele desde que ele se entende por gente. Controlando. — Lágrimas brotam nos meus olhos. — Eu não estava tentando controlar. Só queria... ajudar.

— E você ajudou.

Balanço a cabeça.

— Não, eu o estava sufocando. — Respiro fundo e continuo: — Cohen significa tudo para mim. Tudo. — Solto um soluço. — Ele é o meu melhor amigo, meu suporte, a pessoa que me conhece inteirinha. Sem ele, não sou nada, e você... você me fez mentir para ele.

— A gente não mentiu, só... não contamos o que estava rolando.

— É a mesma coisa. — Limpo o nariz com a manga, sem nem me importar a esta altura. — Mentir por omissão é tão ruim quanto isso.

— As coisas estão complicadas agora, mas Cohen te ama. As coisas vão se ajeitar.

— Você não tem o direito de dizer isso. Você não estava lá, não viu a expressão do Cohen. Ele não está só chateado... ele está decepcionado. Está decepcionado comigo. — Ponho a mão na cabeça e afundo no sofá. Alec estende a mão, mas eu a afasto. — Não, não dá, Alec. Simplesmente... não dá.

— Não dá o quê? — ele pergunta, trêmulo. — Não dá agora, ou não dá nunca mais?

Meus lábios tremem. Apoio o queixo nos nós dos dedos e olho pela janela da sala. A dor toma conta de mim toda vez que minha mente vai para Cohen, para suas palavras duras e seu afastamento.

É demais para suportar.

Cohen está magoado.

O programa está um caos.

Eu tenho sufocado meu irmão...

Este relacionamento.

Os problemas de Alec.

Não consigo lidar com tudo isso.

— Nunca mais — sussurro.

De canto de olho, vejo Alec se endireitar.

— Eu falei para você que a gente podia dar um tempo — ele diz. — Te dei essa opção de esperar até o final do programa.

Olho para ele devagar, com os olhos semicerrados.

— Você está mesmo pondo a culpa em mim?

— E você está pondo a droga da culpa em mim, Luna. — Alec se levanta. — Eu te falei que podia esperar, e foi você que escolheu mentir, manter segredo.

— Porque eu queria ficar com você! — grito, perplexa por ele estar trazendo isso à tona. — Eu queria ficar com você mais do que qualquer outra coisa. E você me pediu para manter segredo. Foi mal por estar tão apaixonada que achei que poderia funcionar, que mesmo se eu tivesse que mentir, pelo menos estaria com o homem por quem eu estava me apaixonando.

Ele suspira.

— Me desculpa, eu só... porra, que confusão.

— Por culpa sua — digo, me levanto do sofá e começo a zanzar pela sala. — Se você tivesse tido os colhões para conversar com o seu irmão, isso não teria acontecido. Mas você tinha um relacionamento de merda com ele e acabou me arrastando junto, deixando o meu relacionamento com Cohen uma merda também.

— Caramba. — Alec pisca. — Então você acha mesmo que tudo aconteceu com Cohen é culpa minha?

— Você com certeza não ajudou! — grito. Sei que estou sendo irracional, que as palavras que saem da minha boca são rancorosas e falsas, mas há tanta raiva e dor acumuladas dentro de mim que não consigo detê-las. — A gente poderia ter evitado toda essa merda se você não tivesse me pedido para mentir.

— Eu te dei a droga de uma escolha! — ele grita, abrindo os braços. — Eu te dei escolha, e você me escolheu.

— Eu escolhi errado — respondo antes que possa me deter.

Ele recua, atordoado.

E me dou conta do que acabei de dizer, do que isso significa para nós... para ele. Prendo a respiração e espero para ver qual será sua reação.

Encaro seus olhos, que vão ficando cada vez mais escuros.

Ele aperta os lábios, assente e então passa por mim em direção à porta. Meu coração afunda. Ele vira a maçaneta, mas se detém e se vira para mim.

— Se é que serve para alguma coisa, achei que eu tinha escolhido certo, porque tinha escolhido você. — E então ele se vai, deixando a porta bater de leve ao passar.

Desabo no sofá e escondo o rosto nas mãos. A tristeza vem com tanta velocidade que mal consigo piscar para conter as lágrimas.

Perdi Cohen hoje e acabei de afastar o homem que amo, o homem que entrou tão rápido e fundo na minha vida como nenhum outro.

E mesmo que eu queira sair apontando dedos para todo mundo, sei que se eu quero pôr a culpa em alguém, deveria me olhar no espelho.

Luna: Me desculpa, Cohen. Por favor, me atende.

Luna: Por favor, não fique com raiva de mim. Não consigo lidar com isso.

Luna: Isso está me deixando arrasada, Cohen.

Luna: Por favor, Cohen, você vai se casar na sexta. Daqui a quatro dias. Não quero manchar esse momento feliz.

Luna: Eu te amo e estou arrependida. Por favor, me liga, me manda mensagem, me visita, qualquer coisa. Por favor, me deixa te mostrar o quanto estou arrependida.

Enviei a última mensagem dez minutos atrás, e nada. Até tentei mandar mensagem para Declan, mas considerando a falta de resposta, parece que Cohen cortou todas as comunicações comigo. E isso machuca, mais do que consigo descrever.

A gente nunca ficou sem se falar; nunca brigamos assim antes. Já fiz muitas coisas idiotas que afetaram Cohen, mas nada nesta magnitude, nada que o deixasse tão bravo a ponto de passar a fase da veia latejante e ir direto para a decepção... e raiva desenfreada. Uma raiva tão profunda, tão palpável, que a senti passando por cima de mim quando ele foi embora.

Enxugo uma lágrima e respiro fundo algumas vezes, enquanto tento compreender a magnitude desta briga, da distância e do silêncio dele. Odeio admitir, mas não sei se consigo dar um jeito nisso. Acho que este é o tipo de situação em que vou ter que deixar Cohen assumir o controle, e é um território completamente novo para mim. Ficar no banco de trás, aguardando, esperando... rezando para que ele volte para mim e aceite os meus pedidos de desculpa.

Capítulo 26

Alec

— E aí, cara, como foi a semana… Ei, o que houve com você? — Lucas pergunta quando entro no seu escritório e fecho a porta.

No momento, estou usando o que se pode chamar de calça de moletom e camiseta cheia de furos, mas eu as chamo de roupa de término. Para o meu primeiro término. Calça de moletom cinza com elástico nos tornozelos, uma camiseta da Columbia com buracos nas axilas, buracos tão grandes que dá para passar desodorante entre eles. Fazendo uma concessão ao profissionalismo, calcei sapatos sociais — sem meias — e pus uma gravata desajeitada ao redor do pescoço.

Sinceramente, até que a gravata foi um toque especial.

Me afundo na cadeira e apoio as mãos na barriga.

— Minha vida é uma merda. Uma merda das grandes.

O rangido que a cadeira faz quando Lucas se recosta nela preenche seu silêncio questionador enquanto ele me analisa, provavelmente tentando decidir por onde começar.

Não dou a chance de ele adivinhar.

— Luna terminou comigo.

— É, deu para notar.

— Mary DIY, aquela sua vadia com a pistola de cola, saiu espalhando sobre o nosso relacionamento. Thad surtou, assim como eu esperava que ele fosse fazer. Cohen ficou ofendido. Luna chorou. Helen deu um chilique.

— A mãe autoritária?

Assinto.

— Achou que era uma desvantagem injusta a gente estar namorando, disse que estávamos de complô contra elas. Diane nos deu um sermão. Cohen foi embora sem a Luna. Luna foi embora sem mim. E Thad não atende nenhuma das minhas ligações nem responde minhas mensagens.

— Meu Deus... — Lucas fica em silêncio por mais de um minuto, coça o queixo e por fim pergunta: — Eles filmaram tudo isso?

— Você só pode estar de brincadeira, né?

— Foi mal, foi mal. — Ele acena com a mão e pigarreia. — Luna terminou com você lá no set? Pode ser que tenha sido no calor do momento.

Balanço a cabeça.

— Não, eu queria falar com ela lá, mas deu para ver que não era uma boa ideia. Ela estava chateada demais para conversar, e eu não queria causar mais nenhum estrago, então fui para casa, tomei um banho e me troquei antes de ir na casa dela, torcendo para que ela tivesse se acalmado um pouco para a gente descobrir o que fazer para melhorar a situação.

— Ela não tinha se acalmado?

— Não. — Olho para as minhas mãos. — Era como se toda a vida tivesse sido sugada dela. Acho que nunca a vi emburrada, mas ela estava. Ela estava triste, cara. Triste pra caralho. — Aperto os lábios e olho para o teto. — E eu tive parte nisso tudo. Porra. — Respiro fundo. — O que há de errado comigo?

— Um ambiente inóspito quando criança, nenhum exemplo de como é um relacionamento amoroso, já viu álcool e remédios prescritos sendo usados como mecanismo de enfrentamento, teve que amadurecer mais rápido do que uma criança deveria... devo continuar?

— Não — respondo, inexpressivo. — Sua abordagem honesta é muito revigorante. — Pressiono as mãos nos olhos. — Estou precisando mesmo de terapia.

— Seria o primeiro passo para ficar saudável. Bem como eu te falei daquela última vez que você estava procurando um terapeuta.

— E qual seria o segundo passo?

— Ajeitar as coisas com Thad, porque a menos que vocês dois estejam bem, você nunca vai conseguir ajeitar as coisas com a Luna.

Mexo na gravata.

— Ajeitar as coisas com Thad... mais fácil falar do que fazer. Caso você esteja imaginando, ele me odeia com todas as forças.

— Parece que você vai ter que fazer um grande gesto, então.

— Para a Luna?

Lucas balança a cabeça.

— Para o seu irmão.

A porta se abre, e dá para sentir todo o meu corpo tenso quando olho para o par de olhos que combinam perfeitamente com os meus.

Tive minha primeira sessão de terapia ontem — a terapeuta de Lucas, Margaret, conseguiu me agendar para aquele dia, porque paguei para ela me atender fora do horário. Não foi divertido ter que mergulhar na minha infância, mas pelo menos me proporcionou um pouco de alívio. E digo *pouco*, porque devo precisar de pelo menos dois anos de sessões constantes. Não vou me curar da noite para o dia, mas estou dando passos na direção certa.

Contei para ela sobre a minha situação atual e que eu precisava dar um jeito nas coisas com o meu irmão, sem fazer ideia de como fazer isso. Já que estou com o tempo apertado, por conta do casamento dele ser no sábado, preciso agir rápido. Sem me conhecer a fundo, mas fazendo o melhor que ela podia, Margaret disse que parece que Thad está agarrado ao passado, então talvez eu devesse mostrar para ele como pode ser o futuro do nosso relacionamento.

Sorri, concordei com a cabeça, saí do consultório e mandei uma mensagem para Lucas dizendo que Margaret "ajudou muito".

Em tom sarcástico

Mas quanto mais penso nisso, mais me dou conta de que Margaret talvez possa ter razão. Preciso mostrar para Thad como pode ser o nosso futuro se conseguirmos passar por essa situação.

É por isso que estou aqui, olhando para a pessoa que partiu meu coração mais vezes do que posso contar.

— O que você está fazendo aqui?

— Que jeito de cumprimentar seu filho, hein? — digo. Está na cara que minha mãe não estava esperando companhia; em vez do habitual conjunto de calça e suéter, ela está usando um roupão bem apertado na cintura, e seu cabelo está preso em um turbante noturno, que mantém seu cabelo sedoso, pelo menos foi como ela me explicou anos antes.

Sem esperar por um convite, entro, passando por ela e mantendo as mãos no bolso.

— Onde você guarda as fotos da nossa infância?

Ela fecha a porta e cruza os braços, me olhando de cima a baixo — tenho certeza de que ela está analisando cada detalhe, já que faz um tempo que não me vê.

— Você é igualzinho ao seu pai.

É uma provocação, e eu já esperava por isso.

— Cadê as fotos?

Ela se recosta na parede e me fuzila com os olhos.

— Thad me ligou e me contou o que aconteceu. Dormindo com uma adversária, hein? Bem o que o seu pai faria.

Mordo o interior da bochecha.

— As fotos, mãe. Cadê?

— Fiquei sabendo do divórcio de Walter Reed e Florence. Ela me contou que você não pressionou pelo iate. Está perdendo o jeito?

Respiro fundo e conto até cinco na cabeça, tentando replicar as técnicas de enfrentamento que Margaret me ensinou ontem.

— Será que vou ter que sair procurando no seu apartamento? Porque vou fazer isso.

— Por que você veio aqui? Para ajeitar as coisas? Agora que o seu irmão decidiu desistir de você?

— Venho tentando ajeitar as coisas com ele pelos últimos dois meses, mas graças a você, não faço ideia de como é um relacionamento saudável, com qualquer pessoa. Já chega disso. Sei que não vou conseguir consertar o que rolou entre a gente. Nem sei se quero, mas há esperança para Thad.

Ela estreita os olhos e seus ombros ficam tensos. Estou cogitando a possibilidade de sair mesmo procurando pelo apartamento quando ela diz:

— Debaixo da TV, na sala.

Antes que ela possa dizer mais alguma coisa, vou para a sala e direto para os armários. Abro as gavetas e encontro o que estava procurando: "O álbum do Thad e do Alec", que nossa babá fez para mim quando me formei no ensino médio. Deixei com Thad, sabendo que ele precisaria mais do que eu. Eu o enfio debaixo do braço e vou para a entrada. Minha mãe ainda está parada ali, bloqueando a porta, com os braços ao redor do corpo.

— Você sempre me lembrou dele — ela diz, baixinho. — A cara do seu pai. A única coisa que você puxou de mim são os olhos. Mas todo o resto é dele... o charme, a inteligência, a esperteza. Era difícil ficar perto de você, ver você e não te tratar como se fosse você que tivesse me magoado.

Solto um longo suspiro pelo nariz.

— Isso não te dá o direito...

— Não é uma desculpa. É só um fato, e não sinto orgulho disso, mas você deveria saber. — Ela olha para mim. — Não estou dizendo que fui uma boa mãe; é provável que jamais serei. Mas você me deu alguns momentos para que eu pudesse ser melhor, como quando você veio no meu quarto e tentou me animar. Mas nunca aceitei. Achava que não conseguiria, achava que não os merecia. E agora, bem... estou amargurada demais, e acho que isso não vai mudar. E pode ser que você tenha razão, pode ser que nunca tenhamos um relacionamento. Muito ressentimento, mas Thad... — Ela põe a mão no coração. — Thad precisa de você, Alec. Sempre precisou, e apesar do que ele possa ter dito na semana passada, sempre vai precisar. Se eu cheguei a acertar em alguma coisa na vida foi de me certificar de que vocês dois jamais se separassem. Não fui amorosa nem atenciosa, mas sempre soube que vocês dois pertenciam um ao outro. Dê um jeito nas coisas e as mantenha assim.

Meu peito fica apertado enquanto a aceitação transborda no meu coração. Aceitação daquilo que poderia ter sido, mas nunca foi, aceitação pela confissão da minha mãe, e aceitação de que este é o meu relacionamento com ela. Dou um rápido aceno.

Sua honestidade me comove mais do que achei que fosse possível, então quando me pego me inclinando para lhe dar um abraço, me surpreendo mais do que a surpreendo.

É breve.

É desconfortável.

É algo que eu jamais me imaginaria fazendo.

Mas foi necessário.

Quando me afasto, digo:

— Vejo você no casamento.

Ela concorda com a cabeça. A caminho de sair do apartamento, olho para trás e vejo um brilho minúsculo de uma lágrima no canto de seu olho.

Não é o começo de nada, nem o começo de um muito necessário conserto, e não é o amor que eu quero, o amor de que precisei durante toda a vida. Mas já é alguma coisa que consegui na minha busca de ajeitar as coisas com Thad, de começar a ter mais saúde mental.

— Fita do caralho — rosno, balançando a cabeça, enquanto tento desesperadamente soltar meu dedo da fita dupla-face que não quer soltar nem com reza brava. Incapaz de tirá-la, pego meu copo d'água e o pressiono no pedaço frouxo da fita e solto meu dedo. — Até que enfim.

Expiro e me recosto na cadeira, analisando o álbum à minha frente.

Na minha cabeça, tinha ficado muito melhor do que de fato ficou. Parece a obra de uma criança da segunda série, não de um homem de trinta e poucos anos que já amarra os próprios sapatos por mais de vinte e cinco anos.

Posso até ter feito "artesanatos" nos últimos dois meses, mas está na cara que não colou em mim; é uma pena eu estar sem opções.

Se Luna estivesse aqui, sei que teria ficado melhor. Ela teria me ajudado com o que eu tinha em mente, me guiado, me encorajado, assim como em qualquer outra coisa na minha vida.

Pego o celular e viro para poder ver a tela. Nada.

Nenhuma mensagem.

Nenhuma ligação.

Silêncio.

Não ter notícias dela deve ser a coisa mais miserável e angustiante que já experimentei, porque só consigo pensar se ela estava falando sério lá no apartamento dela.

Que fez a escolha errada.

Que se arrepende de tudo o que tivemos.

E essa percepção me tira o fôlego, me deixando com os pulmões vazios e a droga de um coração partido.

Tiro as pernas da cama e passo a mão pelo cabelo, tentando me livrar do sentimento de vazio que está tomando o espaço do meu coração a cada dia que se passa sem ter notícias da Luna. Acho que ela se cansou mesmo de mim.

Mas preciso deixar o coração partido de lado e focar em outro relacionamento.

O casamento de Thad e Naomi será daqui a quatro dias, e já faz quatro dias desde aquela grande bomba. Thad já deve ter tido tempo suficiente para pelo menos se acalmar, o que é importante. Se tratando do meu irmão, a lógica fica fora de questão quando ele está histérico. Mas hoje é o dia, não importa se estou pronto ou não. É hora de encarar as coisas.

Balanço nos calcanhares, segurando o presente do Thad ao lado enquanto o espero atender à porta. Mandei mensagem para a Naomi mais cedo, perguntando se podia visitá-los. Expliquei para ela que estou me esforçando e que quero dar um jeito nas coisas antes do casamento. Sua resposta foi breve, mas ela disse que ia fazer questão de que Thad estivesse em casa. Agora, estou imaginando se ela não me enganou, já que ninguém atende.

Fico me mexendo de um lado a outro, pronto para bater de novo, quando enfim a porta se abre. Metade da cara do Thad aparece — seus olhos vão logo se estreitando.

— O que você quer?

— Conversar.

— Não, valeu. — Ele faz menção de fechar a porta, mas ponho a mão na madeira e a empurro. Sempre fui mais forte que Thad, e que bom que isso não mudou, então empurro, entro no apartamento e fecho a porta. — Você não pode simplesmente entrar aqui...

Empurro a caixa embrulhada com fita na direção dele.

— Fiz uma coisa para você.

Ele olha para a caixa, mas não a pega.

— Como assim, *fez* uma coisa?

— Foi exatamente o que eu disse. Fiz uma coisa para você.

— Por quê?

Tudo bem, vai ser mais difícil do que eu pensava.

Suspiro.

— Porque eu te amo, Thad. Me importo com você. E odeio ter te magoado. Quero te mostrar que apesar do que você possa achar, quero muito fazer parte da sua vida. — Levanto a caixa de novo. Ele a pega desta vez, mas não diz nada; apenas desata a fita e ergue a tampa.

Mordo a bochecha por dentro, enquanto ele pega o pequeno álbum que fiz. Está cheio de fotos do nosso passado: nós dois crianças e adolescentes, correndo por aí e se metendo em encrenca, fazendo chifrinhos um no outro e rindo para a câmera. Ao folhear o álbum, seu rosto permanece inexpressivo, estoico, como se alguém tivesse lhe dado calmante antes de eu chegar.

Pigarreio.

— Eu, hum... dividi o álbum em três partes. Passado, presente e futuro. Quero que você se lembre do que a gente teve quando criança. — Ele continua folheando, mais rápido que eu esperava. — Te mostrar o presente, as poucas fotos que tiramos recentemente. — Ele folheia de novo. — E o futuro. Essas páginas estão em branco, porque, hum, quero preenchê-las com o que espero que sejam lembranças de mim, de você, da Naomi e do filho de vocês.

Ele fecha o álbum e o enfia debaixo do braço. Quero dizer para ele que dei duro para fazer o álbum, mesmo parecendo que paguei uma criança para fazê-lo. Quero forçá-lo a me ouvir, ouvir de verdade, e entender que é difícil comunicar tudo o que estou querendo dizer.

Mas pelo seu rosto inexpressivo, estou com a sensação de que não vai funcionar a meu favor.

— Por que ela? — ele pergunta. — De todas as mulheres de Nova York, por que ela? — *Pois é, eu tinha razão. Isto aqui não vai sair do jeito que planejei.*

Mas quero ajeitar as coisas com ele, então vou pelo caminho dele.

— Ela me entende, me enxergou, enxergou de verdade quem eu sou.

— Que bom que alguém pelo menos consegue fazer isso — Thad responde, acenando para a porta. — Pode ir agora.

— Thad — imploro. — Não dá para a gente pelo menos conversar? Estou me esforçando aqui, você tem que me dar uma chance.

— Eu não *tenho que* te dar nada, Alec. — Ele joga o álbum no canto da mesa. — Você não se deu conta do quanto aquilo foi constrangedor? O fato de você ter ajudado alguém da outra equipe? Sabe muito bem o quanto esta competição é importante para mim. O quanto é importante que eu encontre um lugar maior, um lugar melhor, para criar meu filho. Mas você tem tratado tudo isso como se fosse piada o tempo todo.

— Não é verdade — retruco. — Se eu achasse que era piada, não teria dado duro nas últimas semanas. Não teria praticado em casa, ido a lojas de materiais, feito bolos. Cara, eu estou me esforçando.

— Você tem ajudado os adversários.

— É ela que tem me ajudado! — grito, e então passo a mão no cabelo. — Porra, não queria ter gritado com você. Quero melhorar as coisas. — Aponto para o álbum. — Queria te mostrar como a gente começou, o quanto a gente se divertia quando crianças, mesmo passando por uns maus bocados. Queria te mostrar que, sim, a gente se afastou, mas é culpa minha e me arrependo pra caralho disso. E queria te mostrar onde eu quero estar, como quero o nosso relacionamento. Quero ser o seu melhor amigo, o cara em quem você se apoia quando essa coisa de ser pai estiver pesada. Quero estar ao seu lado, a cada passo do caminho, mas não posso fazer isso se você não me der uma chance.

Thad concorda com a cabeça e olha na direção de seu quarto, onde Naomi deve estar, deixando que a gente se vire aqui. Ele solta um longo suspiro.

— Já te dei uma chance, Alec. Várias vezes. Você ignorou.

— Não é verdade, porra. Eu aceitei esta chance. A chance do *Jogo do Casamento*. Posso não ter ficado entusiasmado no começo, mas dei um jeito. Eu ajudei, eu queria estar lá para te ajudar. Será que você não vê?

— Como ela te ajudou?

— Meu Deus do céu, é isso que está te incomodando? Que eu comecei a namorar a Luna?

— Ela é uma adversária.

— Ela é mais do que a droga de uma adversária. Ela é uma pessoa. Uma pessoa que... — Começo a me lembrar de que essa pessoa não quer nada comigo. — O que você quer? Que eu nunca mais saia com ela?

— Isso — Thad diz, mas deu para notar que a resposta surpreendeu até mesmo ele.

— Tá, feito. Não vou sair com ela de novo. Não que ela queira alguma coisa comigo, de qualquer forma. Mas mesmo se quisesse, se essa é a única maneira de fazer você enxergar o quanto estou falando sério sobre recuperar o nosso relacionamento, então tudo bem. Não vou... — Prendo a respiração. — Não vou mais sair com ela.

— Thad — Naomi chama, aparecendo à porta do quarto. — Sei que sábado vai ser um dia difícil. Foi tudo muito confuso para mim também. — Ela me lança um olhar empático. — Mas o Alec tem se esforçado, e você tem que reconhecer isso.

— Ele está dormindo com a inimiga — Thad retruca, gesticulando para mim. — Ele me vê nos fins de semana, mas é isso. Se ele quisesse praticar, deveria ter praticado comigo, não com ela. Quantas vezes o convidei para vir aqui? Implorei para ele passar um pouco do tempo comigo, com a gente, com a ideia de bolar um casamento incrível?

E aí está, a parte de toda essa discussão que eu deixei passar. Thad queria mais do que o tempo no set. Ele queria que eu o ajudasse. Ele queria um vínculo.

Porra. Como pude ter sido tão cego?

— Droga, Thad. — Dou um passo à frente. — Nem pensei nisso. Droga... me desculpa. Fiquei tão concentrado em tentar ser melhor para você que não pensei em ser melhor *com* você.

Thad respira fundo.

— Eu teria gostado de ter feito bolo com você. Tentar inventar coisas... droga, qualquer coisa a esta altura. Sinto falta de passar um tempo com você, Alec. O programa era a minha chance de te ver, mas foi estressante, e eu nunca conseguia a oportunidade de só... passar tempo com você. E, sei lá, ficar sabendo que você fez todas essas coisas com outra pessoa, outra pessoa que está tentando ganhar a cobertura para a família *dela*... machuca pra caralho. Ela pode saber das coisas e ser mais habilidosa, mas como teria sido se a gente tivesse trabalhado juntos para criar alguma coisa? — Ele dá de ombros. — A gente poderia ter ganhado.

— A gente ainda pode ganhar — digo.

Thad balança a cabeça.

— Andei dando uma olhada nos comentários das redes sociais. É claro que a equipe Rossi vai ganhar. Ninguém gosta da Helen. E as pessoas acham que o nosso casamento é uma piada. — Thad solta um suspiro exausto e se senta no sofá. — Já nem importa mais. Vai acabar no fim de semana, e aí bola pra frente.

— Em que sentido? — pergunto.

— Sei lá. — Thad volta a se levantar, deixando o álbum na mesa. — Mas esse fim de semana foi doloroso, e se eu estou magoado, não consigo nem imaginar como Cohen deve estar se sentindo.

Ele vai na direção do quarto e eu chamo:

— E a gente, como fica?

Ele para, mas não olha para mim.

— Vejo você na sexta, para o casamento dos Rossi.

— Como assim? Vamos ter uma chance?

Ele para à porta do quarto.

— Vai levar um tempo. Pode ser que você não enxergue assim, mas eu me senti traído. Você escolheu ela em vez de mim, e isso machuca pra caralho, cara.

— Agora eu estou escolhendo você — digo, com a voz ficando rouca. — Em vez dela. Sério.

— Me escolher agora... depois que ela terminou. — Ele balança a cabeça e entra no quarto.

Porra.

Naomi fecha a porta quando ele passa, e eu pressiono a mão na testa, pronto para surtar, e ela sussurra:

— Vou conversar com ele. Vai ficar tudo bem, Alec.

Me curvo, apoiando as mãos nos joelhos, como se o simples ato de preencher meus pulmões com ar tivesse ficado muito mais difícil.

— Não deveria ser tão difícil assim — digo, enquanto Naomi esfrega minhas costas.

— Respira fundo, Alec, inspira e expira.

Pressiono as mãos nos olhos e minhas emoções começam a transbordar em questão de segundos.

— Quero que tudo volte ao normal, e parece que ninguém quer me perdoar. Sei que ferrei com as coisas, sei que magoei Thad, mas... porra. Estou aqui agora, implorando perdão. — Lágrimas escorrem pelo meu rosto. — Estou me esforçando, Naomi.

— Eu sei — ela fala, ainda esfregando minhas costas. — Dá para ver o seu esforço, mas será que você está triste só pelo Thad?

— Quê? Claro que sim.

— Você não ficou triste de verdade até começar a falar sobre a Luna — Naomi continua, me ajudando a me endireitar. — Você... ama a Luna?

— E isso importa? Está na cara que Thad não quer que eu fique com ela.

— Se você não gostasse de mim, Thad não daria a mínima. Ele ainda se casaria comigo. Então não é Thad quem manda com quem você vai ficar. Eu só quero saber se você ama a Luna.

Passo os dentes sobre o lábio. Então revelo, baixinho:

— Sim, amo. — Meu coração se contorce com a verdade nessas palavras.

Naomi dá um rápido aceno com a cabeça.

— Então por que não deixa que eu cuide do Thad? Ele vai superar. Você o conhece bem, ele põe uma fachada, mas assim que você for embora, ele vai se debruçar sobre aquele álbum, se debulhar em lágrimas e falar para eu pedir um calzone para curar as feridas dele. — Bufo. Dá para imaginar toda essa cena. — Isso significa que você precisa cuidar da Luna, porque se não estiver feliz aqui — ela dá um tapinha no meu peito —, como vai conseguir dar o seu melhor quando Thad precisar? Você sabe que ele vai exigir isso.

— Vai mesmo. — Dou risada, já me sentindo um pouco mais leve. — Só não sei como chegar até ela, como melhorar as coisas.

— O que é mais importante para ela? — Naomi ergue a sobrancelha para mim.

— Cohen — respondo, sem nem ter que pensar sobre isso.

— Exato. E isso significa que você vai ter que reatar aquele relacionamento. E o resto vai se ajeitando.

— Você acha? — pergunto, enquanto a esperança começa a florescer na boca do meu estômago.

— Acho. Agora dá o fora daqui para que eu possa assistir ao Thad chorar feito um bebê.

Dou risada e assinto, puxando-a para um abraço.

— Obrigado, Naomi. Estou muito feliz que você vai ser a minha cunhada.

Ela se afasta e sorri.

— Que bom que você vai ser o meu cunhado. Agora, dá o fora daqui.

Não vou dizer como consegui esse endereço, apenas direi que não foi de todo por causa da dieta kosher. Mas a gente faz o que é necessário para ajeitar as coisas.

É uma hora quase inapropriada para visitas quando bato à segunda porta da noite. Respiro fundo, e recuo, segurando a caixa de confeitaria que trouxe como se fosse um escudo.

Ouço passos e a pressão de uma mão na porta. Há uma pausa e então a porta é destrancada e aberta. Declan está parado do outro lado, usando uma calça de pijama listrada e uma camiseta vermelha simples. Seus óculos estão apoiados no nariz, mas seu cabelo geralmente penteado está com um estilo desgrenhado e descontraído.

Ele cruza os braços.

— Olha que maravilha.

— Posso conversar com você e Cohen?

— Quem é? — Ouço a voz de Cohen de dentro do apartamento. Declan abre a porta por completo, não só me revelando, mas também o fato de que Cohen e Declan estão usando pijamas combinando.

— O que você veio fazer aqui?

Gesticulo para a roupa deles.

— Achei que era só coisa de lésbicas.

— Você quer mesmo entrar? — Declan pergunta.

— Sim, foi mal. — Pigarreio. — Posso falar com vocês dois? — Levanto a caixa com muffins. — Uma vez comprei muffins para a Luna, e ela falou que vocês gostavam. E falando nisso, é até surpreendente que vocês dois gostem de muffins, sabe como é, já que são gays e tal... — Eles semicerram os olhos. *Não era para ter falado isso.* — Foi mal, fico fazendo comentários péssimos e inapropriados quando estou pouco à vontade e nervoso.

Cohen suspira.

— Entra, mas você só tem cinco minutos.

— Sim, claro — digo rápido e entro no modesto apartamento deles, olhando ao redor. O espaço é maior do que o de Thad e Naomi e sem dúvida melhor decorado. Bem minimalista, com teto alto, parede de tijolos expostos com um par de janelas com moldura preta e móveis elegantes que quase parecem intocados.

Declan pega a caixa de muffins de mim e a põe de lado antes de ficar perto de Cohen. Os dois estão de braços cruzados, os dois de vermelho — e os dois são bem intimidantes, apesar dos elefantezinhos que decoram as listras do pijama deles.

— Quer conversar ou vai ficar olhando para a nossa calça esse tempo todo? — Cohen pergunta. — O tempo está passando.

Meu Deus, bem intimidantes.

— É, foi mal, eu... meio que vim aqui para pedir desculpas para vocês. Luna não quer falar comigo, então não faço ideia se vocês fizeram as pazes ou não...

— Não falo com ela desde sábado.

Ai, merda. Meu coração vai logo afundando pela Luna e pelo que ela deve estar passando, o que deve estar sentindo. Declan e Cohen vão se casar daqui a dois dias e eles não estão falando com a Luna? Ela deve estar enlouquecendo.

— Ela tentou se comunicar?

— E isso é da sua conta? — Cohen pergunta.

— Não, não é. — Fico olhando para o piso de parquet deles por um instante, tentando encontrar as palavras. — Vou direto ao ponto. Eu jamais deveria ter pedido para ela mentir para vocês dois... não foi bem mentir, mas pelo menos manter o nosso relacionamento escondido. — Enfio as mãos nos bolsos, ainda tentando me acostumar com toda essa coisa de confissão. — Tive uma infância de merda e isso me fez me afastar do Thad. O *Jogo do Casamento* foi a oportunidade de recuperar esse relacionamento. Não tinha intenção nenhuma de me apaixonar pela sua irmã, mas aconteceu, e eu fiquei com medo de que...

— Espera. — Cohen acena com a mão. — Se *apaixonar*? Você está apaixonado pela Luna?

Assinto.

— Estou. Perdidamente apaixonado. — E ouvir isso em voz alta pela segunda vez faz com que uma nova onda de arrependimento e tristeza se quebre em mim. Eu sabia que a amava; dá para sentir lá na medula, e quando a gente falou um para o outro que estávamos ficando "apaixonados", eu quis dizer... perdidamente. Mas admitir agora, para o irmão dela... porra. Machuca.

Declan murmura alguma coisa que não consigo entender, e Cohen exala alto.

— Vocês não estavam só transando. Estão apaixonados?

— Bem, eu estou. Ela não está. — Balanço a cabeça. — Ela deixou bem claro outro dia, depois que tudo foi por água abaixo. Mas pouco importa. — Respiro fundo. — O que importa é o seu relacionamento com ela. Tenho certeza de que não sei de muita coisa sobre isso, e muito mais coisa que gerou a briga de vocês, mas queria que você soubesse as circunstâncias. Falei para ela manter segredo... a culpa é minha. Sei que foi ela que tomou a decisão, mas eu não facilitei as coisas. Ela queria te contar.

— Ela falou isso — Cohen diz, e seu olhar duro vai relaxando.

— Ela te ama, cara. A forma como te olha... me faz lembrar da maneira que Thad costumava olhar para mim quando a gente era mais novo. Como se eu não pudesse errar nunca. Eu era o herói dele. Sem dúvida você é o herói dela, e se não fosse por mim e pelo meu pedido idiota, isso não teria acontecido. Se você precisa ficar com raiva de alguém, fique com raiva de mim, por favor, não dela. Ela tem dado duro para que você tenha o seu momento com Declan, para celebrar o amor que vocês merecem celebrar. Vai por mim, esses momentos mais importantes da vida precisam ser comemorados com aqueles que amamos. Passei a maior parte dos meus grandes momentos sem ninguém. É solitário e faz com que tudo fique menor, mais triste. Essa discussão não vale a pena. Nem perto disso. — Dou um passo para trás, enquanto o silêncio paira entre nós. — Acho que é melhor eu ir. Boa sorte na sexta. Tomara que tudo saia da maneira que vocês queriam.

Dou um rápido aceno e vou na direção da porta quando Cohen chama meu nome. Olho para trás.

— Ela não falou com você?

— Não, cara. Ela terminou comigo. Tenho certeza de que ela precisa de você agora mais do que nunca. — Com isso, vou embora, sentindo como se talvez, quem sabe, eu tenha ajudado.

Tomara que sim.

Capítulo 27

Luna

— Estou me aproximando devagar. A vassoura está mais uma vez nas minhas mãos. Poucos metros de distância. Aproximo... abaixo o cabo da vassoura, eeeeeee... cutuco de leve — a voz de Farrah sussurra enquanto o cabo de vassoura me cutuca de lado. — Cutuca, cutuca, cutuca.

— Você não precisa ficar dizendo "cutuca" enquanto está cutucando — digo, com a voz abafada, enquanto estou deitada de bruços no sofá e o rosto enfiado no travesseiro. — Dá para sentir.

— Não sabia ao certo. — Ela continua cutucando. — Você ficou aí deitada pela última meia hora, e antes disso, estava sentada de pernas abertas, com a mão por baixo da calça. O que devo fazer com isso?

— Nada. Não deve fazer nada.

— No que deu a sua visita ao seu irmão?

— Mandei mensagem para ele. Disse que estava indo. Ele disse para não me dar ao trabalho. — Repetir essas palavras alto deixa um nó na minha garganta, enquanto as lágrimas brotam nos meus olhos. — Ele não me quer mais como irmã.

— Meu Deus, que dramática. É claro que ele te quer como irmã, ele só... Droga, ele só está puto.

Isso me faz bufar todo o ranho do meu nariz. Me levanto do sofá e imploro por um lenço de papel, enquanto o ranho escorre para o meu lábio.

— Meu Deus — Farrah diz, horrorizada, enquanto pega um lencinho e me entrega.

Dou risada, então choro, então rio, enquanto limpo o nariz.

— Ele está agindo como se nunca tivesse ferrado com as coisas. Mas discordo. Foi por causa dele que Gregory Thompson terminou com você, lembra? Ele espalhou a história da sua primeira menstruação e assustou o coitadinho do Gregory. Tudo bem que se o Gregory não aguenta uma historinha sobre menstruação, então nem deveria estar saindo com uma garota, mas mesmo assim, foi Cohen que fez aquilo. E você ficou bem chateada.

— É diferente.

— Em que sentido? Você não contou para ele sobre um relacionamento. Grandes coisas. Você conta para ele quando se masturba? Será que ele precisa saber a agenda dos seus orgasmos? Será que ele precisa saber quando você se depila?

— Por que todos os seus exemplos têm a ver com a minha vagina?

Ela abre a boca para responder e logo a fecha.

— Hum. Boa pergunta. — Dá de ombros. — De qualquer forma, acho que você precisa se dar conta de que ele não é perfeito, você não está totalmente errada, e em vez de ficar chorando pelos cantos, deveria estar a alguns quarteirões, fazendo as pazes com o seu Chris Evans. Estou com saudades dele.

É... eu também.

Demais.

Mais do que achei que ficaria. Não que eu tenha achado que não sentiria saudade dele, mas sua ausência abrupta machuca num nível quase físico. Sempre que quero mandar mensagem ou sair correndo para a casa dele, me lembro de que não posso, e a realidade de como estraguei tudo me atinge de novo.

Mais lágrimas escorrem pelo meu rosto, e Farrah volta a me cutucar com a vassoura.

— Viu só, bem aí. Você ainda se importa com ele.

— Muito mais que isso, Farrah. — Meus lábios tremem, e sinto meu coração se partir, enquanto sussurro: — Eu amo o Alec.

— *Sabia*! — Farrah grita, batendo a vassoura no chão com as duas mãos. Ela gira e dá alguns socos no ar. — Sabia, caramba! Não é possível que você estivesse tão depressiva assim só por causa do seu irmão. Você está com saudade do seu...

Toc. Toc.

Eu e Farrah viramos o pescoço na direção da porta e então nos entreolhamos.

— Se for o Chris Evans — Farrah sibila —, você vai fazer as pazes com ele, e não quero ouvir mais nem um pio sobre isso. Entendeu? Quero meu parceiro de luta de volta. — Ela salta por cima do sofá e abre a porta. Seus ombros caem e ela resmunga. — Já vou avisando, foi você que fez o Gregory terminar com ela, então é melhor ir dando seu jeito, senhor.

— É muito bom te ver também, Farrah. — A voz de Cohen ressoa pelo apartamento.

O som faz meu estômago embrulhar, e uma onda de emoção me atinge de uma só vez.

Nervosismo.

Empolgação.

Alívio.

— Você veio fazer as pazes com a sua irmã? — Farrah pergunta, brincando com a maçaneta da porta.

— Não é da sua conta, Farrah.

— Ahh, não me venha com essa. — Vejo Farrah cutucando com o dedo, deve estar atingindo o peito dele. — Será que você sabe quantas vezes eu tive que cutucar a Luna com uma vassoura esta semana? Por culpa sua? Não dá nem para contar. A menos que esteja aqui para dizer para ela que está tudo bem, pode ir embora, e vou pegar meu presente de casamento de volta, porque nem ferrando você vai ganhar uma máquina de espresso de trezentos dólares de mim. E, sim, posso ter roubado do trabalho, porque a gente tem dez extras no armazém, mas mesmo assim você não vai ganhar.

Cohen exala alto.

— Estou aqui para fazer as pazes.

— Ouviu só? — Farrah grita. — Ele veio aqui para fazer as pazes.

— Deixe-o entrar, Farrah.

Ela dá um passo para o lado, Cohen entra e Declan vem logo atrás, mas quando me vê, ele para de repente, arregalando os olhos.

Passo a mão no cabelo, que sei que está todo frisado nas laterais e ajeito a blusa.

— Eu, hum... não tive tempo de tomar banho.

— Acho que ela andou tentando cheirar o aroma do sofá nos últimos dias. — Farrah me imita, desabando no sofá e afundando o rosto nele. — Ela está um horror. Sugiro manterem certa distância. Tenho luvas descartáveis, caso precisem tocá-la.

— Pode ir agora, Farrah — digo.

— De jeito nenhum. — Ela se senta à bancada da cozinha e pega um copo d'água. — Vai ser um show e tanto. Tive que lidar com você na semana passada, o mínimo que pode fazer é me dar o primeiro lugar na fila para ver Cohen passar vergonha.

— Quando foi que você ficou tão irritante? — Cohen pergunta.

— Sempre fui assim. — Farrah dá uma piscadela e gesticula na direção da sala. — Podem começar, fala para ela como você tem andado puto.

Ignorando, Cohen se aproxima e se senta no sofá de frente para mim. A esperança floresce no meu peito só de vê-lo.

— Oi — ele diz.

— Oi.

— Cha-to! — Farrah grita, envolvendo a boca com as mãos.

— Quer dar um passeio? — Declan pergunta a Farrah, pegando a mão dela e a puxando para fora da bancada.

— Não quero — ela insiste, enquanto os braços fortes de Declan a levam para a porta. — Me solta. Luna, me ajuda, me ajuda! Ele me pegou.

Eu a ignoro, enquanto Declan escolta Farrah para fora do apartamento. Assim que a porta se fecha, Cohen relaxa e pega minha mão.

Antes que ele possa dizer alguma coisa, uma correnteza de palavras sai da minha boca.

— Me desculpa, Cohen. Eu deveria ter contado para você sobre mim e Alec. Jamais deveria ter mantido segredo, e me desculpa sobre o *Jogo do Casamento* e por fazer você se sentir fora de controle da sua própria vida, nunca foi minha intenção. Eu sou só protetora. E testemunhei o que aconteceu com você na escola e não quero ver esse tipo de coisa de novo, então pode ser que de vez em quando eu seja controladora, mas é só porque quero ver você feliz e nunca se machucando de novo. Quero que você tenha liberdade para viver sua vida e desejo tudo de melhor para você, tipo a cobertura em Manhattan, e uma família, e filhos, e quero ser tia, e quero que as pessoas...

— Calma, Luna. — Cohen aperta minha mão. — Eu sei, tá bom? Eu sei.

— Sabe o quê? Eu disse um monte de coisas.

— Eu sei disso tudo. Sei que você se arrepende. Entendo por que não disse nada e vim aqui para me desculpar. Eu... droga. — Ele solta um suspiro. — Eu estava morto com o desafio, nervoso com o fato de o casamento ser televisionado, frustrado por estar me apoiando demais em você para criar esse momento na minha mente, e eu nem sabia se queria isso, para começo de conversa. — Ele fecha os olhos com força e então os abre. — Joguei a culpa em você, mas jamais deveria ter feito isso. Você não tem sido nada além de uma irmã amorosa. Atenciosa em todos os sentidos, amando Declan como se ele fosse outro irmão. — Ele envolve minha mão. — Me desculpa, Luna. Eu exagerei e nunca deveria ter dito aquelas coisas para você. Não estava falando sério.

— Sério? — pergunto, e lágrimas escorrem pelo meu rosto. — Porque posso te compensar. Posso recuar, te dar espaço, não ficar dando a minha opinião em tudo. Quero que você seja feliz, e se isso significa recuar, então é o que vou fazer.

— Não quero que você recue. Quero você na minha vida como sempre esteve, ainda mais se eu e Declan decidirmos ter filhos. — Ele respira fundo e me puxa para um daqueles seus abraços de urso tão acolhedores. Quando me solta, ele se recosta e solta a respiração.

— Qual é — digo, cutucando-o. — Não estou tão horrível assim.

— Está, sim. — Ele ri e acena para o banheiro. — Vai tomar um banho. A mamãe e o papai querem jantar com a gente daqui a meia hora. Falei para eles que a gente ia se encontrar com eles lá naquele restaurante italiano aqui perto.

— Sério?

Ele assente.

— Vai logo, Luna. Ou vou embora sem você.

Me sentindo um pouco mais leve, me levanto do sofá e corro para o banheiro, onde bloqueio a dor e a tristeza por ter perdido Alec e me concentro no alívio que toma conta de mim pelas coisas estarem bem com Cohen.

— Um brinde aos nossos lindos filhos, estrelas da televisão — minha mãe diz, erguendo sua taça de champanhe.

— E um brinde à nossa filha, por não xingar em rede nacional enquanto aquela senhora chamada Helen ficou sentada nela — meu pai, sempre o piadista, acrescenta enquanto nossas taças tilintam.

— Imagino que vocês tenham visto o primeiro episódio — falo depois de dar um gole e pôr a taça na mesa. Estou sentada entre Declan e Cohen, porque precisava sentir o amor deles depois da longa semana que tivemos.

— Ah, a gente até fez pipoca e tudo mais — minha mãe conta. Ela está mais linda do que nunca, sua pele está radiante, e ela não para de sorrir. A Austrália fez bem a ela. — Aquela Helen… já deu para notar por que você a chama de "complicada" nos e-mails. Que mulher desagradável.

— Ela é ainda mais desagradável pessoalmente — Declan esclarece.

Meu pai dá um tapinha nas costas de Declan.

— Bem, pelo menos vocês conseguiram lidar com isso. Mal posso esperar para ver tudo pronto na sexta.

— Também estou animada para a cerimônia do chá que os pais do

Declan organizaram para amanhã. Eu e a Moreen ficamos trocando e-mails com os detalhes — mamãe diz com um leve sorriso.

— Sim, Jonah também tem me mandado e-mail — papai fala. — São muito amigáveis, mas mal posso esperar para finalmente ver vocês dois casados. Já estava na hora de um dos meus filhos encontrar o amor da vida dele e sossegar.

Mantenho o rosto neutro enquanto o rosto de Alec surge na minha mente. Fico imaginando o que ele anda fazendo, se fez as pazes com Thad, ou mesmo com a mãe dele. Será que está em casa, sozinho, sem ter com quem conversar? Meus olhos começam a lacrimejar só de pensar nele sozinho e na dor que deve estar enfrentando.

— Pode ser que eu não seja o único dos seus filhos a ter encontrado o amor... — Cohen diz com um sorriso.

Eu poderia matá-lo agora.

— Como é?! — minha mãe exclama. — Você anda saindo com alguém, Luna?

— Não — respondo assim que Cohen fala: — Está.

— Cohen — sussurro, mas isso não o detém.

— Conheceu ele no programa.

— Cohen, para.

— Ele é bem bonito — Declan acrescenta. Me viro, pronta para repreendê-lo, quando minha mãe cantarola, batendo palmas.

— Ele é um assistente? Quem sabe um cenógrafo? Ah, querido — ela se vira para o meu pai —, não seria um sonho se fosse com aquele Alec da outra equipe? A gente disse que ele seria perfeito para a Luna. Tudo bem que ele é um adversário, mas é um homem dos sonhos.

Fico boquiaberta. *Disseram o quê?*

Cohen ri alto, enquanto Declan aperta o peito.

— O que foi? — Minha mãe olha para nós. — É o Alec? Por favor, me digam que é o Alec.

— Ah, que maravilha. — Cohen enxuga o olho. — A mamãe e o papai já até escolheram para você.

— É o Alec? — meu pai pergunta, todo alegre.

O que está rolando?

— Assim — ele continua —, só de um episódio, já deu para ver que tem alguma dor escondida por trás daqueles olhos verdes, e quem melhor para ajudar do que a nossa Luninha?

— Então... é ele? — minha mãe insiste, toda esperançosa.

Suspirando, movo os talheres para o lado para manter as mãos atarefadas.

— *Era* ele.

— Era? — Minha mãe olha de um para o outro. — O que aconteceu?

— Houve um contratempo, mas as coisas vão voltar aos trilhos neste fim de semana... pode ficar tranquila, mãe — Cohen garante.

— Não, nada disso. Eu... terminei com ele.

— Porque você é uma idiota — Declan afirma.

— Ei.

— Ele tem razão — Cohen responde. — Você é idiota, mas eu fui o culpado dessa idiotice. Então está desculpada.

— Perdemos alguma coisa? — meu pai pergunta, parecendo bastante confuso, com a taça a meio caminho da boca.

— Nada com que vocês precisam se preocupar — Cohen fala com tanta confiança que me faz querer mesmo vomitar.

— Não faça nenhuma idiotice — digo. — Sei que já me intrometi bastante na sua vida, mas fica fora disso, Cohen. Falei uma coisa para ele que não dá para retirar.

— O que você disse? — mamãe pergunta, se inclinando para frente, como se ela estivesse vendo uma novela se desenrolar.

— A gente não precisa falar sobre isso. Ei, vamos conversar sobre como a Helen deve estar se preparando para fazer aquele bolo, hein? Eu adoraria ser uma mosca para poder ver aquilo.

— Você ama o Alec? — Cohen questiona.

Todo mundo se vira para me encarar.

— Não importa.

— O quê? — papai indaga. — Claro que importa. É vergonhoso o número de vezes que errei com a sua mãe, mas porque eu a amo, sempre implorei por perdão, e ela concedeu. Então é claro que importa.

— É verdade — mamãe se intromete. — Então... você o ama?

— Ama? — Declan me cutuca.

Olho ao redor da mesa, enquanto os olhos ansiosos deles me encaram. A emoção começa a subir pela minha garganta, e as lágrimas brotam. Antes que possa impedi-las, começam a escorrer pelo rosto e eu assinto.

Cohen passa o braço ao redor dos meus ombros e me puxa para o seu peito.

— Está tudo bem, Luna. A gente vai dar um jeito nisso, prometo.

Ele faz parecer tão fácil. Eu poderia acreditar nele se Alec tivesse me mandado mensagem, ou se tivesse ido ao meu apartamento, mas a esta altura, acho que já não há mais nenhuma chance de preencher a lacuna que criei entre nós, de fazer com que ele saiba que não foi a escolha errada.

Não tenho conseguido ver as coisas com clareza pela última meia hora, enquanto meu irmão e seu amado finalmente estão tendo o momento deles.

As câmeras giram ao nosso redor, os convidados estão em seus lugares, a decoração... nada disso importa, enquanto prendo a respiração, esperando Cohen dizer seus votos.

Depois de uma longa sessão de "planejamento" com a minha família sobre como voltar para o Alec, dei um beijo de boa-noite em todo mundo e voltei para o meu apartamento. Segurei o celular junto ao peito, imaginando se deveria mandar mensagem para o Alec como todo mundo sugeriu. Mas sempre que eu começava a digitar, meu nervosismo tomava conta, e eu apagava tudo às pressas.

A cerimônia do chá foi... meu Deus, foi íntima e linda, um momento em que Cohen e Declan puderam mostrar apreço pelo apoio dos pais. Chorei feito um bebê.

E aí, depois de voltar para casa, com o coração pesado, tentei pela quinta vez mandar mensagem para o Alec, e falhei. Cohen me enviou mensagem, perguntando se eu já tinha entrado em contato com ele. Quando falei que não conseguia vencer o nervosismo, Cohen me ligou e disse que Alec apareceu lá no apartamento deles e se desculpou por tudo o que havia acontecido.

Chorei até pegar no sono na noite passada, com o coração em pedaços ao pensar em Alec indo visitar o meu irmão e tentando curar essa fissura, sendo que eu jamais deveria ter jogado a culpa nele.

E aí, pela manhã, Farrah me ajudou a me livrar dos olhos inchados, Declan e Cohen me encurralaram, perguntando se eu planejava fazer alguma coisa quando visse Alec hoje, porque a gente se encontraria. Faz parte do *Jogo do Casamento*: temos que ir aos casamentos uns dos outros, e é por isso que todos acontecem em um fim de semana. Um logo depois do outro.

Minha resposta foi... *não sei.*

E enquanto estou parada aqui, ao lado do meu irmão, no altar improvisado que construímos com o chupá de Cohen, decorado com as flores mosquitinho e as guirlandas de samambaias — incapaz de ficar em um círculo como havia planejado a princípio, agora todo exposto na frente —, não consigo olhar para a multidão. Estou apavorada de fazer contato visual com Alec — e ainda não sei o que fazer quando o vir.

Devo abraçá-lo?

Pedir desculpas?

Escapulir e me esconder pelo resto da noite?

Cohen pigarreia, chamando a atenção de volta para o casamento. Ele tira seus votos do bolso do paletó — os trajes de casamento ficaram lindos — e os desdobra com cuidado. Sei que este é um grande momento para ele — Cohen não só vai expressar seus sentimentos, mas fará isso em público.

Ele respira fundo e olha para Declan.

— O amor é um estado permanente na minha família. Quando eu era pequeno, meus pais passavam horas e horas mostrando para mim e para a minha irmã como é o amor verdadeiro. Sempre senti isso, mas não sabia se era um sentimento que eu deixaria sair de mim. — Ele respira fundo. — Me assumir para os meus pais, para a minha irmã, nunca foi um problema, porque, como eu disse, eles me amavam incondicionalmente. Mas quando se trata do mundo lá fora, de todo o resto, aí está o problema. Enquanto o tempo passava, comecei a me sentir cada vez mais sozinho, acreditando que aquele belo amor que meus pais têm seria algo que eu jamais experimentaria... até você aparecer.

Lágrimas escorrem pelo meu rosto e nem me dou ao trabalho de enxugá-las.

— Você me mostrou que eu posso ser amado, que eu posso passar horas com você no sofá e me sentir mais feliz do que jamais fui. Você me mostrou que está tudo bem amar, não só entre quatro paredes, mas no mundo lá fora também. Você me ajudou a construir um lar e um futuro, e eu nunca achei que fosse ter isso. Você mudou a minha vida com um simples sorriso, e prometo que, até o meu último dia, vou fazer a sua vida tão significativa e cheia de amor como você fez a minha. Eu te amo.

Ai, meu bom Deus. Solto um suspiro e olho para o teto, tentando não borrar a maquiagem antes de ter que sair dali.

Estou tão distraída em manter o delineador intacto que perco o que o reverendo disse, e quando me dou conta, Declan já está acariciando o rosto de Cohen e eles se beijam com tanta paixão que meu rosto queima. Nossos amigos e família aplaudem, e eu também solto um gritinho. Quando Declan enfim o solta, o reverendo os apresenta como maridos e eles saem, de mãos dadas. Vou logo atrás, enxugando as lágrimas e tentando não surtar.

Quando chegamos ao fim do corredor, vamos para a lateral, e abraço os dois.

— Estou tão feliz por vocês. — Dou um empurrãozinho de brincadeira no ombro de Cohen. — Valeu por me fazer chorar feito uma idiota.

— Por nada. — Ele sorri e beija o topo da minha cabeça. — Agora entra na fila.

— Que fila? — pergunto. — Como assim?

— Uma mudança de última hora. — Seu sorriso se alarga. — Decidimos fazer uma fila para recepcionar todo mundo.

Vou matar os dois... pra valer... no dia do casamento deles.

Capítulo 28

Alec

Caralho, como ela está linda.

Assim que ela entrou, senti como se uma bola de boliche tivesse arrancado todo o ar dos meus pulmões. De seu lindo vestido verde até seu longo cabelo sedoso amarrado num coque baixo, sua maquiagem natural destacando seus olhos deslumbrantes, ela me tirou o fôlego.

Não conseguia tirar os olhos dela durante toda a cerimônia. E enquanto ela chorava de felicidade pelo irmão, o alívio preencheu o meu corpo — se tudo está bem entre eles, aquela semana terrível pode estar dando algum sinal de esperança.

É claro que Thad não está totalmente feliz comigo, e eu e Luna ainda estamos separados, mas o que importa é que ela e Cohen se reconciliaram — jamais me perdoaria por ter estragado o relacionamento deles.

Quando cheguei ao Shed hoje de manhã, encontrei Thad e Naomi, torcendo para que as coisas tivessem melhorado. Thad me deu um rápido aceno e saiu andando, enquanto Naomi me lançou um olhar empático. Eles devem ter dividido um calzone quando fui embora, mas além disso, não parece ter havido nenhum progresso.

Nem pressionei. Não queria fazer cena com Thad. Apenas fui atrás deles lá para dentro, com as mãos nos bolsos e o coração pesado.

Ninguém nunca ficou bravo comigo assim antes. É desconfortável saber que alguém tem medo de topar com você. Via de regra, devemos comparecer a todas as cerimônias, mas os nossos contratos não dizem nada sobre ficar para as recepções. A multidão é toda sorrisos e amor pelo casal, e eu deixaria todo mundo chateado. Acho que farei um favor para todo mundo se for embora. Já testemunhei a bela cerimônia, mas a comida e as danças só vão deixar as coisas incrivelmente constrangedoras. Assim que a multidão se dispersar, vou embora.

— Foi tão lindo — Naomi elogia. — Os votos do Cohen acabaram comigo.

Pois é, comigo também.

— Foi bem legal — Thad concorda, soando estranhamente reservado. — E agora? — Ele vira a cabeça para o resto dos convidados. — Por que está demorando tanto para a gente sair desta sala?

— Fila de recepção — Naomi esclarece.

— Como é? — pergunto, com o coração acelerando.

— Parece que vai ter toda uma festa de casamento — Naomi diz, com um sorrisinho se formando no rosto.

Porra.

Dou uma olhada na sala perfeitamente decorada; a visão de Luna ganhou vida, com todos os galhos que ela ajeitou, a guirlanda que ela fez com todo o cuidado, os buquês de flores de juta artisticamente arranjados e os tocos de árvore bem posicionados. Mas não é só lindo; tem também a essência de Cohen e Declan. Os noivinhos sobre o bolo de chocolate representam tanto os dois. As fotos do casal estão espalhadas estrategicamente pelo lugar, e as habilidades de carpinteiro de Cohen estão exibidas de maneira artística na mesa entre os castiçais. É uma combinação perfeita de tudo o que ouvi da Luna. Queria poder falar para ela o quanto ficou lindo, o quanto dá para sentir o amor pairando no local. Em vez disso, procuro qualquer outra saída, mas não há nenhuma, o que me faz querer denunciar o lugar para o corpo de bombeiros — não deveria haver uma saída de emergência?

Uma saída de emergência para momentos como este, quando um homem ferrou tanto com as coisas que precisa dar no pé.

Naomi deve ter sentido o meu pânico, porque põe a mão no meu braço e sussurra:

— Vai ficar tudo bem, Alec.

Olho de relance para Thad. Ele está observando a Naomi e a mim com os olhos semicerrados. Meio que espero que ele surte sobre nós estarmos armando um "complô" pelas costas dele.

Mas ele não diz nada. Apenas fica na nossa frente enquanto vamos entrando na fila.

E em questão de segundos, já dá para ver o topo da cabeça de Luna bem ao lado de Cohen.

A cada passo dado, se aproximando mais, meu medo vai atingindo outro nível, até que finalmente alcançamos Declan. Thad é o primeiro a parabenizá-lo, com um abraço e um tapinha nas costas. Considerando a amargura dele com todo o *Jogo do Casamento*, não consigo acreditar o quanto ele está calmo. Sei que ele disse que a gente não tinha chances de vencer, e acho que levou mesmo a sério. Mas em vez de sair esculhambando o casamento, apontando tudo o que não gostou e como acha que o nosso é melhor, ele está só curtindo o momento.

E de alguma forma é mais assustador do que meu irmão histérico que ficou chorando e gritando durante a competição.

Naomi é a próxima.

— Parabéns, Declan. Foi lindo. Estou muito feliz por vocês.

— Obrigado — ele diz e então se vira para mim.

Engulo em seco e forço um sorriso.

— Parabéns, Declan. — Estendo a mão e ele a aperta, um pouco firme demais. Um sinal acolhedor, talvez, de um cunhado protetor.

— Obrigado. — Ele se inclina. Bem baixinho, fala: — Não a machuque.

Não tenho a chance de responder, porque sou levado para Cohen, que literalmente faz meu saco se encolher com o olhar que me lança.

Estendo a mão outra vez e engulo em seco.

— Parabéns, Cohen. Seus votos foram lindos.

Ele pega minha mão, outro aperto firme para me distrair, só por um instante, do quanto estou perto de Luna — tão perto que se me mover mais um pouco, vou ficar bem na frente dela.

— Obrigado — ele responde, se inclinando assim como Declan. Então sussurra: — Seja bom para ela.

Quando ele se afasta, dá um tapinha nas minhas costas e me empurra na direção da Luna.

Ela olha para mim devagar, com os olhos marejados e o sorriso forçado. Sei como é um sorriso verdadeiro dessa garota, e não é parecido com esse.

A tensão vai logo aumentando entre nós enquanto olhamos um para o outro em silêncio.

Detesto isto. Detesto ter que ficar parado na frente dessa garota — minha garota — e não poder puxá-la para um abraço. Detesto a incerteza entre nós. Detesto não poder estender a mão, acariciar seu queixo e senti-la se apoiar na minha palma logo antes de eu me inclinar para beijá-la. Detesto não poder abraçá-la, parabenizá-la, ficar de mãos dadas e acompanhá-la até a recepção, sabendo muito bem que ela é toda minha.

— Hum, parabéns — digo por fim. — A cerimônia foi ótima.

Péssimo.

Caralho, que péssimo.

Fala o quanto ela está linda. Como ela tirou o seu fôlego assim que seus olhos pousaram nela. Fala que você não conseguiu tirar os olhos dela durante toda a cerimônia. Fala que você está muito arrependido e que faria qualquer coisa para acertar tudo de novo.

Mas parece que não consigo mexer a boca, então fico ali parado, tenso, sem saber o que fazer em seguida.

Segurando o buquê, ela me dá um rápido aceno.

— É, valeu... foi muito bonito.

Tudo bem, este deve ser um dos piores momentos da minha vida.

É como se eu estivesse preso no meu próprio corpo. Meu coração está implorando para o meu cérebro dizer alguma coisa, fazer alguma coisa, para que ela saiba o quanto eu a amo, mas o meu cérebro está de quarentena, sem deixar escapar qualquer emoção que está surgindo no meu coração.

Dou um aceno para ela e um passo para trás.

— Legal, tenha um bom dia.

E então vou embora, sentindo o estômago tão embrulhado que passo direto por Naomi e Thad, que estão esperando por mim, e passo pela porta do Shed, para a rua de paralelepípedos do SoHo. Arrasto a mão no cabelo e olho ao redor. Um entregador de comida numa bicicleta está gritando para mim, me jogando de volta contra o antigo prédio de tijolos assim que eu escuto a porta se abrir.

— Alec — Naomi chama atrás de mim, com a mão nas minhas costas. — Está tudo bem?

Balanço a cabeça.

— Não. Não posso... porra, não sei como reagir perto dela. Não posso ficar por aqui agora. Não quero que as coisas fiquem esquisitas para ela, não no grande dia do irmão dela.

— Você vai embora?

— Sim. — Olho para o lado. — Vou. Pode dizer aos produtores que não estou me sentindo bem ou alguma bobagem do tipo?

— E amanhã?

— O que está rolando? — Thad pergunta, se aproximando também.

— Eu, hum... vou para casa. Não estou bem.

— Ah. — Thad franze a testa. — Ok.

Naomi me lança um olhar suplicante para eu ficar, mas não posso. Não quero deixar as coisas desconfortáveis para a Luna.

— Vejo vocês amanhã. Só preciso descansar.

— Beba água — Thad diz, parecendo mesmo preocupado.

— Pode deixar. — Dou um aceno de despedida e saio andando pelo quarteirão, fazendo sinal para o táxi me tirar daqui.

Alec: Tem um calmante aí?

Lucas: O casamento foi tão ruim assim?

Alec: O casamento foi bom, o encontro na fila de recepção que eu tive com a Luna é que foi péssimo.

Lucas: Ah, droga, fila de recepção? Não dá para escapar dessa. O que você falou para ela?

Alec: Alguma bobagem sobre o casamento ter sido legal. Eu queria muito falar o quanto ela estava linda. Tipo, porra, cara, ela estava tão linda que chegou a doer só de olhar.

Lucas: É bom ver que você está apaixonado. Só prova que não é um robô, afinal.

Alec: Muito útil você, hein?

Lucas: Ah, você quer que eu seja útil? Foi mal, não peguei a deixa. Como foi o resto da noite?

Alec: Não sei, fui embora depois da cerimônia.

Lucas: Ahh, amarelou. Legal.

Alec: Eu não amarelei. Estava na cara pela tensão entre a gente que ela não me queria lá. Você devia ter visto o sorriso forçado dela. Ela estava quase implorando para eu ir embora com os olhos.

Lucas: Ai. E você vai ter que passar mais dois dias perto dela. Que divertido.

Alec: Sério, por que estou me dando ao trabalho de falar com você?

Lucas: Para me encher o saco.

Alec: Então não tem um calmante aí?

Lucas: Não, mas a minha sugestão é você ir falar com ela, e não na fila de recepção. Mas é uma boa ideia para um romance, jamais cairia numa coisa dessas. Em vez disso, prefere ir pela rota mais difícil que é a de evitar. Quem sabe um dia você não tenha colhões… *suspira* quem sabe um dia.

Alec: Vou salvar essa mensagem. Tomara que você passe pela mesma tortura que a minha um dia, aí vou poder esfregar na sua cara.

Lucas: Pode tentar o quanto quiser, mas sou um filho da mãe esperto quando se trata de relacionamentos.

Alec: Disse o solteirão.

Lucas: Sou seletivo. Não vou sair pulando de um relacionamento para outro. Precisa usar a cabeça, cara. E você está sendo idiota agora. Você a ama, né? Então vai atrás dela. Para de se esconder.

Alec: Por que fiquei imaginando você batendo palmas para mim enquanto lia isso?

Lucas: Por dentro, sim. Qual é, cara. Vai atrás dela.

Alec: É mais fácil falar do que fazer.

— Será que dá para a gente falar sobre o elefante na sala? — Naomi diz, enquanto Thad, ela e eu estamos parados a uma mesa de coquetel, cada um com uma bebida na mão: duas cervejas e um chá gelado.

A cerimônia acabou, Luciana e Amanda estão casadas e lindas juntas. Os votos delas foram muito sinceros e comoventes, e o amigo delas, que celebrou, fez um trabalho fantástico. O salão está preenchido de amor por elas.

— Que elefante? — pergunto, mesmo podendo listar dois logo de cabeça: a frieza de Thad comigo e a minha incapacidade de tirar os olhos da Luna, que está do outro lado do salão com Declan e Cohen, usando um vestido preto bonito que se abre na cintura e segurando uma taça de vinho.

Naomi se inclina e sussurra:

— O cabelo da Helen.

Eu e Thad bufamos ao mesmo tempo.

— Não imaginei que o cabelo daquela mulher pudesse subir tanto — admito, não tendo dificuldade nenhuma em ver a cabeça de Helen no meio da multidão. É como se alguém tivesse pegado uma colmeia, enrolado o cabelo dela em volta e depois prendido com grampos e spray de cabelo. Uma atrocidade.

— Fiquei assustado quando vi — Thad acrescenta.

— Ouvi você suspirando. — Naomi ri. — Acho que todo mundo suspirou quando a porta se abriu, revelando o penteado dela. Fico imaginando se ela está escondendo alguma coisa ali embaixo.

— Está — falo, estalando os dedos para Naomi. — Ela está escondendo alguma coisa. O que será?

Naomi dá batidinhas no queixo.

— Uma câmera? Talvez ela seja a infiltrada do *Jogo do Casamento*, tentando flagrar alguns podres para eles. Se ela começar a fazer perguntas sobre o programa, cuidado, hein?

— Boa.

— Pode ser vodca, já que não puderam ter muita variedade no bar — Thad diz, olhando para a sua Bud Light. — Nem mesmo uma IPA. Achei que era um casamento de lésbicas. Não era para elas adorarem pale ale?

— Nem todas as lésbicas usam cinto de ferramentas e bebem pale ale. — Naomi revira os olhos. — Você já deveria saber disso depois de ter passado dois meses com elas.

— Ah, qual é... mas Bud Light? — Thad fala assim que Cohen e Declan se aproximam da nossa mesa.

Ah, merda. Minhas costas ficam tensas, e eu olho ao redor, procurando Luna, mas não a vejo.

— Do que vocês estão falando aí? — Declan pergunta, bem casual.

— Do que Helen está escondendo no cabelo — Naomi responde antes de tomar um gole de chá gelado.

Cohen e Declan olham na direção da Helen e dão risada.

— Deve ser um microfone. Dá para imaginá-la tentando cantar para Luciana e Amanda mais tarde — Cohen diz.

— Ou um kit de primeiros socorros — Declan opina. — Vocês sabem muito bem que ela faz questão de que tudo saia como o planejado.

— Já deram uma olhada no bolo? — Naomi indaga, apontando com o copo de chá gelado.

Todos nós nos viramos para o bolo horroroso: uma monstruosidade torta de três camadas de cobertura que parecem derreter a cada instante.

Declan ri.

— Estava falando com um assistente que estava lá quando filmaram o episódio do bolo. Ele disse que a Helen estava parecendo mais uma fera na cozinha e acabou piorando as coisas.

— Surpreendente. — Thad bufa, e então dá uma olhada em Declan e Cohen de novo. — Cadê a sua irmã?

— Parece que ela foi acometida pela mesma coisa que Alec teve ontem. Foi para casa mais cedo.

Faço careta.

— Foi mal por isso.

— Pois é, é como dizem: o que vai, volta, né? — Cohen fala para Declan, que coça a lateral do queixo, pensando mesmo a respeito disso.

— O que foi mesmo? Ah, é... — Ele estala os dedos. — Não foi um caso de dor de cotovelo?

— Acho que foi isso mesmo, não é, Alec? — Cohen pergunta, e seus olhos analisam os meus.

— Dor de cotovelo? — Thad zomba. — Alec não está apaixonado.

Mordo o lábio e tomo um gole da cerveja, tentando evitar contato visual com todo mundo na mesa de coquetel.

— Alec não está com dor de cotovelo — Thad insiste. — Já passou, não é? Já passou.

— Thad — Naomi murmura, agarrando seu braço. — Acho que é melhor a gente sair um pouquinho para conversar. — Ela pega a mão dele e então se vai, me deixando com Cohen e Declan.

Pigarreio.

— Foi um casamento legal, hein? Acha que tem chance de vencer?

— O que você vai fazer com a minha irmã? — Cohen pergunta.

Olhe só, ele vai direto ao ponto, hein?

— Hum, como assim?

— Você sabe muito bem. Vai fazer alguma coisa?

Dou uma olhada nos dois homens, e o rosto deles está completamente sério. Penso sobre o que eles disseram: que Luna está com a mesma "doença" que a minha.

Luna está com dor de cotovelo?

Pois é, tenho certeza de que foi uma das declarações mais imprecisas já feitas. Vi a cara dela ontem, o escudo que ela levantou. Ouvi a rejeição na voz dela.

Ponho a cerveja na mesa e balanço a cabeça.

— Não vou, não. Não sei o que falou para vocês, mas ela deixou bem claro que se envolver comigo foi um erro, e o fato de ela ter sumido me fez acreditar que não foi só coisa do calor do momento. — Me mexo, tentando esconder a dor no rosto, a devastação na posição dos ombros.

— Saquei — Cohen diz, com tanta calma que quase me faz surtar. — Então você não tem intenção nenhuma de tentar conquistar o coração da minha irmã?

— Hum... tipo, eu meio que tive a impressão de que ela não quer nem saber de mim. Sou a favor de seguir meu coração, mas também reconheço uma causa perdida quando vejo uma.

— E o que seria seguir seu coração?

Esfrego a nuca, tentando não deixar a irritação levar a melhor.

— Com todo respeito, acho que não é da conta de vocês. Ela não quer nada comigo, e vou respeitar isso.

Cohen assente.

— Alguma coisa mudou desde que você apareceu lá no nosso apartamento? Você ainda a ama?

Dou risada e olho para o lado.

— Me deixa perguntar uma coisa, Cohen. O amor que você sente pelo Declan simplesmente desapareceria em uma semana?

— Não.

— Então aí está sua resposta. — Faço uma saudação. — Vejo vocês por aí, caras.

E me afasto antes que eles possam dizer mais alguma coisa. Cogito ir embora do casamento, emburrado demais e "com dor de cotovelo" para ficar aqui, mas sei que não cairia bem com os produtores — não dá para lidar com mais desaprovação da Diane —, ainda mais porque Luna já foi embora. Então encontro o bufê de aperitivos, encho o prato e me agacho num cantinho escuro, onde fico comendo para esquecer os problemas.

Com um longo suspiro, abro a porta da suíte do noivo do antigo armazém do Meatpacking, e sou recebido por paredes de tijolo, móveis masculinos e uma mesa de pôquer rodeada de cadeiras estofadas em couro. Thad ainda não chegou, mas de acordo com o seu itinerário, estará aqui a qualquer momento.

Acordei com uma dor de cabeça terrível. Não teve nada a ver com álcool e tudo a ver com o estresse e a ansiedade que me atormentaram a noite toda. As coisas ainda estão esquisitas com Thad, e isso fará as próximas horas — já que vamos nos arrumar, só nós dois — mais do que desconfortáveis. Tecnicamente, hoje é o último dia que vou ter que ver Luna, e isso acrescentou uma nova camada de agonia durante a noite passada.

Mas não posso me concentrar nisso. Preciso estar aqui pelo Thad.

Ponho a caixa das coisas que trouxe na mesa e começo a tirar tudo de dentro.

Um engradado da cerveja favorita de Thad.

Algumas asas de frango do seu bar favorito, para onde a gente costumava ir quando eu estava na faculdade.

Uma coroa de plástico, porque Deus sabe que ele vai querer usá-la para se sentir como um rei.

Um baralho de cartas, caso ele queira passar o tempo como a gente costumava fazer.

E as abotoaduras de quando me formei na faculdade.

Ponho a caixa de lado assim que a porta se abre. O cabide do terno de Thad está pendurado em seu dedo e a sacola em seu ombro. Seu cabelo ainda não está penteado e ele nem se barbeou, mas é porque chamei alguém para vir aqui fazer tudo isso.

— Oi — digo, com as mãos na cintura, torcendo para que a minha surpresinha não seja péssima.

Ele pendura o terno no cabide, em seguida, analisa a mesa.

— O que é tudo isso?

— Hum, sabe como é, só algumas coisas para te ajudar a relaxar antes da grande cerimônia de hoje. Sei que deve dar um nervosismo danado, ainda mais na frente de um monte de gente. — Ele não diz nada, então começo a apontar para tudo, como se ele não pudesse ver. — Peguei sua cerveja favorita, algumas asas de frango do lugar que sei que você adora. Hum, a coroa é para fazer você se sentir especial e as cartas são para passar o tempo. — Coço a nuca, me sentindo um idiota. — E isto aqui… — Pego as abotoaduras e engulo em seco. — São as abotoaduras do vovô, aquelas que eu usei na formatura da faculdade. Achei que fossem especiais para você, caso quisesse usar.

Thad pega a caixa de veludo preto da minha mão. Range ao ser aberta. Ele pega uma abotoadura e a aproxima para examinar o intrincado B.

— Você trouxe para mim?

— Sim. Sei que a noiva vai usar alguma coisa emprestada, mas achei que seria legal se você tivesse alguma coisa assim também.

Thad examina as abotoaduras por mais um tempinho e as retorna para a caixa, sem dizer nada. Ele põe a caixa na mesa e fica ali parado, quieto, mostrando um lado com o qual não estou acostumado. Só o vi assim tão reservado algumas vezes — a primeira vez foi quando nossos pais nos contaram que iam se separar. A segunda quando falei para ele que ia para a faculdade, e aí a terceira foi no dia em que fui embora.

— Thad. — Ele ergue a cabeça. Lágrimas brotam em seus olhos, e antes que eu possa perguntar o que foi, ele dá um passo para frente e me abraça com tanta força que tropeço para trás.

Assim que recupero o equilíbrio, passo os braços ao redor dele e lhe dou o tipo de abraço que não dou desde que éramos crianças.

— Porra — ele murmura, me segurando com força. — Só queria que você ligasse para mim. Para a minha vida.

— Eu ligo, Thad — digo, agradecido pra caralho por ele estar conversando comigo. — Sei que pode não ter parecido dessa forma, mas eu ligo. Eu me importo pra caralho.

— Dá para ver. — Sua voz está embargada. — Eu sinto isso. — Ele se afasta e enxuga os olhos. — E aquele álbum de fotos. Seu filho da mãe. Você me fez soluçar nos braços da Naomi.

Dou uma risada tão alta que o som é quase estranho. Não estava esperando esse tipo de alívio que veio de mim, mas é bom.

— Sabia. Escolhi uma coisa de grande carga emocional.

— E eu sabia que você ia fazer isso, mas que não significava que você estava arrependido, só que estava tentando me fazer chorar.

Reviro os olhos.

— Cara, eu fui lá na casa da mamãe para pegar aquelas fotos. Fiquei até tarde montando aquela merda. Eu me importo.

Thad balança a cabeça e ergue as abotoaduras.

— Não, isto aqui significa que você se importa. *Isto* aqui foi atencioso, isto aqui é uma coisa que um pai daria, e o que o meu irmão, Alec, que me criou, daria.

Droga. Sinto um nó na garganta.

— Eu te amo, Thad — declaro, e meus olhos ficam marejados de novo. — Quero fazer parte da sua vida, e me desculpa por ter levado tanto tempo para perceber.

— Eu também te amo. — Ele me puxa de novo para um abraço, e ficamos ali por mais uns instantes antes de nos separarmos e abrirmos uma cerveja para cada.

Nós nos sentamos e abrimos a embalagem de asas de frango.

— Então simples assim, estamos bem? — questiono, me sentindo um pouco inquieto.

— Sim. — Ele morde uma asa de frango.

— Então se eu tivesse trazido as abotoaduras antes, você teria me perdoado mais cedo?

— Sim.

— Então aquele álbum não serviu de nada?

— Claro que não, é o meu livro de mesa decorativo agora.

— Que maravilha. — Reviro os olhos e bebo um gole de cerveja, deixando que se misture com o tempero apimentado na minha língua.

— Pode ser que seja simples assim com a Luna, já pensou em dar abotoaduras para ela? — Ergo a sobrancelha para ele, e sua expressão suaviza. — Naomi fica teimando sobre você e a Luna. Cara... você ama a Luna?

— Por que a gente não foca no seu casamento e deixa os meus problemas para outro dia?

Thad põe a coroa na cabeça.

— Tá bom, mas não vá achando que eu vou deixar pra lá. Se você ama a Luna, então tem que conquistá-la de volta... mesmo que ela vença a competição para o irmão dela.

— Nunca se sabe... a gente ainda tem chance.

— A gente pode fazer qualquer coisa ficar bem, mas aquelas gravatas-borboletas e faixas rosa-choque vão acabar com a gente.

— Droga... me esqueci dessas coisas.

Capítulo 29

Luna

— Chamativo.

— Meio espalhafatoso.

— Interessante...

— Brilhante.

— Por que tenho a impressão de que os flamingos ficaram legais?

Declan e Cohen olham para o espaço de recepção boquiabertos. De alguma forma, o Flamingo Dançarino ficou legal...

Penas estão espalhadas por todo lado. Parece que eles transformaram boás de plumas em guirlandas, babados foram adicionados no encosto de cada cadeira — um detalhe que devo ter deixado passar no quadro de visualizações deles — e bolas gigantes de discoteca estão penduradas no teto... de onde tiraram isso?

Que estranho, mas parece algo amoroso, no lugar certo, assim como Thad e Naomi. Pode não ser o meu estilo, ou de qualquer pessoa, mas é o deles, e é disso que se trata esta competição. Se trata dos casais.

— Por que estou com a impressão de que esse casamento tem mais a ver com o de homens gays? — Declan pergunta, gesticulando para um enfeite de penas que está decorando nossa mesinha de coquetel.

— Porque é — Cohen diz assim que um garçom chega com uma bandeja de camarão ao coco. Nós dois pegamos um e comemos. É surpreendentemente gostoso.

— Como conseguiram fazer isso tudo dentro do orçamento? — Declan indaga.

— Não usaram flores de verdade — respondo, examinando o salão, sem saber para onde olhar em seguida. — Acho que é a iluminação que está me afetando.

— Também acho — Declan concorda, assentindo. — Verde-limão e cor-de-rosa. É uma escolha bem interessante. Está fazendo todo mundo parecer doente.

— É uma boa forma de descrever.

— A cerimônia foi ótima — Declan elogia, pressionando a mão no peito. — O colapso do Thad foi tão cativante. O cara pode ser meio exagerado, mas dá para dizer que ele ama muito a Naomi.

— É verdade — Cohen diz e então cutuca meu ombro com o dele. — E o fato de o padrinho ser um colírio para os olhos não machuca, mesmo que ele estivesse usando uma faixa rosa-choque na cintura.

— Pois é, acho que dei umas olhadinhas — Declan conta. — Aquela barba fica muito bem nele, toda aquela coisa de Chris Evans ganha vida. Não acha, Luna?

Detesto os dois.

Já estou à beira de um colapso mental depois de ver Alec e não poder fazer nada quanto a isso. Não preciso que esses dois idiotas fiquem me lembrando do quanto Alec estava lindo parado ao lado do Thad. O orgulho em seu rosto ao ver o irmão se casando foi lindo. E aquele aperto de mão que deram depois, e o abraço de urso que se seguiu... me fizeram chorar, sabendo que eles fizeram as pazes.

E acho que é isto o que importa de verdade: Thad e Alec estão tendo um relacionamento. Sei o quanto isso significa para Alec. Pode ter tido um custo, mas a família vale tudo.

— Você não vai fazer comentários sobre o quanto Alec estava lindo? — Declan pergunta.

— Pra quê? Vocês já estão todo animadinhos por mim.

— Ah, ela está sarcástica hoje. — Cohen ri.

— Quando ela não está sarcástica? — Declan pergunta entre dois goles de sua margarita de morango, um dos coquetéis exclusivos do casamento. A equipe Baxter escolheu dois drinques alcoólicos exclusivos e uma fonte de bebidas, uma opção mais barata, mas não tão barata quanto a da equipe Hernandez, que serviu mijo como bebida, palavras do Declan, não minhas.

— Isso significa que você não vai lá falar com ele?

— De jeito nenhum — digo, desejando outro desses camarões ao coco. Dou uma olhada pelo salão, procurando um garçom, mas é quase impossível encontrar alguém com toda essa iluminação dramática. *Um pouco exagerado, talvez.*

— Interessante — Cohen fala, usando o mesmo tom de voz que sabe muito bem que me tira do sério: indescritível, mas com um significado oculto por trás.

Mordo a isca.

— O que foi?

— Ah... nada.

— Para. — Quase bato o pé. — Se quer dizer alguma coisa, então diga.

— Não sei se deveria. O que você acha, Declan?

Ele dá de ombros.

— Não sei se ela está estável o suficiente para ouvir.

— Ouvir o quê? — Olho para os dois homens, amando e odiando os dois ao mesmo tempo.

— A gente meio que teve uma conversa com o Alec quando você foi embora ontem.

— Vocês *o quê*? — reajo, enquanto o medo começa a subir pela minha espinha. — Vocês não falaram nada sobre mim, né?

— Que tipo de irmão eu seria se tivesse feito isso? Que nada, só perguntei se ele ainda te amava.

Engulo em seco.

Minha respiração sai em rajadas curtas e rápidas.

Meu coração acelera, e o *tum-tum* quase bloqueia todo o barulho ao redor.

— O que, hum... o que ele disse? — pergunto, casualmente; pelo menos acho que saiu casual, até Declan e Cohen gargalharem alto.

— Acho que ela não está merecendo saber — Cohen diz.

— Ah, olha só, a cara dela está ficando vermelha... ou seriam as luzes?

— Chega! — grito, assustando os dois. — Só me conta o que ele falou.

Cohen abre um sorriso largo.

— Ele ainda te ama. — Meu coração acelera, dá para sentir o salto no peito. — Mas acha que você não quer nada com ele, aí não vai fazer nada. Ele fechou a porta da oportunidade e afirma que não quer te incomodar.

— Ai, Deus — sussurro, olhando para a multidão.

— Eles estão ali tirando fotos — Declan diz —, mas logo devem ser anunciados para o salão de novo.

— Ele... me ama?

— Você não sabia?

Balanço a cabeça, com as lágrimas brotando nos olhos pelo que parece ser a centésima vez nesta semana.

Ele me ama. Nunca imaginei que ele se sentiria dessa forma por mim, ainda mais depois de tudo o que eu disse. Mesmo assim, preciso ouvir isso dele.

Não do meu irmão.

Nem do Declan.

Preciso ouvir essas palavras direto da boca do Alec.

— Senhoras e senhores, podemos abrir espaço na pista de dança? — o DJ pede ao microfone, enquanto *You Make My Dreams Come True*, de Hall & Oates, começa a tocar. — Estamos prontos para começar a festa, mas primeiro, quero apresentar o padrinho e a dama de honra. Aplausos para recebermos Sarah Wilson e Alec Baxter.

As portas que dão lá para fora se abrem, e Alec entra de braços dados com Sarah. Eles fazem uma dancinha juntos. Não consigo evitar a onda de ciúmes quando eles riem um para o outro, mas assim que se separam, Sarah vai direto para os braços do marido, enquanto Alec fica ali sem jeito parado ao lado deles, aplaudindo com o resto do pessoal.

— Eles nem vão precisar dos padrinhos, já que têm todo o amor aqui neste salão — o DJ diz —, então abram espaço para o evento principal, vamos receber os noivos, o sr. e a sra. Baxter.

O salão grita de alegria quando Thad e Naomi passam correndo pela porta, Naomi nas costas de Thad, dando tapinhas na bunda dele com o buquê, enquanto eles galopam para a pista de dança.

Nós três, junto com todo mundo, rimos, e aí a música vira uma lenta.

Can't Help Falling in Love — a versão acústica — começa a tocar, e o salão fica quieto. A iluminação fica toda cor-de-rosa, e penas caem do teto, enchendo o ar com tanto romance que acho que eles têm uma chance de vencer a competição.

Levo as mãos ao peito e vejo Thad pôr a mão na parte inferior das costas de Naomi e guiá-la para lá e para cá no ritmo lento e melódico da linda música, sussurrando coisas no ouvido dela que a fazem rir. Estar na presença de tanto amor, a gente acaba fazendo coisas estranhas, tipo olhar para o homem dos sonhos, que está parado do outro lado do salão, com as mãos nos bolsos, olhando de volta para você.

Meu coração martela no peito.

Minha boca fica toda seca.

Mas não tiro os olhos dele.

— Os noivos gostariam de chamar todos os casais para se juntarem a eles na pista de dança — o DJ anuncia ao microfone.

Sinto a mão de Cohen nas minhas costas quando ele aproxima a boca para a minha orelha.

— Chame-o para dançar.

— Não posso...

— Pode. Ele te ama. Olha para ele. Está tão desesperado. Tenha misericórdia do homem e faça alguma coisa.

— E se ele me rejeitar?

— Ele não vai fazer isso, vai por mim. — Ele me dá um empurrãozinho antes de pegar a mão de Declan. Juntos, eles vão até a pista de dança, de mãos dadas, e se juntam à multidão, dançando juntinhos.

Me detenho ali por alguns instantes, observando Alec lá parado, todo sozinho. Ele está lindo como sempre, mas com tristeza gravada nos olhos.

E antes que possa me impedir, pego minha longa saia preta e me movo pela pista de dança. Os casais se separam para mim, dando um passo para o lado, enquanto me aproximo cada vez mais de Alec. Ele prende a respiração e lambe os lábios. Quando o alcanço, estendo a mão, torcendo para que ele não veja o tremor visível.

— Me daria a honra de dançar comigo?

Ele olha para a minha mão estendida e de volta para mim.

O nervosismo aumenta e gira dentro de mim enquanto espero sua resposta.

Um instante.

Dois.

Três.

E então, sem dizer nada, ele pega minha mão, entrelaça nossos dedos e me guia para a pista de dança. Ele me gira antes de me trazer para perto.

Bem perto.

Sua mão vai para a parte inferior das minhas costas, enquanto a minha mão vai para o seu peito e sobe para seu pescoço assim que nossos olhos se encontram.

Seus olhos são como um livro aberto, me mostrando todas as emoções dentro dele.

Alívio.

Animação.

Amor...

Espero que ele possa ver a mesma coisa dentro de mim, porque estou prestes a explodir — só de tê-lo assim tão perto de novo, seus olhos analisam os meus, seus lábios úmidos e ansiosos.

Ele suspira. E apoia a testa na minha, como tantas vezes antes.

— Eu te amo.

Meus lábios tremem, essas três palavras me atingem fundo e de uma vez, e não consigo conter o suspiro de felicidade que sai de mim.

— Eu te amo, Alec... muito.

— Droga — ele diz, encostando a cabeça na minha. — Meu Deus, como eu estava precisando ouvir isso. Demais. — Ele afasta a cabeça apenas o suficiente para que eu possa olhá-lo nos olhos. — Me desculpa, Luna, de verdade. Por ter pedido para você mentir para Cohen, por...

Eu o detenho pondo o dedo em seus lábios e então levo as mãos de volta para sua nuca.

— Eu sei, mas preciso te contar uma coisa. Quando eu disse que escolhi errado, não falei sério. Estava com raiva e magoada e descontei em você. Você não merecia aquilo, me desculpa. — Eu o seguro com mais força. — Ir até o seu apartamento para te ajudar a fazer o bolo foi a melhor escolha que já fiz, porque abriu meu coração para esse idiota lindo e confuso. Eu te amo, com todas as forças, e espero que possa me perdoar.

— Você não precisa pedir perdão, Luna Lua, porque já foi perdoada. Só quero saber se posso te levar para a minha casa hoje. Te fazer todinha minha de novo.

— Nunca deixei de ser sua — digo, ficando na ponta dos pés e pressionando a boca na dele.

Ele cantarola junto aos meus lábios e então abre a boca, fechando o espaço entre nós e dando um dos beijos mais sensuais e amorosos que já experimentei.

Ele se afasta, e pelo canto do olho, vejo que Thad e Naomi, Declan e Cohen, ainda estão dançando, mas sorrindo de orelha a orelha enquanto observam nosso beijo.

— Vocês reataram? — Naomi pergunta, aumentando a voz para ser ouvida sobre a música.

Alec leva a boca às costas da minha mão e a beija.

— Reatamos.

Todos comemoram, e Alec me pega e me gira. Me coloca no chão, acaricia meu rosto e me levanta de novo.

Suspiro em seus braços e aprecio o fato de que o *Jogo do Casamento* não foi só um desafio para criar a melhor cerimônia e recepção. Foi um desafio para o meu coração: abri-lo para outra pessoa preenchê-lo com amor.

Pelo menos sei de um casal que venceu esta temporada do *Jogo do Casamento*, e a gente não precisou de um casamento para provar.

Epílogo

Alec

— Já te falei o quanto gosto desse vestido em você? — sussurro no ouvido de Luna e envolvo sua cintura com o braço.

— Umas três vezes — ela diz, rindo, e move a cabeça para o lado para que eu possa beijar seu pescoço. — Mas nunca vou rejeitar um elogio.

— Está me cantando, é? — Pressiono os lábios logo abaixo de sua orelha, e ela se vira em meus braços para me encarar.

— Sempre. Vivo te cantando.

Abro um largo sorriso e olho em seus olhos, me sentindo um rei.

— Você vai mesmo vir morar aqui comigo? — Ainda não consigo acreditar que ela aceitou a minha proposta na noite passada.

— Como eu não viria? Você me comprou uma sala de artesanato. — Pois é, posso ter organizado meu outro quarto como uma sala de artesanato para ela. Na minha cabeça, não vamos ficar no apartamento por mais do que alguns anos. Estou planejando ter uma família com essa mulher, e a gente vai precisar de um lugar maior para isso, mas o que temos agora vai servir. — Ainda não estou acreditando que você fez aquilo. Acho que nunca transei tanto com alguém quanto transei com você ontem.

Solto uma risada alta, chamando a atenção de todo mundo ao redor. Acaricio seu rosto e digo baixinho:

— A transa foi muito apreciada, e sinta-se à vontade para repetir sempre que quiser.

— Pode deixar. — Ela fica na ponta dos pés e me beija de leve antes de girar em meus braços. Neste momento Diane entra no set, que é um cubículo, decorado com flores e seccionado em três. Atrás de cada equipe está uma pequena réplica dos casamentos, feita pelos assistentes. Só de vê-los juntos me faz rir, ainda mais por causa do nosso tema de penas absurdamente extravagante contra os dois mais neutros.

Diane nos vê e, com os dedos, gesticula para que nos separemos.

— Equipe Rossi, equipe Baxter, voltem para os seus lugares.

Depois do casamento de Thad e Naomi, Diane perguntou se o Jogo do Casamento poderia fazer conteúdo sobre o nosso relacionamento para a internet, já que começou durante o programa. É claro que dissemos sim, porque seria uma publicidade para a Luna — e tem sido. Não só a parceria com o Marco tem sido melhor do que ela imaginou — com lançamento no ano que vem —, como vários pedidos de colaboração com outras empresas de casamento têm surgido, e até ofereceram para ela uma coluna na principal revista para noivas, chamada apropriadamente de *Noivas*. Ela tem andado atarefada, e eu não poderia estar mais orgulhoso. Falei para ela que, nesse ritmo, ela poderia me sustentar e eu poderia ficar só relaxando, largar essa coisa de divórcios e só aproveitar as riquezas da minha mulher...

Ela disse que eu ficaria entediado demais, o que é verdade, mas ela anda me incorporando ao seu canal do YouTube. Tenho minha própria série: Criando com o Alec. É uma merda fofa. Basta ficar me vendo ferrar com tudo, enquanto Luna pacientemente me ensina como fazer as coisas. Nas raras ocasiões em que faço alguma coisa direito, me sinto absurdamente realizado. Não estou pronto para largar meu emprego ainda, mas Luna disse que seu "namorado gostoso" quase fez dobrar o seu número de seguidores.

Sou a cara do Chris Evans, afinal.

— Chegamos ao grande momento. Por favor, evitem xingar caso não tenham ganhado — Diane alerta, segurando um enorme envelope. — Vamos saber perder. Helen, Thad, estou de olho em vocês.

— Por que você chamou a nossa atenção?! — Thad exclama, entrando em pânico. — Isso significa que a equipe Rossi venceu? — Seguro seu ombro, tentando acalmar sua ansiedade.

Thad e Naomi ficaram sabendo que vão ter uma menina, e Thad tem surtado, comprando coisas aos montes para a garotinha — o que não é o ideal para o apartamento minúsculo deles. Há um arco com coisas de bebê na entrada e temos que passar por baixo dele para chegar na sala.

— Não — Diane fala em tom cortante. — Só estou dizendo para ficarem calmos e manterem o respeito. É isso. Não precisamos de histeria. Só teremos uma oportunidade para captar uma reação genuína dos vencedores, então fiquem calmos.

Ela entrega o envelope para Mary, que tem mantido distância. E com razão. Os boatos no set dizem que esta é a última temporada dela e que estão procurando alguém para ocupar seu lugar.

Adivinhe quem quer se inscrever para o trabalho? Luna, certo? Nada disso... Thad. Ele está com o vírus do artesanato e acha que será um apresentador divertido e cheio de energia. Pelo menos é o que muitos fóruns na internet andam dizendo.

Na verdade, até que dá para enxergar isso.

— Em seus lugares! — Diane grita. — Lembrem-se, até eu disser corta, precisamos de sorrisos no rosto, e aí depois vocês podem se descabelar. Vamos fazer umas rápidas entrevistas e aí estarão livres.

Fico ao lado de Thad, com a mão ainda em seu ombro, enquanto seu corpo vibra de empolgação. Rolou uma campanha centrada no Thad no Instagram, que fez com que ele ganhasse seguidores que o adoram em toda a sua glória dramática. Então quando o último episódio foi ao ar, Thad ficou mesmo esperançoso de que sua popularidade pudesse significar vitória — apesar de a equipe Rossi ter tido o melhor casamento com folga. Quanto à equipe Hernandez, bem... elas tinham a Helen.

Dou uma olhada em Luna, que está parada entre Cohen e Declan. Na noite passada, perguntei como ela estava se sentindo com tudo isso, e ela disse que eles tinham uma segunda opção caso não ganhassem a cobertura, e estavam até um pouco mais animados por isso: um antigo prédio de arenito que foi reformado no Brooklyn. As pessoas estão achando um desperdício, mas eles veem potencial nele.

Diane faz a contagem regressiva e então aponta para Mary, que disfarça a carranca com um sorriso e se vira para a câmera.

— O país inteiro votou, e os vencedores do *Jogo do Casamento* são...

Ela tem que contar até cinco antes de ler o cartão — ordens de Diane. E isso é irritante. Detesto quando um reality show faz isso. Só diga logo.

Mary desdobra o envelope, sorri e então olha bem para a câmera.

Thad fica tenso.

Naomi prende a respiração.

E sinto minhas nádegas ficarem apertadas de ansiedade.

— Equipe Hernandez.

— Como é...! — Thad grita. Ponho a mão na sua boca, e ele continua murmurando obscenidades.

Luciana e Amanda comemoram, enquanto Helen desmaia na bancada. Ficamos observando a comemoração, e Mary vai até elas, com o envelope na mão. Ela olha para a câmera de novo e diz:

— Até a próxima temporada de casamentos. Continuem produzindo e se apaixonando.

Diane grita:

— Corta!

E eu tiro a mão da boca de Thad.

— Que jeito de se controlar, hein?

— Quero ver esses resultados — ele grita. — Duvido que o país gostou mais da Helen do que de mim. Vocês deveriam ter visto as coisas que andavam dizendo sobre aquele penteado de colmeia dela.

— Relaxa. — Naomi puxa o braço dele. — Está tudo bem, Thad.

— Não está, não. Você viu o nosso arco de bebê? Meu Deus.

A equipe Rossi se aproxima, e eu lanço um sorriso simpático para eles.

— Sério, o casamento de vocês foi o mais bonito.

Cohen e Declan assentem, mas não parecem nem um pouco tristes — o novo projeto deles vai ser mais divertido para eles... muito mais a cara deles.

— Ela é um monstro. Subornou o pessoal. É ruim de ela ter ganhado.

Luciana e Amanda também se aproximam, de mãos dadas.

— Foi mal por vocês não terem vencido — Amanda diz. — Sei o quanto significava para vocês.

— Droga — Thad reage, baixinho. Então se vira para Amanda. — Não faço ideia de como você foi nascer daquela fera de mulher.

— *Thad* — Naomi repreende, mas Amanda apenas ri.

— Todos os dias faço a mesma pergunta.

— Luciana, Amanda, para a sala de entrevistas! — Diane chama. — Helen, você também.

Helen se levanta da bancada como se não tivesse desmaiado. Ela ajeita o vestido e, enquanto passa pela nossa pequena reunião, nos lança um sorriso diabólico.

— Jamais subestime as lésbicas, elas sempre encontram um jeitinho de ficarem no topo. — E com isso, se afasta.

— Lésbicas — Thad sussurra, fechando os punhos.

Passo o braço ao redor dele e lhe dou um abraço.

— Foi mal, cara. Sério, achei que a gente fosse ganhar. A gente parecia ter tido uma boa chance.

— As pessoas amam os flamingos. Para onde foram todos os que votaram nos flamingos?

— Eu votei em vocês — Cohen diz.

— Eu também — Declan anuncia.

Luna levanta a mão.

— E eu também. O casamento de vocês foi o mais mágico para mim.

Eu a puxo para meus braços e beijo o topo de sua cabeça. Foi o mais mágico para mim também, porque foi quando recuperei a minha garota.

— Ai, nossa. — Thad abana a mão na frente do rosto. — Isso... significa muito para mim.

— E, olha só — digo —, sei que você queria muito um novo lugar para morar, mas você ganhou mais do que um casamento com a competição. Você ganhou uma família.

Thad olha para o nosso pequeno círculo e sorri.

Todos os domingos, sem falta, nos juntamos e tomamos café. O anfitrião muda, mas todo mundo vai: a minha família, a família da Luna, formando um grande círculo de amor. Tivemos um pequeno chá revelação, e Thad já foi reivindicando Cohen e Declan como "tigays" (tios gays) e está muito agradecido pelo número de pessoas dispostas a ser babás, até mesmo os pais de Luna e Cohen — que são os pais que eu sempre quis, mas nunca tive. Para minha sorte, eles falaram para que eu os chamasse de mãe e pai e, porra... é o que faço.

— Tenho a melhor família — Thad diz, pondo a mão no peito.

Todos nós nos abraçamos e quando nos afastamos, Luna fala:

— E agora que vou morar com Alec, meu apartamento está vago. Farrah vai se mudar para viver sua vida de solteira, e eu sou amiga dos proprietários, então eles vão alugar para qualquer pessoa que eu sugerir. É um apartamento de dois quartos com bastante espaço, e só fica a alguns quarteirões de onde eu e Alec moramos, e com aluguel fixo.

— Pode apertar meus mamilos, aluguel fixo? — Thad grita e bate palmas, então levanta o punho no ar, parando como se ele estivesse congelado. Ao meu lado, os olhos de Naomi se enchem de lágrimas, e só pela sua reação, dá para sentir meu coração inchar no peito.

Luna franze a testa.

— Thad, você...?

Ele se descongela e olha para nós dois, com lágrimas nos olhos.

— Sério? Vou poder morar perto do meu irmão e ter um quarto para a minha garotinha?

— Desde que você pare de comprar coisas — falo, logo antes de Thad quase me jogar no chão com um abraço.

Se meses atrás alguém me dissesse que eu me apaixonaria, teria um relacionamento sólido com o meu irmão, estaria esperando uma sobrinha e me consideraria parte de uma família de verdade, diria que era loucura.

Mas aqui estou eu, com uma família, uma namorada, uma sobrinha, tendo uma vida abençoada de amor... amor que eu achava que não queria, mas de que desesperadamente precisava.

Agradecimentos

Sempre quis escrever um livro centrado em casamentos, então quando me reuni com uma das minhas agentes, Aimee Ashcraft, e bolamos esta ideia na hora, já fui logo ficando animada com a perspectiva.

Muita gente não sabe, mas eu costumava fazer artesanatos. Eu ficava criando quando não estava trabalhando e aí levava meu trabalho artístico para vender nas feiras de artesanatos. Meu forte era a decoupage, e eu mandava bem nisso. Tem muitas pessoas por aí que compraram as minhas placas feitas à mão dez anos atrás. Por sorte, consegui aplicar essa habilidade no meu próprio casamento DIY. Eu e a minha esposa estávamos tentando fazer um casamento bonito, mas econômico, então foi fácil simpatizarmos com os personagens de *O Jogo do Casamento*. Curiosamente, tivemos um tema de carnaval vintage, e eu tinha encontrado uma estatueta de palhaço bem esquisita numa loja por menos de um dólar. Pois é, acabei comprando. Pois é, pintei de rosa-choque. Pois é, eu pus na nossa mesa de sobremesas com caixotes de madeira e juta. Os personagens de *O Jogo do Casamento* acabaram não querendo o palhaço, mas eu com certeza quis.

Para Kimberly Brower e Aimee Ashcraft, minhas agentes, obrigada por confiarem na minha capacidade de contar histórias e pela sua paixão por novas ideias. Vocês fizeram uma grande diferença na minha vida e na minha carreira.

Agradeço muito à Lauren Plude por acreditar nas minhas ideias para que eu possa escrever mais histórias maravilhosas para a equipe Montlake. Mesmo que o seu "artesanato" se limite aos números, sua amizade e confiança têm sido sem precedentes. Obrigada.

Lindsey Faber, obrigada por tornar o processo de edição um passeio no lago!

Para todos os blogueiros e leitores, não sei nem como expressar o meu mais profundo amor por vocês. Vocês dão chance para os meus livros sempre que lanço um, e eu jamais poderia expressar o quanto sou grata por isso. Obrigada por serem os melhores fãs que uma autora poderia desejar. Vocês trazem tanta diversão para este trabalho!

Eu seria negligente se não mencionasse a minha melhor amiga aqui. Obrigada, Jeny, por ter lidado com tudo nos bastidores, me encorajado e ficado animada sempre que eu contava uma nova ideia para você. Fã número um da vida!

E por último, agradeço à minha esposa, Steph, por ser a minha espinha dorsal, a mulher por trás da mulher, e a melhor mãe/esposa que uma mulher poderia querer. Sem seu cuidado com as nossas crianças e seu apoio de tantas maneiras, eu não teria sido capaz de fazer o que faço. Você é a razão por eu estar conquistando meus sonhos. Obrigada.

Editora Charme

Entre em nosso site e viaje no nosso mundo literário.
Lá você vai encontrar todos os nossos
títulos, autores, lançamentos e novidades.
Acesse www.editoracharme.com.br

Você pode adquirir os nossos livros na loja virtual:
loja.editoracharme.com.br

Além do site, você pode nos encontrar em nossas redes sociais.

https://www.facebook.com/editoracharme

https://twitter.com/editoracharme

http://instagram.com/editoracharme

@editoracharme